KB196158

지옥

지옥

앙리 바르뷔스 지음 | 오현우 옮김

문예출판사

L'ENFER
Henri Barbusse

1

여주인 르메르시에 부인은 몇 마디 말로써 르메르시에 하숙집의
물질적이거나 정신적인 모든 이점을 깨우쳐준 뒤, 나를 혼자 방에
남겨두고 나갔다.

앞으로 얼마간 살아갈 방의 한가운데에 있는 거울 앞에서 나는
우뚝 멈춰 섰다. 방을 둘러보고 나 자신을 바라보았다.

방은 우중충했고 먼지 냄새를 풍겼다. 두 개의 의자 중에 내 여
행용 가방을 떠받치고 있는 의자, 부실해 보이는 팔걸이에 기름기
밴 천이 씌워진 두 개의 안락의자, 녹색 모직 덮개를 씌운 테이블,
그리고 끝없이 반복되는 아라베스크 무늬가 시선을 끄는 동양풍 양
탄자가 눈에 들어왔다. 마침 저녁때라 그 양탄자는 진한 흙빛을 띠
고 있었다.

그 모든 것이 내게는 낯설었다. 하지만 내가 모를 것이라곤 없었
다. 가짜 마호가니 침대라든지, 썰렁한 화장대라든지, 어찌할 수도
없는 가구들의 배치라든지, 사면이 벽으로 둘러싸인 그 공간이라든
지……

* * *

방은 낡았다. 벌써 헤아릴 수 없이 많은 사람들이 다녀갔던 모양
이다. 방문에서 창문까지, 양탄자에서는 실밥이 보였다. 날마다 수
많은 사람들에게 밟혔던 것이다. 손이 닿을 만한 높이의 벽 귀퉁이
장식들은 모양이 변했고 푹 파이고 건들거리고, 벽난로의 대리석
모서리는 닳아서 반들반들했다. 물건이란 사람 손에 닿으면 가망
없이 천천히 낡게 마련이다.

물건은 또 칙칙해지기도 한다. 조금씩 조금씩 천장은 소나기 품
은 하늘처럼 흐려져 있다. 희끄무레한 벽과 장밋빛 벽지도 사람의
손이 닿은 곳은 까매졌다. 문짝과 벽장의 채색된 자물쇠 언저리와,
창문 오른쪽의 커튼 끈을 잡아당기는 벽 주변이 그렇다. 모든 사람
이 마치 연기처럼 여기를 지나갔던 것이다. 본래의 흰색 그대로인
것은 오로지 창문뿐이다.

……그런데 나는? 나, 나도 딴사람들과 같은 사람이다. 오늘 저
녁이 다른 저녁들과 같은 것처럼.

* * *

아침부터 나는 여행을 했다. 서두름, 여러 가지 형식적인 수속,
짐들, 기차, 여러 도시의 숨결들.

안락의자가 있다. 거기에 쓰러지듯 앉는다. 모든 것이 한결 조용
하고 포근해진다.

시골에서 파리로 온 나의 이 결정적인 움직임은 내 생애의 일대

국면을 뜻한다. 나는 어느 은행에 자리를 하나 얻었다. 내 생활은 달라질 것이다. 오늘 저녁 내가 일상적인 생각에서 벗어나 나 자신에 대해 생각해보는 것도 바로 이 변화 때문이다.

나는 서른 살이다. 다음 달 초하루면 내 서른 살이 시작된다. 18년 전인가 20년 전에 나는 아버지와 어머니를 여의었다. 너무도 오래 전 일이어서 이제는 별로 의미가 없다. 나는 아직 결혼도 하지 않았다. 그래서 아이가 없으며 앞으로도 없을 것이다. 그게 나를 괴롭힐 때가 있다. 인류가 탄생한 이래 이어오던 한 혈통이 나와 더불어 끊어지리라는 생각이 들 때이다.

나는 행복한가? 그렇다, 나는 비탄도 회한도 또 복잡한 욕망도 없다. 따라서 나는 행복하다. 지금도 기억하지만, 어렸을 때부터 나는 번쩍이는 감각과 신비스러운 감동을 가졌고, 내 과거에 몰두해 죽치고 앉아 있기를 좋아하는 병적인 취미가 있었다. 내 자신이 남달리 지극히 소중한 존재라고 생각했다. 그래서 세상 누구보다도 한결 뛰어나다고 생각하게 되었다. 그러나 이런 모든 생각은 세월이 흘러갈수록 차츰차츰 실제적인 허무감 속으로 빠져 들었다.

* * *

지금 나는 여기에 있다.

좀 더 거울에 가까이 가려고 의자에서 몸을 기울인 채 나 자신을 자세히 살펴본다.

몸집은 작은 편이고 신중한 태도며(비록 한가할 땐 말이 많기는 하지만), 빈틈없이 단정한 몸가짐, 나의 외모로 보아서는 이렇다 하게 흠잡을 데도 또 눈에 띄는 구석도 없다.

가까이서 자세히 보니 내 눈은 녹색이다. 한데 착각 탓인지 대개의 사람들은 까맣다고들 한다.

막연하게나마 나는 많은 것들을 믿는다. 무엇보다도 우선 신(神)의 존재를 믿는다. 하지만 종교의 교리는 믿지 않는다. 그런데 이 종교라는 것은, 남자들보다 뒤처진 머리를 가진 여자들과 보잘것없는 자들에게는 많은 이점을 보여준다.

철학적 논쟁에 관해서라면, 나는 그런 것이 도무지 소용없다고 생각한다. 사람은 그 무엇도 검증할 수도 또 확인할 수도 없다. 진리란 도대체 무엇을 뜻하는가.

나는 선과 악에 대한 뚜렷한 의식을 가지고 있다. 벌을 받지 않을 것이 제아무리 확실하다 해도 나는 야비한 짓은 하지 않을 것이다. 또 그 어떤 경우든 간에 사소한 과장도 용납하지 않을 것이다.

사람들이 나와 같다면 만사에 문제가 없을 것이다.

* * *

벌써 늦은 시각이다. 오늘은 이만 아무것도 하지 않을 작정이다. 해질 녘 나는 거울 한구석과 마주하고 앉아 있다. 어둠이 침입해 들어오기 시작한 무대에서 나는 내 이마의 윤곽과 둥그스름한 내 얼굴과 깜빡거리는 눈꺼풀 밑에서 내 시선을 본다. 마치 무덤 속으로 들어가듯 그 시선을 통해 나는 내 안으로 들어간다.

피로와, 음산한 날씨(어둠 속에서 빗소리가 들린다)와, 내 고독을 더하고, 그리고 아무리 애써도 나를 크게 만드는 그림자와 또 정체 모를 무언가가 나를 슬프게 한다. 참을 수 없을 정도로 서글퍼졌다. 몸을 흔들어본다. 도대체 어찌 된 일인가? 아무 일도 없다. 다만 내가 있을 뿐이지.

* * *

오늘 저녁 나는 혼자지만, 내 삶에서 나는 혼자가 아니다. 내 귀여운 조세트의 모습과 몸짓이 내게는 사랑이 되었다. 우리가 함께 지낸 건 오래전 일이다. 오래전 그녀가 일하던 투르의 양장점 뒷방에서 나에게 계속 야릇한 미소를 보내는 그녀를 보고, 나는 머리를 붙들고 입술에 키스를 했다.

그러고는 내가 그녀를 사랑하고 있다는 걸 불현듯 깨달았다.

우리가 옷을 벗을 때 느끼던 그 기묘한 행복감이 이제는 더 이상 생생하게 느껴지지 않는다. 간혹은 처음처럼 그녀를 미친 듯이 욕망할 때가 있는 건 사실이다. 특히 그녀가 내 곁에 있지 않을 때에 더욱 그렇다. 하지만 곁에 있을 땐 그녀에게 때때로 싫증을 느낀다.

휴가 때 거기서 우리는 다시 만나게 될 것이다. 죽기 전에 우리가 만날 날들이 얼마나 될지 헤아려볼 수도 있으리라……. 만약 우리가 하려고만 한다면 말이다.

죽는다! 죽음에 대한 생각은 모든 생각들 가운데서, 아무리 생각해도 가장 중요한 것이다.

어느 날엔가 나는 죽을 것이다. 그런데 나는 그것에 대해 생각해본 적이 있었던가? 더듬어본다. 없다. 그것에 대해 생각해본 적이 한 번도 없다. 나는 할 수도 없다. 운명이 잿빛인데도, 태양과 마찬가지로 인간은 운명을 마주 볼 수는 없다.

그리하여 모든 여느 저녁처럼, 그 최후의 저녁도 차츰차츰 다가오고 있다. 너무도 위대한 저녁이 되도록까지.

* * *

그러나 나는 비틀거리면서 벌떡 일어섰다. 퍼덕거리는 날개처럼 심장이 몹시 고동치는 가운데…….

도대체 뭘까? 한길에서 뿔피리 소리가 요란스레 들려왔던 것이다. 사냥의 노랫소리가……. 분명 어느 대저택의 사냥개를 맡은 하인이 술집의 카운터 옆에 버티고 서서 볼과 입이 불룩해지도록 악문 채로, 놀란 주위 사람들이 입을 다물고 아무 소리도 못 내게 하고 있을 것이다.

하지만 이 도시의 거리에 울려 퍼지는 뿔피리 소리는 그것만이 아니다……. 어렸을 때, 내가 자란 시골에서 멀리 숲으로 성으로 통하는 길에 울려 퍼지던 나팔 소리를 듣곤 했다. 그것과 똑같은 곡, 영락없이 똑같은 소리다. 어떻게 그렇게 틀림없이 똑같을 수 있을까?

나도 모르는 사이에 내 손이 부르르 떨리며 서서히 가슴 위로 올라갔다.

옛날…… 오늘…… 나의 삶…… 내 가슴…… 나! 나는 아무 까닭도 없이 또 갑자기 이 모든 것들을 생각하고 있다. 미쳐버리기라도 한 듯이.

* * *

……옛날부터 아니 어느 때부터든지 간에 도대체 나는 나 스스로 무엇을 했나? 아무것도. 그런데 벌써 나는 내리막길에 서 있다. 사냥꾼의 나팔 소리가 지나간 시절을 생각하게 하자 나는 이제 끝장이고, 살아보지도 않았던 듯하며, 어떤 잃어버린 낙원을 갈망하는 듯하다.

그러나 내가 아무리 애원을 해도 아무리 화를 내도 소용없으리라. 이제 아무것도 나를 위해서 존재하지는 않을 것이다. 이제부터나는 행복하지도 불행하지도 않을 것이다. 나는 소생할 수 없다. 숱한 사람들이 악취를 남겼으나 어느 누구도 자기 자신의 것을 남겨놓지는 않은 이 방에 오늘 내가 조용히 앉아 있듯이 나는 또 그렇게 조용히 늙어갈 것이다.

한 발짝만 떼어도 이런 방은 어디서나 볼 수 있다. 이건 모든 사람의 방이다.

이 방은 닫혀 있다고들 믿는다. 하지만 아니다. 사방으로 활짝 열려 있는 것이다. 이 방은 비슷비슷한 많은 방들 가운데서 잊혀졌다. 마치 하늘에 퍼진 광선이나 숱한 날들 가운데 어느 하루처럼, 어디서나 볼 수 있는 나처럼.

나, 나! 이제 깊숙한 눈구멍과 어둠 속에 묻힌 창백한 내 얼굴밖에 보이지 않고, 은근하면서도 또 확실히 내 숨통을 조이고 질색하게 만들 것만 같은 침묵이 가득 찬 내 입밖에 보이지 않는다.

부러진 날갯죽지로 버티듯 팔꿈치를 받치고 몸을 추어올린다.

제발 나에게 무한한 그 무슨 일이라도 일어났으면 좋겠다!

* * *

나는 천재도 아니고, 내게는 완수해야 할 사명도, 남에게 나눠줄 도량도 없다. 나는 아무것도 가진 것이 없고 또 아무런 가치도 없다. 그렇지만 이런 모든 것에도 불구하고 나는 어떤 보상을 바란다…….

우선 사랑에 대해서, 지금까지의 나와 멀리 떨어져, 내 모든 시간을 쏟아 어느 여인과 어디서도 들어보지 못한 전무후무한 목가적인 사랑을 꿈꾼다. 그 여인의 얼굴은 떠올릴 수 없지만, 길 위에 비친 내 그림자 곁에 나란히 서 있는 그 여인의 그림자를 나는 상상할 수 있다.

무한(無限)을 향한 소망과 새로운 것에 대한 동경! 여행, 내 일신을 바치고, 거기서 내 자신을 넓힐 수 있는 특별한 여행을. 보잘것 없는 사람들이 서두는 가운데 바쁘고 호사스레 떠나는 출발을. 우레처럼 굴러가는 객차에서의 느긋한 자세. 창에 비치는 경치는, 어지럽고 예고 없이 나타나는 도시들은 바람처럼 커져간다.

선박들이며, 돛대며, 험악한 말로 지시하는 조종 명령들, 황금빛 도는 부두에의 상륙, 이윽고 햇볕 내려 쬐는 가운데 이국적이며 낯선 얼굴들, 눈이 어지러울 만치 비슷비슷 닮은 얼굴들, 사진으로 익숙해진 기념상들, 여행의 자랑에 도취되어 그렇게 보이겠지만 그 기념상들은 스스로 우리들 가까이로 다가온 것이다.

내 머리는 텅 비고 내 마음은 메말라 있다. 나를 감싸주는 사람

은 아무도 없으며, 나는 여태껏 아무것도 찾지 못했다. 친구 하나
조차도. 나는 모든 이들이 왔다 가버리는 호텔 방의 바닥에 하루
동안 좌초된 가엾은 놈이다. 그런데도 나는 명예를 바란다. 나 스
스로도 그렇게 느낄 것이며, 모든 사람들도 다 한마디씩 하게 될,
경외스럽고 신묘한 상처처럼 나에게 새겨진 명예를 바라는 것이
다. 내가 1인자가 되는 것을, 천신(天神)이 내리는 새로운 섭리의
고함 소리처럼 내 이름에 박수갈채를 보내는 한 무리의 대중을, 나
는 원한다.

하지만 내 위대함이 일순 허물어지는 게 느껴진다. 나의 유치한
상상력이 터무니없는 환상들과 헛되이 장난을 치고 있는 것이다.
나에게는 아무것도 없다. 오직 나 혼자뿐이지. 저녁에 껍질을 빼앗
겨버린 내가 한마디 고함 소리처럼 올라오고 있다.

늦은 밤이 내 눈을 거의 멀게 만들어버렸다. 거울 속에 비친 내
모습을 실감한다. 손가락을 쫙 편 채로 나는 손을 앞으로, 창문 쪽
으로 내민다. 찢어진 물건 모양의 내 두 손. 그늘진 어두운 구석에
서 나는 하늘 쪽으로 고개를 든다. 힘없이 뒤로 주저앉다가 침대에
몸을 기댄다. 이 큼직한 물체는 살아 있지만 시체처럼 희미한 모양
을 하고 있다. 주여, 저는 길을 잃었나이다. 저를 불쌍히 여기소서!
나는 스스로가 분별 있고 내 운명에 만족한다고 생각했다. 그리고
나에겐 도둑질 따위의 습성은 없다고 말했다. 아, 슬프게도, 그건
참말이 아니다. 내 것이 아닌 모든 것을 나는 갖고자 하고 있으니.

2

뿔피리 소리는 한참 전에 그쳤다. 길도 집들도 조용해졌다. 정적이다. 손을 이마에 가져다댄다. 감정의 발작도 가라앉았다. 다행스러운 일이다. 의지력으로 다시 안정을 찾는다.

테이블에 앉아서, 거기에 가져다 두었던 손가방에서 서류를 꺼냈다. 그것들을 읽고 정리해야 한다.

그나마 나를 고무시키는 게 있다. 앞으로 돈을 좀 벌게 되리라는 생각이다. 그러면 나는 나를 키워주고, 낮은 방에서 한없이 나를 기다리고 있는 아주머니께 돈을 보낼 수도 있을 것이다. 그 낮은 방에서 오후면 아주머니의 재봉틀 소리가 시계추 소리처럼 지루하고 단조롭게 들렸고, 저녁이면 아주머니 곁에 놓인 램프가 아주머니와 퍽 닮아 보였다.

서류들…… 이 서류들은 나의 능력을 평가하고, 나의 벨통 은행 입사를 결정짓게 될 보고 사항들이다……. 벨통 씨, 말 한마디로 나에게 모든 것을 다 해줄 수 있는 분이다. 벨통 씨는 현재 나의 삶의 신이시다…….

램프에 불을 붙이려고 한다. 성냥을 긋는다. 불은 켜지지 않고

인(燐)이 부스러져 떨어지더니, 성냥이 부러져버린다. 성냥을 던져
버리고, 그러곤 좀 지쳐서, 기다린다…….

그때, 내 바로 귓전에 흥얼거리는 노랫소리가 들린다.

누군지, 내 어깨에 몸을 굽히고, 나를 위해, 나만을 위해 비밀스
레 노래를 하는 것 같다.

아! 한낱 환상이지……. 머리가 욱신거린다……. 이건 아까 너
무나 많은 생각을 한 벌일 게다.

경련으로 움츠러든 손으로 테이블 가장자리를 짚고 가만히 서
있다. 나는 어떤 초자연적인 느낌에 억눌려 있다. 눈꺼풀을 깜박거
리며, 조심스럽고도 미심쩍은 마음으로 여기저기를 훑어본다.

낮은 노랫소리가 아직도 계속되고 있다. 그 노래에서 벗어날 수
가 없다. 고개를 돌린다……. 바로 옆방에서 들려온다……. 그처럼
깨끗하고 이상스러울 정도로 가깝게 들리는 까닭은 왜일까? 어쩌
자고 이처럼 내 가슴에 와 닿는 것일까? 옆방과 나를 갈라놓은 벽
을 바라본다. 놀라서 목이 메어 외마디 소리를 내뱉었다.

저 위에, 닫힌 문 위 천장 가까이에 불빛이 반짝거리고 있다. 노
랫소리는 별처럼 반짝이는 저 불빛으로부터 내려오는 것이다.

칸막이가 뚫려 있고, 그 구멍을 통해, 옆방의 불빛이 어두운 내
방으로 새어 들어오고 있다.

나는 침대 위로 올라선다. 벽에다 손을 짚고 그쪽으로 몸을 세우
고 구멍에다 얼굴을 바짝 갖다 댄다. 벽 판자는 썩었고 두 벽돌 사
이가 벌어져 있다. 벽토(壁土)는 떨어져나가서 벽 모서리의 장식 때
문에 밑에서는 보이지 않는 손바닥만 한 넓은 구멍이 눈 앞에 나타

났다.

들여다본다……. 보인다……. 옆방은 내게 발가벗겨진 채로 그 모습을 드러내 보이고 있다.

그 방이 내 앞에 펼쳐진다. 내 소유도 아닌 그 방이…… 노래를 부르던 목소리는 나가버리고 없다. 문을 열어놓은 채 나갔고, 여전히 문이 흔들리고 있다. 그 방에는, 벽난로 위에서 흔들리고 있는 불 켜진 초 한 자루밖에 없다.

저편에 있는 테이블이 섬처럼 보인다. 푸르스름하거나 불그스름한 가구들이 꼭 그 자리에서 어렴풋이 살아가는 생물의 희미한 기관들처럼 보인다.

옷장을 물끄러미 바라본다. 번쩍거리고 곧은 선들만 희미하게 보이고, 다리는 어둠에 묻혀 있다. 천장과, 그 천장을 비춰 보이는 거울과, 하늘을 배경으로 한 창문은 창백한 얼굴 같다.

나는 다시 내 방으로 돌아왔다. 마치 실제로 외출이라도 했던 것처럼. 우선 나는 속으로 몹시 놀랐고, 모든 생각이 어수선하게 엉클어졌으며, 내가 누구인지조차도 잊어버릴 지경이었다.

침대에 걸터앉는다. 약간 떨면서, 미래에 대한 생각에 억눌려 나는 급히 돌이켜 생각해본다…….

나는 떨면서 저 방을 지배하며, 소유하고 있다……. 언제든 그 방을 눈으로 들여다볼 수 있다. 나는 거기에 있다. 그 방에 들어올 사람들은 까맣게 모른 채, 나와 함께 그 방에 들어갈 것이다. 마치 방문이 활짝 열려 있는 것처럼 나는 그들을 볼 수 있을 것이고, 그들의 말을 들을 것이며, 그들의 일거수일투족을 빠짐없이 다 목격하리라.

* * *

잠시 후, 잔뜩 떨리는 몸으로 그 구멍까지 얼굴을 들고, 다시금 들여다보았다.

촛불은 꺼져 있었다. 하지만 누군가가 거기 있다.

하녀다. 그녀는 필경 방을 치우려고 들어와서는, 가만히 멈춰 서 있는 것 같았다.

하녀 혼자다. 그녀는 바로 내 가까이에 있다. 그렇기는 하지만, 나에게는, 살아 움직이는 저 사람이 똑똑히 보이지 않는다. 저처럼 생생하게 살아 있는 걸 보기란 아마 너무도 눈부시기 때문일 게다. 저녁 햇살처럼 그녀의 몸에 드리워져 있는, 어둡고 짙은 남빛 하늘색의 앞치마, 새하얀 손목, 고단한 일 때문에 그보다 더 새까매진 손. 얼굴의 윤곽은 뚜렷하지 않고, 어둠 속에 잠겨 있다. 하지만 가슴을 쥐어짤 만큼 감동적인 모습이다. 눈은 얼굴에 감춰져 있지만, 빛을 발한다. 광대뼈가 불쑥 솟아나서 번쩍이고 있다. 틀어 올린 머리의 굴곡이 이마 위에서 왕관처럼 빛나고 있다.

조금 전, 층계참에서 몸을 굽히고 층계 난간을 닦고 있던 저 여자를 힐끗 한번 보았다. 그때 그녀의 거친 손에 닿을 듯이 가까이 있던 얼굴은 타는 듯이 벌겋게 충혈되어 있었다. 새까만 손과, 몸을 굽히고 열중해 있던 그녀의 일 때문에 그녀가 보기 싫기만 했었다……. 복도에서도 한번 보았다. 그녀는 흐트러진 머리를 하고 더러운 속옷에 감싸인 우중충한 몸뚱이로부터 김빠진 냄새를 풍기며 내 앞을 걸어가고 있었다.

* * *

그런데 지금 나는 그녀를 보고 있다. 저녁이 그 추악함을 조용히 떨쳐버리고, 그 궁벽과 끔찍한 모습을 지워버린다.

저주가 축복으로 바뀌듯, 그녀의 온몸을 감쌌던 먼지마저 나도 모르는 사이에 어둠으로 변했다. 그녀에게 남은 거라곤 오직, 하나의 빛깔, 한 줄기 안개, 하나의 윤곽일 뿐, 심장의 떨림과 고동조차도 남아 있지 않다. 그녀의 것이라곤 오직 그녀가 남아 있을 뿐.

그녀가 지금 혼자라는 것. 거의 완벽하고 엄청난 일이지만, 그녀는 지금 정말 혼자다. 고독이라는 그 결백, 그 완벽한 순수 속에 그녀가 들어 있다.

나는 시선으로 그녀의 고독을 유린하고 있지만, 그녀는 그것을 눈치채지 못하고 있고, 그래서 그녀는 유린당하지는 않은 셈이다.

성스러워 보이는 앞치마를 두른 그녀가 눈을 환히 밝히고 손을 흔들며 창문께로 간다. 그녀의 얼굴과 상반신에 불빛이 내린다. 그녀가 하늘 속에 떠 있는 듯이 보인다. 그녀는 그 방 안쪽 창가에 놓인 큼직하고 낮은 암홍색 긴 의자에 앉아 빗자루를 자기 곁에 기대어놓는다.

호주머니에서 편지 한 장을 꺼내 읽는다. 황혼의 희미한 빛 속에서 그 편지는 단연 가장 하얗다. 조심스레 편지를 쥔 손가락 사이에서 겹으로 접힌 그 편지가 움직이고 있다. 마치 하늘을 나는 한 마리 비둘기처럼.

그녀는 팔랑이는 그 편지를 입으로 가져가더니, 입을 맞추었다.

누구에게서 온 편지일까. 분명히 가족에게서 온 건 아니다. 소녀가 여자가 되면, 부모들에게서 온 편지에 입을 맞출 정도로 효심을 품지는 않는 법이다. 애인, 약혼자, 그렇지……. 많은 사람들이 혹시 알고 있을지도 모르지만, 나는 그녀의 애인 이름을 알지 못한다. 하지만 나는 이 세상 누구도 엿볼 수 없는 그녀의 사랑을 목격하고 있다. 그런데 편지에 입을 맞추는 그 간단한 몸짓, 방에 묻혀 있는 그 자세, 어둠이 껍질을 벗겨버리고, 가죽을 벗겨버린 그 몸짓은 무언지 엄숙하고 무서운 분위기였다.

그녀는 일어서서 잿빛 손에 든 접힌 편지를 창문에 바싹 가져갔다.

저녁의 어둠은 한 치의 빈틈도 없이 짙어갔고, 그래서 이제 나는, 그녀의 나이나, 이름이나, 그녀가 우연히 이곳에서 하고 있는 일이나, 또 그녀에 관해 그 무엇도, 아무것도 알 수 없을 것처럼 느낀다……. 그녀는 자기에게 와 닿는 파리하고 무한한 공간을 바라본다. 그녀의 눈이 반짝 빛나고 있다. 눈물을 흘리고 있거나, 아니면 다만 빛이 넘쳐흐르고 있을 뿐이라고 말할 수도 있을 것이다. 그 눈 자체가 살포시 빛을 띠고 있다기보다는 그 눈이 온통 빛일 뿐이다. 만일 지상의 현실이 완전히 바뀌어 활짝 열린다면, 저 여자는 무엇이 될까?

그녀는 한숨을 쉬고는 느린 걸음으로 문가로 갔다. 무언가가 내려지듯 문이 다시 닫혔다.

그녀는 아무것도 하지 않았고, 다만 편지를 읽고, 거기에 입을 맞추고는 떠나버렸다.

* * *

아까보다도 훨씬 더 혼자뿐이라는 느낌으로, 나는 다시 내 구석으로 돌아왔다. 그 단순한 만남이 나를 완전히 혼란에 빠뜨렸다. 거기에는 오직 나와 똑같은 사람 한 명이 있었을 뿐인데도. 그 사람이 누구라 할지라도, 사람에게 접근하는 것보다 더 달콤하고 더 힘이 나는 일이 도대체 있을까?

그 여인은 나의 내면의 관심을 끌며 나의 마음 한구석을 차지한다. 어떻게, 왜? 모르겠다……. 그런데 그녀가 얼마나 큰 의미가 있었던 것인가……? 그녀 자신 때문이 아니다. 따라서 나는 그녀를 알지도 못하고, 알려고 애쓰지도 않는다. 그러나 한순간 보여준 그녀의 존재가 지닌 그 유일한 가치 때문에, 그녀가 보인 모범 때문에, 그녀의 실재(實在)의 흔적 때문에, 그녀의 진실한 발소리 때문에 그녀는 내게 중요했다. 조금 전까지 내가 꿈꾸던 초자연적인 소망이 이루어졌고 내가 무한이라 부르던 것이 달성된 듯했다. 가식 없는 입맞춤을 보이고 방금 내 시선 아래를 깊숙이 지나갔던 그 여인이 자기도 모르게 나에게 제공한 것이야말로, 우리를 지배하고 또 그 반영(反映)이 우리를 영예로 채워주는 일종의 아름다움이 아닌가?

* * *

저녁 식사를 알리는 종소리가 호텔 안에 울렸다.

일상적인 현실 생활과 평상의 소환으로 잠시 내 생각들의 흐름이 바뀌어버렸다. 식당에 내려갈 준비를 한다. 색다른 조끼와 짙은 양복을 걸친다. 넥타이에 진주 핀을 하나 꽂는다. 그러나 곧 나는 멈추고 옆으로 멀리 사람의 발소리나 목소리가 또 들리지 않을까 하고 귀를 기울인다.

필요한 준비를 하고 나서, 뜻밖에 일어났던 그 큰 사건 그 출현에 대한 집착에 계속 매달리고 있는 것이다.

나와 같이 이 건물에 살고 있는 사람들 속으로 내려갔다. 밤색과 황금색으로 칠해지고, 불빛으로 가득 찬 환한 식당에서 나는 정식 테이블에 앉았다. 모든 것이 거의 다 반짝거리고 떠들썩했고, 식사가 준비될 때면 으레 그렇듯이 공허한 분주함이 있다. 거기 자리를 잡고 있는 많은 사람들은, 아주 고상한 계층다운 신중함을 지니고 있다. 어디서나 미소가 보이고 자리를 바로잡는 의자 소리들이 들리고, 또 어떤 화제가 시작되고…… 드디어 식기와 접시들의 합주가 규칙적으로 진행되고 또 점점 커져갔다.

내 곁에 앉은 두 사람은 각기 자기 옆 사람에게 이야기를 하고 있다. 나만 따로 떼어놓는 그들의 소곤거림이 들려온다. 나는 눈을 든다. 내 앞에는 번들거리는 이마, 번쩍거리는 눈, 넥타이, 코르사주〔여자의 웃옷〕, 눈부시게 하얀 테이블 위에서 분주히 앞으로 드나드는 손들이 가지런히 줄지어 있다. 이 모든 것이 나의 주의를 끄는 동시에 진저리나게 한다.

나는 이 사람들이 무얼 생각하는지 알 수도 없고, 또 그들이 누구인지도 모르겠다. 그들은 서로서로에게 자신을 숨기며 자신을 감추고 있다.

나는 경계선에 부딪히듯 그들의 번들거림과 이마에 부딪힌다.

팔찌, 목걸이, 반지들……. 번쩍거리는 보석들이, 마치 별들이 그렇듯이, 나를 멀리로 튕겨 밀어버린다. 한 소녀가 희미한 푸른 눈으로 나를 바라보고 있다. 사파이어 같은 그 눈에 내가 무얼 할 수 있겠는가?

사람들은 말을 하고 있지만, 그 소리는 소리로서만 남을 뿐이고 밝은 빛이 내 눈을 멀게 하듯이 내 귀를 둔하게 한다.

그렇기는 하지만, 그들은 무슨 이야기를 하다가도 자신들의 마음속에 자리 잡고 있는 것들에 관해서 생각하기 때문에 마치 자기들만 있는 것처럼 때때로 자기 자신을 드러내 보였다. 나는 그 진짜 이야기를 알았고 그래서 어떤 추억 때문에 창백해졌다.

어떤 사람들은 돈에 관해 이야기했다. 이야기는 모두 그 주제로 쏠리고, 모인 사람은 모두 어떤 공상에 빠져 흥분했다.

그들의 눈 속에서는 돈을 소유하고 만져보는 것에 대한 꿈이 보일 듯 말 듯하게 나타났다. 마치 아까 그 하녀가 자기 혼자밖에 없다고 느끼면서 약간의 숭배감이 그녀의 눈 속에 떠올랐던 것처럼. 그때 그녀는 한없이 침착하고 해방된 듯했다.

사람들은 전쟁 영웅들에 관한 기억을 의기양양하게 떠올렸다. 누군가는 "그래서, 나도!"라고 외쳤고, 어울리지도 않는 우스꽝스러움과 자신들을 얽어맨 사회적 지위에도 불구하고 머릿속 생각을 고스란히 드러내면서 열을 올렸다. 소녀의 표정은 마치 황홀경에 빠진 듯 보였다.

그애는 무아지경에서 새어나오는 탄식을 억누르지 못했다. 다른 사람은 알아맞힐 수 없는 공상을 떠올리고 그애는 낯을 붉혔다. 그애의 얼굴에 홍조가 번져나가는 걸 보았다. 나는 그애의 가슴이 빛을 발하는 걸 본 것이다.

사람들은 저승에 관해, 신비주의 현상에 관해 토론했다. "알 게 뭐람"이라고들 말했다. 그러고 나서는 죽음에 관해 얘기했다. 사람들이 죽음에 관해 이야기할 때 두 사람, 식탁의 한쪽 끝과 또 다른 쪽에 있던 남자와 여자—서로 말을 건네지도 않았고, 서로 모르는 사이인 것 같았다—가 시선을 교환했다. 그걸 보고 나는 깜짝 놀랐다. 그러나 죽음에 관한 생각이 빚은 충격 때문에 동시에 그 시선이 그들에게서 솟아나오는 것을 보고, 그들이 서로 사랑하고 있으며, 생명의 밤 밑바닥에서 서로에게 속해 있다는 걸 나는 알아차렸다.

* * *

……식사는 끝났다. 젊은이들은 응접실로 들어갔다.

한 변호사가 자기 옆 사람들에게 그날 낮에 판결이 내려진 재판 이야기를 했다. 그는 조심스럽게 혹은 비밀스럽게 이야기를 털어놓고 있었다. 한 계집애의 목을 조른 채로 그애를 능욕한 어떤 사내에 관한 이야기였다. 사람들에게 그 작은 피해자의 비명이 들리지 않도록 그 사내는 목청껏 노래를 불렀다고 한다.

법정에서 그 짐승 같은 놈은 그렇게 고백했다고 한다.

"다행스럽게도 그애가 그처럼 어리지 않았더라면, 소리를 크게 질러 사람들에게까지 들렸을 겁니다."

입술은 하나씩 하나씩 다물어졌고, 거기 있던 모든 얼굴들이 비록 그런 기색을 내보이진 않았으나 귀를 기울여 듣고 있었으며 멀리 떨어져 있는 사람들도 그 이야기를 하는 변호사에게 다가오거나 기어오고 싶었을 것이다.

그들 앞에 그 광경이 떠오르고 우리들의 두려운 본능이 극도로 자극되자, 마치 영혼 속에 무시무시한 소리가 번지듯이 침묵이 뭉실뭉실 번져나갔다.

그러고 나서 잠시 후에, 한 부인, 한 정직한 여인의 웃음소리가 들렸다. 그 여인 자신은 분명 아무 잘못도 아니라고 여겼을 그 웃음은 메마르고 목이 멘 것이지만 목구멍에서 새어 빠져나오면서 그녀의 전신을 쓰다듬는 웃음이었다.

그 터져나온 웃음은 형체가 없고 본능적인 소리로서 거의 살[肉]이 빚어낸 작품이다……. 그녀는 입을 다물고 다시 자신을 닫는다. 그런데 그 변호사는 자기 이야기의 반향에 자신감을 얻은 조용한 음성으로 그 괴물 같은 놈의 고백을 사람들에게 계속 퍼부었다.

"그애는 좀처럼 죽지 않고 소리소리 질렀죠. 저는 식칼로 그애의 배를 가르지 않을 수 없었습니다."

곁에 딸애를 데리고 있던 한 젊은 부인이 반쯤 몸을 일으켰으나, 차마 가버리지는 못했다. 그녀는 다시 앉아 앞으로 몸을 숙여 애를 가렸다. 그녀는 듣고 싶었으나, 부끄러운 것이다.

다른 한 여인은 얼굴을 수그리고 아주 조용히 움직이지 않고 있다. 하지만 비장하게 마치 자기 자신을 방어하듯이 입을 악물고 있다. 그 얼굴의 세속적인 생김새에 마치 글자로 나타나듯이 순교자의 광적인 미소가 떠오르는 것을 나는 목격한 듯했다.

그런데 남자들은…… 이쪽의 침착하고 단순한 사람이 숨을 헐떡거리는 소리를 나는 똑똑히 들었다. 부르주아의 특징인 무표정한 저쪽 사람은 자기 곁의 젊은 여인에게 이것저것 힘들여 이야기하고 있다. 하지만 그는 그녀의 살갗까지, 아니 그보다 더 깊숙이 들어가고자 하는 시선으로 그녀를 바라보고 있다. 자신보다 더욱 힘이 센 자신의 눈빛에 스스로 부끄러워졌고, 눈빛의 번쩍거림 때문에 눈을 껌벅이며, 눈빛의 무게에 짓눌리고 있었다.

또 다른 한 남자에게서도 상스러운 시선을 나는 보았다. 바르르 떨며 빙긋이 열리려고 애쓰는 그의 입매를 보았다. 여성의 싱싱한 살과 피를 향해 마치 경련이 일듯 이빨이 맞부딪치는 소리, 그 인간 기계 장치가 가동되는 것을 보고 나는 깜짝 놀랐다.

그리고 모든 사람들은 그 짐승 같은 색마에 대해서 합창이라도 하듯이 지독한 욕설을 퍼부었다.

……이렇게 해서, 한순간 그들은 거짓말을 하지 않았다. 분명히 알지도 못하고 또 자기들의 무엇을 폭로하는지도 모르면서, 그들은 자기 자신들의 본성을 거의 폭로하다시피 했다. 그들은 잠시 동안 본연의 자신들이었다. 소망과 욕정이 솟아나왔고, 그것들의 반사는 지나갔다─그래서 입술에 의해 봉인된 침묵 속에 들어 있던 무언가를 보았다.

내가 보고 싶은 것은 바로 그것이고, 바로 그 생각이었다. 일종의 살아 있는 유령이다. 비록 추악하더라도 걸작처럼 아름다운 남자나 여자의 진실이 내 눈앞에서 가면을 벗는 것을 빨리 보고 싶은 마음에 부추김을 당해 쫓기듯 나는 일어선다. 그래서 또다시 나는 내 방으로 돌아와, 팔을 벌려 키스하는 자세로 벽에 대고 그 방을 바라본다.

그 방은 내 발밑에 누워 있다. 비록 텅 비어 있을 때라도 그 방은 우리가 마주치고, 또 우리가 어울려 사는 사람들보다 한결 더 생생하게 살아 있다. 그에 비해 사람들은 자신을 표면에 드러내지 않고, 남들에게 잊혀지기 위해 무한히 많은 모습을 지니며, 거짓말을 위해 입을 열고, 자신의 참모습을 감추기 위한 표정을 짓고 있다.

3

밤, 완전한 밤이다. 벨벳처럼 짙은 어둠이 사면에서 나를 에워싼다.

내 주위의 모든 것들이 어둠 속으로 와르르 무너졌다. 이 암흑 한가운데서 램프가 비추고 있는 둥근 테이블에 팔꿈치를 괴고 앉아 있었다. 일을 하려고 거기 앉아 있었지만, 사실은 귀 기울여 듣는 것 말고는 할 일이 없다.

조금 전, 나는 그 방을 들여다보았다. 지금은 아무도 없지만 틀림없이 누군가가 오리라.

어쩌면 오늘 밤이 아니면 내일, 어느 날엔가는 누군가 올 것이다. 반드시 누가 올 것이고 또 다른 사람들이 끊이지 않고 뒤이어 올 것이다. 나는 기다리고 있다. 이제 나는 오직 그 기다림을 위해서만 존재한다는 느낌이다.

오랫동안, 나는 감히 쉬어보지도 못하고 기다렸다. 그리고 나서도 너무나 오랫동안 정적이 버티고 있었기 때문에 나는 마비된 채로 안간힘을 썼다. 나는 다시금 벽에 달라붙었다. 기도하는 마음으로 거기다 눈을 갖다 댔다. 그 방은 캄캄했고, 모든 것이 엉클어지고, 온통 밤으로 가득 차고, 미지의 것으로 그득하고 모든 가능성으로 가득했다.

* * *

나는 다시 내 방으로 내려왔다. 다음 날, 나는 그 방이 소박한 아침 햇살 속에 잠겨 있는 걸 보았다. 그 안에 펼쳐지는 여명을 보았다. 차츰차츰, 그 방은 폐허에서 꽃이 피듯, 나타나 솟아오르기 시작했다.

그 방의 가구나 구조는 내 방과 똑같았다. 깊숙한 안쪽 내 맞은편엔 벽난로가 있고 그 위엔 거울이 달려 있고, 오른편으로 침대, 왼편으론 창가에 긴 의자가 하나……. 방들은 모두 똑같지만, 내 방은 이미 끝났고 이제 저 방은 시작되려는 참이다.

어설픈 아침 식사가 끝나고, 나를 끌어당기는 바로 그 지점, 칸막이벽의 구멍으로 나는 다시 돌아온다. 아무 일도 없다. 나는 다시 내려선다.

무더운 날씨다. 아직 여기까지도 음식 냄새가 조금 남아 있다. 텅 빈 채 끝없이 넓은 내 방에서 나는 발을 멈춘다.

방문을 반쯤 열다가 활짝 연다. 복도에 보이는 방문들은 갈색 칠이 되어 있고, 방 번호가 새겨진 구리판이 붙어 있다. 모두 다 닫혀 있다. 나는 발걸음을 뗀다. 꼼짝 않고 있는 듯한 이 큰 집 안에 내 발소리만 크게 울린다.

층계참은 길고 좁다. 벽에는 암녹색 나뭇잎 무늬가 새겨진 모조품 태피스트리가 드리워져 있고 구리로 만든 가스등이 번쩍이고 있다. 나는 층계 난간에 팔꿈치를 괸다. 한 하인이 (식탁을 준비해주는 사람인데, 지금은 푸른 앞치마를 두르고 머리를 빗지 않아서 누군지 알아보기 어려웠다.) 팔에 신문을 끼고 위층에서 껑충거리며 내려온다. 르메르시에 부인의 딸이 조심스레 손으로 난간을 잡고 새처럼 목을 앞으로 내밀고 올라오고 있다. 나는 그애의 작은 발소리를, 흘러가는 시간의 똑딱거리는 소리와 비교해본다. 한 신사와 한 부인이 내 앞을 지나다가 내가 들을까 봐 이야기를 뚝 끊는다. 마치 자기들의 생각을 나에게 적선하기 싫다는 듯이 말이다.

이런 조그만 사건들이, 마치 희극 무대 위에 막이 내리듯 사라져 버린다.

진저리나는 오후 내내 나는 걸어 다녔다. 어슬렁거리며 돌아다니는 동안 집 안에 있으나 밖에 나가 있을 때나 나는 모든 사람들에 대해 나 혼자라는 느낌이다.

내가 복도를 지나가자, 놀란 여인의 웃음소리가 잘리며 문이 급히 닫혔다. 사람들은 달아나고 자기 자신을 방어한다. 아무 의미도 없는 소리가 희미한 벽에서 기어 나온다. 이건 정적보다도 더 나쁘다. 문 밑에서 으스러지고 사살당한 한 줄기 빛이 기어 나온다. 이건 암흑보다 더 나쁘다.

나는 층계를 내려간다. 이야기 소리가 나를 부르는 응접실로 들어간다.

몇몇이 무리를 이루고 문자를 써가며 이야기하는데, 무슨 말인지 기억나지 않는다.

그들은 나가고, 혼자 남은 나는 그들이 복도에서 토론하는 소리를 듣는다. 이윽고 그들의 음성이 사라져버린다.

잠시 후에 비단이 스치는 소리와 꽃향기를 풍기며 우아하게 생긴 부인이 들어온다. 그 부인은 향기와 우아한 분위기로 많은 공간을 차지한다.

부인은 아주 상냥스러운 눈길로 치장한 갸름하고 아름다운 얼굴을 앞으로 살짝 내민다. 하지만 내 쪽을 바라보지는 않기 때문에 나는 그 여인을 잘 볼 수가 없다.

그녀는 앉아서 책을 꺼내 뒤적거린다. 책이 그녀의 얼굴에 하얗게 비치고 사색의 빛을 드리운다.

오르락내리락하는 그녀의 젖가슴과 움직이지 않는 얼굴과, 그녀와 하나가 되어 살아 있는 그 책을 나는 몰래 살펴본다. 안색이 너무나 밝아서 그녀의 입은 거의 까맣게 보인다. 그녀의 아름다움이 나를 슬프게 한다. 숭고한 아쉬움에 젖어 머리부터 발끝까지 나는 그 낯모르는 여인을 물끄러미 바라본다. 그녀가 거기 앉아 있는 사실만으로도 나는 그녀의 애무를 받고 있는 것이다. 여인이란 남자가 가까이 다가올 때, 또 혼자 있는 여인이란 언제고 남자에게 애무를 주고 있는 것이다. 숱하게 많은 장벽이 있음에도, 그들 사이에는 언제나 지독한 행복이 시작되는 것이다.

그러나 그 부인은 가버린다. 그녀에 관한 것은 끝났다. 아무 일 없이 끝났다. 그 모든 것이 너무도 단순하고 너무도 강렬하며 너무나 진실하다.

(전 같으면) 느끼지 못했을 이 감미로운 실망이 나를 불안하게 한다. 어제부터 나는 변했다. 인간의 삶을, 살아 있는 진실을, 나는

30

알고 있었다. 우리 모두가 알고 있었듯이 태어날 때부터 나는 그것을 실천해왔다. 그러나 성스러운 방법으로 나를 깨우쳐준 그것을, 이젠 불안해하며 믿고 있다.

* * *

나는 다시 내 방으로 올라왔고, 오후는 영원히 계속될 듯이 지루했다. 그러나 저녁이 왔다.

창문을 통해 나는 저녁이 하늘로 퍼져 올라가는 걸 본다. 어찌나 조용히 올라가는지 그걸 보는 사람도 있고 보지 못하는 사람도 있다. 거리에서는 사람들이 흩어져 가고 있다.

행인들은, 그들이 생각하는 집으로 돌아간다. 내가 지금 있는 집에, 손님들의 가벼운 발소리와 낮은 잡음들이 가득 차는 소리가 벽을 통해 멀리서 들려온다.

칸막이벽의 저쪽에서 어떤 소리가 들려왔다……. 나는 벽에다 몸을 번쩍 일으켜 세우고 벌써 아주 어두워져버린 방을 들여다본다.

* * *

조금 전에 내가 내 방 창문으로 다가갔듯이 그녀도 창가로 다가갔다. 분명 방에 혼자 있는 사람들의 변함없는 자세이리라.

차츰차츰 나는 그녀를 더 똑똑히 본다. 내 눈이 어둠에 익숙해짐에 따라 그녀는 더욱 분명해진다. 마치 그녀가 내게 동정을 베풀러 온 것처럼 느껴진다.

가을이 시작된 지금, 그녀는 얇은 옷을 걸치고 있다. 아직 햇빛이 남아 있는 동안, 여인들은 그런 옷을 통해 밝게 빛난다. 창문의 시든 빛이 거의 꺼져가는 반사광으로 그녀를 감싸고 있다. 그녀의 옷은 끝없이 넓은 노을 빛깔이고 요정 이야기에 나오는 시간의 빛깔을 띠고 있다.

그녀의 몸에서 나는 한 줄기 향기, 향수와 꽃 냄새가 내게까지 풍겨오고, 그녀의 이름을 알려주듯 그녀가 누구라는 걸 말해주는 그 향기로써, 나는 그녀가 누구인지 알고 있다.

조금 전, 내 곁에 자리 잡고 있다가 날아가버린 그 젊은 여인이다. 이제 그녀는 저기, 닫힌 방문 뒤에서 내 시선의 포로가 되어 있다.

그녀의 입술이 달싹거렸다. 그녀는 아주 낮게, 중얼거리고 있는지 아니면 노래를 하고 있는지 나는 모른다……. 그녀는 거기 있다. 서글프도록 하얀 창문 곁에, 거울에 비친 창문의 영상 곁에, 퇴색해가는 흐릿한 방 가운데에, 그녀는 저기 있다. 어두운 눈을 갖고 어두운 육체를 갖고 그녀가 살아온 이래 줄곧 숱하게 많은 시선이 쓰다듬은 얼굴이 맑게 빛나면서, 놀랍게도 고귀한 하얀 목덜미를 앞으로 숙인다. 바짝 창문에 붙어 서서, 자신의 이마를 기댄 그녀의 옆모습은 마치 그녀의 영상이 파랑기라도 한 듯이 푸르스름한 미광에 잠겨든다. 암흑 덩어리 같은 머리 위로 희미한 후광이 떠오르면서 갈색 머리카락을 비춰준다.

열려 있기라도 한지 그녀의 입은 희미하고, 손은 한 마리 새처럼 푸른 창유리 위에 얹혀져 있다. 웃옷은 창백한 빛을 띠고 있지만 아주 짙은데, 녹색이거나 푸른색이리라.

나는 그녀에 관해 아무것도 모른다. 수많은 세계, 아니면 수많은 세기가 우리를 갈라놓듯이, 그녀는 죽은 사람처럼 나에게서 멀리 떨어져 있다.

그렇기는 하지만, 우리 사이에는 아무런 장벽도 없다. 나는 그녀 곁에 그녀와 함께 있다. 나는 몸을 부르르 떨며, 그녀 위에서 꽃피고 있다……. 그녀를 포옹하기 위해 내 손은 뻗어 나간다. 나는 남들과 똑같은 남자이고 비참하게도 언제나 처음 만나는 여자에게 홀딱 반해버릴 준비가 된 사람이다. 그녀는 사람들이 사랑하는, 여인의 가장 순수한 영상이다. 아직도 다 알려지지 않은 여인, 후에 자신을 내보일 여인, 지상에 존재하는, 살아 있는 유일한 기적을 몸에 담고 있는 여인인 것이다.

* * *

잠자도록 달래진 둥그스런 형체를 띠고서 그녀는 몸을 돌려 한 가닥 구름처럼, 이미 어두워진 방으로 미끄러져 들어간다. 오묘하게도 사각거리는 옷소리가 들려온다. 벽을 찾듯 나는 그녀의 얼굴을 찾는다. 그러나 지금 그녀의 머릿속 생각만큼이나 그녀의 얼굴도 보이지 않는다.

그녀의 몸짓의 의미를 생각한다. 그러나 그 몸짓도 내게서 달아난다. 나는 그녀와 아주 가까이 있지만, 그녀가 무엇을 하는지 모른다! 사람들은 자신도 모르게, 자기가 무엇을 하는지 모르는 것 같은 표정을 짓는다.

그녀는 방문에 열쇠를 채운다. 그 행동은 그녀를 좀 더 신비스럽게 만든다. 그녀는 혼자 있기를 원하고 있다. 필경, 그녀는 옷을 벗기 위해 저 방에 들어온 것이다.

나는 그녀가 어떻게 여기 오게 되었는지를 굳이 알려고도 하지 않고 또 눈으로 저 여인을 소유하는 이 죄악에 대해 스스로 변명해 볼 생각조차 없다. 우리들은 결합되어 있으며 내가 내 온 마음, 내 온 영혼, 내 온 생명을 다 바쳐 그녀가 내게 자신을 보여주기를 기원하고 있다는 걸 알고 있다. 그녀는 자성하며 주저하고 있는 것 같다. 그녀의 온몸이 얼마만큼이나 깨끗하게 아름다울지 그려보고 자신의 가면을 벗기 위해 아주 오래전부터 그녀는 혼자가 되기를 기다리고 있다고 상상해본다. 그래, 그녀는 자신이 아직도 바깥 공기에 흠씬 두들겨 맞으며, 행인들이 스쳐 지나가고 사내들의 팽팽한 낯이 온통 그녀를 만지고 있음을 느끼고 있는 것이다. 그래서 그녀는 이 사면 벽 사이로 피해 들어와 옷을 벗을 수 있도록, 그러한 접촉이 더욱더 멀어지기를 기다리고 있는 것이다.

나는 그녀에게서 그처럼 순결하고 관능적인 생각을 읽고 만족하고 있다. 벽이 가로막고 있음에도 내 몸뚱이가 그녀 쪽으로 쏠리는 흥분이 느껴진다.

* * *

그녀는 창가로 가서, 두 팔을 들고, 눈부시게, 커튼을 닫았다. 우리 사이에 완전한 암흑이 내려졌다.

그녀를 잃고 말았다⋯⋯. 내게는 날카로운 고통이었다. 마치 내게서 광명을 빼앗아 가버리듯이⋯⋯. 그래도 나는 그녀의 순결과 뒤섞이는 어둠을 지켜보면서, 신음소리를 억제하며 멍청히 서 있었다…….

그녀는 손을 더듬어 어떤 물건을 집었다. 예상대로 그녀는 성냥을 찾아 켰고, 성냥이 그녀의 손가락 끝에서 활활 타오르는 것이 보였다. 천천히 그녀의 모습이 뚜렷해졌다. 그녀의 희미하게 하얀 손, 이마, 목덜미가 보였고, 내 앞에 있는 그녀의 모습은 선녀와도 같았다.

손에 쥔 엷은 불빛이 내게 그녀를 나타내 보여주는 몇 초 동안에 그녀의 얼굴 윤곽 하나하나를 뜯어보지는 못했다. 그녀는 타고 있는 성냥불을 손가락으로 들고, 벽난로 앞에 무릎을 꿇었다. 차갑고 습한 어둠 속에서 마른 나무가 탁탁거리는 맑은 소리가 들리고 또 보였다. 그녀는 램프에는 불을 붙이지 않고 그 성냥을 던져버렸다. 밑에서 올라오는 불빛을 빼놓고는 그 방에 아무런 조명도 없어졌다.

난로가 벌겋게 타올랐다. 그동안 얕은 바람 소리를 일으키며, 마치 저무는 태양 앞에서처럼 그녀는 난로 앞을 왔다 갔다 했다. 늘씬하게 큰 그녀의 체구와 어렴풋한 팔과 황금빛과 장밋빛을 띤 그녀의 손이 움직이는 실루엣이 보였다. 그녀의 그림자는 발밑에서 기어 나와, 늘씬하게 벽을 타고 올라갔으며, 그녀의 머리 위로 활활 타는 천장을 향해 날아오르고 있었다.

마치 화염처럼 그녀에게로 굴러오는 불빛의 광채가 그녀를 엄습했다. 그러나 그녀는 자신의 그림자 속에서 몸을 지키고 있었다. 그녀는 아직도 감추어져 있고, 아직도 둘러싸여 있으며, 아직도 잿빛이다. 서글프게도 그녀의 몸에 여전히 옷이 드리워져 있었던 것이다.

그녀는 내 맞은편의 긴 의자에 걸터앉았다. 그녀의 시선이 조용히 방 안을 이리저리 날았다.

한순간 그 시선이 내 시선 위에 머물렀다. 모르는 사이에 우리는 서로 바라본 것이다.

그리고 한결 더 날카로운 시선이며, 한결 더 정성스러운 봉헌물인 그녀의 입이 어떤 일, 아니면 어떤 사랑을 생각하고 있었는지 스스로 열렸다. 웃음을 지은 것이다.

입이란 노출된 얼굴의 벌거벗은 그 무엇이다. 핏빛으로 빨갛고, 영원히 피를 흘리는 입은 심장에 비견할 만하다. 여인의 입을 본다는 것은 일종의 모욕이며, 아니 거의 모욕과 다름없는 짓이다.

그리고 나는, 반쯤 열린 입으로 웃음을 흘리고 있는 그 여인 앞에서 부르르 떨기 시작했다. 내 둔부에 짓눌려 긴 의자는 미적지근하게 가라앉아 있었다.

고운 두 무릎은 딱 붙어 있었고, 몸의 바로 한가운데는 심장과 같은 모양을 하고 있었다.

……긴 의자에 반쯤 기대고서, 손으로 치마를 살짝 걷어 올리고는 발을 불 쪽으로 내밀었다. 몸을 움직이느라고, 팽팽하게 검은 스타킹을 신은 다리가 드러났다.

그러는 통에 점점 커지면서 어둠 속으로 사라져가고, 뜨거운 쇠에 닿아 낙인찍힌 것처럼 엄청나게 깊은 곳으로 소멸되어가는 욕정으로 나의 육체는 울부짖었다.

나는 손가락을 움켜쥐었다. 눈은 찢기는 듯이 괴로웠다. 그렇게도 그녀는 거기에 널따랗게 너부죽이 거의 다 드러나 있었다 이마는 어둠 속에 잠겨 있었다. 그런데 땅 위를 기어가는 핏빛 같은 불빛은 그녀 위로, 그녀 속으로 필사적으로 올라가고 있었다. 마치 인간의 노력처럼!

베일과도 같은 치마가 다시 내려졌다. 그 여인은 다시 예의 상태로 돌아왔다. 그렇지 않다, 그녀는 지금 딴사람이 되었다. 내가 금지된 육체를 조금 엿보았기에, 우리 두 방의 뒤섞인 어둠 속에서 나는 그 육체를 훔쳐보려고 목숨을 부지하고 있는 것이다. 그녀는 옷을 걷어 올렸다. 그녀는 남자들이 신앙처럼 열망하고, 온갖 희망, 온갖 이성을 거스르면서까지 간절히 바라는 그 위대하고 단순한 몸짓을 보였다. 때때로 현혹되고 또 현혹시키는 그 몸짓!

다시금, 그녀는 걷고 있다. 이제 그 치마 소리는 내 마음속에서 날갯짓하는 소리를 일으킨다.

방심한 미소를 머금은 그녀의 어린애 같은 얼굴을 혐오하고, 그녀의 영혼과 생각을 힘껏 미워하여 잊어버리려고 하면서도, 내 눈은 그녀의 모습을 뽑아서, 그녀를 둘러싸고 놓지 않는 불빛처럼 그녀의 피를 노리고 있다. 하지만 나의 시선이 할 수 있는 것이라고는 오직 그 발밑에 떨어지고, 난로의 불빛처럼 그녀를 가볍게 스치는 것뿐이다. 애원하는 현란한 불길, 송두리째 벗겨진 불길, 조각난 불길, 이 불길은 하늘을 향해 번득이고 있다.

드디어 그녀는 자신을 깊숙이 드러내 보였다.

신을 벗기 위해 그녀는 다리 맨 위쪽까지 걷어 올리면서 나에게 육체의 심연을 내민 것이다. 그녀는 반들거리는 구두와 그보다는 광택이 덜한 비단 스타킹 속에 갇혀 있던 연약한 발과, 날씬한 무릎과, 가냘픈 발목 위에 섬세한 그리스 술병같이 통통히 살 오른 장딴지를 내게 보여주었다. 오금 위로 하얗고 흐릿한 그 술병 같은 장딴지에 스타킹 끝자락의 순결한 살결도 필경 보였으리라. 그러나 필사적인 어둠과, 그녀에게 덤벼들며 헐떡거리는 장작의 불빛 속에서 도무지 살결인지 속옷인지 분간할 수 없었다. 섬세한 속옷일까? 살결일까? 아무것도 아닐까? 아니면 그 모두일까? 그 나체를 두고 내 눈은 어둠과 불빛과 다투고 있었다. 이마를 벽에 붙이고, 가슴을 벽에 대고, 손바닥을 벽에 기대고서 나는 초조하게 그 벽을 무너뜨리고 가로질러 가기 위해서, 무슨 수를 쓰든지 아니면 완력으로든지 간에 좀 더 보려고, 좀 더 잘 보려고 애쓰면서 내 눈은 확신을 얻지 못해 고통스럽기만 했다.

그리고 그 아늑하고 따뜻하며 무서운 날개와도 같은 옷이 감싼 그녀 몸의 위대한 어둠 속으로 나는 가라앉았다. 수놓인 드로어즈〔속바지〕가 어둠으로 가득한 컴컴하고 넓은 틈 사이로 살짝 열렸다. 곧 내 시선은 거기로 쏠렸고, 그러고는 발광했다. 그리고 그 열려진 어둠 속에서, 그 벗겨진 어둠 속에서, 그녀의 한가운데서, 그 얇은 옷의 한가운데서 보고 싶었던 것을 거의 보았다. 기체처럼 가볍고, 온통 그녀의 냄새로 가득 찬 그 옷은 그녀의 육체를 둘러싸고 있는 한 무더기 구름 향기 같기만 하다—밑바닥이 하나의 열매나 다름없는 그 어둠 속에서, 그건 한순간의 정경이었다. 나는 그 여인 앞의 벽에 붙어버렸다. 그 여인은 조금 전—나는 어떤 몸짓을 회상하고 있었다—자신의 생각을 두려워했고 지금은 티 없이 순결한 자신의 고독 속에서 자기에게로 끌리는 남자의 시선에 제 몸을 비비는 소녀 같은 포즈를 취하고 있었다……. 그녀는 순결하게 자신을 내맡기며 몸을 구부리고 있었다.

벽난로의 불길이 꺼져가고 있었고, 그래서 더는 그녀가 거의 보이지 않게 되었을 때 그녀는 옷을 벗기 시작했다. 그녀와 나의 그 거대한 축제는 어둠 속에서 이루어지려는 것이었다.

크고 희미하며 무정한 그 형체가, 거의 꺼져가는 아름다움 속에서 가늘고 훈훈하며 애무하는 듯한 소리에 감싸여 조용히 움직이는 걸 보았다. 그녀의 두 팔이 무겁게 움직이는 걸 보았고, 둥글고 나근나근한 몸짓의 미묘한 미광 속에서 그 팔에 아무것도 걸치지 않았다는 걸 알았다.

방금 얇은 비단 조각처럼 가볍고 천천히 침대 위에 떨어진 것은 그녀의 목을 부드럽게 감싸고, 허리를 꼭 졸라매고 있던 그녀의 코르사주였다……. 구름 같은 치마가 방긋 열리고 발밑으로 흘러내리면서, 아스라이 깊은 곳 한복판에 있는 그녀를 송두리째 파리하게 밝혀주었다. 그녀가 활짝 꽃 핀 듯한 그 의상에서 빠져나오는 것을 본 듯했고, 그리고 의상은 그녀에게서 벗겨져 나오자 아무것도 아닌 것처럼 느껴졌다. 나는 두 다리의 형체를 알아본 듯싶었다.

분명 나는 그렇게 믿었다. 내 눈은 이제 더는 소용이 없었기 때문이었다. 불빛이 없어서일 뿐만 아니라, 내 마음의 맹목적인 노력과 내 생명의 펄떡거림과 내 피의 모든 어두움으로 인해 나의 눈이 멀어버렸기 때문이다……. 그 숭고한 형체를 미친 듯이 추구하고 있던 것은 내 눈이 아니라, 차라리 그녀의 그림자와 하나가 된 나의 그림자였다.

내 온몸을 휘감아드는 한마디, 외마디 소리,

"그녀의 배〔腹〕!"

그녀의 배! 이제 가슴이나 다리 따위는! 또 벌써 내팽개쳐버린 그녀의 생각이나 얼굴에 대해선 별로 관심이 없었다. 내가 바랐고, 또 구원처럼 도달하려고 애쓰는 것은 그녀의 배다.

떨리는 내 두 손으로 비벼 새롭게 힘을 불어넣어준 나의 눈, 육체처럼 둔한 내 눈은 그녀의 배를 갈망하고 있었다. 계율과 옷차림에 상관없이 남자의 시선은 언제든지 파충류가 제 구멍을 찾아들 듯, 여인의 성(性)을 향해 쫓아가며 기어든다.

나에게, 그녀는 오직 하나의 성일 뿐이었다. 그녀는 이제 오직 그 신비스러운 상처이기만 했다. 지금 입처럼 열리고 심장처럼 피를 흘리며 리라처럼 부르르 떨고 있다. 그리고 그녀에게서 풍겨나던 향기가 나를 가득 채우고 있었다. 인공적인 향내도 아니고, 또 그녀의 옷에서 풍기는 향기도 아니었다. 마치 소박하고 드넓은 바다 냄새에라도 비할 수 있을 그녀 자신의 깊은 향기였다. 그녀의 고독의 냄새이며, 그녀의 열기, 그녀의 사랑의 냄새이며 그녀 뱃속의 비밀인 것이다.

나는 이 무서운 유혹 쪽으로 파리한 두 입술과 붉고 충혈된 눈을 밀어붙였다. 나는 승리에 가득 차서 사나워졌다. 그런데 그녀의 입은 지나치는 긴 입맞춤이었고, 그 맺지 못할 오랜 입맞춤에 내 입은 경련했다.

그러자 그녀는 꼼짝하지 않았다. 이해할 수도 없고, 다시 볼 수도 없는 일이지만…….

불현듯, 나는 그녀를 실제로 만지고 싶었다……. 이 벽을 무너뜨리고, 아니면 방을 뛰쳐나가 저 문을 깨고, 그녀에게 몸을 던져…….

아니, 안 된다. 안 돼! 곧장 직관적으로 명료하게 나는 정신을 차렸다……. 아마 나는 그녀를 스쳐볼 틈도 얻지 못했으리라. 곧 제지당했을 것이다……. 더럽혀진 평판, 감옥, 수치, 지독한 비참, 그리고 그 밖의 모든 불행, 그러한 모든 것이 너무도 가까워졌다는 생각에 나는 무시무시한 두려움에 사로잡혔다. 그래서 나는 서 있던 자리에 부르르 떨며 못 박혀버렸다.

그러나 재빨리 또 다른 생각이 떠올랐다. 하나의 꿈이 내 살을 좀먹었다. 처음엔 질겁하겠지만 조금 지나면, 그녀도 결국 내가 하는 대로 몸을 내맡기리라는 생각. 그녀에게도 전염이 되어, 내가 만지는 모든 물건이 그렇듯, 의식을 잃고 활활 몸을 불태울지도 모른다는 생각…….

아니, 그렇지 않아! 그렇다면 그녀는 한낱 창부일 뿐이고 그 따위 창부들이야 찾으려면 얼마든지 있으니까. 여자를 손에 넣고 하고 싶은 짓을 하기란 아주 쉽다. 그렇지만 그건 값이 정해진 더러운 짓이다. 돈을 내고서 문틈으로 정사를 엿볼 수 있는 집조차 있으니 말이다. 그러나 저렇게 천사처럼 아름답게 혼자 있는 그녀가 만일 그 따위 한낱 창녀라면 그때는 이미 그녀가 아니다.

나는 이러한 생각을 내 머리와 내 육체에 잘 단속해야 한다. 내가 이처럼 완벽한 방법으로 그녀를 거두어들이는 것은, 그녀가 나와 떨어져 있고 또 우리 사이에 구멍이 나 있기 때문이다. 고독이 그녀를 찬란히 빛나게 하고, 또 그녀를 보란 듯이 방어해준다. 그녀의 순결한 진실과, 여왕처럼 주재하는 그 우주적인 고집과, 그녀가 지금 홀로 있다는 그 사실로 그녀의 자기 폭로는 완성되었다. 마치 미덕과도 같이 그녀는 멀리서 자신을 드러내 보이면서도 자신을 주지는 않는다. 그녀는 위대한 예술 작품과도 같다. 그녀는 조각이나 음악처럼 저 멀리서 꼼짝도 않으며 심연과 침묵의 외진 곳에 머물러 있다.

그래서 나를 끌어당기는 그 모든 것이 한편으로 나의 접근을 막고 있다. 나는 불행하며 그리고 도둑이며 동시에 피해자이지 않을 수 없다……. 나에게는 욕망하는 것 말고는 딴 도리가 없다. 욕망과 꿈과 소망의 힘으로 나 자신을 초월하거나 아니면 내 욕망을 욕구하거나 소유할 도리밖에 없다.

너무도 세차고 너무도 혹독하게 그 생각들이 잇달아 머리를 휘감아오는 바람에, 한순간 고개를 돌렸다. 그래서 내 눈앞에 끝없이 파인 그 구멍 속에서 그녀가 일으키는 부드러운 소리들을 놓치고 말았다……. 나는 미쳐버린 것인가? 아니다. 진실이 미친 것이다.

내 온몸으로, 내 온 생각으로 나는 약하디 약한 관능을 이겨냈고. 그래서 내 육체는 잠잠해져 말이 없고 더는 꿈을 갖지 않게 되었다. 내 무거운 폐허 저 너머로 나는 다시 들여다보기 시작한다.

나를 불쌍히 여기기라도 했는지 그녀가 다시 옷을 입고 완전히 자신을 덮어버렸다. 이제 그녀는 램프에 불을 붙였다. 옷을 입었다. 모든 사람에게 감추는 그 아름다운 비밀들을 내게도 숨겼다. 그녀는 다시 수치심의 상복(喪服) 속으로 들어가버린 것이다.

그녀는 여전히 흐트러진 동작들을 내게 보여주고 있다. 지금 자신의 모습을 물끄러미 보고 있는 그녀. 귓가에 홍조가 조금 떠올랐다가 사라진다. 이런저런 모양으로 두어 차례 거울에 대고 웃어 보인다. 그리고 한동안은 실망한 포즈를 취하기조차 한다. 그녀는 의미 있기도 하고 없기도 한 수만 가지 작은 몸짓을 만들어낸다……. 그녀는 수줍어하는 태도처럼, 고독 속에서 이루어진 엄숙한 아름다움을 띤 교태를 드러내 보이고 있다.

……그러고 나서, 일순간 몸을 갖추고, 또 야릇한 모습의 그녀는 곧장 가장 빼어나고 숭고한 시선으로 자신을 물끄러미 바라보았다―또다시 우리의 시선이 마주친다.

갓 없는 램프가 빛나고 있는 테이블 위에 한 손을 기대고 있다……. 얼굴과 손들이 빛나고 있으며, 흔들리는 램프 불이 한결 더 눈부신 불빛으로 그녀의 턱이며 얼굴 윤곽이며 눈 밑을 적셔주고 있다.

그녀가 태양과 같은 밝은 가면을 쓰고 어둠 속에서 솟아났을 때 처음엔 알아보지 못했다. 게다가 나는 그런 신비를 이처럼 가까이서 본 적이 없었고……. 그녀에게서 뿜어져 나오는 불빛에 흠뻑 싸이고, 그녀로 인해 숨이 막히고, 가식 없는 그녀의 존재 때문에 흔들린 나는 그 자리에 가만히 있다. 그때까지는 여인이라는 존재를 전혀 몰랐다는 듯이 말이다.

조금 전처럼, 그녀는 내게서 눈을 떼기 전에 미소 짓고, 나는 그 미소의 엄청난 가치와 그 얼굴의 풍요를 느낀다…….

그녀가 가버린다……. 나는 그녀를 찬미하고, 그녀를 존경하며, 그녀를 열애한다. 그녀를 향한 나의 사랑은 현실의 그 무엇도 망가뜨릴 수 없는 느낌이었으며, 그 사랑이 무엇을 바라는 것도 아니며 또 끝낼 만한 이유가 아무것도 없다. 아니다. 사실 여인이라는 것이 무엇인지 나는 모른다.

그녀는 저녁 식탁에 나타나지 않았다. 다음 날 그녀는 이 집을 떠났다. 떠나는 순간에 나는 그녀를 다시 보았다. 나는 층계 맨 아래쪽에 있는 현관의 희미한 불빛 속에 서 있었다. 그러나 사람들은 그녀 앞으로 붐비며 모여들고 있었다. 그녀는 내려오고 있었다. 하얀 장갑을 낀 그녀의 곱디고운 손이 번쩍이는 검은 난간 위에서 마치 한 마리 나비처럼 팔랑거렸다. 조그마하고 반짝이는 구두를 신은 발을 앞으로 또박또박 내디뎠다. 그녀는 전날 밤보다는 덜 커 보였으나, 처음 내가 눈여겨보았을 때와 아주 비슷했다. 입이 어찌나 작은지, 오므리고 있는 듯이 보였다. 그녀는 푸른빛이 도는 회색 진주빛 옷을 입고 있었다. 사각거리는 드레스를……. 그녀는 지나갔다. 가버렸다. 증발해버렸다. 향기롭게…….

그녀는 스쳐 지나갔다. 그 순간 그녀가 나를 볼 수도 있었으련만, 물론 나를 보지는 않았다―그렇지만, 우리들 방의 어둠 속에서 우리 둘은 똑같은 하나의 미소를 짓지 않았던가! 많은 다른 사람들 가운데서 우리가 흔히 마주치는 사람들처럼 그녀는 다시금 연민도 없이 닫힌 불빛이 되어버렸던 것이다. 우리들 사이에 벽은 없었지만, 무한한 공간과 영원한 시간이 있었으며, 세상의 모든 힘이 있었다.

내 마지막 시선에 들어온 그녀의 모습은 그런 것이었다―물론 이유는 모른다. 하긴 출발에 얽힌 사연은 결코 속속들이 알 수 없는 법이다. 이제 나는 그녀를 더 볼 수는 없으리라. 그토록 많은 매력들이 이제 시들어갈 것이며 흩어져버릴 것이다. 그토록 많은 아름다움과 부드러움, 그토록 큰 행복을 잃은 것이었다. 그녀는 서서히 가버렸다. 분명치 않은 어떤 삶으로, 그리고 분명히 올 죽음을 향해 얼마나 많은 날들이 남아 있을지 몰라도 그녀는 자기의 마지막 날을 향해 가는 것이었다.

내가 그녀에 관해 이야기할 수 있는 것은 이게 전부다.

······ 오늘 아침, 아침 해가 내 주위로 비쳐와 사물의 구석구석까지 쓸쓸할 만큼 깨끗하고 똑똑히 밝혀줄 때, 내 가슴은 몸부림치며 한탄하고 있다. 어디를 보아도 텅 비어 있는 공간. 진실로 무언가가 끝나고 나면 모든 게 다 끝난 것처럼 보이는 것이 아닐까?

나는 그녀의 이름도 모른다······. 그녀는 그녀의 운명을 좇아가리라, 내가 나의 운명을 좇아가듯. 만일 우리 두 존재가 이전에 만났더라면, 그 존재들은 서로를 거의 알아보지 못했으리라. 이제 그러고 보면, 얼마나 굉장한 밤이었나! 우리가 함께 있었던 그 어느 것에도 비할 데 없는 저녁을 나는 결코 잊지 못하리라.

4

오늘 아침, 나는 그저께의 위대했던 환영에 대해 생각하고 있다. 그러나 이미 그것을 생각해도 그날 같은 감동은 느껴지지 않는다. 벌써, 그 환영은 나에게서 좀 멀어져 있다. 하루가 지났기 때문이다. 내가 그녀의 환영을 위해 아무것도 하지 못한 채 그것은 사라져버릴 것인가?

하나의 욕망이 나를 사로잡는다. 내가 느꼈던 모든 것을 세밀하게 기록해 묶어두는 게 어떨까 하는 생각이 떠올랐다. 숱한 날들이 흘러가면서 먼지처럼 그 모두를 흩어 없애버리지 못하도록.

그러나 곧 종이의 흰 빛깔이 내가 말해야 할 것을 망각시킨다. 그 부드럽고도 눈부신 흰빛에 내 추억의 세밀한 것들이 녹아버린다.

끊임없이 주의력을 불러 모으고 긴장시킨 덕택으로 점점 커져가는 눈의 피로감에도 불구하고 나는 글을 쓰고 있다. 모든 것을 빠짐없이 다 쓰고 있다. 나는 열중해 있다. 뭇 사물의 현실감을 정확하게 글로 옮겨 쓰고 있다고 나는 믿는다. 그리고 나서 다시 읽어본다. 그러면, 아무것도 아니다. 지금 내 앞에 가로누워 있는 이 낱말들은.

야릇한 압박감과 비극적인 단순함, 강렬하지만 산산조각이 난 그 조화(調和), 도대체 이런 모든 것은 어디에 있는 것일까? 이 글은 살아 있지 않다. 이것은 실재에 기초해 씌어진 단어들의 철망일 뿐이다. 문장들이 저기, 마치 쇠줄처럼 종이 위에 검고 규칙적으로 줄지어 있다.

이 죽은 기호들을 가지고 진실을 나타내려면 어떻게 해야 하나?

나는 그 고난을 피하려고 애써 보았다. 상징적이고 암시적인 면을 자세히 뜯어보았다……. 맨 처음 창문의 불빛을 보고 느꼈을 때의 그 인상을 회상하면서 나는 고집스레 기록하고자 했다. '창문에는 푸른색, 녹색, 황색이 있었다'라고. 그러나 결코 그렇지는 않았다. 어린애 같은 횡설수설은 진실이 아니다. 그래서 나는 그걸 없애버린다……. 중요한 것, 그녀의 육체를 묘사하는 것이다. 따라서 나는 거기에 혼신의 힘을 기울여 고대의 조각에 비유한다. 다시 그걸 읽어보는 동안에 화가 난 나는 단번에 그 넝마 같은 글을 없애버린다.

내가 보기에 좀 더 힘차고 노골적인 말들을 써본다. 그리고 그 강렬한 경험을 되살리기 위해 세세한 장면까지 그려본다. 그래서 써보니 그녀는 '음란한 자세를 취했다'…….

아니다! 아니다! 그것은 진실이 아니다!

그 말은 과거에 일어났던 일의 위대함을 조금도 묘사하지 못하는 활기 없는 말이다. 소용도 없고 공허한 잡음에 불과하다. 개 짖는 소리나, 바람결에 스치는 나뭇가지들의 소리 같다.

나는 무기력과 패배감과 음울한 광증에 짓눌려 손을 펴고 펜을 놓아버렸다.

본 것을 그대로 말로 표현할 수 없는 것은 무슨 까닭일까? 마치 진실이 아닌 것처럼 진실이 우리에게서 빠져 달아나버리고, 진지하려고 해도 진지해질 수 없는 것은 무슨 까닭일까? 이름을 부르는 것만으로는 무언가를 진정으로 상기시키지는 못한다. 말, 말들을 어렸을 때부터 아무리 배워왔어도 아무 소용이 없다.

내가 느꼈던 전율, 나의 우울감, 나의 비탄은 없어져버렸다. 나는 잊히도록 운명 지어진 것이다. 아무도 나를 바라보거나 쳐다보지도 않고 내 앞을 지나가버리겠지. 내가 숨기고 지닐 수 있는 것에 대해 사람들은 관심을 갖지 않을 것이다. 나는 이 지상에서 오로지 하잘것없는 신자(信者)가 될 수 있을 뿐.

* * *

며칠 동안 아무것도 보지 못했다. 요 며칠은 찌는 듯했다. 처음엔 하늘이 잿빛이고 비를 품고 있었으나, 9월이 끝나가는 지금은 활활 타올랐다. 금요일…… 아니, 내가 이 집에 온 지도 벌써 1주일이 되었구나…….

어느 무더운 날, 아침 식사를 끝내고 의자에 걸터앉아 나는 희미하게 꿈을 꾸며 동화 속을 헤매는 듯한 느낌 속으로 빠져들어 갔다.

……숲 속, 나무 아래의 잔디, 침침한 에메랄드빛 양탄자 위엔 햇빛이 옹기종기 모여 있고, 저 멀리 평원의 끝에는 언덕, 그리고 노랗고 검푸르게 물결치는 나뭇잎들 위로는 태피스트리로 그려진 것 같은 성벽과 망루가……. 새 같은 차림의 몸종이 가고 있다. 파리들의 윙윙대는 소리, 그건 멀리서 들려오는 임금님의 사냥 노래,

희한하게 감미로운 일들이 일어나리라.

* * *

다음 날 오후도 또 햇빛이 밝고 타는 듯했다. 여러 해 전 이와 똑같던 오후들의 기억이 떠올랐다. 그래서 나는 사라진 그 시간 속에 살고 있는 것 같았다—마치 이글거리는 더위가 시간을 지워 없애고, 다른 모든 날들을 질식시켜버린 듯이.

옆방은 거의 어두컴컴했다……. 덧문이 닫혀 있었다. 얇은 천으로 만들어진 이중 커튼을 통해 나는 불붙은 장작불 속의 쇠기둥처럼 번쩍이는 창살이 줄지어 있는 창문을 보았다.

이 집의 무더운 정적 속으로, 길처럼 넓은 수면 속으로 인간의 웃음소리가 헛되이 올라오고 있었다. 어제처럼, 그리고 늘 그렇듯 말소리들이 사라져갔다.

그 먼 소음 사이에서 발소리 하나가 분명하게 들려왔다. 내 쪽으로 오고 있었다. 점점 커져오는 그 소리 쪽으로 나는 몸을 곤두세웠다……. 방문이 열렸다. 눈부시게 들어오던 빛의 힘에 밀려 열린 것만 같았다. 밝은 빛에 파리해 보이는 두 그림자가 나타났다.

그 그림자는 쫓기는 것 같은 느낌이었다. 그들은 문지방에서 아주 조그마하게 서로 둘러싸듯이 머뭇거리더니 들어왔다.

문이 닫히는 소리가 들렸다. 방은 살아 있었다. 지금 막 도착한 그들을 유심히 살펴보았다.

그들이 들어올 때의 빛 때문에 내 눈앞에 어른거리던 진녹색과 붉은색의 둥그런 테두리 사이로 그들이 부드럽게 보였다. 열두서너

살 먹은 소녀와 소년이다.

　그들은 긴 의자에 앉았고, 매우 닮은 분위기의 그들은 아무 말 없이 서로 바라보고 있었다.

* * *

　한 목소리가 높아지더니 소곤거렸다.

　"거봐, 아무도 없지."

　그리고 한 손으로 시트도 없는 침대와, 아무것도 걸려 있지 않은 옷걸이들과 빈 테이블을 가리켰다. 손님이 들지 않은 방의 텅 빈 모양을 가리킨 것이다.

　그러자 그 손은 마치 나뭇잎처럼 떠는 듯 보였다. 내 심장 뛰는 소리가 들려왔다. 목소리들이 바스락거리기 시작했다.

　"우리뿐이야……. 우릴 본 사람은 없어."

　"이제야 처음으로 우리뿐이라고 할 수 있겠네."

　"하지만, 우린 전부터 잘 아는 사이고……."

　짤막한 웃음소리가 띄엄띄엄 들렸다.

　그들이 동행하는 신비스러운 첫 번째 단계인 자기들만의 고독이 필요했던 모양이다. 남들로부터 도망쳐 나온 것이었고, 자기들의 주위에서 남들을 없애버린 것이었다. 그들은 고독을 지켜낸 것이다. 그러나 일단 고독을 손에 넣자, 이제 더 무엇을 찾아야 할지 모르는 모습이 선연했다.

* * *

그러자 몸을 부르르 떨며 거의 비탄에 가까운, 거의 흐느낌같이 더듬거리는 소리가 들렸다.

"우리는 서로를 너무나도 사랑하잖아……."

그리고 애써 말을 찾느라고 헐떡이는 가운데, 아주 작은 새처럼 자신이 없는 다정스러운 말이 한마디 들려왔다.

"난 너를 더 사랑하고 싶어."

그들을 감싸고, 얼굴에 나타나는 나이를 가려주는 따뜻한 어둠 속에서, 이처럼 서로서로에게 몸을 굽히고 있는 그들을 보고, 사람들은 두 연인이 서로 바싹 몸을 가까이 대는 것을 보았다고 믿어버렸을 것이다.

연인! 그게 뭔지도 모르면서, 그들은 바로 그것을 꿈꾸고 있었다.

그들 중 하나가 '처음으로' 라고 말했다. 함께 지내고 있으면서 단둘이만 있는 것처럼 느낀 것은 처음이었다.

어린 시절의 두 동무가 우정과 유년기에서 벗어나고자 한 것은 아마, 아니 분명코 이번이 처음이었을 것이다. 욕망에 대한 충동이 여태껏 함께 잠들어 있던 두 마음을 불러일으키고 혼란시킨 것은 이번이 처음일 것이다.

* * *

한순간, 그들은 다시 일어섰다. 머리 위를 지나서 발밑에 떨어지던 엷은 광선이 그들의 형체를 드러내 보이고, 그들의 얼굴과 머리

51

카락을 밝혀주었다. 그들이 있음으로 해서 방은 밝아졌다.

가려는 것일까? 나를 버리려는 것일까? 아니다. 그들은 다시 앉았고, 모든 것은 그들 속으로, 신비 속으로, 진실 속으로 다시 빠져 들어갔다.

…… 그들을 물끄러미 바라보자, 나의 과거와 이 세상의 과거가 혼란스레 뒤섞이는 느낌이었다. 그들은 어디에 있었을까? 어느 곳에나 있다. 왜냐하면 그들은…… 그들은 나일 강과 갠지스 강, 아니면 인더스 강변에 영원히 흘러가는 세월의 기슭에서 살고 있다. 그들은 늘 푸른 정향나무 수풀 곁으로 그리스 풍의 햇볕이 아늑하게 퍼져 있는 가운데, 나뭇잎들의 초록빛 반사로 환히 빛을 받아, 서로의 얼굴이 비추는 다프니스〔그리스 신화에 나오는 시칠리아의 목동〕와 클로에다. 그들의 희미하고 나지막한 대화는, 더위로 달아오른 들판을 식혀주는 서늘한 분수 주위를 맴돌며 붕붕거리는 꿀벌의 두 날갯소리처럼 들려온다. 그때, 저 멀리로는 짚단과 푸르른 하늘을 가득 실은 마차가 지나간다.

새로운 세계가 열리고 있다. 꿈틀거리는 진실이 저기에 있는 것이다. 그들은 혼란에 빠져 있으며, 어떤 신성(神性)의 갑작스런 출현을 두려워하고 있다. 그들은 불행하며 또 행복하다. 그들은 가능한 한 서로 가까이 다가왔기 때문에, 이제 더할 수 없이 서로 가까이 있는 것이다. 그러나 자기들이 행동하는 것에 관해서는 생각하지 않고 있다. 그들은 너무도 작고 너무도 어리다.

그들은 아직 충분히 살아보지 않았다. 그들 각자는 자기 스스로에 대해 하나의 숨 막히는 비밀인 것이다.

52

모든 사람들처럼, 나처럼, 우리들과 마찬가지로 그들은 자기네가 소유하지 않은 것을 소망하고 있으며, 애원한다. 한편 자기 자신에게 동정을 구하고, 자신의 존재에, 자기 스스로에게 구원을 청한다.

벌써 남성이 된 그는 그녀와 함께 있기가 두려워졌다. 그녀 쪽으로 몸을 돌리고 끌려가는 그는 그녀를 감히 쳐다보지도 못하면서 자신 없이 어색하게 팔을 내민다.

그녀는, 벌써 여인이 된 그녀는 뒤로 의자 등에 얼굴을 기대고 있다. 그녀의 좀 기름지고 온통 장밋빛 윤기 도는 뺨은 뛰는 가슴에 불그스레하게 물들어 상기되었다. 부드러운 목의 살결이 긴장되어 팔딱인다. 얼굴과 가슴 사이의 미묘하고 고귀한 박동의 흔적이다. 벌써 자기에게서 풍겨나는 욕정에 달콤해지고 방긋이 반쯤 열려 은근해진 그녀는, 자신의 향기를 숨쉬는 한 송이 장미처럼 보인다. 노란 실로 짠 스타킹을 신은 날씬한 다리가 옷 밑으로 무릎까지 보인다. 옷은 그녀의 육체를 감싸주고, 그 육체를 마치 꽃다발처럼 바치고 있다.

그런데 나는, 그들의 몸짓 하나하나에서 시선을 뗄 수가 없었고, 마치 흡혈귀처럼 그들의 모습에다 시선을 갖다 붙이고 그 광경을 빨아들이고 있었다.

* * *

오랜 침묵 후에 그가 소곤거렸다.

"우리도 서로 '당신'이라고 부르고 싶지 않아?"

"왜……!"

그는 온통 주의력을 집중하고 있었다.

"다시 시작하기 위해." 이윽고 그가 말했다.

그리고 반복해 말했다.

"당신은."

그의 새로운 호칭인 '당신'이라는 단어를 듣자, 그녀는 마치 첫 키스를 받은 것처럼 눈에 띄게 바르르 떤다.

"우리를 덮고 있던 것을 누가 벗겨낸 느낌이야……."

그녀가 용기를 내서' 말했다.

이제 그는 한결 더 대담하게 말한다.

"입술에 키스하지 않겠어?"

숨이 가빠진 그녀는 웃음조차 제대로 짓지 못했다.

"하고 싶어." 그녀가 말했다.

그들은 서로 팔을, 어깨를 끌어당기고는 마치 새들처럼 아주 달콤한 음성으로 서로의 이름을 부르면서 입술을 내밀었다.

"장……."

"엘렌……."

그들이 생각해낸 최초의 행위였다. 서로 껴안는다는 것, 인간이 만들어낼 수 있는 가장 사랑스럽고 귀여운 애무이며 가장 빈틈없는 결합이 아닐까? 그런데 그것이 그토록 금지되어 있다니……!

그 둘은 더는 나이를 먹지 않은 것처럼 보였다. 서로 손을 잡고 입맞춤의 어둠 속에서 부르르 떨며 눈을 감고 얼굴을 꼭 마주 대고 있는 동안, 그들은 모든 다른 연인들과 다를 바 없었다. 그러나 그들은 입맞춤을 멈추고, 아직도 어떻게 해야 할지를 모르는 애무로

54

부터 서로 몸을 뺐다.

아직도 여전히 순결한 입으로 그들은 이야기했다. 무엇에 관해? 옛날에 관해, 그토록 가깝고 그토록 짧은 옛날에 관해서 그들은 이야기했다.

그들은 무지와 유년의 낙원에서 벗어났다. 그들 두 사람이 자랐던 집과 정원에 관해서 이야기하고 있었다. 그 집은 정원이 담장으로 둘러싸여 있어서 한길에서는 지붕 꼭대기밖에 보이지 않았고, 그래서 집 안에서 무슨 일이 일어나는지 밖에서는 알 수 없었다. 그들은 더듬거리며 이야기했다.

"그 방들, 우리가 어렸을 때는 그토록 크기만 하던 방들……."

"다른 어디보다도, 거기는 걷기가 한결 편했지."

그애들의 말을 믿는다면, 그 담장 안에는 사람을 도우면서도 눈에 보이지 않는 그 무엇이 어디에나 퍼져 있는 모양이다. 옛날의 신 같은 그 무엇이……. 그녀는 옛날에 거기서 들었던 한 곡조를 웅얼거렸다. 그리고 음악은 사람들보다 더 잘 기억된다고 말했다.

그들은 부드러운 중력의 힘에 이끌리듯 과거로 빠져들어갔고 포근하게 추억 속에 웅크리고 있었다.

"전날, 그러니까 내가 집을 나오기 전날, 손에 불을 들고 혼자서 집 안을 전부 돌아다녀봤다. 집이 이제 잠에서 막 깨어나려는 참이라 내가 지나가는 모습이 겨우 보일 정도였어……."

그토록 손질이 잘되고 아담한 정원에서 사람들은 오직 꽃만 생각하는 것이었다. 게다가 꽃들 말고는 다른 것을 생각하는 일이 거의 없었다. 사람들은 늪과 녹음 우거진 오솔길과 벚나무를 쳐다보곤 했다. 잔디에 하얗게 눈 덮인 겨울이면 그 벚나무에 엄청나게 많은 흰 눈꽃이 핀다.

어제만 해도 그들은 오누이로서 그 정원에 있었다. 이제 삶이 갑자기 심각해졌고, 이제부터는 더 이상 장난을 할 수 없을 것처럼 느껴졌다. 그들이 과거를 죽여버리고 싶어 하는 것이 보였다. 늙어서는 과거가 죽도록 내버려두지만 젊고 힘이 있을 때는 과거를 죽여버린다…….

그녀가 다시 말을 이었다.

"이제는 더 기억하고 싶지 않아."

그러자 그가 말했다.

"나는 우리가 서로 닮은 걸 이제는 더 이상 원치 않아. 우리가 남매이기를 더는 바라지 않아."

점점 그들의 눈이 열리고 있다.

"서로는 손만……."

그는 떨면서 웅얼거렸다.

"남매라는 거, 그건 아무것도 아니야."

아름답고 혼란스런 결정의 시간, 금단의 열매의 시간이 온 것이다. 전에는 그들 가운데 어느 누구도 상대방의 소유가 아니었다. 그들 스스로가 바라던 상태를 만들기 위해 온통 다시 시작하는 데 골몰해야 할 시간이 왔다.

벌써 그들은 다소 부끄러워하며, 자의식을 갖기 시작했다.

며칠 전 저녁 무렵 부모들의 금지령을 거역하면서 정원을 벗어날 때 그들은 말할 수 없이 즐겁기만 했다.

"그때, 아주 어두워진 현관 층계서부터 할머니가 우리를 불러들이려고 나오셨어……."

"그러나 우리 둘은 출발했지. 새 한 마리가 와서 울곤 했던, 틈이 갈라진 울타리를 넘었어. 그 새도 새소리도 날아가버렸어. 바람도 일지 않고 불빛 한 점도 없었고, 감수성이 예민한 나뭇가지들조차 아무 소리도 내지 않았지. 대지의 먼지조차 잠잠했어. 어둠이 어찌나 부드럽게 우리를 감싸주는지, 우리는 자칫 어둠에다 대고 말을 할 뻔했어. 밤이 오는 걸 보면서 겁이 났고, 주위의 어느 것도 색깔은 보이지 않았고 어둠 속에서 다만 약간의 빛을 띠고 있었지. 꽃이며 길이며 밀밭들까지도 은빛으로……. 그리고 내 입을 당신의 입에 가장 가까이 가져갔던 것이 그때였어."

"밤."

아름다움이 흘러넘치는 가운데, 영혼이 더 높이 솟아오른 그녀는 말했다.

"밤은 애무를 애무해……."

"나는 네 손을 쥐었지. 그리고 너의 온몸이 살아 있다는 걸, 깨달았어. 전에 나는 '사촌누이 엘렌'이라고 불렀지만, 지금 내가 그렇게 부를 때의 의미를 그때는 모르고 있었어. 이제 내가 당신이라고 부를 때, 그건 모든 것을 뜻하는 거야……."

다시금 그들은 입술을 포갰다. 그들의 입과 눈은 아담과 이브의 입과 눈, 바로 그것이었다. 인류의 역사와 종교의 역사가 분수처럼 흘러나오는 선조 대대로 전래된 끝없는 교훈이 아닐까 하는 생각이 떠올랐다. 그들은 그런 줄도 모르면서 천국을 관통하는 빛 속을 헤매는 것이었다. 그들은 마치 존재하지 않는 것처럼 존재하는 것이었다. 신이 인간에게 금한 호기심의 승리에 뒤이어 그들이 비밀을 알고, 사랑스러운 서로의 분신을 발견하고, 육체의 엄청난 의지를 엿보았을 때 하늘은 갑자기 어두워졌다. 미래엔 고통이 오리라는 확신이 그들의 머릿속을 엄습했다. 천사들이 독수리처럼 그들을 내몰아버렸던 것이다. 그들은 날마다 지상에서 뒹굴었고, 그렇지만 그들은 사랑을 창조해냈고, 하늘의 풍요 대신에 둘이 서로에게 속해 있다는 곤궁을 택했던 것이다.

두 어린아이들은 영원한 드라마의 배역을 맡은 것이다. 그들은 이야기를 주고받고 서로 존칭을 거둔 것이다. 다시금 그 말투가 지니는 가치에 매달린다.

"나는 너를 더욱 사랑하고 싶어……. 무엇보다도 나는 너를 더욱 열렬히 사랑하고 싶어. 하지만 어떻게 해야 할지 모르겠어……. 너를 아프게 해주고 싶은데 어떻게 할지를 몰라."

* * *

마치 그들은 이제 할 말이 없는 것처럼 아무 말도 하지 않는다. 그들은 지금 자기 자신들의 경계에 있고, 그래서 그들 사이에 있는 손이 부르르 떨렸다.

그들은 자기네들의 손이 암시하는 바에 순종하고 있다. 낯설고 비극적인 행복 쪽으로 함께 저지르고 있는 행복한 과오를 향해, 마치 뚜렷한 형체는 없지만 하나의 존재처럼 빈틈없이 결합되어 새로운 생을 다시 시작케 하는 승리를 향해 그들은 더듬어나가고 있다.

그들이 똑똑히 보이지는 않았다……. 하지만 그는 그녀의 몸에 손을 댔고 그동안 그녀는 눈을 반짝이며 기다리는 듯이 보였다. 그들을 감싼 불타는 어둠 속에서 그는 반라 상태인 듯했다. 벗겨져 뒤죽박죽이 된 옷 속에서 그의 나체가 우뚝 솟는 듯했다……. 신기하고 오묘한 꽃이다. 그의 뱃속이나 그의 모든 살이나 심장과 똑같은 것이고, 그들 사이에서 마치 기적이나 어린애같이 살아 있는 신비다.

……그가 그녀의 옷을 걷어 올린 모양이다. 그 끔찍한 정적 속에서 숨 막히고, 목이 메어 희미하고 낮게 헐떡거리는 소리가 들렸기 때문이다.

"이게 너의 진짜 입이야."

* * *

그런데 그들을 향해 나의 가슴이 두근거리고 있었으며, 그러는 동안 끔찍하고 어마어마한 애욕이, 눈에 보이는 그 진실이 벽에 달라붙어 있는 나의 몸을 갈기갈기 찢어댔다. ……내 가쁜 숨소리가 그들을 불태우고 광란시키기라도 한 모양인지 그들은 더럭 겁이 나서 일어섰다. 끝났다. 우연히 내 눈앞에서 서곡을 연 그 가슴을 찔린 모험은 이제 딴 데서 계속될 것이며 딴 데서 완성될 것이다.

그들이 일어서자, 곧 방문이 열렸다. 그들의 늙은 할머니가 거기서 몸을 기울이고 서 있다. 그녀는 잿빛으로부터 유령들로부터 과거로부터 온 것이다. 그들이 길을 잃기라도 한 듯이, 그녀가 찾고 있다. 나지막한 음성으로 그들을 부른다……. 그 두 애들의 존재와 초자연적인 조화를 이루며 그녀의 어조엔 무한한 다정함과 오, 신기하게도! 거의 슬픔 같은 것이 깃들어 있다.

"얘들아, 너희들 거기 있니?"

그녀는 일말의 저의도 없이 맑고 짧은 웃음소리를 내며 말한다.

"도대체 거기서 뭣들 하고 있니……? 오너라, 너희들을 찾고 있단다……."

그녀는 늙고 시들었다. 하지만 목까지 올라온 긴 옷을 입은 천사 같다. 끝없이 광대한 생을 준비하고 있는 그들의 곁에서 그녀는 어린애와도 같았다. 무기력하고 쓸모없는…….

그들은 그녀의 팔에 뛰어들어, 그녀가 내민 성스러운 입술에 이마를 댄다. 그녀에게 영원한 작별을 고하는 것처럼 보인다.

* * *

그녀는 가버린다. 그리고 잠시 후, 그들도 들어올 때처럼 급히 떠났다. 눈에 보이지 않는 성스러운 악의 끈으로 결합되어, 이젠 들어올 때처럼 손을 잡을 필요도 없을 만큼 굳게 결합되어, 그리고 문지방에서 그들은 서로를 바라본다.

그런데 성전처럼 그 방이 텅 비어버리자, 나는 그들의 시선, 내가 보았던 그들 사랑의 첫 시선이 떠올랐다.

그들 사랑의 눈빛을 맨 처음 본 사람은 나였다. 그들에게서 멀기는 했지만 나는 그들 곁에 있었다. 그래서 나는 그 얼떨떨한 행동에 말려들지 않고 또 흥분에 빠지지 않고서 이해하고 읽어낸 것이다. 그 때문에 나는 그 눈빛을 보았던 것이다. 그들조차도 그것이 시작되었을 때, 그것이 첫 눈빛이라는 걸 모른다. 그리고 훗날 그들은 그 눈빛을 잊을 것이며, 마음의 급격한 진행이 이 서곡들을 파괴시켜버릴 것이다. 인간이라면 누구나 자신의 마지막 눈길을 알 수 없는 듯이 첫 눈길도 알 수 없다.

그들이 기억하지 못할 때도 나는 기억하고 있으리라.

나 자신, 나의 첫 눈빛, 내 사랑의 첫 선물을 기억하지 못한다. 그렇지만 그런 게 있기는 했다. 그 성스럽지만 단순했던 것들이 나에게서 지워져버린 것이다.

주여, 그것들을 가치 있게 하도록 제가 지닌 것이 무엇이옵니까? 내 눈앞에 온통 죽어 있다. 어렸을 때의 나는 죽고 지금 내가 살아남았지만, 그 망각이 나를 고통스럽게 했고, 그러고는 나를 압도했으며, 살아 있다는 비애가 나를 망쳐놓았다. 어렸을 때는 알던 것을 나는 이제 거의 모른다. 닥치는 대로 이것저것 아무거나 기억나기는 하지만, 그러나 가장 아름답고 가장 감미로운 것은 흔적도 없이 사라졌다.

하지만 이제 막 내가 들은 온통 무한으로 가득 차고 신선한 미소로 넘쳐흐르는 그 너무나도 감미로운 찬미가, 그 고귀한 찬미가를 나는 움켜쥐고 소유하며 간직하고 있다. 그 찬미가가 내 가슴속에서 펄떡거리고 있다. 훔치기는 했지만, 그러나 나는 진실을 건져낸 것이다.

5

하루 종일 그 방은 텅 빈 채였다. 나는 두 차례나 굉장한 희망을 가졌지만 환멸로 바뀌었다.

기다림이 나의 습관이며 일이 되었다. 나는 약속들도 미루었으며, 교섭도 연기했으며, 내 위치가 위태로워질 것도 무릅쓰고 시간을 얻었다. 새로운 사랑을 위해서 하듯이 나의 생활을 다시 짰다. 식사하러 갈 때가 아니면 방을 떠나지 않았다. 식탁에서는 아무것도 나의 마음을 빼앗지 못했다.

둘째 날, 새로 올 손님을 맞기 위해 그 방이 준비되는 것을 보았다. 그 방은 기다리고 있었다. 이번에 올 손님에 관해 나는 온갖 상상을 했다. 그런데 그 방은 그 방대로 명상하고 있는 사람처럼 자신의 비밀을 지키고 있었다.

황혼이 오고 뒤이어 온 저녁은 그 방을 변모시키지 않으면서도 크게 보이게 했다. 그런데 벌써 나는 실망하고 있었다. 어둠 속에서 문이 열리고 문턱에 한 남자의 그림자가 보였다.

* * *

저녁의 어둠 때문에 그의 모습은 뚜렷하지 않았다.

까만 옷이 아니면, 검은색 양복, 잿빛 손이 뾰족하게 뽑아진 듯이 나와 있는 회부연 소매, 다른 무엇보다도 좀 더 하얀 칼라, 동그랗고 회색빛이 도는 얼굴엔 눈과 입이 어둡게 파여 있었다. 턱 밑엔 어둠이 서려 있고, 이마는 황금빛으로 어슴푸레 빛나고 있었다. 광대뼈가 그 밑의 흐릿한 두 선으로 두드러져 보였다. 흡사 해골 같은 모습이다. 이처럼 괴물 같은 단순한 인상을 가진 그 자는……?

그가 다가왔다. 생기를 띠었다. 잘생긴 사람임이 드러났다.

그는 가느다란 검은 수염으로 둘러싸인 매력적이고 진지한 얼굴이었으며, 눈은 빛나고, 훤한 이마를 가졌다. 태도에 기품이 있고 어딘가 세련되어 보였다.

그는 두어 걸음 앞으로 내디뎠다. 그러고 나선 아직 빠끔히 열려 있는 문께로 돌아섰다. 방문의 그늘이 부르르 떨리더니 사람의 형체를 띤 그림자가 하나 나타났다. 검은 장갑을 낀 작은 손이 경련을 일으킨 듯 문짝을 움켜쥐더니 한 여인이 의심쩍은 태도로 방 안을 기웃거렸다. 분명 한길에서 그녀는 그 남자보다 몇 걸음 뒤에 따라왔던 것이다. 추적을 피하려고 두 사람이 숨어 들어온 이 방에 함께 들어가는 것을 보이고 싶지 않았던 것이다.

그녀는 문을 밀었다. 닫힌 문짝에 온몸을 기대었다. 자기의 삶과 문을 더욱 꼭 닫기 위해, 그리고 '그이'가 아닐까 봐 공포에 사로잡혀, 내가 보기엔 한동안 마비된 듯해 보이던 머리를 천천히 그 남자

쪽으로 돌렸다⋯⋯. 그들은 서로 뚫어지게 바라보았다. 격정적이고 억제되었으며 거의 들리지 않으면서도 서로서로를 반사하는 외마디 소리가 그들에게서 새어나왔다. 이 외마디 소리 때문에 그들이 함께 나눈 상처가 다시 벌어진 듯이 보였다.

"당신!"

"당신!"

그녀는 곧 쓰러질 듯했다. 뇌우를 맞은 듯이 그에게 몸을 던져 가슴에 안겼다.

그녀는 간신히 그의 품에 와서 쓰러질 정도밖에는 힘이 없었던 것이다. 여자의 등을 받친 남자의 파리하고 큰 두 손은 벌린 채 이제 막 경련을 일으킨 듯이 보였다. 절망적인 공포 같은 것이 그들을 휘감았다. 방 안에는 큰 천사라도 있어 끝없는 피안으로 도망가려고 헛된 몸부림을 치고 있는 것 같았다. 그리고 비록 저녁의 어둠으로 가득 차 있기는 했지만 이 둘에게 그 방은 너무 작아 보였다.

"우리를 본 사람은 없어!"

전날, 두 아이의 입에서 나온 것도 이와 똑같은 말이었다.

남자가 그녀에게 말한다.

"이리 와요."

그녀를 창가의 긴 의자로 이끌었다. 그들은 붉은 벨벳 위에 앉았다. 동아줄처럼 그들을 결합시킨 팔이 보였다. 온 세계의 어둠을 자기들 주위에 끌어 모으며, 그들은 거기 처박혀 있었다. 생기를 띠고, 다시금 존재하기 시작해 밤과 고독이라는 그들의 근거지에 다시 자리 잡으면서.

이 무슨 출현, 이 무슨 출현인가! 이 무슨 저주의 발작인가!

내 뇌리에 간통이라는 생각이 떠올랐을 때, 그 여인이 분명 그를 쫓듯 문간에 나타났을 때, 나는 그것이 절정에 달했을 때는 분명 아름답고도 만족스러운 환희, 대자연처럼 야성적이고 동물적이며 중대한 환희를 목격하게 되리라 믿었다. 그러나 정반대로 이 만남은 가슴을 찢는 이별과도 같았다.

"그래, 우리는 언제까지라도 두려워해야 하나요……."

좀 진정이 되자, 정말로 그에게서 확실한 대답이라도 들을 수 있다는 듯이 그를 근심스레 바라보며 그녀가 내뱉은 말이다. 안타깝게 손으로 남자—꼿꼿이 가슴을 펴고, 두 팔이 긴장되어 있는 남자—의 손을 꼭 쥐고 만지작거리며 그녀는 어둠 속에 웅크리고서 부르르 떨었다. 그녀의 목덜미가 바다처럼 올라갔다가는 내려왔다. 그들은 서로 껴안고 몸을 어루만지고 있었다. 하지만 여전히 남아 있던 공포가 그들 사이에서 애무를 밀쳐냈다.

"언제나 두려움을…… 언제나 두려움을…… 언제나…… 거리에서 태양에서 모든 것에서 멀리 떨어져…… 햇빛과 대낮의 운명을 그처럼 바랐던 나였는데."

그녀는 하늘을 바라보며 말했다. 이러한 말이 멀리 날아가버리는 동안 그녀의 옆모습은 반쯤 하늘빛으로 물들어가고 있었다.

그들은 두려워하고 있다. 공포가 그들을 더듬고 후벼 판다. 눈과 가슴과 마음이 두려워하고 있다. 무엇보다도 그들의 사랑이 두려워하고 있다.

……음울한 미소가 남자의 얼굴을 스쳐 지나갔다. 그는 연인을

물끄러미 바라보고 더듬거리며 말했다.

"당신은 그 자를 생각하고 있군……."

지금, 주먹으로 뺨을 괴고 무릎에 얼굴을 받친 그녀는 얼굴을 앞으로 내민 채 대답하지 않는다.

그렇다. 그녀는 지금 바싹바싹 애를 태우면서 몸을 구부려 어린 아이처럼 움츠리고 여기에 없는 누군가를 멀리 바라보고 있었다.

마치 시선을 딴 곳으로 돌림으로써 그 이미지를 회구하고, 그 이미지로부터 성스러운 반영을 얻는 듯이 그녀는 그 이미지를 눈앞에 그리며 어깨를 구부렸다. 지금 그 자리에 있지 않은 남자, 속아 넘어간 그 남자, 그러나 그는 존재하고 있다. 모욕당한 그 사내, 상처받은 그 사내, 그러나 나는 지배자다. 지금 그들이 있는 곳을 빼놓고는 어디에나 존재하며, 무한한 바깥 세계를 차지하고 있으며, 자신의 이름으로 그들의 고개를 숙이게 만드는 그 사내, 그들은 그 사내에게 사로잡혀 있는 것이다.

저 너머 세상의 무덤 속에라도 가는 것처럼 자신들의 포옹을 이 방에 슬며시 감추러 온 이 남자와 여자의 머리 위에 마치 수치감과 공포가 어둠으로 변한 것처럼 밤이 내리고 있었다.

* * *

그가 여자에게 말한다.

"당신을 사랑해!"

그 위대한 말을 나는 똑똑히 들었다. 당신을 사랑해! 벌써 거의 하나로 뒤섞인 두 사람의 입에서 나온 그 오묘한 말을 들으면서 나의 온 생명은 부르르 전율했다. 당신을 사랑해! 마음과 육체를 바치는 이 말, 창조와 피조물의 진솔하고 위대한 이 절규, 당신을 사랑해! 나는 그 사랑을 마주 대하고 있었다.

그러고 나자, 여자에게 미끄러지며 다가가는 그가 뒤이어 하는 다급하고 앞뒤가 맞지 않는 말 속에는 진실성이 사라진 듯 느껴졌다. 그는 여자에게 필요한 말들은 외면한 채 서로 본능에 충실한 애무를 향해 서둘러 가고 싶어 하는 것 같았다.

"우리는 서로를 위해 태어났소, 당신은 알겠지만…… 우리 둘의 영혼 사이에는 반드시 승리를 거둘 형제애 같은 것이 있소. 우리의 입술이 서로 다가가는 순간 그 결합을 아무도 막을 수 없는 것과 마찬가지로, 우리들이 서로를 깨닫고 서로 소유되는 것을 아무도 막을 수는 없소. 도덕적 인습이라든가 사회적인 간극 따위가 우리에게 무슨 소용이 있단 말이오……. 우리의 사랑은 무한하고 영원한 것이오."

그녀는 남자의 음성에 진정된 듯, "그래요"라고 대답한다.

그렇지만 그들의 말을 속속들이 듣고 있던 나는 그가 거짓말을 하거나, 아니면 말을 잘못하고 있다는 것을 똑똑히 알 수 있었다……. 사랑이 일종의 우상, 일종의 그 무엇이 되어버렸던 것이다. 그의 입술이 날마다 기도를 드림으로써 공경해오던 그 낡아빠진 무한과 영원을 모독하고, 헛되이 내세웠던 것이다.

그들은 입 밖에 나온 그 평범한 말이 사라지도록 아무 말도 하지 않고 있었다……. 생각에 빠져 있던 그 여인은 머리를 끄덕거렸다. 그리고 그녀는 변명했다. 찬미의 말이라기보다는 진실한 말이었다.

"저는 너무나 불행했어요……."

* * *

"오래전에……."

그녀가 말하기 시작했다.

나지막하게 서둘러서, 마치 고해소 안에서처럼 되풀이하는 그 이야기는 그녀의 예술 작품이요, 그녀의 시이며, 기도였다……. 그녀가 아주 자연스럽게 단번에 그런 말을 할 수 있게 된 이유는 단둘이 있을 때마다 그 말이 그녀 안에 충만했기 때문이라는 느낌을 주었다.

……그녀는 단출한 차림이었다. 검은 장갑이며 재킷이며 모자를 어느새 벗어버렸던 것이다. 짙은 색의 스커트와 빨간 코르사주를 입고 있었는데 코르사주 위엔 금빛 쇠줄이 빛나고 있었다.

고운 얼굴과 잘 다듬어진 부드러운 머릿결을 한 삼십대의 여인이었다. 벌써 알 것도 같고, 아니면 다시 그녀를 알아보지 못할 것처럼 느껴지기도 했다.

"괴로운 나날이었어요. 정말 단조롭고 공허한 생활이었어요. 조그만 도시, 집, 응접실, 여기저기 놓여 있는 가구들은 마치 묘석처럼 한번도 자리가 바뀐 적이 없어요……. 어느 날, 한가운데 있는 테이블의 위치를 바꿔보려고 했지만 전 할 수 없었어요."

그녀의 얼굴은 파리해졌다가, 나중엔 더욱 환하게 빛났다.

남자는 귀를 기울여 듣고 있었다. 다소 고통스러울 정도로 지겹게 느껴진 초조감과, 체념에서 나온 미소가 말쑥한 남자의 얼굴에 떠돌았다. 아! 비록 조금 난처해하기는 하지만 사랑을 받은 듯한 느낌을 주는 큼직한 눈을 가진 그는 정말 잘생겼다. 수염은 아래로 늘어져 있고, 그의 표정은 부드럽고 아련했다. 그는 깊은 생각에 빠져 있거나, 병자처럼 온화해 보였다. 그 누구보다도 뛰어나고 뭐든지 할 수 있는 사람 같았다……. 그녀의 이야기에 좀 방심한 상태이면서도 그녀를 향한 욕망에 자극된 그는 기다리는 듯한 표정이었다.

……그러자 불쑥, 내 눈앞에서 베일이 찢겨 나가고 내 앞에 현실이 모습을 드러냈다.

두 사람 사이에 거대한 차이가 있었다. 그 깊이 때문에 그것은 얼핏 장엄하고 끝없는 불일치 같았지만 그러나 너무도 가슴을 에는 것이어서 나의 마음은 그 때문에 멍이 들었다.

그는 그녀를 향한 욕망으로만 가득 차 있었고, 여자는 자신의 생활에서 벗어나려는 욕구로 가득 차 있었으니, 그들의 소망은 똑같은 것이 아니었다. 그 둘은 결합되어 있는 듯이 보였지만 그렇지 않았다.

그들은 같은 말을 하는 것도 아니었다. 그들이 같은 것을 이야기할 때, 그들은 서로 거의 귀 기울여 듣지 않았고, 그래서 내 눈에는 처음부터 그들의 결합이 자기들이 의식하는 것보다 한결 더 금이 간 것처럼 보였다.

그런데 그는 자신의 생각은 말하지 않았다. 그의 목소리에서, 매혹적인 억양에서, 그리고 노래가사같이 아름답게 선별된 말들에서 그것이 느껴졌다. 그는 그녀를 즐겁게 하려는 생각이었고, 그래서 거짓말을 하는 것이었다. 분명코 그는 그녀보다 우월했지만 그녀는 선천적인 진실성으로 그를 지배하고 있었다. 그는 자신의 말을 지배하는 주인이었고 반면에 그녀는 말 속에 자신을 온통 쏟아 부었다.

…… 그녀는 예전 자기 생활의 무대를 묘사하였다.

"침실 창문으로, 또 식당 창문을 통해 저는 광장을 바라보곤 했어요. 한가운데에 분수가 있고, 분수 밑으로 그늘이 져 있어요. 마치 시계판처럼 하얗고 둥그스름한 그 작은 광장 위로 해가 기우는 것을 바라보곤 했죠.

…… 우체부가 무심하게 규칙적으로 그 광장을 지나갔고, 병기창의 정문 앞에 서 있는 병사 한 사람은 아무것도 하지 않고……. 그러다간 정오의 종소리가 울리면 사람들이 하나도 보이지 않았어요. 마치 조종(弔鐘)이 울린 듯이, 특히 그 정오의 조종 소리가 기억에 남아요. 한낮의 중간 지점, 그때가 가장 완전하게 권태로운 때였어요.

아무런 일도, 아무런 일도 제겐 일어나지 않았어요. 제겐 아무것도 없었어요. 저에겐 미래도 없었어요. 만일 나의 세월이 그렇게 계속된다면, 아무것도 저를 죽음에서 떼어놓지 못할 거예요─아무것도! 아! 아무것도……! 권태로운 것, 그것 죽는 거예요. 나의 삶은 죽은 것이었고, 그렇지만 저는 제 삶을 살려야 했어요. 그건 자살이었죠. 다른 사람들은 무기나 독약으로 자살하지만, 저는, 저는 분(分)과 시간으로 나를 죽이고 있었어요."

"에메!"

남자가 그녀를 불렀다.

"그때는, 세월이 아침을 출산하고 저녁을 유산하는 걸 보아야 했기 때문에 저는 죽는다는 게 두려웠어요. 그런데 이 두려움은 제 최

70

초의 정열이었어요……. 가끔, 제가 어디를 찾아가는 도중에, 아니면 밤에, 아니면 수도원의 긴 담을 끼고 산보를 한 후 집으로 돌아오는 때에 저는 이 정열 때문에 희망으로 부르르 떨었어요…….

그러나 누가 나를 그곳에서 끌어낼지? 아주 가끔씩만 의식하는 보이지 않는 그 궁지에서 누가 나를 구원할지? 내 주위, 그건 선망과 악의와 냉담으로 조성된 일종의 음모 같은 분위기였어요……. 보이는 모든 것, 들리는 모든 것은 저를 올바른 길, 초라하지만 올바른 길로 던져 넣으려고 애썼죠.

……마르테 부인, 당신도 아시죠. 나보다 딱 두 살밖에 더 많지 않고 나와 좀 가까운 유일한 친구인 그녀는 저에게, 사람이란 소유하고 있는 것에 만족해야 한다고 말했어요. 그래서 나는 그녀에게 대꾸하기를 '소유하는 것에 만족한다면, 그땐 끝인 거예요. 죽음이란 더 이상 할 것이 없어져요. 그 말이 삶을 끝내는 것이란 걸 부인도 아시지 않아요……? 부인은 부인의 말씀을 정말로 믿으세요?' 그녀는 그렇다고 대답하더군요. 아! 치사한 여편네!

그렇지만 두려워한다는 것만으론 충분치 않았어요. 저에겐 그 권태에 대해 증오감이 필요해요. 어떻게 제가 그 증오감을 갖게 되었을까? 저도 모르겠어요.

하여간 저는 제 자신을 더는 알 수 없었어요. 다른 그 무엇에 아쉬움을 느낄 만큼 저는 제 자신이 아니었죠. 심지어 제 이름조차도 잊어버렸으니까요.

지금도 기억하지만, 저는 '그렇다고 마음씨 나쁜 년은 아니지만' 남편이, 제게 아무것도 해주지 않은 가엾은 남편이 죽는 장면을 달콤하게 상상해본 일이 있어요. 그리고 저의 자유로움과 그 모든 것만큼이나 위대한 자유를!

그러나 계속할 수는 없었어요. 그토록 단조로움과 적막과 습관을 언제까지나 미워할 수는 없었어요. 오! 습관, 그것은 모든 어둠 가운데서도 가장 진실이어서, 밤도 그만큼은 어둡지 않을 거예요……

종교? 사람이 세월의 공허를 메우는 건 종교로써가 아니고 자기 자신의 생활로써예요. 제가 싸워야 했던 것은 신앙이나 사상에 대해서가 아니라, 제 자신이었어요.

저는 겨우 치료 방법을 알아냈죠!"

그녀는 쉰 목소리로 황홀한 듯이 거의 외치다시피 말했다.

"악! 죄악! 권태에 대항하기 위한 죄악, 습관을 부숴버리기 위해선 반역, 새로워지기 위해, 딴사람이 되기 위해, 생활이 나를 증오하는 것보다 더 거세게 생활을 증오하기 위한 죄악, 죽지 않기 위한 죄악을!

저는 당신을 만났죠. 당신은 시를 쓰고 책을 썼어요. 당신은 딴사람과 달랐고, 깊은 인상을 주는 떨리는 음성을 가지고 있었죠. 그리고 무엇보다도 당신은 거기 내 존재 안에, 제 앞에 계셨던 거예요. 저는 팔을 뻗치기만 하면 되었어요. 그래서 저는 제 온 힘을 다해 당신을 사랑했어요. 그걸 사랑이라고 부를 수도 있겠죠. 내 사랑하는 사람!"

그녀는 지금 나지막하고 조급한 목소리로 흥분하여 숨 가쁘게 말하고 있다. 그리고 자기 연인의 손을 마치 무슨 물건처럼 만지작

72

거리고 있었다.

"그리고 물론 당신 역시 저를 사랑했어요……. 그래서 어느 날 저녁 우리가 호텔에—첫 번째 말이에요—미끄러지듯 들어갔을 때, 꼭 방문이 저절로 열리는 것 같았어요. 그리고 제가 스스로 항거하고, 옷처럼 제 운명을 찢어버린 것에 대해 감사했어요.

그리고 그때부터! 그 기만—때때로 사람을 고통스럽게 하지만 다시 생각해보면 싫증을 느낄 겨를이 없게 만드는 그 기만—시시각각 즐거움을 주는 그 위험과 모험, 생활에 변화를 주는 다양함이 있었어요. 그 방들, 구석진 곳들, 그 어두운 감옥들이 그때까지 내가 느끼던 태양을 떠오르게 했어요."

"아!"

그녀는 외쳤다.

내가 보기엔 마치 소녀의 소망이 실현되어, 자기에겐 더 이상 그만큼 아름다운 것이 없다는 듯이 그녀는 숨을 내쉬었다.

* * *

그녀는 마음을 모아 생각하더니 말했다.

"우리라는 것……. 오! 그 순간 당신의 시 때문에 저는 돌발적이고 급박한 사랑 같은 것, 초자연적이고도 숙명적인 매혹을 믿었던 거예요. 그래서 사실 저는 당신에게 왔어요. 지금도 그렇지만 주먹을 쥐고, 눈을 감고요."

그녀는 덧붙여 말했다.

"사람들은 사랑에 관해 거짓말을 아주 많이 해요. 사람들이 말하는 것은 거의 사실이 아니에요.

　아마 남자와 여자 사이에는 현란한 끌림이 있는 모양이에요. 제 말은 그러한 사랑이 두 사람 사이에 있을 수 없다는 게 아니고 우리는 그 두 사람이 아니라는 거죠. 우리는 오직 우리 자신만을 생각했을 따름이에요. 당신을 통해 제 자신을 사랑했다는 걸 저는 잘 알고 있어요. 당신도 마찬가지예요. 제가 즐거움을 느끼지 못하는 걸 보면, 제게는 느껴지지 않는 어떤 마음의 끌림을 당신은 느끼는 모양이죠. 당신도 느끼겠지만 우리는 거래를 하고 있어요. 한 사람은 꿈을 채워주고, 다른 한 사람은 쾌락을 주고 있죠. 이런 모든 게 사랑은 아니에요."

　그는 의심과 항의를 나타내는 몸짓을 지었다. 말하고 싶지 않았던 것이었다. 그러면서도 그는 낮게 똑똑 끊어 말했다.

　"항상 그런 거지. 가장 순수한 사람조차도 사람은 자기 자신에게서 벗어날 수는 없는 법이오."

　"오!"

　그녀는 마음 깊이 항의의 몸짓으로 어깨를 추켜올리면서 말한다. 그 격렬함에 나는 놀랐다.

　"그렇기도 하지만 그건 똑같지는 않아요. 그런 말씀은 하지 마세요. 그런 말씀은 하지 마세요."

　그녀의 억양에는 어떤 회한이, 그녀의 눈길엔 어떤 사나운 꿈에 대한 동경이 서려 있는 듯이 보였다.

　"저는 얼마나 행복했는지! 저는 다시 젊어지고 새로워졌어요. 다시 순결해지는 걸 느꼈어요. 그때부터는 옷 밖으로 감히 발끝도

74

내보이지 못했다는 걸, 새삼 느껴요. 제 얼굴, 제 손, 제 이름에 대해서까지도 부끄러워졌어요."

* * *

그러자, 남자가 그녀의 단절된 고백을 받아 두 사람이 처음 결합하던 때에 관해 얘기하기 시작했다. 그녀를 말로써 쓰다듬어주고 차츰 미사여구로 그녀를 휘어잡고 추억의 힘으로 그녀를 껴안고 싶어 했다.

"처음으로 우리들만 있게 되었을 때……."

그녀는 그를 바라보았다.

"어느 날 저녁 길에서였지." 그가 말했다. "나는 당신의 팔을 잡았어. 당신은 점점 세게 내게 기대었소. 차츰 당신의 온몸의 무게를 느끼게 되었고, 당신의 육체가 커져가는 걸 느꼈소. 사람들이 바글거렸지만, 우리의 고립은 더 넓고 굳건해지는 듯했소. 우리 주위의 모든 것이 한낱 단조로운 사막으로 변해갔소. 단조로운…… 내게는, 우리 둘이 바다 위를 걸어가기 시작한 것이 느껴집디다."

"아!" 그녀가 말했다. "당신이 얼마나 멋있었는지! 우리의 그 첫날 저녁 때, 그 후에는 아무리 행복했던 시간이라도 당신의 모습이 그때 같지는 않았어요……."

"우리는 이런저런 얘기를 했소. 내가 마치 꽃처럼 당신을 바싹 끌어당겼을 때, 당신은 우리들이 아는 사람들에 관해 이야기를 하고 있었소. 당신은 그날 낮의 태양과 저녁의 서늘함을 이야기했지. 하지만 사실은 당신이 내게로 왔다는 것을 내게 말하고 있었

75

어……. 사랑의 고백을, 나는 당신의 말 가운데서 느꼈소. 비록 당신이 입 밖으로는 내지 않았지만 나는 그걸 느꼈지."

아, 시작되는 일이란 얼마나 위대한 것인지! 모든 시작은 결코 치졸하지 않아…….

"우리가 언젠가 그 정원에 들어갔을 때, 오후도 다 끝날 무렵 교외로 당신을 이끌었을 때…… 거리는 조용하고 고요해서 우리의 발소리가 온 세상을 어지럽히는 듯했소. 자연스럽고 정답게 우리의 발길은 느려졌지. 나는 몸을 기울여 당신을 껴안았소."

"그곳." 그녀가 말했다.

그녀는 손가락을 목에 대었다. 그 행동이 마치 빛처럼 목을 환히 밝혀주었다.

"차츰 그 키스는 깊어졌지, 그리고 이어 당신의 입술 주변을 맴돌았고, 거기서 멈췄어. 처음엔 잘 안 되었지만, 두 번째부터는 잘못된 것처럼 했고…… 내 입 밑에서 차츰차츰……."

그는 아주 나지막하게 말했다.

"당신의 입술이 벌어지고 활짝 열리는 걸 느꼈어……."

그녀는 고개를 수그렸다. 장미와 이슬의 봉오리인 그녀의 입이 보였다.

"그 모든 것이." 쉬지 않고 자신의 그 감격적이고도 감미로운 기억을 떠올리며 그녀는 한숨을 지었다. "나를 에워싸고 있던 감시의 눈 한가운데서 그 모든 것은 어찌나 근사했는지……."

그녀에게는 무의식적이든 어떻든 간에 추억을 자극하는 게 그다지도 필요했던 것이다! 옛날의 드라마와 위험을 상기함으로써 그녀의 행동은 나아갔고, 사랑은 다시 부활되었다. 그녀가 모든 것을 이야기한 것도 바로 그 때문이었다.

그리고 남자는 그녀를 사랑의 광기로 밀어뜨리는 것이었다. 처음엔 광희가 되살아났고, 이제 그들의 이야기는 사물화되기 전에 가장 떨리는 자극적인 추억을 더듬어 찾고 있었다.

"당신이 내 것이 된 다음 날, 당신 집에 초대받았을 때 뭇사람들 가운데선 가까이 접근도 못한 채 당신을 다시 보았을 때는 쓸쓸했소. 한 가정의 완전한 주부로서 이 사람 저 사람에게 다 상냥하고 또 약간 수줍어하며, 당신은 모든 사람에게 각각 평범한 이야기들을 나누어주고, 당신은 쓸데없이 모든 사람에게 남들에게처럼 나에게도 당신의 미모를 선보였지.

그때 당신은 아주 시원스런 빛깔의 푸른 옷을 입고 있었고, 그래서 사람들은 그 옷 이야기로 당신을 희롱했지……. 당신이 내 앞을 지나다니고, 감히 시선으로나마 당신을 뒤쫓지도 못하고 있을 때, 나는 우리가 처음 격정에 얼마나 열광했는지 회상하고 있었소. 속으로 나는 중얼거리길, '내 목 둘레로 그녀의 벌거벗은 두 다리를 거대한 목걸이처럼 두르고 있었지. 나는 그녀의 유연하고 긴장한 육체를 내 팔에 안았다. 피가 날 정도로 나는 그녀를 쓰다듬었다.' 그건 굉장한 성공이었지만, 그러나 침착하게 가라앉은 성공은 아니었소. 왜냐하면 그 순간 나는 당신을 원했지만, 당신을 가질 수가 없었기 때문이오. 전에도 당신을 포옹했고, 분명히 앞으로도 포옹하겠지만, 그러나 그때는 할 수 없었기 때문에 비록 당신의 모든 보배가 내 것이었다 할지라도 그 순간 나는 가난했었소. 갖고 있지 않을 때라면 이후에 또다시 갖게 되리라는 걸 누가 말할 수 있겠소."

"아, 아니에요." 추억과 사념과 온 영혼의 아름다움이 커지는 가운데 그녀는 한숨을 지었다. "사랑이란 사람들이 말하는 것과는 전혀 달라요! 저 역시 몹시 괴로웠어요. 모든 행복한 내색을 감추고, 그걸 서둘러 제 가슴속에 가두어 제 자신을 숨겨야만 했어요! 처음에는 꿈을 꾸다가 당신의 이름이라도 튀어나오지 않을까 두려워 잠이 들 수조차 없었어요. 그래서 종종 미친 듯이 쏟아지는 잠을 흔들어대며, 턱을 괴고 눈을 뜬 채 비장하게 제 가슴을 지켜봤어요.

남에게 알려질까 봐 두려웠어요. 제가 잠겨 있는 그 순결함을 남이 볼까 봐 두려웠어요. 그래요, 순결함이에요. 생의 한가운데서, 생에서 잠이 깼을 때, 햇빛 속에 다른 또 하나의 섬광을 보았을 때, 모든 것을 다시 창조할 때, 저는 그것을 순결이라고 불러요."

* * *

"마차를 타고 달리던 파리에서의 그 필사적인 질주를 기억하오? 그가 멀리서 우리를 알아보았다고 믿고, 곧장 다른 마차를 집어타고 우리의 마차를 뒤쫓던 날 말이오."

그녀에겐 감격과 황홀감이 솟구쳤다.

"오, 그래요." 그녀는 속삭였다.

"그건 굉장했죠?"

그는 아주 떨리는 목소리로, 심장이 쿵쿵거리는 목소리로 말했다. 심장이 이야기하는 것이었다.

"당신은 의자에 무릎을 꿇고 뒤창을 바라보고 있었고, 나는 손을 넣어 당신의 몸을 애무했지. '그가 다가왔어요. 멀어졌어요……!
사라졌어요……. 아!'라고 당신은 소리치고 있었소."

그러고는 순간적으로 그들의 입술이 포개졌다.

그녀는 숨소리를 내듯 말했다.

"단 한 번 제가 즐거웠던 때죠."

"우리는 언제나 두려워할 거야." 남자가 말했다.

그들의 말소리는 서로 가까이 접근해 껴안았고, 말들은 입맞춤
으로 변해 온몸으로 소곤대는 것이었다. 그는 그녀를 갈구하고 끌
어당기고 그의 입은 있는 힘을 다해 그녀를 부르고 있었다. 손은 힘
이 빠지고 온 생명은 입술로 거슬러 올라갔다. 그리고 악의 숨결로
이루어진 그 욕정 앞에서 모든 것은 희미하게 지워져버렸다.

그렇다. 서로 사랑하기 위해서 그들은 자신들의 과거를 자극해
야만 했다. 자기들의 사랑이 습관 속으로 없어지지 않도록 그들은
끊임없이 과거를 조각조각 주워 모아야만 했던 것이다—마치 어둠
과 먼지와 얼음처럼 풀리지 않도록 필사적으로 견디는 것과 같이
말이다.

그들은 서로 꼭 껴안았다. 얼굴의 흐릿한 여러 점들이 합쳐졌다.
그들 하나하나가 구분되어 보이진 않았지만, 갈수록 더욱 뚜렷하게
보이는 것 같았다. 그들 정사의 오묘하고 거룩한 동작을 알아볼 수
있었기 때문이다.

그들은 밤 속에 갇혔고, 그들이 바라던 심연인 어둠 속으로 빠져
들어가고 있었다. 지상에서 자신들이 추구하고 기원하던 암흑 속으
로 그들은 매몰되었다.

남자가 더듬거리며 말했다.

"언제까지나 당신을 사랑하겠소."

하지만 그녀와 나는 조금 전처럼 그가 거짓말을 하고 있음을 분명히 느끼고 있다. 우리는 거기에 속아 넘어가지는 않는다. 하지만 무슨 상관인가, 무슨 상관이 있겠는가!

남자의 입술에 입술을 대고, 마치 애무 중에도 날카로운 애무처럼 소곤거렸다.

"조금 있으면 그가 거기에 올 거예요."

그들은 얼마나 잠시 동안만 결합해야 하는가! 그들이 진실로 함께 나누고 있는 것이라고는 두려움뿐이며, 그들이 그 두려움을 필사적으로 부채질하고 있다는 것을 나는 잘 알고 있다……. 하지만 그 무엇 속에서 그들은 끝없이 서로 나누고자 노력할 것이다.

여인은 어두운 향연이 다가옴에 따라 숭엄한 가치를 띠기 시작했고, 어둠 속에서 웃음 짓고 또 눈물을 흘리던 그녀의 얼굴은 인종과 위엄으로 가득 찼다.

이제 말이 없었다. 말은 또다시 자기들의 작품을 만들어놓았으니……. 포옹이고, 육욕이며 어렴풋이 떠오르는 침묵과 정열의 거대한 의식이 내쉬는 한숨 그것이다. 어색한 동작, 옷을 비비대는 인간적인 소리들.

지금 그녀는 서 있다. 반라의 그녀가 하얗게 보였다……. 그녀 스스로 옷을 벗었는지, 그 남자가 옷을 벗겼는지……? 그녀의 넓은 허벅지가 보이고, 어둠 속의 달처럼 밤의 한가운데 은빛 배가 보인다……. 검고 굵은 선 한 가닥이 배를 감고 있다. 남자의 팔이다.

긴 의자 위에 못처럼 구부러져 앉은 그는 그녀를 힘껏 꼭 안고 있다. 그리고 그의 입은 그녀의 섹스의 입 바로 가까이에 있으며 그들은 기괴하게 정다운 정사를 위해 서로 다가가고 있다. 파르스름한 육체 앞에 무릎을 꿇은 어두컴컴한 육체가 보인다―그리고 그녀는 그 눈길을 남자의 몸 위에 가만히 내리쬐고 있다…….

잠시 후에 눈부신 목소리로 그녀가 소곤거린다.

"저를 가지세요…… 몇 번이라도 저를 가지세요. 제 몸은 제 거예요. 당신에게 드리겠어요. 아니라고요? 이젠 제 게 아니에요. 바로 그러기 위해 그처럼 큰 환희를 안고 당신께 가져온 거예요."

그는 자기의 무릎 위에 그녀를 눕혔다……. 나는 그녀가 나체라고 믿는다. 선이며 형체가 똑똑히 구별되어 보이지는 않는다. 그러나 그녀의 머리가 뒤로 창문의 반사광 속으로 젖혀졌다. 나는 빛나는 눈과, 또 눈처럼 빛나는 입이 어우러진 그녀의 밤의 얼굴을 본다. 사랑으로 별처럼 반짝이는 저 얼굴!

그는 그녀를 힘주어 가슴에 껴안았다. 남자는 어둠 속에서 나체였다. 말없는 그들의 동의 속에서도 일종의 투쟁 같은 것이 있었다.

야릇하고 성스러우며 야성적인 감동이 감돌았다. 그리고 비록 보이지는 않지만, 그의 육체가 여인의 육체 속으로 들어간 순간을 알았다.

오래도록 꼼짝 않고 있었던 탓에 내 허리와 어깨의 근육이 쑤셨지만, 나는 구멍에 눈을 붙이고 벽에 납작하게 붙어 있었다. 잔혹하고도 찬란한 그 광경을 즐기기 위해 나는 스스로를 십자가에 못 박아 괴롭혔다. 내 온 얼굴로 그 영상을 껴안았고, 내 온몸으로 그것을 꼭 조이고 있었다. 그래서 벽이 두근대는 내 심장 소리에 응하는 것 같았다.

서로 꼭 끌어안고 있는 그 두 사람은 마치 얽히고설킨 두 나무처럼 떨었다. 욕정에 미친 듯이, 모든 계율과 모든 것 저 너머에, 심지어 연인들의 진실성까지도 넘어서서 쾌감의 걸작품을 준비하는 것이었다. 그런데 그 동작은 너무도 격렬하고, 너무도 광적이고, 너무도 숙명적이어서 제아무리 신이라도 그들을 죽이지 않고서는 지금 벌어지고 있는 일을 멈출 수 없으리라고 생각했다. 아무도 그럴 리 없을 것이고, 그래서 이런 상황은 신의 권능과 심지어는 신의 존재까지도 의심케 한다.

엉클어진 그들의 몸 위로 남자가 머리를 들었다가 뒤로 젖혔다. 겨우 그 얼굴이 보일 만큼만 빛이 남아 있어서, 쾌감을 기다리며 토막토막 끊기며 노래하는 듯한 신음 소리를 내는 입이 방긋이 열려 있는 얼굴이 보였다.

넘쳐흐르는 엄청난 쾌감이 절정에 이른다. 마치 무슨 사고라도 일어난 듯이 느껴졌다.

나는 하나, 둘, 셋, 넷까지 셌다. 이렇게 시간을 세는 동안, 한 손으로 공기를 휘저으며 뱃가죽에 땀이 잔뜩 밴 남자의 얼굴에서 나는 눈을 떼지 않았다. 그는 얼굴을 찌푸리며 웃음 짓고, 상기되어 검붉으며, 성스러운 순교자 같기도 하고 지상으로 전락하고 동시에 하늘을 나는 천사같이 보인다. 마치 기대하지 않았던 현란한 그 무엇에 눈이 부신 듯 놀란 외마디 소리를 지른다. 그처럼 근사한지 생각조차 하지 못했고 자신의 육체가 품고 있는 신기한 환희에 놀라기라도 한 듯이 말이다.

그 순간 그들은 하나가 되었다. 아마 여자는 쾌감을 느끼지 못한 모양이다. 그러나 그녀는 남자의 쾌락을 즐긴다고 말할 수 있고, 알 수 있고, 또 그렇게 느꼈다. 그래서 여기에 무어라 말할 수 없는 여성의 기적이 나타난 것이다.

"만족스러워요……?"

그녀가 나에게 말하는 것이 아닌가 하는 야릇한 인상을 받았다……. 하긴 내 말도 틀리지는 않았다. 왜냐하면 나는 그녀의 가려지지 않은 입 바로 가까이에 있었기 때문에 그녀는 물론 나에게 말한 것이다.

아직도 육체가 그녀에게 연결된 채 그는 눈을 하늘 쪽으로 향하고 소곤거렸다.

"맹세코 말하지만 아주 그만이야!"

그리고 곧 이어 그 만족감이 끝나버렸고, 이젠 벌써 추억으로밖에 경험할 수 없게 되었고, 순간적으로 두 사람에게 주어졌던 그 황홀감은 어느새 빠져 달아난 것이며, 또 그 환상은 그녀에게서 지워지고 말 것이며, 자기를 저버릴지도 모른다는 느낌에, 그녀는 거의 구슬프게 말했다.

"주여, 인간의 이 짧은 쾌락을 축복하소서!"

그 가없은 절규, 그 깊은 추락의 최종의 정상, 신을 모독하는 듯한 기도이면서도 성스러운 이 기도!

남자는 기계적으로 말을 되풀이했다.

"아주 그만이야……!"

그 육욕의 군상은 힘이 빠졌다. 남자는 만족해서 물린 것이었다. 한 가닥 후회, 한 가닥 회한이 차츰 그를 기진맥진하게 만들고 아직도 육체 속에 염오감이 일지 않은 그 짐스러운 여인에게서 그가 멀어지는 광경이 내 눈에 차근차근 보였다. 그녀는 남자와는 달리 단번에 쾌락이 벗겨져나가고 비어버리지 않았던 것이다.

그러나 그가 그 전만큼 욕망하거나 그 전처럼 바라보고 있지 않다는 것을 그녀도 느꼈다. 그리고 그가 꿈의 종말에 와 있다는 것도……. 벌써 그녀는 분명히 생각하고 있었다. 어느 날엔가 그녀에게도 그것은 끝장이 날 것이고 다시 시작된 이 운명이 다른 운명보다 나을 것도 없으리라는 것을 알았다.

그리고 거의 창조자와 같은 망상으로 앞질러 상상했던 나에게 아직도 '아주 그만이야'라는 말이 가득 차 있는 가운데 그들의 얼굴에 비애의 썰물이 뒤따라 나타나는 것이 보이는 듯한 그 순간, 그는 신음하듯 말했다.

"아! 아무것도 아니다. 아무것도 아니다!"

남남끼리면서도 둘은 같은 생각을 더듬고 있었다.

여전히 그녀가 그에게 온몸을 기대어 쉬고 있는 사이에 그는 고개를 뒤틀면서 시선을 벽시계 쪽으로 문 쪽으로, 떠나갈 쪽을 향해 돌리고 있었다. 그러고 나서 정부의 입이 그의 입 바로 곁에 놓여 있는데, 그의 얼굴이 불쾌감으로, 거의 염오감으로 바르르 떨면서 슬그머니 빠져나오는 것이었다. (나만 그걸 보았다.) 관 속에 넣듯이 이제 곧 그녀의 입 안에 갇혀진 그 숱한 모든 키스로 섞인 숨결이 그를 훅 스쳤던 것이다. 그녀를 소유하기 전에 남자가 했던 말에 대해 지금 그녀는 한갓 초라한 입으로 대답하고 있다.

"아냐, 당신은 언제까지나 저를 사랑하지는 않을 거예요. 저를 떠나겠죠. 그래도 저는 조금도 후회하지 않아요. 전혀. 저는. '우리'라는 말을 쓸 수 없게 된 후에, 저는 다시 엄청난 슬픔에 빠질 테고, 그때는 더 이상 그 큰 슬픔이 저를 놓아주지는 않을 거예요. 그때 저는 속으로 '애인이 있었어!'라고 하곤, 저의 공허에서 벗어나 한순간이나마 행복할 거예요."

그는 더는 대꾸하고 싶지도, 할 수도 없다. 그는 더듬거렸다.

"왜 나를 못 믿는 거요……?"

그러나 그들은 창 쪽으로 시선을 돌린다. 그들은 두려워하고, 떨고 있다. 저 멀리 두 집 사이의 틈으로 의기양양한 범선처럼 황혼의 희미한 잔광이 달아나고 있었다.

그들 곁으로 창문이 등장하는 듯이 느껴졌다. 그들은 희미하게 보이는 커다란 창에다 눈을 돌리고 있다. 창은 주위의 모든 것을 지워버렸다. 그런데 그 진저리나는 육체의 긴장감과 쾌락의 그 더러운 짧은 순간이 지나자, 티 없이 맑고 짙은 하늘과, 피같이 흘러내리지도 않는 빛 앞에서 그들은 무언가의 출현에 짓눌리기라도 한 듯이 가만히 있었다. 이윽고 그들의 시선은 다시 상대방에게로 되돌아온다.

그녀가 말한다.

"보세요. 우리는 여기 가엾은 두 마리 개처럼 바라보고 있군요."

손이 풀어지고 애무는 벗겨져나가고 무너지고 육체는 미끄러져 내린다. 그들은 서로 멀어진다. 그 동작으로 그녀는 긴 의자 쪽으로 밀쳐졌다.

남자는 쓸쓸한 얼굴로 의자에 앉아 우울한 표정으로 가랑이를 벌리고 바지를 흐트러뜨린 채 이제는 죽어버린 그 모든 쾌락에 젖어 천천히 헐떡거리고 있다.

입은 벙긋 열려 있고, 얼굴은 찌푸려지고, 눈동자와 턱은 불쑥 튀어나와 있다. 몇 분 사이에 그는 쇠약해졌고, 그의 얼굴에서 영원한 해골이 보이는 듯했다. 고통스럽고 힘겨운 긴장이 그에게서 모두 한꺼번에 풀리고 있다. 저녁의 먼지 속에서 그는 악을 쓰는 듯도 하고 말을 않고 있는 듯도 하다.

그런데 이윽고 두 사람은 자신들의 인간적인 모습 때문에, 그리고 또 자신들의 비참함 때문에 세상 한가운데서 서로 닮아 있었다.

이제 어둠 속에서 더는 그들이 보이지 않는다. 드디어 그들은 그 속에 가라앉아버린 것이다. 나는 그때까지 그들이 보였다는 것에 놀랐다. 필경 그들의 육체와 영혼의 소란스러운 열정이 그들의 몸집 위에 일종의 빛을 냈던 것이리라.

* * *

도대체 신은 어디에, 도대체 신은 어디에 있는 것일까? 왜 그는 끔찍스럽고 한결같은 그 위기를 내버려둔단 말인가? 진심으로 사랑 받던 인간이 갑자기든 서서히든, 미움 받는 인간이 되는 이 무서운 기적을, 어째서 하느님은 뭔가 기적을 행하여 막아주지를 않는 것인가! 인간의 꿈이 닥치는 대로 이면의 적막감에 사라져가는 것을……. 육체의 꽃과 열린 쾌락이 하늘 보고 뱉은 침처럼 금세 그 몸에 떨어져 내려올 비애를, 하느님은 어째서 구해 주지 않는 것인가!

아마도 다른 사람들과 마찬가지로 나도 저 사람과 같은 사람이기 때문에 나는 이 순간 그 육체의 물리칠 수 없는 퇴각을 유독 두려워하는 것이다.

'그게 전부다! 그건 아무것도 아니다!' 이 두 아우성의 반항이 내 귓전에 울린다. 울부짖지는 않지만 아주 낮은 소리로 거의 들릴까 말까 한 이 두 아우성, 그 말의 웅장함과, 그 두 아우성을 갈라놓는 간격을 누가 말할 것인가?

누가 그걸 말할 것인가, 아니 누가 그걸 알 것인가? 웃음이 고통으로 변하고, 환희가 싫증이 되고 포옹이 풀리는 걸 보기 위해선 나처럼 인류의 머리 위에 있어야 할 것이며 인간들 속에 있으면서도 동시에 그들과 떨어져 있어야 할 것이다. 삶의 한가운데 있을 때는 그것을 보지 못하고 그것에 대해 아무것도 알 수 없기 때문이다. 맹목적으로 한 끝에서 다른 끝으로 지나가기만 할 따름이다. 내가 듣는 이 두 아우성 '전부다! 아무것도 아니다!'를 외쳤던 자는 두 번째 말에 휘말렸을 때 이미 첫 번째 말을 잊어버렸다.

누가 그걸 말한 것인가? 나는 누가 그걸 말해주길 바란다. 인재와 천재의 말들이며 예절이며 해묵은 인습이, 상세히 설명되어야 할 문턱에 오면, 마치 금지되기라도 한 듯이 정지하는 게 무슨 소용이란 말인가? 빛을 발하기 시작하면 세계를 변혁하고 리얼리티를 뒤엎어 보일 우리의 소망, 우리의 기원이 갖는 그 창조력을 드러내 보이기 위해서라면 시와 명작에서 그것을 말해야 할 것이다. 깊은 속까지 그 밑바닥까지를 말해야 할 것이다.

다시금 그들 한가운데서 그들의 환희가 죽어버릴 때, 그 두 연인에게 줄 수 있는 가장 풍성한 시여물(施輿物)은 무엇일까! 지금의 그 장면은 그들 두 사람 역사의 종장이 아니기 때문이다. 모든 살아 있는 사람이 그렇듯, 그들도 다시 시작하리라. 또다시 서로 필사적으로 결단코 죽지 않으려고 노력할 것이다.

그래서 그들은 다시금 얽혀진 자신들의 육체에서 위안과 해방을 구하리라……. 그들은 다시금 그 격렬한 인간적인 진동과 살점처럼 인간의 육체에 달라붙은 그 죄악의 위력에 사로잡힐 것이다. 그래서 또다시 그들의 꿈과 욕망의 재능이 비상(飛上)해 이별에 무감하게 만들 것이며, 그 이별을 믿지 않게 할 것이며, 비루함을 고양하고, 악취에 향기를 뿌릴 것이며, 음침하고 저주받은 기능에도 사용되는 육체의 가장 음침하고 가장 저주받은 부분을 성스럽게 만들 것이고, 그 육체에서 한순간 세상의 모든 위안을 얻으리라. 그러나 또다시 헛된 욕망에서 무한을 구했었다는 것을 깨닫게 될 때 그들은 자기들의 위대한 동경 때문에 벌을 받으리라.

아! 나는 이 단순하고도 끔찍한 비밀을 유린한 것을 후회하지 않는다. 그 광경을 한 점도 빠짐없이 고스란히 포용했으며, 거기서 살아 있는 진리라는 것이 그때까지 내가 생각할 수 있었던 것보다 훨씬 더 슬프고 위대하다는 것을 알게 된 것은 아마도 나의 유일한 영광이리라.

6

모든 것이 다 침묵을 지켰다. 그들은 딴 곳으로 몸을 숨겼다. 남편이 오기 전임을 알 수 있었다. 내가 제대로 모르고 있을 수도 있다. 그들이 말한 것을 내가 잘 알 수 있겠는가?

그 방은 이제 저 혼자다……. 나는 내 방을 거닌다. 이윽고 나는 꿈속에서처럼 저녁을 먹고 인정에 끌려 외출한다.

밖에 나서자, 우뚝 서 있고 꼭 닫혀 있는 집들. 행인들이 곁을 지나가버린다. 어디에서나 벽과 집들이 보인다.

앞에 있는 카페, 그곳을 휘감고 있는 눈부신 조명이 나를 그 안으로 부른다. 그 인공적인 조명에 푸근해지고 마음이 진정된다. 그러면서도 나를 어릿하게 한다. 그래서 나도 반쯤 눈을 감고 앉아 있다.

침착하고 소박하고 아무 근심 없는 사람들, 나처럼 이제부터 해야 할 일이 없는 사람들이 여기저기 떼 지어 있다. 짙게 화장을 한 창녀가 가득 찬 잔을 앞에 놓고서 이쪽저쪽을 바라보면서 혼자 앉아 있다. 그녀의 무릎 위에 안긴 강아지가 대리석 테이블 가에 머리를 내밀고 있다. 강아지는 신이 난 듯이 자신의 주인을 위해 지나다니는 사람들의 시선과 그들의 미소를 벌써 구걸하고 있다.

그 여인은 내가 흥미로운지 물끄러미 바라본다. 내가 아무도, 아무것도 기다리지 않는다는 것을 그녀도 알았다.

모든 사람을 다 기다리고 있는 그녀는 손짓 하나, 말 한마디만 하면 온몸으로 웃음을 지으면서 다가오리라……. 하지만 아니다. 내가 욕망하는 것은 그게 아니다. 그보다 나는 한결 더 단순하다. 나는 여자를 필요로 하는 건 아니다. 만일 내가 사랑의 접촉에 마음이 동해 있다면 어떤 고귀한 생각 때문이지, 본능 때문은 아니다.

그녀가 내게 다가온다. 그녀는 내가 누구인지도 모른다! 나는 몸을 돌려버린다. 그 순간적이고 천한 황홀감, 섹스의 희극이 내게 무슨 소용이 있는가! 나는 인류에게, 남자들과 여자들에게 눈길을 주고 있으며, 그들이 무엇을 하는지 알고 있다.

미지근한 훈기가 남아 있는 커피와 담배 연기의 악취가 무기력한 분위기를 조성한다. 소음들이 —찻잔 받침 접시들이 부딪치는 소리, 입구가 밀리고 닫히는 소리, 도박사가 부르짖는 소리— 뒤엉켜 녹는다. 푸르스름한 빛이 얼굴들에 반사되고 있다. 나의 얼굴은 딴사람들보다 더욱 인상적이리라. 내 표정은, 목격했다는 자만감과 아직도 더 보고 싶은 욕망 때문에 황폐해 보일 것이다.

……조금 전 그는 여자를 '에메'(Aimée, 가장 사랑받은 여인이라는 뜻도 있음)라고 불렀다. 그것이 그녀의 이름인지 아니면 그 남자가 다만 그렇게 불렀는지 알 수 없다. 나는 이름들도 모르고, 자세한 내용도 모르며, 그런 것에 관해선 아무것도 모른다. 인류가 내게 자기의 내장을 보여주고 있다. 나는 인생의 심층을 판독하고 있다. 그러나 나는 세상의 표면에서 길을 잃은 느낌이다. 이제 곧 저 행인들 사이로

비집고 들어가도록 노력해야 할 것이며, 그 공적인 장소에서 내가 바라던 것을 구해야 할 것이다.

……내 숙소의 하숙인 한 명이 카페의 유리창을 따라 한길로 지나가는 걸 본 듯싶었다. 나는 몸을 뒤로 젖혔다. 나는 사물이나 다른 것을 이야기할 생각이 아니었다. 훗날도 이 음울한 습관을 계속할 것이다. 만일 그런 일이 우연하게 일어난다고 해도 나를 아는 사람이 나를 알아보지 못하도록 테이블에 고개를 숙이고 팔꿈치를 괴고 머리를 주먹에 댈 것이다.

* * *

나는 지금 길을 걷고 있다. 한 여인이 지나간다. 나는 무의식적으로 그녀를 따라간다. 그녀는 크고 푸른 옷을 입고, 커다란 검은 모자를 쓰고 있다. 그녀는 유난히 눈에 띄어 이런 길에서는 좀 어색하다 싶을 정도였다. 그녀는 사뭇 서투르게 옷을 걷어 올린다. 그래서 환히 비치는 검은 스타킹을 신은 날씬한 다리에 꼭 붙어 있는 목이 짧은 구두가 보인다……. 다른 여자가 나를 지나쳐 간다. 나는 그녀를 열렬히 훑어본다……. 저쪽으로 회색 그림같이 여자들이 길을 가로질러 간다. 마치 잠에서 깬 듯이 내 심장이 뛰고 있다.

호기심? 아니다. 욕망이다. 조금 전만 하더라도 욕망이 없었지만, 이제 참을 수 없을 지경이다……. 나는 걸음을 멈춘다……. 나도 다른 사람들과 같은 한 사내다. 그래서 나에게도 욕구가 있고, 귀먹은 욕망이 있다. 어딘지도 모르면서 가고 있는 이 잿빛 거리를 따라서 나는 멀리 있는 여자의 육체에 다가가고 싶다.

……나와 멀리 떨어지지 않은 채 벽을 스쳐 지나가는 작은 형체의 티 없는 나체를 상상해본다……. 그녀의 발은 아주 작아서 거의 보이지 않는다. 어깨엔 목도리를 걸치고 있다. 그녀는 꾸러미를 하나 들고 걷고 있다. 몸은 앞으로 구부리고 어찌나 서둘러 가는지 마치 어린애처럼 자기 자신을 앞질러 가고자 하는 것 같다. 저 초라한 그림자 속에 빛으로 충만한 육체가 있을 것이며, 옷이 벗겨지는 그 아련하고 희미한 윤곽 속에서 내 눈앞에 눈부시게 빛나고…… 볼품없는 저 모자 속에 오므려져 감추어진 찬란한 머리카락과 아주 심각한 얼굴 속에 감추어진 그 환한 미소의 그녀는 별처럼 아름다울 것이라고 상상한다.

나는 차도 한가운데에 한순간 꼼짝 않고 못 박혀 있다. 여인의 환영은 벌써 멀어져갔다. 만일 그녀의 눈길과 마주쳤더라면 참으로 고통스러웠으리라. 내 표정을 망가뜨리고, 변형시키는 경련 같은 것이 얼굴에 느껴진다.

저 위, 전차의 위층엔 한 젊은 여자가 앉아 있다. 그녀의 옷이 약간 추어올려져 붕긋하게 부풀고…… 그 아래로 그녀의 온몸에 시선을 집중하리라. 그러나 혼잡한 차들이 우리 사이를 갈라놓아 버린다. 전차는 미끄러져 나가고, 악몽처럼 사라져버린다.

이쪽이나 저쪽이나 길은 온통 여자들 옷으로 가득 차고, 가장자리가 휘말린 엷은 그 옷들은 몸을 내어맡기듯이 나부낀다. 들리면서도 들리지 않는 숱한 드레스들!

진열창의 좁고 긴 유리 속에 시선을 내리깐 채 걸어가는 창백한 내가 보인다. 내가 원하는 것은 한 여자가 아니고, 주위의 모든 여자를 하나하나 모두 찾는 것이다. 여인들은 처음엔 나에게 가까이 다가오는 듯하더니 지나가고, 가버린다.

패배자인 나는 아무렇게나 내키는 대로 따라갔다. 곁눈질로 나를 지켜보고 있던 한 여자를 따라간 것이다. 그리고 우리는 나란히 서서 걸었다. 몇 마디 말을 건넸다. 그녀는 나를 자기 집으로 데리고 갔다. 층계참에서 그녀가 문을 열었을 때 나의 몸은 어떤 공상의 떨림에 흔들렸다. 그런 다음 판에 박은 듯 뻔한 장면이 연출되었다. 그것은 무언가 굴러 떨어지듯이 재빨리 끝났다.

다시 나는 도로에 서 있다. 나의 바람처럼 진정되지는 않았다. 한없는 혼란으로 어리벙벙하다. 내가 사물을 있는 그대로 보지 않는다고 하겠지. 나는 너무 깊이, 너무나 많이 보는 것이다.

도대체 무슨 일이 일어난 것일까? 내 몸도 주체하지 못하고 기진맥진 피곤해져서 벤치에 앉는다. 빗방울이 다시 떨어지기 시작한다. 행인들이 서둘러 가고 인적이 뜸해지더니, 이윽고 물이 흘러 번지레한 우산들이 나타나고 홈에선 물이 쏟아져 내린다. 까맣게 번들거리는 차도와 인도. 퍼져나가는 잠잠함. 온통 비를 맞은 슬픈 모습……. 나의 아픔은, 내가 견딜 수 있는 것보다 더욱 크고 더욱 강렬한 꿈을 가졌기 때문이다.

소유하지 못한 것을 생각하는 사람들은 불행하다! 그들이 옳다고 하더라도 너무나 옳아서, 그 때문에 부자연스러워진 것이다. 단순한 사람들, 약한 사람들, 가난한 사람들, 그들은 모두 자기들을 위한 것이 아니면 그 곁을 아무 생각 없이 지나가버린다. 모든 남자 여자들은 아무 고통 없이 모두를 스쳐갈 뿐인 것이다. (그리고 또

저급한 인간들은 사소한 것들만을 조금씩 욕심내고 있다!) 그러나 다른 사람들은, 그리고 나는!

소유하지 못한 것을 갖고자 하는 것은 도둑질이다! 지구가 정확하게 자기의 방향에 따라 돌듯이 인간도 한쪽 방향으로 가고, 돈다는 것을 확신하기 위해서는 깊은 진실 때문에 몸부림치는 몇몇을 보는 것만으로도 충분했다.

그러나 슬프게도, 이 가공스러운 단순함을 알았을 뿐만 아니라, 나도 그 톱니바퀴에 끼어들었던 것이다. 그것에 전염되었다. 내 욕망도 점점 커지고 확장되었다. 그래서 나는 온갖 삶을 다 살고자 원했고 모든 마음을 짓누르고자 했다. 그러나 이제 나의 것이 아닌 것은 내게서 물러가는 듯이 나는 혼자이며 버려진 느낌이다.

그리고 빗속에서 가만히 있을 수 없는 이 인정 없는 대로에서 휘몰아치는 바람을 맞으며 좀 더 몸을 가려보려고 움츠리며 벤치에 쭈그리고서 마치 위대한 호인인 듯이 모두를 사랑하고 있기에 나는 절망한다.

아! 인간의 너무나 적나라한 비밀 속으로 비집고 들어간 것에 대해 벌을 받으리라는 걸 나는 예감한다. 내가 저지른 바로 그 죄악으로 벌을 받을 것이다. 다른 사람에게서 본 그 무한한 비참함을 나는 여인에게서 견디지 않으면 안 되었다. 입을 다물고 있는 모든 비밀에서, 저기 지나가고 있는 모든 여인에게서 나는 벌을 받게 되리라.

무한이란 사람들이 생각하는 그런 것이 아니다.

인간은 전설이나 걸작품에 등장하는 주인공의 시적인 영혼 속에서 무한을 찾는다. 아무 거리낌 없이 낭만적인 햄릿 같은 파란만장

하고 파격적인 인물을 연극 무대 의상 같은 것으로 장식하는 것이
다……. 그러나 무한이란, 이제 곧 진열창 거울이 불확실하게 반영
해서 보여준 그러한 사람 속에서 조용히 살고 있다. 즉 우리들이 흔
히 만나는, 평범한 얼굴과 흔한 이름을 가졌으며, 소유하지 않은 모
든 것을 갖고자 바라는 나 같은 사람 속에서 조용히 살고 있다…….
왜냐하면 무한이 종말을 고해야 할 이유가 전혀 없기 때문이다. 이
렇게 해서 나는 무한의 발자취를 좇아 한 걸음 한 걸음 나아가고 있
고, 이 끝도 없는 방황은 창공의 별들에 비할 만하다. 나는 이 별들
쪽으로 희망을 잃은 눈을 든다. 나는 괴로워하고 있다. 그러나 혹시
내가 어떤 과오를 저지르면 불가능이 눈물을 흘려줄 커다란 불행이
나의 죄를 갚아주리라. 그러나 나는 그러한 속죄나, 도덕적이고 종
교적인 막연한 구원을 믿지 않는다. 나는 고통받고 있으며 분명코
나는 순교자 같은 표정이리라.

　나는 순교자로서의 모든 의무를 하나도 남김없이 다 완수하기
위해 집으로 돌아가야 한다. 나는 계속 들여다봐야 한다. 사람들 사
이에선 시간이 낭비된다. 사람처럼 열려지는 방, 그 방으로 나는 돌
아온다.

* * *

　아무것도 보지 못한 채 이틀을 보냈다. 분주하게 서둘러 다시 일
을 시작했고, 또 새로운 며칠간의 휴가를 얻는 데 쉽게 성공했고,
나 자신을 잊어버리는 데 성공했다.

　네 벽 사이에서 열에 들뜬 듯이 조용히, 죄수처럼 한가로이 지냈

다. 하루 중의 대부분을 그 갈라진 벽에 정신을 쏟은 채 멀리 벗어나지 못하고 방 안을 서성거렸다.

오랜 시간이 흘러갔다. 그리고 저녁이면, 지칠 줄 모르는 소망 때문에 나는 몹시 피곤해 있었다.

둘째 날 밤에 나는 갑자기 잠에서 깨어났다. 부르르 떨며 내 좁은 안식처인 침대에서 벌떡 튀어 일어났다. 방은 길바닥처럼 추웠다. 벽 옆에 줄곧 서 있자니 떨리는 손에 닿은 벽은 사자(死者)처럼 굳어 있었다.

나는 들여다보았다. 내 방과 마찬가지로 덧문이 닫혀 있지 않은 옆방엔 달빛이 흘러들고 있었다. 그 방을 감돌고 있는 추위만 섬뜩하게 느끼면서, 나는 푸르스름한 그 분위기에 최면이 걸리고 아직도 잠 속에 잠겨 똑같은 장소에 서 있었다……. 아무것도 없다……. 기도하는 사람처럼 나 혼자라는 느낌만 들었다.

이윽고, 해질 무렵 곧 쏟아질 듯이 위협하던 소나기가 쏟아졌다. 빗방울이 떨어지고, 돌풍이 공간 속을 길고 맹렬하게 휩쓸고 있었다. 으르렁거리는 천둥소리가 하늘을 뒤흔들었다.

시간이 갈수록 비가 점점 더 세차게 퍼부었다. 바람은 쉴 새 없이 더욱 세차게 휘몰아쳤다. 구름이 달을 가렸다. 내 주위는 온통 암흑이었다.

벽난로 앞의 철판이 흔들리더니 잠잠해졌다. 그리고 왜 잠에서 깨어났고 왜 거기에 이르렀는지도 모른 채 끝없는 어둠, 컴컴한 밤의 면전에, 벽처럼 내 앞에 있는 세계를 눈앞에 두고 나는 가만히 있었다.

* * *

그러자, 컴컴한 공간 속에서 희미한 소리가 미끄러지듯 들렸다…….

먼 데서 폭풍이 치는 소리리라. 아니다……. 바짝 가까이서 소곤대는 소리 아니면 발소리다.

누가…… 누가 거기 있었다……. 드디어! 나를 감싸던 침대에서 끌어낸 본능이 착오를 일으킨 것은 아니었다.

내 눈은 필사적으로 노력했다. 하지만 어둠을 뚫을 수는 없었다. 짙은 어둠 속에서 겨우 창문만 푸르스름했다. 그러나 그게 정말 창문인지 아니면 내가 창문이라고 생각하는지도 알 수 없었다.

* * *

그 소리가 다시금 들려왔다. 좀 더 길게…….

발소리—그렇다, 발소리다……. 그는 걷고 있었다. 숨소리, 물건들이 부딪치는, 중간 중간 침묵으로 끊긴 분명치 않은 은근한 소리들. 까닭 없이 내게는 그렇게 느껴졌다.

다음 순간, 나는 의혹에 사로잡혔다……. 그건 내 심장의 고동 소리가 만들어낸 환상의 요소가 아닌지 생각해보았다. 그러나 사람 목소리가 똑똑하게 들려왔다.

* * *

그 음성은 얼마나 낮았으며, 또 얼마나 유별나게 야릇하게 단조로웠나! 기도나 시를 암송하는 것 같았다. 나는 그 생(生)의 접근을 죽이지 않도록 숨을 죽였다…….

……두 사람 소리였다……. 대답을 주고받는 두 목소리였다.

아주 나지막하게 주고받는 모든 음성들처럼 그 목소리엔 깊이를 알 수 없는 슬픔이 넘쳐흘렀다. 음악의 슬픔같이…….

마침내 나는 또 내 앞에, 사람이 없는 그 빈 방으로 잠시 동안 피해 들어온 두 연인을 대하고 있었다. 완벽한 고독 속으로, 아무 빛깔이 없는 심연 속으로 서로에게 끌려온 두 괴로움이 거기 있었다. 그리고 그들이 똑똑히 보이지도 않았지만 내 가슴속의 심장처럼 그들의 감동을 느낄 수 있었다.

나는 그 보이지 않는 연인을 찾아보았다. 내 모든 주의력은 그 두 육체를 향해 더듬어 나가고 있었다. 그러나 보람이 없었다. 어둠이 내 눈으로 들어와서 나의 눈을 멀게 해버렸다. 내가 들여다볼수록 어둠은 내 눈을 더욱 아프게 했다. 그러나 한순간, 침침한 창문 위에 아주 컴컴한 형체 하나가 어렴풋이 떠오르는 것을 본 듯싶었다……. 그 형체는 움직이지 않았다……. 아니다……. 어둠이다. 우상처럼 꼼짝 않는 암흑이었다……. 이 사람들은 누구였을까? 무엇을 하고 있었을까? 어디에, 어디에 있었을까?

* * *

그런데 갑자기 그 암흑의 무더기에서 선명한 한마디가 튀어나왔다. 인간적인 형태를 띤 그 말은 "아직!"

"아직!"

이 외마디는 그들의 육체에서 나오는 것이었다. 그 말이 결국 그들을 드러내 보였다. 어둠 밖으로 그들의 얼굴이 벗겨지는 듯했다.

잠시 후에 싸우는 듯이 서둘러 그 중얼거리는 소리 가운데서 또 다른 소리가 목이 메고 행복한 음성으로 튀어나왔다.

"만일 그들이 안다면! 누가 안다면!"

그런데 그 말은 아주 힘 있게 억제되어 점점 낮게, 드디어는 들리지 않게 되풀이되었다.

그러고는 맑은 웃음소리 속에서 다시 한 번 그 말이 튀어나왔다. 그러자 키스 소리가 들리고 모든 것을 덮어버렸다. 첩첩이 쌓인 어둠 속에서 그 키스가 마치 누군가의 출현처럼 떠올랐다.

* * *

한순간 그 방을 창백한 안식처로 바꾸며 번개가 번쩍였다. 그리고 캄캄한 밤이 다시 왔다.

그 번갯불이 내 눈꺼풀을 활짝 열었다. 내 눈은 아무 소용이 없었기 때문에 나는 본능적으로 반쯤만 뜨고 있었다……. 내 시선이 그 방을 휩쓸었지만, 살아 있는 거라곤 아무것도 보지 못했다. 그 방 안에 있는 두 사람은 도대체 그 어둠 속 어느 구석에 몸을 숨기고 웅크리고 있었을까?

그들은 그 큰 번갯불을 알아차리지 못한 것 같았다. 필사적으로, 바뀌지도 않고 그 똑같은 말들이 나를 엄습하고 있었다. 그렇지만 더욱 둔하고, 더욱 조심스럽게, 더욱 들리지 않게.

"누가 안다면! 누가 안다면!"

그런데 나는 죽어가는 사람에게 하듯이 거룩한 집중력을 가지고 그들에게 몸을 굽히고 그 외침을 귀 기울여 듣고 있었다.

* * *

그들을 옥죄는, 그들의 입에서 떨려 나오는 영원한 그 두려움은 무슨 까닭일까? 몸을 숨긴 채 그들만의 공간을 찾고 도움을 청하는 외침 같은 그 절정의 가엾은 외침을 뱉어내는 절실한 이유는 무엇일까? 그들은 그 무슨 죄악을 저지른 것일까? 그들의 결합은 그 무슨 악덕을 감춘 것일까?

나는 날카로운 충격에 휩싸였다. 두 목소리가 너무도 닮았다. 나는 알았다. 그들은 두 여인이다. 어둠 속에서 기묘한 밀회를 하고자 온 동성 연인이다!

* * *

아! 나는 귀를 기울여 듣는다……. 결코 나는 이처럼 어둠에 몸을 맡겨본 적이 없었다. 실로 내 온 생명을 다해, 두 손을 모으고 눈을 크게 뜨고서 나는 어둠의 침대 속으로 떨어진 새까만 여인들을 심문하고 있다……. 부르르 떨리는 회상의 예찬이 그들을 사로잡았다고 느껴진다.

"주님이 우리를 보신다! 주님이 우리를 보신다!"

한 입이 더듬거린다.

아름다워지기 위해서는 신이 자신들을 내려다보기를 원한다. 비탄에 빠진 사람들처럼 그들은 자신들을 도와줄 신을 부르고 있다.

* * *

…… 그런데 그들이 두 여인인지 의심이 든다. 굵직한 남자 목소리가 들린 듯했다. 아직도 나는 더할 수 없는 최고의 노력을 기울여 그 어둠에서 몸을 빼내고자 애쓰며 그 목소리의 단편들에 귀 기울이고, 비교하며, 음미한다…….

키스의 피에 물들고 젖었으며, 두 입으로 짓눌리고 아주 낮고 급하게 쏟아져 나오는 말들로 이루어진 열렬한 기도가 꽃피기 시작하는 것을 나는 똑똑히 듣는다.

"하고 싶어? 하고 싶어?"

떨리는 그 질문은 아주 중요한 것이었다. 방긋 열렸거나 아니면 뻣뻣하게 경직된, 온통 내맡겨진 사람의 그 질문에 이윽고 한 커다란 음성이 날갯짓하며 올라온다.

"그래."

"아!"

다른 육체가 더듬거린다. 서로 느끼고 서로 결합하기 위해 그들은 그 어떤 신비스럽고 비정상적인 방법을 시도하는 것일까? 그들은 어떤 모습을 취하는 걸까?

어떤 모습? 사랑의 형태가 무슨 상관인가! 나는 그 근심에서 벗어나서, 사랑이라는 그 처절한 비극을 단번에 목격하게 될 것만 같은 느낌이다.

그들은 서로 사랑한다. 그 나머지는 아무것도 아니다. 그들이 변태든 정상이든 간에, 또 그들이 저주를 받건 축복을 받건 간에

101

그들은 서로 사랑하여 이 세상에서 할 수 있는 만큼 서로를 소유하고 있다.

그들은 서로 이름을 부른 다음에 모든 사람들에게 몸을 감추어 버린다. 시트나 수의에 감싸이듯 어둠에 감싸이고 있다. 그들은 스스로를 가두어버린다. 예의와 평화의 가책처럼 그들은 태양을 증오하고 피한 것이다. '누가 안다면!'이라고 외치고 울고 웃었다. 자신들의 고독을 뽑내고, 그 고독 때문에 상처받고 서로를 쓰다듬는다. 그들은 법률로부터, 자연으로부터, 희생과 허무로 이루어진 정상적인 삶으로부터 튀어나온 것이다. 그들은 서로 결합되려고 애쓰고 있다. 대리석처럼 흰 그들의 이마가 부딪친다. 그들은 자기 자신의 육체에 몰두해 있고 각자 아무런 생각이 없는 육체가 껴안아지는 걸 느끼고 있다. 오! 잠들어 있는 욕정을 더듬더듬 찾고 있는 그들의 손의 성(性)과, 서로 마주 대하고 있는 두 입술의 성, 눈이 멀고 말이 없는 두 심장의 성이 무슨 소용이 있겠는가!

세상의 모든 연인들은 다 마찬가지다. 그들은 우연히 반한다. 얼굴을 보고 나서 그 모습에 서로서로 끌리는 것이다. 광기에 비견될 만한 극성스러운 선택에 의해 각자 빛을 발하는 것이다. 그들은 환영의 리얼리티를 주장하며 한순간에 허위를 진실로 바꾼다.

그런데 그 순간 그들의 토막토막 끊긴 몇 마디 고백이 들려왔다.

"넌 내 거야, 넌 내 거야. 너를 소유하고 너를 갖겠어……."

"그래, 난 네 거야……."

그것이 사랑의 전부다. 바로 내 곁에서 말을 주고받음으로써 사랑이 내 얼굴에 향기처럼 삶의 향기와 열기를 보내고, 광란과 열매

맺지 못하는 작업을 수행하고 있다.

* * *

다시 대화가 한결 더 달콤하고 차분해진다. 마치 나에게 말을 하는 듯이 들린다. 맨 처음 한마디 말이 거의 꿈속에서처럼 떨며 지나간다.

"나는 우리의 밤을 사랑해, 우리의 낮은 싫기만 해."

그리고 만족되고 진정되어서 정신없이 그 이유를 천천히 들어가며 다시 말을 잇는다―그 말들은 가끔 뒤섞이고, 뚜렷한 형체조차 없으며 바짝 대고 있는 두 입은 마치 두 입술 같다.

"낮에는, 사랑에 집중하지 못하고 잃어버려. 참된 자기 자신이 될 수 있는 건 밤이야."

"아!"

다른 목소리가 말한다.

"우리들이 낮을 사랑할 수 있기를 바라."

"그건 아마…… 먼 훗날이 될 거야, 아! 먼 훗날."

그 말들은 길고 먼 메아리 속에서 울리고 있다.

잠시 후에 그 목소리가 말한다.

"얼마 안 있으면……."

"오, 주여!"

희망에 온몸을 떨며 다른 소리가 말한다.

나는 이미 그와 똑같은 탄식을 들은 적이 있다. 마치 이 지상에는 그 밖의 탄식거리가 별로 없기라도 한 듯 똑같다. 불륜의 관계를 맺던 그 여인도 '광명의 운명을 그렇게도 바라던 나였는데!'라고 탄식했었다.

그러고 나서, 처음 말을 잘 알아듣지 못해 서로 연결시켜볼 수 없던 말 가운데, 그들은 햇빛 감도는 관목 사이의 길들이며, 거뭇거뭇한 잔디가 깔린 공원들이며, 황금빛의 긴 오솔길에 관해 이야기하고 있다. 그리고 너무도 눈부시게 번쩍거려 정오엔 햇빛밖에 볼 수 없는 굴곡진 넓은 저수지에 관해 이야기한다.

어둠 속에 빠져, 그들 자신도 어둠이면서 그들은 빛을 만들고 있다. 그들은 낮을 생각하고 있고, 낮을 그들을 위한 시간이라 상상하고 있다. 그들에게서 나오는 창공과 여름의 기념비 같은 것이다.

그런데 태양을 이야기하면 할수록 그들의 음성은 낮아지고 사라진다.

한결 더 무겁고 다정스러운 침묵이 지나자 이런 소리가 들려온다.

"내 사랑이 얼마나 너를 예쁘게 만드는지 네가 안다면, 얼마나 좋을까."

나머지 것은 모두 지워져 없어지고, 그 웃음밖에 보이지 않는다.

그러고 나서, 그들 꿈의 멜로디는 빛을 바꾸지 않고 여러 영상들이 번갈아 바뀐다. 객실이며, 거울이며, 꽃장식이 된 램프들을 회상한다……. 작은 배들이 가득 들어찬 잔잔한 수면 위에서 벌어지는 밤의 축제들과 공원에서 햇빛을 받은 여인들의 양산에 비견될 만한 빨갛고 파랗고 녹색의 색색 풍선들을 회상하고 있다.

다시금 침묵이 흐르고, 잠시 후 그들 중의 하나가 하소연하는 듯한 억양으로 말을 잇는다. 꿈을 실현시키고 싶은 거의 광기와도 같은 무한한 욕망, 무한한 집념을 드러낸다.

"열이 있어. 손에 햇볕이 내리쬐는 것 같아."

* * *

그리고 그 다음 순간, 곧 이어 들리는 말.

"너 울고 있구나! 뺨이 입처럼 젖어 있어."

"그 모든 것을 우리는 영원히 가질 수 없을 거야"라고 하소연하던 하나가 신음하듯 말한다.

"그 빛은 우리가 함께 있는 밤에 만드는 숱한 꿈속에서밖에는 갖지 못할 거야."

"우리는 가질 수 있어!"

다른 사람이 소리쳤다.

"언젠가는 모든 슬픔이 끝날 거야."

그리고 장엄하게 덧붙여 말했다.

"우리는 그 빛을 거의 가졌어, 너도 그건 잘 알지!"

"아! 누가 안다면!"

아무도 모르는 회한에 사로잡혀 그들은 말을 이었다.

"모두가 우리를 질투했어. 사랑하고 있는 사람도, 그리고 행복한 사람들까지도!"

그러고 나서 그들은 신이 자신들을 보고 있다고 또 말했다. 암흑 속에 조각된 그 암흑의 군상은 신이 자신들을 발견하고, 마치 광명으로 비추듯 자신들을 어루만져주기를 꿈꾸었다. 결합된 그들의 영혼은 더욱 오묘하고 더욱 위대하게 사는 것이었다. 나는 이 말을 주

워들었다. '언제나!'

유충들처럼 서로의 옆을 따라 시트 밑으로 기어들면서, 짓눌리고 거의 침묵으로 잦아든 그들이 말했다. '언제나!'라고. 초인간적인 그 말, 초자연적이고 이상한 그 말이 그들의 입에서 나왔다.

모든 마음은 자신들의 창조물과 비슷하다. 미지의 것으로 가득 찬 생각, 밤의 피, 밤에 비견될 만한 욕망, 이들이 승리의 함성을 지른다. 연인들은 결합되어 있을 때 자기 자신을 위해 서로 싸우고 말한다. '너를 사랑해'라고. 그들은 기다리고 울고 번민하면서 말한다. '우리는 행복해'라고. 그들은 벌써 기진맥진하여 서로 풀어지면서 말한다. '언제나!'라고. 그들은 자신들이 빠져들어간 지옥의 밑바닥에서 프로메테우스처럼 하늘에서 불을 훔쳐낸 것이나 다름없다.

그런데 그들의 숨소리 하나하나를 따라 나는 그들을 찾아가고 있었다……. 그 순간 그들이 얼마나 보고 싶었는지! 삶에 대한 욕망만큼이나 격렬하게 원했다. 모든 것을 발산하고 있는 그들의 동작, 그 반역, 그 천국, 그 얼굴들을 보고 싶었다. 하지만 나는 그 진실이 있는 데까지는 도달할 수 없었다. 그 밤의 무한한 암흑 속에서, 저 멀리로 마치 한 줄기 은하수처럼 희미한 창문만이 겨우 보였다. 이제 더는 아무 말도 들리지 않고 웅얼거림만 들렸다. 그러나 그 웅얼거림이 다시 한 번 결합되기를 동의하는 소리인지, 아니면 그들 입의 찢어진 상처에서 나오는 탄식인지 구분할 수 없었다.

그러다 그 웅얼거림조차도 뚝 끊겼다.

아마, 여전히 꼭 껴안은 채 그들의 마음은 서로 뚝 떨어져 잠들어버린 것이리라. 어쩌면 그들의 오직 하나뿐인 보물을 다른 곳에 감추기 위해서인지도 모른다.

잠잠해진 듯하던 소나기가 다시 시작되고 끊이지 않았다.

* * *

오랫동안 그 어둠에 대항해서 싸우고 있지만, 나보다 훨씬 강한 그 어둠이 나를 삼켜버린다. 나는 침대에 누워 버둥댄다. 그리고 암흑과 정적 속에 있다. 팔꿈치를 괴고 기도문을 띄엄띄엄 읽는다. 나는 〈심연에서(De Profundis)〉를 더듬거렸다.

심연에서……. 어쩌자고 이 밤중에 그 끔찍한 희망의 외침이, 비참과 애원과 공포의 외침이 내 창자에서 입술로 올라오는 것일까……!

피조물들의 고백이다. 내가 엿본 운명의 피조물들에게서 나온 말이 무엇이든 간에 그들은 종국에 그 말을 외쳤다─그리고, 엿들으며 보낸 며칠 동안 밤과 낮 동안 내가 들은 것도 그것이다.

심연에서 광명을 향해 나오는 이 호소, 숨겨진 진실에서 숨겨진 진실을 찾아가는 그 노력이 도처에서 일어나고 도처에서 다시 쓰러진다.

인류에 대한 생각이 나를 떠나지 않고 그 아우성이 크게 울린다.

나는, 내가 무엇인지, 내가 어디로 가는지, 내가 무엇을 하는지 모르지만, 그러면서도 나 또한 내 심연의 바닥에서 그 작은 빛을 향해 외쳤다.

7

그 방은 아침 나절의 번잡함에 빠져 있다. 에메가 남편과 함께 와 있다. 여행에서 다시 돌아온 것이다.

그들이 들어오는 소리를 나는 듣지 못했다. 아마 너무 지친 모양이다.

그는 아직 모자도 벗지 않은 상태다. 헝클어지지 않은 판판한 침대 곁의 의자에 앉아 있다. 그러나 나는 그 침대에서, 한 육체 아니면 한 쌍이 남긴 흔적이 길게 팬 걸 엿볼 수 있다.

그녀는 옷을 입고 있다. 화장실 문으로 그녀가 사라져가는 걸 방금 보았다. 나는 남편을 바라본다. 그의 얼굴은 이목구비가 아주 반듯하고 고귀한 기풍까지 엿보인다.

이마의 선도 아주 뚜렷하다. 다만 입과 수염이 좀 야비해 보인다. 그녀의 정부(情夫)보다 더욱 건강하고 튼튼한 모습이다. 지팡이를 만지작거리는 그의 손은 섬세하며, 전체적으로 인품이 어떻다고 규정할 수는 없지만 기품 있는 힘이 있다. 그런데 그녀는 그를 속이고 미워한다. 그 얼굴, 그 인상, 그 표정이 그녀의 눈에는 아주 망가져 흉해 보이고 그녀 자신의 불행처럼 보인다.

느닷없이 그녀가 나타났다. 내 시선 속으로 함빡 다가온다. 내 심장이 딱 멈추고 이윽고 나를 꽉 조이며 그녀 쪽으로 나를 끌고 간다.

그녀는 반나체다. 짧고 가벼운 연보랏빛 슈미즈가 가슴 때문에 불룩하게 팽팽해져, 걷는 움직임에 따라 부드럽게 복부의 곡선에 찰싹 달라붙는다.

화장실에서 돌아오는 길이다. 그녀는 이미 몇만 가지 자질구레한 일들로 지치고 늘어져서 손에 칫솔을 들고 주홍빛 입은 촉촉이 젖고 머리카락을 헝클어뜨린 채다. 다리는 날씬하고 아름다우며 작은 발은 뒤축 높은 슬리퍼 속에서 몹시 굽어져 있다.

모든 게 아주 어수선한 그 방에는 온갖 냄새가 뒤섞여 있다. 닫힌 아침의 둔중함 속에 비누 냄새, 분 냄새, 향수의 쏘는 듯한 향기 따위를 풍긴다.

그녀는 이지러져 있었다. 다시 미지근해지고 비누 냄새를 풍기더니 드디어, 물방울을 닦아내자 그 얼굴은 아주 싱싱한 장밋빛이 되었다.

남자는 다리를 반쯤 펴고서 무언가를 논하고 설명한다. 때로는 그녀를 바라보기도 하고, 때로는 그녀는 전혀 안중에도 없다.

"당신도 알겠지만 베르나르 가(家)에선 정거장 건에 대해 승낙을 안 했소……."

이번엔 말을 하는 동안 눈으로 그녀를 뒤좇더니 이윽고 딴 데를 보고, 시선을 양탄자 위에서 끌며 자기 생각에 흠뻑 빠져 낙담한 듯 혀 차는 소리를 낸다―그러는 동안 그녀는 엉덩이의 곡선이며 튼튼한 허리, 창백한 배, 그리고 짙은 그늘이 드리운 깊숙한 배 밑을 내보이며 왔다 갔다 한다.

내 관자놀이가 뛴다. 내 온 육체가 그녀의 체취를 담은 옷 속에서 아침 공기에 거의 나체가 되다시피 한 아름다운 그녀 쪽으로 간다······. 그런데 남편의 지루한 이야기가 또다시 울려온다. 그녀가 나체로 있는 방에서 그 이야기는 아주 낯설고 불경스럽게 들린다.

그녀는 코르셋을 입고, 가터벨트, 드로어즈, 스커트를 입는다. 남자는 동물 같은 무관심 속에 잠겨 있다. 자기의 생각에만 빠져 있다.

······그녀는 화장품 케이스와 이것저것을 들고 벽난로의 거울 앞에 가서 앉는다. 화장실의 거울로는 흡족하지 않았던 모양이다.

아직도 아침 기분에 들뜨고 유쾌해서 그녀는 화장을 하면서도 혼자서 이야기하고 쫑알댄다.

······그리고 그녀는 화장에 열중해서 부산하게 움직였다. 자신을 꾸미는 데 많은 시간을 들이지만, 실은 헛되지 않은 귀중한 시간이다. 게다가 그녀는 급히 서두르고 있다.

이제 옷장을 열고 얇고 가벼운 옷을 꺼내어 마치 새 둥지처럼 팔로 받쳐 든다.

그 옷을 걸친다. 그러곤 갑자기 무슨 생각이 떠올랐는지 손을 멈춘다.

"아냐, 아냐, 절대 아냐"라고 말한다.

그 옷을 벗고 다른 옷을 찾으러 간다. 진한 색 스커트와 슈미제트〔여성의 반팔 블라우스〕를 찾는다.

그녀는 모자를 들고 리본을 고친 다음, 모자의 장미 장식을 거울 앞에서 얼굴 가까이에 하고는, 분명 몹시 만족한 듯이 흥얼거리기 시작한다.

* * *

……그는 여자를 바라보지 않고 있다. 그녀를 바라보는 순간에도 그에게는 그녀가 보이지 않는다!

아! 엄숙한 장면이다. 하나의 드라마, 음울한 드라마다. 하지만 그럴수록 더욱 안타깝다. 저 남자는 행복하지 못하다. 그렇지만 나는 그의 행복이 샘난다. 만일 행복이란 우리 안에, 우리들 각자의 속에 있는 것도 아니고, 또 소유하지 못한 것에 대한 욕망이 아니라면 무엇인지 말해보라!

그들이 함께 있기는 하지만, 사실 상대방에게는 텅 빈 것이다. 헤어지지 않은 채 헤어져 있는 것이다. 그들 사이에는 말하자면 허무의 손이 움직이고 있다. 이제 그들은 더 이상 서로 가까이 다가오지 않는다. 왜냐하면 그들 사이에는 끝나버린 사랑이 모든 진리를 차지하고 있기 때문이다. 그 침묵, 서로에 대한 무시는 지상에서 가장 잔인하다. 이제는 서로 더는 사랑하지 않는다는 것, 그건 서로 증오하는 것보다 훨씬 나쁘다. 왜냐하면, 말해보았자 소용없지만 죽음은 고통보다 더 나쁘기 때문이다.

냉담하게 서로에게 끌려가는 사람들을 나는 불쌍히 여겼다. 자기가 소유하는 것을 그처럼 짧게 가질 수밖에 없는 가난한 마음을 나는 동정했다. 이제는 사랑하기를 그쳐버린 마음을 가진 사람들을 나는 동정한 것이다.

그런데 이처럼 처참하고 단순한 장면을 눈앞에 두고, 한순간 나

는 이처럼 고통스러워하는 사람들에게서 헤아릴 수 없는 거대한 오
뇌를 느꼈다.

* * *

그녀는 옷을 다 입었다. 스커트와 같은 색깔의 재킷을 입었다.
리넨 제품의 코르사주가 언뜻 보였는데, 그 윗부분은 육체의 여명
이라도 되는 듯이 투명한 장밋빛이다―그리고 그녀는 우리를 떠나
간다.

남자 또한 나갈 채비를 한다. 문이 다시 열린다. 그녀가 다시 돌
아온 것일까……! 아니다. 하녀다. 하녀는 다시 물러갈 기색을 보
인다.

"방을 치우려고 왔는데요. 하지만 제가 귀찮게 하는 것 같아
요……."

"들어와도 괜찮아."

그녀는 물건들을 치우고 서랍을 닫는다……. 남자가 머리를 들
었다. 곁눈으로 그녀를 뒤좇고 있다.

그는 일어서서 어색하게 다가간다. 마치 홀린 듯이……! 물건이
밟히는 소리와 깨지는 외마디 소리가 커다란 웃음소리 속에서 꺼져
버린다. 들고 있던 솔과 옷이 그녀의 손에서 떨어진 것이다―남자
가 하녀를 뒤에서 껴안는다. 그의 두 손이 코르사주 위로 소녀의 가
슴을 움켜쥔다.

"아! 이러지 마세요. 참, 왜 이러신담!"

남자의 얼굴은 온통 상기되고, 분별을 잃어 노려보며 아무 대꾸

를 않는다. 그에게선 뭐라고 웅얼거리는 외마디 소리만 간신히 새어나왔다. 들리지 않는 말 속에서 오직 배(腹)를 생각할 뿐이다. 가볍게 들려 이를 내보이는 자극된 입술 사이로 씩씩거리는 기계 같은 숨결이 새어나온다…… . 마치 원숭이처럼, 사자처럼 배를 궁둥이에 들이대어 그녀의 살에 몸을 가져다 붙였다.

크고 붉은 얼굴로 그녀는 웃어젖힌다. 반쯤 흐트러진 머리카락은 이마 위로 흘러내리고 풍만한 젖가슴은 바르르 경련을 일으켜 움켜쥔 손가락들 밑에서 움쭉 팬다.

남자가 스커트를 벗기려고, 들어올리려고 애쓴다.

옷이 벗겨지지 않도록 하녀는 다리를 꼭 오므리고 넓적다리를 손으로 쥔다. 하지만 잘 되지 않는다. 통통하게 큰 다리 위에 주름진 스타킹이며 슈미즈 자락이며 구두가 보인다. 하녀의 손에서 빠져 살며시 떨어진 에메의 옷을 그들은 짓밟고 있다.

그러자 그녀는 꽤 시간이 지났다는 걸 깨달았다.

"아! 보세요, 이러지 마세요. 그만해요, 참!"

여전히 말을 않고 욕정의 주둥이 같은 입을 그녀의 목덜미에 가져다 대자 하녀는 화를 낸다.

"아! 이러지 마요! 제발! 참, 안 들려요?"

드디어 그는 그녀를 놓아준다. 그러곤 수치와 비열함이 뒤섞인 저주스러운 웃음을 지으며 가버린다. 마음속의 거대한 충동의 발작에 짓눌려 거의 비틀거리는 걸음걸이로. 마구 걸어서 지나가는 여인들 사이로 가버리는 것이다. 머리 위까지 드레스를 치켜드는 악몽에 눈이 먼 상태다.

그의 내부에선 혈기가 부글거리며 솟구쳐 나오려고 한다. 만일 그를 사로잡은 것이 그에게서 솟구쳐 나오지 못하면 그것은 마치 모유처럼 머리끝까지 올라가리라. 여기에 인간의 어렴풋한 시작이 있다. 그는 지금 온몸의 무게를 다한 힘으로 비틀거리며, 침대 쪽으로 간다. 상처 때문에 괴로워하며 껴안듯이 팔을 뻗쳐 더듬는다.

그러나 그건 힘찬 본능만도 아니다. 왜냐하면 조금 전 그의 앞에 말쑥한 부인이 있었는데 (그리고 환히 들여다보이는 얇은 베일 속에서 감돌던 그 빛이 그녀의 온몸을 드러내 보이고 눈부시게 후광을 두르고 있었는데도) 그가 부인을 욕심내지 않은 걸 보면, 아마 그 부인이 거절할 것을 알았거나, 아니면 어떤 말 없는 약속이 그들 사이에 있었으리라……. 그렇다고 하지만, 나는 남자의 눈이 그녀를 원하지 않았음을 똑똑히 보았다.

머리카락은 더럽고 손톱에 때가 낀 천한 비너스, 그 하녀가 나타나자 그의 눈에 불이 켜지고 그 여인에게 달려들었다.

그는 하녀를 모르고, 그가 아는 여자와 다르기 때문이다. 소유하지 않는 것을 갖기란……. 그러므로 비록 이상해 보일지라도, 그것은 하나의 관념이고, 본능을 유도하는 영원불멸한 높은 관념이다. 그 관념이 남자의 시선을 맹수의 발톱처럼 날카롭게 만들고 신경을 곤두세우게 하여 그녀를 엿보도록 하면서 미지의 여인 앞으로 끌어당긴 것이다. 살기 위해선 그녀를 살해해야 한다는 듯이, 그처럼 비극적인 격렬함에 자극받은 것이다.

나는 알고 있다. 그 인간들의 위기―너무도 미친 듯이 격렬하여 그 앞에선 신도 아무 소용없어지는―를 지배하도록 주어진 것을 나는 안다. 우리가 우리의 외부에 있다고 생각하는 많은 것들이 우리의 내부에 있으며 그리고 바로 그 점이 비밀이라는 것을 말이다. 일단 베일이 벗겨지면 사물이란 단순해 보이며, 지극히 단순한 것이다!

* * *

처음으로 정식 테이블의 점심에 마술적인 마력을 느꼈다. 그날 밤에 사랑을 나눴던 두 사람을 애써 찾아보느라 나는 모든 사람의 인상을 유심히 살펴보았다.

둘씩 얼굴들을 탐색해보고, 닮은 점을 살펴보았지만 소용이 없었다. 결국 아무런 소득도 없었다. 그들이 어두운 밤에 빠져 있을 때와 마찬가지로 그들을 알아볼 수가 없었다.

……식당에는 소녀가 다섯, 아니 젊은 여인네가 다섯 명 있다. 적어도 그들 중 하나가 생생히 불타는 추억을 담아 간직하고 있으리라. 그러나 나보다 더 강한 의지력이 그녀의 얼굴을 감추고 있다. 나는 아무것도 모른다. 그리고 눈앞에 보이는 무(無)가 나를 압도해버린다.

여인들은 하나씩 떠나갔다. 나는 그녀를 알 수가 없다……. 아! 두 손은 무한한 의혹 속에서 경련을 일으키고, 손가락 속에 공허만 움켜쥔다. 모든 가능성, 모든 불확실성, 그 모든 것의 바로 앞에 여기 분명하게 내 얼굴이 있다.

* * *

그 부인! 나는 에메를 알았다. 그녀는 호텔 여주인과 이야기하고 있다—창가에서, 우리 둘 사이에 자리잡은 손님들 때문에 처음엔 그녀를 알아보지 못했다.

좀 꾸민 듯한 태도로, 꽤 우아하게 포도를 먹고 있다.

나는 그녀 쪽으로 몸을 돌린다. 그녀의 이름은 몽즈롱 아니면 몽즈로 부인이다. 우습게 느껴지는 이름이다. 어쩌다가 그렇게 불리게 되었을까? 그 이름은 그녀에게 어울리지 않거나 쓸데없는 듯했다. 갖가지 말이나 기호의 부자연스러움이 나를 후려친다.

식사가 끝날 무렵이다. 거의 모든 사람이 자리를 떴다. 커피 잔들이며 술로 끈적끈적하게 더러워진 작은 컵들이 햇빛이 번쩍이는 테이블 위에 흩어져 있다. 테이블보는 햇빛에 어른거리고 유리 그릇들은 반짝반짝 빛난다. 번진 커피의 얼룩이 향기를 풍기며 마른다.

나는 르메르시에 부인과 그녀의 대화에 끼어든다. 그녀가 나를 바라본다. 내가 그들을 보았을 때도 나는 그녀의 시선을 거의 느끼지 못했다.

종업원이 와서 르메르시에 부인에게 작은 소리로 몇 마디 말을 한다. 르메르시에 부인은 일어서서 양해를 구하고 자리를 뜬다. 조금 전에 가까이 다가갔기 때문에 지금은 에메 곁에 있다. 식당 안에는 단지 두서너 사람뿐인데, 그들은 오후를 어떻게 보낼지 의논하고 있다. 나는 그 부인에게 무슨 말을 해야 할지 모르겠다. 그녀와 나 사이의 대화는 지루해지다가 그쳐버렸다. 자기가 나의 흥미를

116

끌지 못한다고 생각했을 것이다. 그런데 나는 그 부인의 마음속을 알고 있고, 신만큼이나 그녀의 운명을 안다.

테이블 위에 펼쳐둔 신문 쪽으로 손을 뻗어 한동안 읽는 데 몰두하다가 그것을 접고는 그녀도 일어서서 떠나버린다.

지루한 생활에 진저리가 나고, 게다가 식후의 그 시간에 느껴지는 둔함에 짓눌려 나는 졸음에 겨워서 끝없이 긴 테이블, 햇빛으로 훤히 밝혀진 테이블, 맥 빠지는 테이블에 팔을 괴고 있다. 팔에 힘을 빼지 않고, 턱을 숙이지 않고, 눈꺼풀이 덮이지 않도록 애를 쓰면서.

그런데 저녁 식사를 위해 치우고 정돈하기 위해 서두르는 하인들이 벌써 조심스레 부산스러운, 무질서한 그 식당에는 아주 행복한지 아니면 아주 불행한지도 모르고 무엇이 현실이고 무엇이 초현실인지도 모른 채 나 혼자뿐이었다.

그러나 잠시 후 나는 그걸 안다. 조용하고, 무겁게…… 주위에 시선을 던지고, 단순하고 조용한 사물을 바라본 다음 눈을 감고, 마치 차츰 자신의 계시를 이해하는 선택된 사람처럼 중얼거렸다.

"하지만 무한이란 바로 여기에 있다. 이건 사실이다. 나는 그걸 의심할 순 없다."

이렇게 긍정하면, 이상한 것이란 없는 법이다. 초현실적인 것은 존재하지 않는다. 아니 오히려 어디에나 있다. 현실 속에 단순함 속에, 평온 속에 있다. 온 무게로 기다리는 그 네 벽 사이에 있다. 현실과 초현실은 똑같다.

하늘에 다른 공간이 없듯이 생활 속에 신비란 있을 수 없다.

남들과 똑같은 나, 나는 무한으로 가득 차 있다. 그런데도 그 모두가 내 앞에서는 얼마나 희미하게 지워지고 혼돈스러워 보이는가! 그리고 나는 나를 상상한다. 나 자신을 잘 알 수도 없고, 나 자신에게서 벗어날 수도 없다. 내 마음과 태양 사이에 낀 무서운 그림자 같은 나 자신을 상상한다.

8

그들이 함께 있는 것을 처음 보았을 때와 똑같은 배경이 그들을
감쌌고, 똑같이 희미한 불빛이 그들을 흐릿하게 비추었다. 에메와
연인은 내 가까이에 나란히 앉아 있었다.

그들이 이야기를 나눌 때부터 나는 그들에게 몸을 바싹 기울였다.

그녀는 저녁의 어둠과 남자의 그늘에 감춰진 채 남자 뒤쪽 긴 의
자에 앉아 있었다. 창백하고 뚜렷하지 않은 모습의 남자는 손을 무
릎 위에 올려놓고 앞의 빈 공간 속으로 몸을 숙이고 있었다.

밤은 아직도 비단결같이 부드러운 저녁 햇빛에 싸여 있었다. 이
윽고 밤은 발가벗으리라. 그들의 머리 위로, 마치 손쓸 수 없는 불
치병처럼 밤이 오리라. 그들도 그걸 예감하여, 자신들을 보호하려
고 애쓰며, 어쩔 수 없는 암흑에 대항해서 말과 생각을 준비하는 듯
보였다.

그들은 아무런 노력도 아무런 흥미도 없이, 이런 일 저런 일을 서
둘러 이야기했다. 여러 지방 사람의 이름이 들렸다. 그들은 어떤 역,
어떤 산책길, 어떤 꽃장수에 관해 이야기했다.

갑자기 그녀가 말을 멈췄다. 우울해진 듯했고, 그리고 손으로 얼

굴을 감쌌다.

남자는 서글프리만치 천천히 그녀의 손목을 잡았다. 그가 그런 낙심에 얼마나 익숙한지를 보여주는 동작이었다—그리고 무엇을 말해야 할지도 모르면서, 그녀에게 가까이 다가가며 더듬거려 말했다.

"왜 우는 거요? 왜 우는지 말 좀 해봐요."

그녀는 대답하지 않았다. 그리고 눈에서 손을 떼며 그를 바라보았다.

"왜냐고요? 전들 알아요?"

그녀의 말이다.

"눈물은 말이 아니거든요."

* * *

그녀가 눈물을 흘리고, 눈물에 젖어가는 걸 보았다. 아! 지각을 갖고서 눈물 흘리는 사람을 바로 앞에 두고 본다는 것은 참으로 굉장한 일이다! 눈물을 흘리는, 너무나 힘없고 너무나 상심한 피조물인 인간도 인간이 애원하는 전지전능한 신과 같은 인상을 준다. 왜냐하면, 그 약함과 패배 속에서 그 피조물은 초인간적인 면을 보이기 때문이다.

끝없이 솟는 눈물에 젖은 여인의 얼굴, 성실하면서 동시에 진실한 그 얼굴을 보자 미신적인 찬탄이 나를 휘어잡는다.

* * *

그녀는 울음을 그쳤다. 고개를 들었다. 이번엔 그가 묻지도 않는

데 그녀가 말했다.

"인간이 혼자이기 때문에 눈물이 나는 거예요.

인간은 자신에게서 벗어날 수는 없어요. 아무것도 고백할 수 없단 말이에요. 혼자라고요. 그러고 나면, 모든 것은 지나가고 모든 것은 변하고, 모든 것은 다 달아나요. 그리고 모든 것이 달아나는 그 순간부터 인간은 혼자예요. 다른 때보다 그 사실이 더욱 잘 느껴지는 때가 있어요. 그런데도 제가 울지 않을 수 있겠어요?"

시시각각 빠져드는 슬픔 속에서, 그녀에겐 약간의 오만함이 진동했다. 우울한 얼굴 위로 찡그린 미소가 은근히 떠오르는 걸 나는 보았다.

"저는 남들보다 더 민감해요. 딴사람들의 눈에는 보이지 않고 지나가는 것도 저에게는 몹시 감동을 줘요. 그래서 이성이 날카롭게 깨어 있는 순간, 제 자신을 바라보면 저는 느껴요. 제가 혼자, 오로지 혼자뿐이라는 것을."

그녀의 비애가 점점 커져가는 걸 보고 걱정스러워, 그는 여자의 마음을 돌리려고 애써보았다.

"우리는 그런 말을 할 수 없지, 우리의 운명을 다시 만든 우리로서는…… 당신은 의지력으로 위대한 행동을 이룩했고……."

하지만 그의 말은 지푸라기처럼 휩쓸려버렸다.

"무슨 소용이에요! 모든 게 소용없어요. 애를 써봤지만 저는 혼자예요. 남편이 아닌 다른 사람을 사랑한다 해도 사물의 면모를 바꾸지는 못해요—비록 그 말이 달콤하기는 해도! 사람이 행복에 도달하는 것은 악을 갖고서가 아니에요. 그렇다고 미덕을 통해서도 아니고요. 본능적인 위대한 결정의, 그 선도 악도 아닌 성스러운 불길에 의해서도 아니에요. 행복에 도달하는 건 그따위 것들을 통해서가 아니에요. 결코 인간은 거기에 도달할 수 없어요."

그녀는 말을 멈췄다. 그리고 자신의 운명이 자기 머리 위로 떨어지는 것을 느끼기라도 한 듯이 말했다.

"그래요. 제가 나쁜 짓을 했다는 걸 알아요. 만일 저를 가장 사랑해주는 사람들이 사실을 안다면 갖가지 방법으로 저를 미워할 거예요……. 만일 어머니가 아신다면—그처럼 너그러우신 어머니가—어머니는 몹시 불행해지실 거예요! 우리의 사랑이 정숙하고 올바른 모든 사람의 비난과 제 어머니의 눈물로 이루어져 있다는 걸 전 알아요. 하지만 이따위 수치는 이제 아무짝에도 쓸 데가 없어요! 만일 어머니가 아신다면 제 행복을 동정했을 거예요!"

남자는 낮게 중얼거렸다.

"당신은 짓궂어……."

그건 아무 의미도 없는 사소한 이야기처럼 끝나버렸다.

그녀는 손으로 남자의 이마를 가볍게 쓰다듬으며 애무했다. 그리고 이상스레 자신에 찬 목소리로 말했다.

"그 말이 제게 해당되지 않는다는 것을 당신은 잘 알고 있어요. 제가 우리들 이상의 것에 관해 말한다는 걸 당신은 잘 알 거예요.

당신은 잘 알 거예요. 저보다 더 잘 알죠. 인간은 혼자라는 것을. 오늘 제가 그렇듯이, 당신이 슬픔의 빛 속에 잠겨 있던 어느 날, 제가 삶의 환희에 관해 이야기하자, 당신은 저를 물끄러미 바라보더니 이야기했죠. 아무리 그렇게 말하더라도 당신은 제가 생각하고 있는 것을 모르겠다고. 제 얼굴에 떠오른 홍조가 생생하게 살아 있는 가면인지 무언지 모르겠다는 거였어요.

가장 크건, 가장 사소하건 간에 우리의 생각들은 오직 우리에 관한 것이에요. 모든 것이 우리의 내부로 우리를 집어던지고, 우리만 있도록 선고를 내려요. 그날 당신은 이렇게 말했죠. '당신이 내게 감추는 일들이 있지. 비록 당신이 말해준대도 나는 결코 알지 못할 거요'라고. 사랑이란 우리 고독의 축제 같은 것이라고 당신은 말했어요. 그리고 품에 나를 안으면서 당신은 소리쳤죠. '우리의 사랑, 그건 나야!' 그리고 저는 응답해 말했죠. 슬프게도, 피할 길 없는 응답을 '우리의 사랑, 그건 나야!'라고."

남자는 무언가 말하고 싶어 했다. 여자가 다정스럽고도 절망적인 몸짓으로 남자의 입에 자기의 손을 갖다 댔다. 그리고 좀 더 떨리며 폐부를 찌르는 듯한 조화로운 소리로 좀 더 크게,

"저…… 저를 가지세요. 제 손을 꼭 쥐어주고 제 눈꺼풀을 열어주고, 당신의 가슴을 제 가슴에 기대세요. 손이나 살로 저를 후벼파세요. 오래 저를 안아주세요. 제 입으로 숨쉬고, 우리의 입을 느끼지 못할 때까지요. 저를 가까이 느끼도록 당신이 하고 싶은 대로 저를 마음대로 하세요……. 그리고 대답해보세요. 여기 나는 고통을 느끼고 있다고. 제 고통을 당신은 느끼겠어요?"

그는 아무 말도 않는다. 그들을 감싸고, 보람 없이 그들을 가라앉히는 황혼의 수의 속에서, 그의 머리가 소용없는 거절의 몸짓을 했다……. 그 연인들에게서 풍겨나오는 비참함을 나는 보고 있다. 그들은 우연하게도 한 번, 그 어둠 속에서 이제는 더 거짓말을 할

수 없었다.

그들이 저기 있고, 그리고 그들은 자기들을 결합시켜주는 그 무엇도 갖고 있지 못하다. 그들 사이에는 공허가 있다. 말하고 움직이고 반항하고 미친 듯이 일어서고 몸부림치고 위협을 해도 소용이 없다. 고독이 인간을 굴복시킨다. 나는 그것을 알 수 있다. 그들을 묶어주는 거라곤 아무것도, 아무것도 없다.

*   *   *

"아!" 그녀가 말한다. "이제는 더 얘기하지 말아요. 고통과 환희에 관해선 더는 얘기하지 않기로 해요. 그것들을 가르기란 진실로 너무나 불가능하니까요. 마음이 마음으로 침투해 들어간다는 것까지도 우리에겐 허용되지 않아요. 세상엔 똑같은 말을 하는 두 사람이란 없는 법이에요. 어느 순간엔 아무 까닭 없이 서로 접근했다가 그러곤 또 아무 까닭 없이 헤어져요. 부딪치고, 서로 애무하고, 서로 상처주고, 훼손시키죠. 울어야 할 때, 그럴 수 없으니까 웃죠.

연인들이란 언제나 미쳐 있죠. 그걸, 당신 자신이 말씀하셨어요. 제가 만들어낸 말이 아니에요. 그처럼 많은 지식과 지성을 가진 당신은 제게 말해주었죠. 두 사람의 대화자란 서로 얼굴을 마주 대하는 장님이며 거의 벙어리이고, 그리고 뒹구는 두 연인이란 바람과 바다처럼 서로 낯선 것이라고. 개인적인 이해, 혹은 여러 감정과 생각들의 상이한 방향, 권태, 아니면 그 반대로 날카로운 욕망의 꼬챙이, 이런 것들이 집중을 흐트러뜨리고 집중이 진실로 순수해지는 걸 방해해요. 귀를 기울여 들을 때는 거의 들리지 않고, 들릴 때는 거의 이해되지 않죠. 연인들이란 언제고 미쳐 있어요."

도저히 이룰 수 없는 것에 대해 이 끝없이 계속되는 기도, 똑같은 억양으로 뇌까리는 이 서글픈 독백에 남자가 익숙해지는 것 같았다.

그는 더는 대꾸하려고도 하지 않았다. 그녀를 안고, 좀 달래며 애정에 차서 조심스럽게 쓰다듬었다. 그는 아무런 설명도 하지 않은 채, 간호받는 어린아이를 대하는 것처럼 그녀를 대하는 것 같았다……. 그리고 그는 할 수 있는 한 그녀에게서 멀리 떨어져 있었다.

그러나 그는 여자와의 접촉으로 혼란스러워졌다. 무너지고, 넘어지고 비탄에 빠졌으면서도 그녀는 그를 향해 뜨겁게 꿈틀거렸다. 비록 상처를 입었지만 남자는 이 먹이를 탐냈다. 빈틈없이 자기 자신을 바쳐 그녀가 슬픔에 잠겨 있는 동안, 그녀 위에 쏟아지는 남자의 눈길이 빛을 발하는 걸 나는 보았다.

그는 여자에게 몸을 밀착시켰다. 그가 원하는 건, 그 여자였다. 그녀가 하는 말을 그는 내동댕이쳐버렸다. 그녀의 말에는 아무 관심도 없었고, 그 말들이 그를 애무하지도 않았다. 그는 그녀를 원했다. 그녀를, 그녀를!

분리! 그들은 생각이나 마음이 아주 같았고, 그래서 그 순간, 서로가 긴밀하게 협조했다. 그러나 나는 똑똑히 보았다. 인간에서 벗어난 관객으로서, 나, 굽어 살피는 시선의 주인공인 나는 보았다. 그들은 서로를 알지 못하고, 겉보기와는 달리 서로를 보지 못하고, 듣지 않는다는 것을…….

여자는 서글퍼하고, 분명 설득하려는 자신감으로 상기되어 있었으며, 남자는 흥분되어 욕망을 불태우며 친절하고 동물적이었다. 그들은 최선을 다해 서로에게 호응했지만, 자신들을 굴복시킬 수는 없었고, 서로 상대를 굴복시키려고 애썼다. 그런 끔찍한 싸움을 보고 있자니 나의 마음은 찢기는 듯했다.

* * *

그녀는 남자의 욕정을 이해했다. 잘못을 저지른 아이처럼 그녀는 애원조로 말했다.

"몸이 편치 않아요⋯⋯."

그러고 나자 그녀는 곧 음산한 광란에 사로잡혔다. 그녀는 옷을 팽개치고 걷어 올리고 활짝 벌리고 살아 있는 감옥에서 나오듯 몸을 빼냈다. 알몸의 제물이 되어 찢어진 상처와 마음을 바쳐 남자에게 자신을 제공했다.

⋯⋯옷의 넓고 어두운 폭이 활짝 열리고 닫혔다.

다시 한 번 육체의 결합과 끝없이 율동적인 완만한 애무가 시작되었다. 그리고 다시 한 번, 나는 욕정에 사로잡힌 남자의 얼굴을 바라보았다. 아! 나는 똑똑히 보았다. 그는 혼자였다!

그는 자기 자신을 생각하고 있었다. 그는 자신을 사랑하는 것이었다. 정맥이 부풀어 오르고 충혈된 그의 얼굴은 자기 자신을 사랑했다. 그는 자기와 대등한 살로 빚어진 도구, 그 여인을 이용해 자신에 도취했다. 그는 희한한 자기 자신을 생각했다. 그의 온몸, 온 마음은 행복했다. 그의 영혼이 솟아올라 빛을 발하고, 그의 얼굴에 나타났다……. 그는 온통 환희에 떠올랐다……. 찬미의 말을 소곤 거렸다. 그녀로 인해 성스러워진 그가 그녀에게 축복을 내렸다.

그들은 떨면서 동시에 몸을 흔들었다. 육체의 일부밖에 공유하지 않은 그들은 결합된 것이 아니다. 아니, 그들은 현기증이 날 만큼 혼자다. 그들은 각기 쓰러지고, 입과 벙긋이 벌린 팔이 어디에 있는지도 모른다.

함께 즐긴다는 것, 그러나 그것은 얼마나 엄청난 분리인가!

* * *

이제 그들은 다시 일어서고 스스로를 땅바닥에 내동댕이친, 갑자기 약해져버린 몽상에서 빠져나온다. 남자도 여자 못지않게 음울한 기색이다. 탄식과도 같이 낮은 그의 말을 놓치지 않으려고 나는 몸을 기울인다.

그는 말했다.

"내가 알았더라면!"

무거운 어둠 속에서, 그들 사이의 죄악 때문에 허탈해지고 서로를 더욱 의심하면서 그들 두 사람은 천천히 잿빛 창으로 이끌려가는 듯했다. 조금 남은 햇빛이 창문을 빛내주고 있다.

그들은 전날 저녁의 모습과 어쩌면 그렇게도 같은가! 전날 저녁이나 다름없다. 그들의 행동이 헛되고 유령처럼 사라져버린다는 인상을 그렇게까지 느낀 적은 한 번도 없었다.

그 남자는 전율에 사로잡히고 굴복해, 모든 자만심, 모든 남성적인 수치심은 이제 창피한 회한의 고백을 억제할 힘이 없다.

"어쩔 수 없어." 더욱 고개를 낮게 수그리며 그는 더듬거린다. "그건 숙명이지."

그들은 자기들의 마음에 언어맞고 두들겨 맞아 서로 손을 잡고 숨을 내쉬며 가볍게 떤다.

* * *

"숙명!"

이렇게 말함으로써 그들은 육체와 소진된 그 행위보다 훨씬 더 깊은 곳을 본다. 육체적인 환멸이 그들을 그 정도로 회한과 염오의 노예로 짓누른 것만은 아니었던 모양이다. 그들은 더 깊은 곳을 본다.

그들은 삭막한 진실, 메마름, 점점 커져가는 무(無)에 대한 인상에 휘감겨, 자기들은 보람도 없이 육체의 연약한 이상을 수없이 추구하고 내던지고 또다시 추구했다고 생각한다.

그들은 느낀다. 모든 것이 사라지고, 마멸되고, 끝나버리고, 지금 살아 있는 그 모든 것도 장차 죽어 없어질 것이고, 자신들 사이의 그 허망한 연결이 지속적이지 않다는 것을. 이처럼 스며들어온 생각의 울림이 아직도 남아 있는 장중한 음악의 추억처럼 울린다.

'모든 것이 사라져버리는 그 순간부터 인간은 혼자다.'

그러한 똑같은 몽상도 그들을 접근시키지는 못한다. 오히려 그 반대다. 그들 두 사람은 동시에 똑같은 쪽으로 몸을 수그린다……. 두 사람이 함께 느끼는 그 신비에서 비롯된 똑같은 전율이 그들을 똑같이 무한 쪽으로 밀어낸다. 자기들 고통의 모든 힘에 의해 그들은 떨어져 있다. 함께 괴로워한다는 것, 슬프다. 그것은 얼마나 큰 분리인가?

그리고 유언처럼 그녀의 입에서 새어나온 사랑의 선고가 다시 그녀의 입으로 떨어진다.

"오! 우리의 위대하고, 무한한 사랑! 차츰 전 위로를 받는 느낌이에요."

* * *

그녀는 눈을 뜬 채 목을 뒤로 젖혔다.

"오! 맨 처음 그때!" 그녀의 말이다.

뭇 사람들과 사물들 속에 있던 자기들의 두 손이 서로 찾았던 그 맨 처음 순간을 두 사람이 회상하는 동안 그녀는 말을 이었다.

"모든 감동이 언젠가 없어져버리리라는 것을 저는 잘 알고 있었어요. 그리고 가슴 설레던 약속에도 불구하고 저는 시간이 흘러가는 걸 바라지는 않았어요. 하지만 시간은 흘러갔어요. 이제 우리는 거의 서로 사랑하지도 않고……."

남자는 무언가 동작을 했지만 곧 그만두었다.

"가버리는 건 당신뿐만이 아니에요. 저도 마찬가지예요. 처음엔 당신이 가버린다고 생각했죠. 그러나 곧 저는 당신이 있는데도 불구하고 제 불쌍한 마음도 시간엔 어쩔 수 없다는 걸 깨달았어요."

그녀는 남자를 바라보고, 그러곤 잠시 그에게서 시선을 떼고는 천천히 읊조렸다.

"슬프게도! 아마 어느 날, 저는 말하게 될 거예요. '이제는 당신을 사랑하지 않아요'라고. 슬프게도, 슬프게도, 아아, 어느 날 저는 말하게 될 거예요. '저는 결코 당신을 사랑한 적이 없어요'라고."

* * *

"바로 여기에 고통이 있어요. 시간은 흐르고 우리를 변하게 한다는 데에. 서로 이마를 마주 댔던 사람들의 이별, 그건 무엇에도 비할 수가 없어요. 하지만 이별을 하고도 살아나갈 거예요. 그런데도 시간은 흘러요! 늙는다는 것, 달리 생각하면 죽는 거죠. 저는 늙고 그러곤 죽어요. 오랫동안 제가 그걸 이해하려고 했던 걸 상상해보세요. 저는 늙어가고 있어요. 아직은 아니지만 점점 늙어가요. 벌써 흰머리가 있어요. 맨 처음의 흰머리, 그 충격! 어느 날, 외출할 채비를 차리고 거울을 들여다보는데 제 관자놀이에 흰머리가 두 가닥보였어요. 아! 그건 정말 심각한 일이에요. 분명하고 빈틈없는 경고거든요. 그때, 저는 방구석에 주저앉아 처음부터 마지막까지 제 모습을 낱낱이 보았고, 웃음 지을 때마다 내가 속고 있었다고 생각했죠. 나한테도 흰머리가! 하지만 나에게도! 그래요, 제게도 흰머리가 났어요. 저는 제 주위에서 허다한 죽음을 보았어요. 하지만 제 죽음을 저는 몰랐어요. 그런데 지금, 저는 제 죽음을 보았고, 저와 죽음이 문제라는 걸 깨달았어요!

아! 우리 머리 위에 자리잡고 꼭두각시처럼 우리의 머리를 붙잡는 그 빛바램에게서 달아났으면, 수의(壽衣)와 뼈다귀와 묘석 같은 그 창백함으로 우리를 뒤덮는 머리 빛깔의 소멸에게서……."

그녀는 몸을 일으키고 텅 빈 공간 속에서 외쳤다.

"주름을 피할 수 있다면!"

130

* * *

그녀는 계속했다.

"제 자신에게 저는 이렇게 말하죠. '아주 슬그머니 너는 그곳에
도착하리라. 너의 피부는 메말라버릴 것이다. 잠자고 있을 때에도
웃음 짓는 너의 눈은 홀로 울게 되리라……. 너의 가슴, 너의 뱃가
죽은 시들어버릴 것이다. 마치 너의 해골을 싸고 있는 누더기인 듯
이. 삶의 권태가 너의 턱을 벙긋 벌릴 것이고, 턱은 끝없이 하품할
것이며 그리고 너는 지독한 추위 때문에 한없이 떨게 되리라. 너의
얼굴은 흙빛이 되리라. 사람들이 매력적이라고 여기던 너의 말투도
힘이 빠지게 될 것이고 그러면 흉측하게 들리리라. 뭇 사내들의 눈
에는 너무 감싸고 있다고 여겨지던 너의 옷도 너의 흉물스러운 나
체를 충분히 가려주진 못할 것이다. 그러면 사람들은 눈을 돌려버
릴 것이며 너를 생각하지도 않게 될 것이다'라고."

숨이 가빠진 그녀는 입에다 손을 가져다 대고, 마치 참으로 너무
나 많은 말을 하기라도 한 듯이 진실을 숨 막히게 토해냈다. 그런데
그건 엄숙하고 끔찍해 보였다.

남자는 정신을 잃고 그녀를 품에 안았다. 그러나 그녀는 마치 착
란을 일으킨 듯이 우주적인 괴로움에 휩쓸렸다. 그녀는 갑작스런
흉보, 새로운 부고라도 들은 듯이 비통한 진실을 깨달은 것 같았다.

"당신을 사랑해요. 하지만 당신보다 훨씬 더 과거를 사랑해요.
과거를 향해 저는 제 자신을 불태우고 있어요. 그러고 싶어요. 과
거! 오! 당신도 보시죠. 이제 과거가 있지 않는 한 저는 눈물을 홀

131

리고 괴로워할 거예요."

* * *

"하지만 과거를 사랑해도 소용없어요. 과거는 이제 더는 살아 움직이질 않을 테니……. 어디에나 죽음이 있을 뿐이에요. 그처럼 오랫동안 아름다웠던 것의 추악함 속에, 예전엔 맑고 깨끗했던 것의 더러움 속에, 사람들이 사랑했던 뭇 얼굴의 형벌 속에 지금은 아득해진 것의 망각 속에, 지금 곁에 있는 것에 대한 망각, 그 습관 속에 죽음이 있어요. 아침, 봄, 희망, 이렇게 가끔 삶을 엿볼 수는 있어도 참으로 인간이 볼 수 있는 것은 온통 죽음뿐이에요……. 세상이 열린 그 순간부터 펄떡거리며 사는 건, 오직 죽음뿐이에요. 인간은 죽음 위를 걸어 나가서 죽음 쪽으로 가죠.

예쁘다든지 정숙하다는 게 무슨 소용이 있겠어요. 사람들은 우리들 위로 걸어갈 테니까요. 그리고 우리들에겐 삶보다는 죽음이 훨씬 더 많아요. 딴사람들만 그런 건 아니에요. 예전에 우리 주위에 가득하던 그 모든 음성들이 이제는 자취도 없어요. 해가 갈수록 우리 자신의 가장 큰 부분들이 또한 그래요. 그리고 아직 존재하는 것들도 죽게 돼요. 거의 모든 것이 죽어 있어요. 제가 더는 지상에 존재하지 않을 그런 날이 있겠죠. 틀림없이 제가 죽을 것이기 때문에 우는 거예요.

나의 죽음! 죽게 될 것인데도, 사람들은 어떻게 살고 꿈꾸고 잠자는지 의심스러워요. 사람들은 지치고 도취된 거예요.

무한하고 끈기 있고 영원한 노력과 있는 힘을 다한 그 거대하고 신중한 습격에도 불구하고 인간이 맹세하는 그 말 속에는 운명의 거짓이 들려요. 나에게도 또한 그게 들려요. 사람이 '그래'라고 말할 때마다 '아니다'라는 게 더욱 끝없이 거세고 진실하게 끼어들고 기어올라 모든 것을 차지해버려요.

아! 우리의 가슴을 부드럽게 하고 닳게 해 시간이 머무적거리는 듯이 느껴지는 순간들이 있어요. 특히 저녁이 그래요. 시간이 꼼짝 않고 있는 듯한 달콤한 환영을 주죠. 하지만 모든 것 속에는 지울 수 없는 무(無)가 존재하고, 우리가 지나쳐가는 그 무가 독약을 뿌려요.

당신도 아시죠. 사람이 그런 걸 생각할 때는 용서하고 웃음 짓고 아무도 원망하지 않지만, 그러나 이런 억제된 생각들은 그 무엇보다도 고통스럽게 무거워요."

* * *

남자는 그녀에게 몸을 구부려 손에 키스를 했다. 그는 따뜻하고 경건한 침묵으로 그녀를 감쌌다. 하지만 언제나 그렇듯, 그는 자신을 마음대로 지배하는 주인이라는 걸 나는 느꼈다…….

그녀는 노래하는 듯한 목소리로 이야기했다.

"저는 늘 죽음에 관해 생각했어요. 한번은 나의 머리를 떠나지 않는 이 생각을 남편에게 말한 적이 있어요. 그랬더니 그는 불같이 화를 내며 아우성을 쳤어요. 제가 신경쇠약에 걸렸고, 그래서 치료해야 한다고 하더군요. 그는 건강하고 정신적으로 평정 상태이기 때문에 자기처럼 그따위 것들을 생각지 말라고 권하더군요.

133

그런데 사실은 그렇지가 않아요, 그이야말로 안심과 무관심으로 병들어 있어요. 그의 무각감, 회색병, 그리고 그의 보지 못함이야말로 하나의 병이에요. 그의 평화는 살기 위해 사는 한 마리 개의 평화, 인간의 탈을 쓴 야수의 평화예요.

뭘 해야 하죠? 기도? 소용없어요. 언제나 혼자이기만 하면 영원한 대화는 사람을 찍어 눌러요. 어디에 몸 바쳐 몰두한다는 것, 일한다는 것? 그것도 소용없어요. 일이란 언제고 다시 시작하는 거 아니에요? 애를 갖고 키운다는 것? 그건 끝나고 또다시 쓸데없이 시작한다는 인상을 줘요. 그렇다면, 누가 알까요!"

처음으로 그녀는 기운이 빠졌다.

"저는 어머니로서의 헌신, 굴종, 겸손을 갖지 못했어요. 아마 그것이 저를 생활로 이끌었을 터인데도 말이에요. 저는 조그만 애였을 때부터 그랬어요."

한동안 그녀는 눈을 내리깔고, 되는대로 손을 내버려둔 채, 자기 가슴속에 모성애가 움터오는 대로 가만히, 있지도 않은 어린애를 사랑하고 그리워했다—만일 그녀가 어린애를 자신의 유일한 구원이라고 여긴다면, 그건 그녀에게 애가 없기 때문이라는 생각은 않고서……

"자애? 자애심이 모든 걸 잊게 해준다고 말하죠."

그녀는 소곤거렸다. 그때 우리는 과거나 미래의 모든 겨울처럼, 저녁 나절의 비를 머금은 차가운 떨림을 느꼈다.

"오! 그래요. 선량하다는 것! 당신과 함께 눈 덮인 길로 커다란 털외투를 입고 적선하러 간다는 것."

그녀는 피곤한 몸짓을 지었다.

"모르겠어요. 저에겐 아닌 것 같아요. 그 모든 것이, 기분 전환이고 거짓이죠. 그건 진실이 아니기 때문에 무엇도 바꿀 수 없어요…….

무엇이 우리를 구원할지! 그리고 비록 우리를 구원했다 할지라도 그 다음은! 우리는 죽을 것이고, 죽어갈 거예요!"

그녀는 소리쳤다.

"당신도 잘 아시죠. 대지가 우리의 관(棺)을 기다리고 있으며, 우리의 관을 받게 되리라는 것을, 그리고 그건 아주 먼 일이 아니에요."

그녀의 눈에서는 눈물이 솟아났고, 눈을 문질러 닦고는, 너무도 차분해서 얼빠진 듯한 인상을 주며 의심할 나위 없는 어투로 말했다.

"당신한테 묻고 싶은 게 하나 있어요. 솔직하게 대답해주세요. 당신은 가장 비밀스러운 마음속에서 어느 날, 관련짓기에는 좀 먼, 그러나 정확하고 절대적이고 자세한 어느 날이라고 정해보신 적이 있어요? 그리고 '아주 늙도록 살다가 그날이 되면 죽을 것이다'라고 생각하고 그래도 모든 것은 계속될 것이며 차츰 내 빈자리들은 없어지고 메워지리라고 생각해보신 적이 있으세요?"

질문을 던지는 단호한 태도에 그는 당황했다. 그는 여자에게 대답하기를 피하는 듯했다. 그 대답은 자기의 머리에서 떠나지 않는 생각을 자극할 것이었기 때문이다. 분명, 그는 모든 일들을 이해하고 있었다. (그 말 가운데는, 여자도 말했듯이 자기가 한 이야기의 메아리가 때때로 울려나왔다.) 그러나 그는 위대한 사상의 빛에 비추어, 자신의 감수성과는 달리 철학적이거나 예술적인 정열에 비추어 이해하는 듯한 표정을 지었다. 그녀는 자신의 감정에 온통 흔들리고 짓눌리는 반면 이성은 찢겨 피를 흘렸다.

* * *

그녀는 주의를 기울여 몰두해 움직이지 않았다. 그러나 잠깐 주저하더니 얼마 후 점점 더해가는 고통 때문에 좀 더 절망적인 몸짓으로 떨며 재빨리 낮은 목소리로 말을 이었다.

"어제, 제가 뭘 했는지 아세요. 꾸짖지는 마세요. 피에르 라세즈 묘지에 있었어요. 오솔길을 통해 갔다가 나중엔 묘지들 사이로 해서 우리 가족의 지하 묘지까지 갔어요. 돌을 젖히고 거기다 제 관을 밧줄로 묶어 내리겠죠. 어느 날, 나의 장례 행렬이 거기에 가겠죠. 아직 멀었는지 가까울지는 모르지만 분명코 언젠가는—아침 11시 경에 말이에요. 저는 아주 피곤해서 어느 묘비에 기대야 했어요. 대리석 묘비와 대지의 정적에 감염이라도 된 느낌이었어요. 그러고 나서 저를 매장하는 광경을 보았어요. 그 길은 올라오기가 힘이 들었어요. 그래서 영구차를 끄는 말들의 고삐를 잡아끌어야 했죠. (저는 거기서 그런 걸 여러 번 보았어요.) 그처럼 힘들여 그 길을 기어올라가는 모습은 보기에 딱했어요. 저를 알고, 저를 사랑해주던 사람들 모두가 거기 수의에 싸여 누워 있어요. 그러니까 묘석들 사이에 (주검 위에 그처럼 무거운 돌들을 올려놓는다는 건 짐승 같은 짓이에요!) 흩어진 채 모여 있는 거죠. 그리고 네모 반듯한 새 대리석 묘비에 덮인 다른 묘를 스치는 예배당 모양의 묘 그늘 속에서 기념비들은 집처럼 닫혀 있어요―그런데, 그 새 묘비는 여전히 새 것으로, 똑같은 무늬를 띠고 있겠죠. 그런데 저는 거기…… 영구차 속에 있었어요―라기보다 그것은 제가 아니었죠. '그녀'가 거기 있는 거였죠……. 그리고 그 순간 모두들 두려워하여 저를 애도했죠. 모두들 저를 생각했고, 제 육체를 생각했어요. 여인의 시체엔 무언가 정숙지 못한 데가 있는 법이니까요. 온통 여자가 문제되니까 그런 거죠.

그리고 당신도 역시 그 자리에 있었어요. 무언의 슬픔과 억누른 감정 때문에 경련을 일으키며 초라한 작은 얼굴을 하고서―그런데 우리의 거대한 사랑에서 남은 거라곤 오직 당신과 저의 영상뿐이었고, 그리고 당신은 저에 관해서 이야기할 권리도 별로 없었죠……. 드디어 당신은 떠났죠. 마치 한 번도 저를 사랑하지 않은 듯이.

그런데 얼어붙은 마음으로 다시 정신을 차렸을 때, 이 악몽은 가장 현실적이고 유난히 진실하고도 단순한 것이며, 생의 한가운데서 내가 살아온 모든 행동이 한편으로는 환상이라는 생각이 들었죠."

그녀는 숨 막힌 듯한 외마디 소리를 질렀고, 그 소리가 그녀를 온통 오랫동안 부르르 떨게 했다.

"그 비탄이 집까지 저를 따라왔어요! 밖에서는 비록 태양이 번쩍거려도 저의 비애가 모든 것을 어둡게 만들어버렸어요. 주위의 모든 자연을 황폐하게 만드는, 인간이 세상에서 지니는 고뇌의 세계라니! 우리의 비애가 쌓이면 아름다운 시절은 남아나지 못해요.

결코 우리에게는 보이지 않는 악의를 가진 진실의 천사가, 모든 것을 후려치고 언도를 내린 듯 보였어요.

집은 있는 그대로 벌거벗고 구멍투성이인 채로, 부연 모습으로 나를 맞아주었어요……."

* * *

그리고 불쑥, 그녀는 남자가 전에 자기에게 한 말이 생각났다. 그녀는 그의 말을 앞질러 막고, 자신을 더욱 괴롭히기 위해 놀랄 만큼 날쌔게 놀라운 재치를 부려 그 일을 회상했다.

"아! 저, 들어보세요……. 당신도 기억나세요……. 어느 날 저녁, 램프 밑에서 저는 책을 뒤적거리고 있었죠. 당신은 저를 바라보았어요. 당신은 제게 다가와서 무릎을 꿇었어요. 제 허리를 끌어안고, 제 무릎에 머리를 대고선 눈물을 흘렸죠. 아직도 당신의 음성이 생생해요. 당신은 이렇게 말했어요. '이 순간이 이제는 더 없으리라고 생각하오. 당신은 변할 것이고 죽어버릴 것이며, 그리고 또 가고 있다는 생각이 드는구려―그러나 지금 당신은 여기에 있소……? 진실에 대한 끝없는 열정을 갖고, 순간들이 얼마나 값진 것이며, 두 번 다시 지금과 같을 수 없을 당신이 지금 얼마나 귀한가 생각하고 있소. 그래서 나는 지금 이 순간의 무어라 표현할 수 없는 당신의 존재를 애원하고 열애하오.'

당신은 제 손을 바라보시더니 작고 하얗다고 하시곤, 희한한 보물이지만 사라져버릴 것이라고 말씀하셨죠. 그리고 되풀이해서 말씀하셨어요. '당신을 열애하오'라고. 그보다 더 진실하고 더 아름다운 소리를 들은 적이 없는 감동적인 목소리로요. 당신의 말씀은 신처럼 옳았거든요.

그리고 또 다른 게 있어요. 우리가 오랫동안 함께 있었고, 그 무엇도 당신의 어두운 생각들을 흩어버리지 못한 어느 날 저녁, 당신은 손으로 얼굴을 감싸고 이런 끔찍한 말씀을 해주셨어요. 그 말은 저의 폐부를 뚫고 들어와 상처로 남았죠. '당신은 변하오, 감히 당신을 바라볼 수 없구려. 당신을 알아보지 못할까 두려워!'라고요.

당신도 아시겠지만, 잘린 꽃에 관해 이야기해주신 것도 바로 그날 저녁이었어요. 꽃들의 시체라고 이야기하셨고, 그리고 그것들을 죽은 새 새끼에 비유하셨어요. 그래요. 영원히 잊어버리지 못할 그 엄청난 저주의 저녁에, 당신은 마치 잘린 꽃들에 관해 가슴에 쌓인 게 많은 듯이 외마디 소리를 지르셨어요.

당신이 시간에 패배를 당한 듯이 느끼고, 굴복감을 느끼고, 모든 것이 지나가고 인간은 끝장날 것이기 때문에 우리는 아무것도 아니라고 한 것이 얼마나 맞는 말씀인지."

* * *

황혼이 그 방을 휩쓸고 들어와서, 고뇌의 원인을 바라보며 그것이 무엇 때문인지를 알아보기 위해 비참하게 파헤치는 데 몰두한 가엾은 두 사람을 거대한 바람처럼 휘어잡았다.

"공간, 언제나 언제나 우리 사이에 있는 공간, 시간, 질병처럼 우리 내부에 붙어 있는 시간……. 시간은 공간보다 더욱 잔인해요. 공간엔 죽어 있는 무엇이 있지만, 시간엔 그 무언가를 죽이는 게 있어요. 당신에게도 보이죠. 온갖 정적, 온갖 무덤, 시간 속에 그들의 무덤이 있어요……. 지금 우리가 있는 이 자리에서까지도 우리의 머리 위에서 엇갈리는, 보이지도 않고 너무도 현실적인 그 두 가지! 우리들은 십자가에서 처형당했어요. 십자가 위에 육체적으로 처형당한 주님처럼이 아니라, 우리는 시간과 공간의 십자가에서 처형당했어요."(그녀는 자기 몸을 팔로 꼭 죄고 쪼그라져 아주 작아져 있었다.)

그런데 사실 그녀는 삶의 큰 형벌 때문에 피 흐르는 낙인을 심장에 찍히며, 자기 기도의 두 가지 의미로 인해 십자가에 처형당한 듯 보였다.

그녀는 열심히 웃는 낯이었다. 그녀가 있는 자리에서 내가 보았던 모든 사람들과 그녀는 닮아 있었고, 그들 역시 무(無)에서 빠져나와 더욱 삶을 열망했다. 그러나 그녀의 희망, 그것만이 오직 구원일 뿐이었다. 그녀의 타고난 겸허한 마음은 죽음에서 삶에 이르기까지를 토로했다. 시선은 희부연 창가를 향했다. 인간이 품어볼 수 있는 가장 큰 소망은 고동치는 것뿐이며, 하늘을 향한 그녀의 얼굴이 퍼덕거렸다.

"오! 흘러가는 시간을 세워요! 당신은 한낱 가엾은 인간, 아주 작은 존재, 방 가운데에 있는 잊혀진 약간의 생각들일 뿐이에요. 저는 당신께 시간을 정지시켜달라고, 죽음을 막아달라고 말하는 거예요!"

그녀의 음성은 이제 더는 어떤 말도 할 수 없는 듯이 꺼져버렸다. 그녀의 모든 애원은 소모되고 마지막까지 탕진되어버렸다. 그리고 그녀는 가엾은 침묵 속으로 가라앉아버렸다.

"슬프게도!"

그녀에게 남자는 말한다…….

그는 여인의 눈에 고인 눈물과 입의 침묵을 바라보았다……. 그리고 고개를 숙였다. 분명 그는 지고한 낙담에 몸을 맡긴 것이리라. 아마 위대한 내적 삶에 눈을 떴으리라.

그가 다시 고개를 들었을 때, 무슨 말로 대꾸할지 알지만 아직 그걸 어떻게 말해야 할지를 모른다는 걸 나는 직감적으로 느꼈다 —마치 모든 말들이 너무나 사소한 것에서 시작해야 할 것 같았기 때문이다.

"이게 우리들이에요!"

그녀는 고개를 들고, 남자를 바라보면서 불가능한 반박을 기대하며 되풀이해 말했다—어린애가 별을 따달라고 조르는 것처럼.

그는 소곤거렸다.

"우리가 누군지를 안다면……."

* * *

그녀는 무의식적인 야심으로 낫을 휘두르는 죽음의 신의 동작과, 아무 억양 없는 음성과, 텅 빈 눈으로 남자의 말을 가로막았다.

"당신이 뭐라고 대답할지 알아요. 당신은 고통스러운 것의 아름다움을 이야기하려는 거죠. 아! 당신의 그 훌륭한 사상들은 알고 있어요. 저는 당신의 그 훌륭한 이론들을 좋아해요. 하지만 믿지는 않아요. 만일 그것들이 저를 위로하는 죽음을 없앤다면 그걸 믿을 거예요."

눈에 띄게 노력하고, 그 역시 별로 확신이 없지만 뚫고 나갈 길을 모색하며 그가 중얼거렸다.

"반드시 그것들이 죽음을 지워줄 것이오, 만일 당신이 그걸 믿는다면……."

"아니에요. 그 생각들이 죽음을 지우지는 못해요. 그렇지 않아요. 당신이 무슨 말을 해도 소용없어요. 우리 둘 중 누군가 먼저 죽을 것이고, 그리고 그 다음 남은 사람이 죽게 돼요. 이것에 대해 뭐라고 대꾸하시겠어요? 말해보세요. 뭐라고 대꾸하시겠어요? 오! 대답해주세요! 돌려서 말하지 말고 그걸 곧장 말해주세요. 오! 지금 내가 여기 있듯이 몸소 내가 기다리는 대답으로 저를 깨뜨리고 저를 변하게 해주세요."

그녀는 남자에게로 향하며 남자의 한 손을 자기의 두 손 안에 쥐었다. 온통 그녀는 보기 딱한 인내심으로 남자에게 질문을 하고는, 생명 없는 몸뚱이처럼 미끄러져 남자 앞에 무릎을 꿇고 절망의 밑바닥에, 하늘의 밑창에 좌초된 듯 땅바닥에 주저앉았다. 그러고는 그에게 탄원했다.

"오! 제게 대답해주세요. 당신이 대답할 수 있을 것만 같아서 저는 만족해요!"

그녀는 손을 펴서 집요하게 사로잡는 그 환영을 손가락으로 가리켰다. 그녀가 그 양식(樣式)을 발견한 고통스러운 진리, 악 중에서도 가장 광활한 이름을. 즉 우리를 감추는 공간과 우리를 찢어발기는 시간을.

황혼으로 인해 낮고 좁아 보이는, 초라한 하늘이 보이며 벽시계가 단조로이 시간을 알리는 방 안에서, 남자는 마치 심연의 끝이기라도 한 듯이 여인에게 몸을 숙이고서 질문을 반복했다.

"우리가 어떤 존재인지 누가 안다면! 우리가 말하는 모든 것, 우리가 사고하는 모든 것, 우리가 믿는 모든 것, 그 모든 것이 별로 확실하지는 않아. 인간은 아무것도 몰라. 변하지 않는 견고한 거라곤 아무것도 없지."

"그렇지 않아요." 그녀가 소리쳤다. "당신 생각은 틀렸어요. 슬프게도 우리의 고뇌와 욕망은 완벽하고 절대적이죠. 그 때문에 우리가 비참한 거예요. 그 비참함, 보이기도 하고 만져지기도 해요. 그 외의 모든 것을 다 부인하더라도, 거지 같은 우리 신세, 누가 그걸 부인할 수 있겠어요?"

"당신 말이 맞소." 남자가 말한다. "유일한 단 하나 그게 절대적인 거요."

사실 바로 그 때문에 비참했으니 그들의 활짝 열린 얼굴에서 그게 보이고 만져졌다……

* * *

그는 반복했다.

"우리들이야말로 유일하게 절대적인 거지."

남자는 거기에 다시 매달렸다. 날아가는 시간 속에서 그는 버틸 곳을 하나 발견했다. '우리들……'이라고 그는 말했다. 그는 죽음에 대항하는 그 외침을 발견한 것이다. 그래서 그걸 반복했다. 그는 그 말을 시험 삼아 해보았다. '우리들…… 우리들……'이라고.

지금 그 방의 끝없는 황혼 속에서, 남자와 그의 발치에 있는 여인을 보았다. 마치 한 가닥 구름과 하나의 조각 받침대 같은…… 남자의 이마, 손, 눈, 그 모든 생각하는 그의 빛이 성좌처럼 떠올랐다.

그런데 그가 저항을 시작하는 모습은 보기에도 장엄하게 느껴졌다.

"우리는 머물러 있는 것이지!"

"머무르는 거라고요! 아니오, 우리는 지나가는 것이죠."

"우리는 지나가는 걸 보는 거야. 우리는 머물러 있어."

그녀는 항의와 불만의 기색으로 어깨를 들썩했다. 그녀의 목소리는 거의 증오를 품고 있었다.

"그래요……. 아니에요……. 분명, 당신이 원하신다면…… 결국 그게 제게 무슨 소용이 있어요? 그걸로는 위안이 되지 않아요."

"환희와 광명을 얻기 위해 비애와 어둠이 우리에게 필요한 것인지 누가 알겠소?"

"어둠 없이도 광명은 존재할 거예요."

"아냐." 남자는 조용히 말한다.

여자가 두 번째로 대답한다.

"그걸로는 위안이 되지 않아요."

* * *

그러고 나니 그 모든 것들을 자신도 이미 생각했던 기억이 떠오른다…….

"들어봐요." 마치 고백처럼 좀 엄숙하고 두근대는 소리로 남자가 말한다. "나는 삶의 종말에 와 있는 두 사람을 한번 상상해보았소. 자기들이 고통당한 모든 것을 회상하는 두 사람을."

"시(詩)군요!" 여자가 낙담하여 말한다.

"그래요. 아주 아름다운 시들 가운데 하나요!"

이상한 일이지만, 그는 점점 더 생기를 띠는 듯 보였다. 처음으로 그가 진실해 보였다. 자신들의 운명의 불확실성에 관한 설명은 팽개 쳐버리고 그는 상상력으로 이루어진 허구에 매달렸다. 시에 관한 이야기를 꺼내면서 그는 온몸을 떨었다. 그는 진정 자기 자신으로 되돌아가는 중이었고, 확신을 갖고 있다는 것이 느껴졌다. 비록 믿지는 않지만 한마디 말을 듣고 싶은 완강한 욕망에 괴로워하며 그녀는 남자의 말을 귀담아 들으려고 고개를 들었다.

"저기 그들이 있소." 남자는 말한다. "그 남자와 여자가. 그들은 신자(信者)요. 그들은 생의 종말에 와 있소. 그리고 그들은 삶을 슬프게 만드는 사연 때문에 죽음에 만족하고 있소. 자기들이 되돌아갈 낙원을 생각하는 일종의 아담과 이브지!"

"그럼 우리, 우리는 우리의 낙원으로 되돌아가는 것인가요?" 에메가 묻는다. "우리의 잃어버린 낙원, 무구함, 시초, 순백함! 오, 슬퍼요. 저는 믿어요. 그 낙원을!"

* * *

"순백, 그렇소, 그거요." 남자가 말한다. "낙원, 그건 광명이오. 지상의 삶, 그건 암흑이오. 이게 내가 구상한 시의 모티프지. 그들은 암흑이지만 광명을 바라는 것이오!"

"우리들처럼요." 에메가 말한다.

……그들 역시 흐느적거리는 암흑 가까이에 있었다. 보이지 않는 생각과 음성으로, 거의 다 지워져버린 하늘의 희미함을 향해 창백한 노력을 하면서…….

"신자들은 사람들이 살아남기를 바라듯이 죽음을 바라오. 그 최후의 날에, 날마다 하는 기도문 중, 한마디가 바뀌는 것이오. 즉 양식 대신에 죽음이라는 말로.

드디어 그들이 죽게 된다는 걸 알 때, 그들은 감사하지. 나는 이 은총의 행위가 무엇보다도 먼저 꽃피기를 바라고 싶소―마치 여명처럼, 신에게 그들은 손과 침침한 입과 어두운 가슴을 내보이는 것이오. 그들의 시선은 빛을 발하지 못하오. 그래서 그들은 자기들을 치유할 수 없는 어두운 난관에서 구원해달라고 신께 애원하오.

초보적인 이론이 그들의 애원 속에 나타나지. 어둠이 성스러운 광명을 가리기 때문에 그들은 그 어둠에서 빠져나오기를 바라오. 그들은 인류 전체를 통해 거기서, 반영과 순간적인 섬광밖에 보지 못했소. 그래서 그들은 창공에서 흐릿한 불꽃밖에 보지 못한 신의 완전한 자태를 바라는 것이오. '그렇게 되어 그들은 소리치는 것이오. 가끔 그의 반영이 천막처럼 우리를 뒤덮고, 그리고 무한에서 별들에게까지 내려지는 광명의 혜택을 우리에게 주옵소서!'라고.

그들은 무겁고 또 너무 작은 두 개의 가엾은 광선처럼 파리한 그들의 팔을 쳐들지……."

그런데 나는, 그때 내 눈앞에 있던 두 사람이 벌써, 죽음의 밤 속에 들어 있는 것은 아닌가 생각했다. 그것이 최후의 탄식을 내뿜으며 내 귓전을 때리던 그들 공통의 영혼이 아닌가 하고…….

146

그 시는 그들을 해석하고 그들을 보여준다. 그 시가 그들의 삶을 정적과 미지에서 하나씩 끌어낸다. 그 시는 바로 그들의 깊은 비밀과 일치했다. 여인은 벌써 전보다도 더욱 현저하게 압도되어, 다시금 고개를 숙였다. 여인은 남자의 말을 귀담아 듣는다. 남자는 그녀보다 더욱 무게가 있고, 그녀보다 잘났다.

"그들은 자기 자신들로 되돌아오지. 영원한 행복의 문전에서 그들은 일생 동안 이룩한 생명적인 산물을 회상하오. 얼마나 많은 비애, 얼마나 많은 고뇌, 얼마나 많은 공포인지! 자기들에게 거역하던 모든 것을 이야기하며, 아무것도 망각하지 않으며, 아무것도 잃지 않고, 끔찍한 과거에 관해서 아무것도 낭비를 하지 않지. 단번에 되살아나는 과거의 모든 비참함을 나타내는 그 시!

처음엔 야수와 같은 욕망이 있소. 그리고 어린애가 태어나는 것이오. 비명은 그 어린애가 지르는 소리요. 무지와 지식은 비슷하오. 그리고 그 다음엔 질병과 고뇌, 그 모든 한탄으로 우리는 자연의 냉담한 침묵을 증가시킬 뿐이지.

아침부터 저녁까지 종일 그에 대항해서 싸워야 하지만, 이젠 더는 힘이 없는데도 잔해(殘骸)처럼 굴러다니는 황금덩이를 향해 손을 뻗어야 하는 그 수고, 보잘것없는 쓰레기들, 더러워질, 어떤 순간에도 휩쓸리지 않고 깨끗하도록 애써야 하는, 우리를 노리는 먼지의 혼란에 이르기까지 모든 것이 다 나타나오—마치 최후 매장될 때까지 대지가 우리를 소유하려고 끊임없이 애쓰는 것처럼 말이오. 우리를 추하게 만드는 피로가 얼굴에서 미소를 쫓아내고 저녁이면, 휴식을 원할 유령들이, 우리의 집들을 거의 텅 비게 하오!"

……에메는 귀 기울여 들으며 수긍한다. 그 순간 그녀는 가슴에 손을 대고 말했다.

"불쌍한 사람들!"

그러고 나서 가볍게 동요한다. 너무 깊이 들어왔다고 생각한 것이다. 그녀는 그처럼 많은 어둠을 바라지는 않는다. 지쳐 있거나, 아니면 남의 목소리를 통해 그려진 그 정경이 그녀에겐 과장되어 보이기 때문이다.

그런데 꿈과 현실의 희한한 결합으로 시 속의 여인도 그 순간 항의를 한다.

"그 여인은 눈을 들어 항의하기 위해 조마조마하게 말을 하오. 어린아이…… '우리를 구원하기 위해 온 그 어린아이……' '우리가 출생시키고, 죽도록 내버려두는 어린애!'라고 남자가 답하자……. 남자는 여자들이 그 고통을 숨기는 걸 바라지 않고, 과거의 사람들이 생각했던 것보다 더 많은 불행이 있음을 발견하지. 그 남자의 탐구는 사뭇 완벽해서 삶에 대한 그의 판단은 최후의 심판처럼 아름답소. '그 아이를 통해 인간의 상처는 다시 피를 흘리오. 하나의 마음을 만들고 다시 시작한다든지, 또 하나의 불행을 다시 태어나게 한다는 것, 출생시킨다는 것은 한 존재를 희생시킨다는 것이오. 헐떡거리며 하나의 비명을 더 낳는다는 것! 아이를 낳는 고뇌, 그 고뇌는 그치지 않소. 임종과 불면의 자리에서 그 고뇌는 무한히 커지고…….' 그러고 나서는, 격렬한 모성애가 시작되오. 이제 갓 삶을 시작한 흐느적거리는 작은 영혼의 머리맡에서의 희생과 영웅적인 행동, 눈물이 삐져나올 때까지 괴로움을 당하면서도 행복한 그 모습과 흘러나오는 미소……. 그런데 불만은 여전하지. 상상해보오. '일이 끝나고, 해가 저물 때 자리에 걸터앉는 그처럼 서글픈 감미로움을…… 오! 저녁이면 간신히 구제된, 끊임없이 떨고 있는 아이들을 바라보며 몇 번이나 내 손은 사랑하는 아이들의 이마를 비틀거리며 쓸어보았죠. 그러고는 아무 가진 것 없는 두 팔을 내려뜨리고, 제 아이들의 힘 없음에 압도되어 저는 눈물을 흘렸어요……!'

에메는 어떤 몸짓을 하지 않고는 배길 수 없었다. 내가 보기엔 남자에게 너무 참혹하다고 말하려는 것 같았다…….

"그애들은 성장하오. 그러고 나서 후에…… 남자는 타는 듯한 눈으로 말하오. 그녀는 '카인!'이라고 말하고 흐느끼는 소리로 '아벨!'이라고 말하는 것이오. 그녀는 서로 증오하고 후려치던 두 아이들의 기억에 괴로워하오. 그애들은 그녀의 가슴속에 있었기 때문에 그녀를 후려친 것이었소. 아직도 그들이 그 여인의 육체 속에 있는 것처럼 그리고 또 하나의 다른 기억이 아주 낮게 그녀를 부르오. 그녀는 죽은 작은 애를 생각하는 것이오. '그 작은 애, 그 귀여운 애…… 그애는 이제 없어요……. 그런데 저는 끊임없이 그애를 바라요!' 그녀는 불가능의 세상 속으로 팔을 늘어뜨리고 공허한 키스에 찢겨 투덜거리지. '그애는 이제 없어요. 그런데 그애를 저는 쓰다듬어줘요!' 그리고 남자는 울부짖소. '죽음, 사랑받는 이들의 악의, 우리를 떠나는 불길한 성의'라고. 그러면 그녀는 이러한 최후의 절규를 하오. '오! 어머니라는 그 불임(不姙).'"

화음을 이루는 데 몰두해, 어깨를 가볍게 흔들며 암송하던 그 시인의 음성에 나는 휩쓸렸다. 그 실현된 몽상에 나는 넋을 놓았

149

다…….

"그런 후에, 애들이 자라고 사랑을 시작할 때부터 그들은 어린애들에게서 내팽개쳐진 것을 알게 되오. '젊고, 힘이 있고, 깨끗할 때는 늙은이를 미워하기란 쉬운 일이기 때문에 어린이는 우리가 살았건 죽었건 간에 내버려두오. 봄은 겨울을 묻어버리며 키스는 오직 새로운 입술에 하는 것만이 깊은 맛을 지니기 때문이오. 오, 어머니들이여, 우리의 끝없는 애무는 짝을 잃을 것이오. 당신은 아버지와 어머니를 떠날 것이며, 그들의 팔에 안기는 무겁고 헛된 포옹을 피할 것이오……."

나는 저 남자가 말하는 것과 똑같은, 어느 날 저녁에 보았던 정경을 생각했다. 내 생애의 드라마를. 그렇다, 그건 이러했다. 그 노파는 어둠 속에서 해방된 젊은 두 남녀를 무력한 포옹, 상실된 포옹으로 감싸 안았다. 저 희미한 암송가(暗誦家), 희미한 가수, 명상가의 말은 옳았다.

"지칠 줄 모르는 삶의 불행에 대해선 어떠한 구제책도 없소. 수면까지도 구원이 되지는 못하지, '사람들은 밤에는 잠든다는 걸 잊어버리지……. 아니오, 꿈을 꾸었소. 그 휴식이 회상을 하고, 진짜 유령들로 가득 차는 것이오. 우리의 잠은 결코 잠드는 것이 아니오. 그건 죽어가는 것이오……. 때때로, 사람이 꾸는 꿈은 잿빛 형체로 우리를 애무하오……. 꿈은 언제나 우리를 아프게 하오. 슬픈 꿈은 우리의 밤을 아프게 하고, 달콤한 꿈은 우리의 낮을 아프게 하오…….'

'그러나 우리는 둘이었어요'라고 그 여인이 중얼거리오……. 그리고 그들은 사랑을 바라보지. 노동이 끝날 때면, 그들은 함께 밤을 따라 내내 휴식과 애정을 뒤섞었소……. '그러나 밤이면, 우리들은 일순간 서로에게 소유되었지……. 모든 길 가운데서 우리의 길을 찾을 때, 온갖 파도 한가운데 떠 있는 표류물을 향하듯 우리는 어슴 푸레하게 잘 닫히지 않는 잠을 향해 발길을 재촉했소. 계곡의 바닥에, 초라하고 마치 두들겨 맞은 듯이 낡은 옷자락에 어둠이 깃들 때면, 소리내며 꺼져가던 광선 밑으로 내 눈은 당신의 심장이 거의 아무것에도 가려지지 않은 듯 고동치는 걸 보았소. 단둘이서, 우리는 무슨 말을 했던가……. 우리는 서로 이런 말을 했지. 당신을 사랑해 라고…….'

그렇지만 그 말은, 슬프게도 아무런 의미가 없소. 누구나 혼자고, 두 목소리가 무슨 말을 할지라도 그건 이해할 수 없는 비밀들을 서로 중얼거리는 것일 뿐이기 때문이오. 그리고 그것은, 그들이 처형받도록 언도된 고독에 대한 저주요. '오, 마음의 이별, 그들 누구 위에나 쌓이는 흙, 그러한 명상에서 오는 끔찍한 침묵. 연인들인 우리는 무한을 참고 있었소. 우리들은 거기 함께 있었지만 우리를 결합시키는 것이라곤 아무것도 없었소. 머리 위에 군림하는 별들 밑에서 바짝 붙어 부르르 떨며 손가락을 서로 움켜쥔 우리들은 한갓 두 시여물(施與物) 외에 아무것도 아니었소.'"

"아!" 에메가 말한다. "당신은 그걸 시 속에서 말하는군요! 당신은 결코…… 그건 정말로 진실이에요."

"……그러고 나서, 키스와 포옹의 순간이 왔소. 그러나 생각은 여러모로 대단한데도 육체는 손들이 서로 파고드는 것 이상이 아니라오. 그러니 그건 결합이랄 수 없는 것이오. 그건 서로에게 향하는 두 가지 망상이었소."

"알겠어요."

두 가지 수치심에 온몸을 떨며 에메가 말한다.

"그리고, 절망의 순간에 이르러 감미로움은 그들 사이의 거리를 키워갔을 뿐이오. 우리의 수의(壽衣)에처럼 우리의 육체에 파묻혀, 눈으로는 자신들 마음속의 눈물을 뒤섞었고, 우리의 마음은 오로지 혼자서 울었소. 연약하고 무한하며 오묘한 그것을 나는 보았소. 당신이 울고 있었던 것을…… 각자가 각각의 세계라는 것을 나는 느꼈소."

* * *

"이렇게 하여 비참과 악은 아무것도 용서치 않는 하나의 위대한 의식 속에 온통 나타나는 것이오. 저주는 끝났소. 게다가 삶도 끝났지. 그들이 이러한 일에 다시 돌아오는 것은 마지막이오.

'그 여인은 자기가 삶에 두 발을 디디며 느끼던 그 호기심으로 지금은 앞을 바라보고 있소. 이브는 시작했을 때 끝났소. 여인의 발랄하고 유연한 모든 영혼은 삶의 입술에 하는 키스와도 같은 비밀 쪽으로 올라가오. 그녀는 행복하기를 바랐을 것이오. 이미……"

에메는 더욱 자기 연인의 이야기에 끌려든다. 에메의 것과 비슷한 그 저주가 그녀에게 안도감을 주었다. 그러나 내게는 그녀가 우리들 앞에서 여전히 움츠려져 있는 듯이 보인다. 조금 전만 해도 그녀는 모든 것을 지배했다. 그러나 지금은 귀 기울여 듣고, 기다리며, 사로잡혔다.

"우리들도 그렇죠!" 그녀는 문득 말했다.

삶과 예술의 이중 합작품은 감동적이다. 남자는 서정적이요, 여자는 비극적이다. 그들은 동시에 창조자고 연기자며 피해자다. 그들이 누구인지 이제 더는 알 수가 없다. 오직 거대한, 하나의 진실이 있을 뿐이다. 그 이야기나 그 운명에 대해서나 마찬가지인, 그들이 연출한 드라마는 어디서 시작되는 것인가. 그리고 그들처럼 연기했던 자는 어디서 시작했을까?

* * *

"끝없는 연민이 희망으로 그들을 탕진하오. '나는 신을 믿소. 이제 더는 나를 믿지 않소!'라고. 그러나 지칠 줄 모르는 호기심이 스며드오. 낙원은 어떨까? '어떻게' 사람들은 더 이상 고통받지 않을 것인가……?

'낙원.' 그는 말하오. '우리는 지상에서 그것을 조금이나마 엿보았소. 희망이며, 감동이며, 감정의 아름다운 분출이며, 오만의 내적 보상들, 이런 모든 것이 약간의 천국이었소. 그건 마치 신의 짧은 순간과도 같았소……. 하지만 그건 우리의 치욕, 우리의 인간적인 우울한 생각 때문에 곧 가려져버렸지. 이제 우리의 슬픈 여정은 끝날 것이고 그리고 그건 끝없는 신이 될 것이오.' 그 여인이 다시 말하지. '저는, 저는 뭐가 되죠?'"

에메가 말한다.

"그녀의 말은 일리가 있어요. 결국 그녀에게 뭐라고 대답해야

죠?"

"남자는 그녀에게, 이렇게 말하오. '완벽한 행복이라는 것은 우리들에게는 정체 모를 존재라오. 누구도 영원에 닿을 수 없으며, 더욱이 그걸 경험할 수 없소. 신이 하는 대로 가만있어야 하며, 어린아이처럼 우리들은 밤의 어둠 속에서 잠들어야 하오'라고."

"그렇지만……." 에메가 말한다.

"그러나 조금씩 조금씩 그녀를 억누르는 어떤 미래의 예언에 사로잡혀 그 여인은 풀릴 수 없는 그 생생한 질문을 또다시 했소. '우리는 뭐가 되죠?'라고.

그러자 다시금 그는 여자에게, 그들이 되지 않을 것으로 답변하오. 그는 어떤 결정적인 것을 말하고자 하지만, 진실이 그를 사로잡아, '부정(否定)' 쪽으로 몸을 돌리게 하오. '우리는 이젠 더 우리의 누더기나, 육체나, 오열이지는 않을 것이오…….' 그러고 나서 그는 그 부정을 부인하기 위해 자신의 그늘 속으로 파묻히오. '우리는 뭐가 되죠?'라고 떨면서 그녀는 부르짖소—이제는 암흑도 없소. 이별도 공포도 회의도 없소. 다시는 과거도 미래도 욕망도 없소. 아무것도 없는 이상 욕망이란 가난하오. 희망도 이제는 없소."

"희망도 없어요……?"

"희망이란 바라기 때문에 불행한 것이오. 다시는 기도도 없소. 기도 또한 아무 의미가 없는 것이오. 왜냐하면 그건 하나의 절규로서 올라가고 우리를 버리기 때문이오……. 다시는 웃음도 없소. 웃음이란 언제고 반쯤은 슬픈 게 아니오? 사람은 오직 자기의 비애, 불안, 미래의 고독, 멀리 달아나는 자기의 고뇌에 대해서만 웃음 짓는 것이오. 웃음이 지속되지는 않소. 지속된다면 없어지기 때문이오. 웃음은 본래 죽어가는 것이지……. '그런데 나는 무엇이 될 것인가, 나는!' '나!'라는 이 절규는 조금씩 조금씩 모든 공간을 차지하고 진동하고 주장하오. 그런데 다시 한 번, 그는 유령 같은 이야기를 뱉어내오. 그에게 무엇이 되는지 묻기 때문에 그는 이제 더는 무엇이 안 되리라는 걸 말하기 때문이오.

그는 허수아비처럼 다시금 그가 당한 나쁜 짓들을 열거하지. 그는 그러한 짓들을 신비의 매장에서 끌어내는 것이오. 그는 여태껏 자기가 고백하지 않던 것을 고백하오. '이런 게 있소. 언제나 당신에게 감추었던 것이오. 당신한테 말한 것은 거짓이었소'라고. 너무나 단순한 그 질문에 답변할 말을 찾아내야 했기 때문에 그는 거의 꾸며내었소. 그는 여러 욕망들을 자상하게 늘어놓소. 그리고 그 이야기의 한 조각이나 심한 고통을 상기시키지. 그는 모든 것을 욕망했소. 남의 재산, 운명, 명예, 수많은 불멸의 소망들을. 자기 안에서 피살되고, 발작적이고, 정지된 온전한 드라마를 엿보이는 것이오. 위대한 시가 될 수 있는 것을.

'더욱 두렵고 더욱더 잔혹한 지옥. 너의 여명과 닮은 우리의 딸이여!' 그는 자신의 욕망에 굴복하지 않았소. 그것들에 더욱 완전하게 고통을 받았을 뿐이었소. 그는 평온한 기색으로 자신의 내부에 그 영원한 유혹을 지녔던 것이오. '내 가슴속 깊이 못 박힌 유혹, 그렇지만 통째로 그리고 아주 커다랗게…….' 오! 내 가슴에 쭈그리고 고통을 주고 숨겨져 있는 무엇보다도 과거를 욕망했소. 그리고 그처럼 단순하고 확실한 고통으로 다시 돌아오는 것이오—죽어버린 과거로, 미래 속으로처럼, 사랑받는 가슴속으로처럼 그는 과거로 들어가고 싶었을 것이오.

그러나 추억은 누그러뜨릴 수 없소. 추억은 아무것도 아니오. 그건 결코 다시 돌아올 수 없는 것이오. 그런데 회상하는 사람은 고통을 받고, 마치 악인처럼 옛날을 향한 회한을 갖게 마련이라오. 그 사람 역시, 그 두 사람 다, 늙어갈수록 자신들 안에 박힌 그들의 신앙심에도 불구하고 죽음에 대한 생각에 사로잡혔소. 죽음에 대한 생각은 어디에나 있었소. 왜냐하면 무서운 건 죽음이 아니라 은밀한 그늘을 투자해 모든 활동을 망치는 죽음에 대한 생각이기 때문이오. 죽음에 대한 생각, 죽음이 살아 있는 것이오— '오! 나는 얼마나 괴로워했는지……. 얼마나 괴로워해야 했는지!'

바로 이게 과거에 있었던 것이고, 드디어 이제 더는 있지 않을 것이오. 바로 여기에 행복의 지속에 대해 우리를 가로막던 온갖 암흑이 있소. 모든 것은 암흑 속으로 오그라들게 되오. 그런데 그 암흑의 삶은 도망하려 하오. 그 남자는 처음처럼 소리치오. '우리들이 그런 사람이오. 결코 광명을 가져보지 못했으며, 온 우주의 어둠이 매일 밤 붙잡았던 그 사람들이오.' 시커먼 피가 체내에 맥박 치는 인간이며, 어두운 꿈이 스쳐 모두 더렵혀진 사람이오. 우리의 눈은 우리의 입만큼이나 시커멓소. 텅 비어 있고 검어서 우리의 눈은 보지 못하고 젖어 있소. 이 눈에는 천국의 위대한 구원이 있어야 하오…….

회상해보구려, 저녁의 잠잠해진 폭풍 아래 모인 우리는 머리 위로 한 줄기 광선을 지녔고, 그리고 밤이 되지 않기를 오랫동안 바라던 때를. 내 팔을 꼭 안은 당신의 연약한 팔은 뛰고 있었지……. 우리의 음울한 비약을 짓누르며 밤이 다시 우리에게서 광명을 앗아가 버렸지……'

그들의 복부에 난 상처에서처럼 그들에게서 밤이 퍼져나갔소. 진실로 그들은 어둠을 만들고 있었소……. 그런데 어린애 같은 생각에 현혹되고 만족한 그는 소리치오. '밤은 탕진될 것이오. 당신은 빛이 될 것이오!' 그러나 경건하고 무한한 약속도 여인의 두려움에 대해서는 어떤 힘도 미칠 수 없었소. 그녀는 자기가 무엇이 될지 계속 묻고 있소. 빛이란 아무것도 아니기 때문이오. 아무것도, 아무것도 아니다……. 그녀는 헛되이 이 말에 대항해 싸우고자 하오.

남자는 그녀가 지상의 행복과 동시에 천상의 행복까지를 구함으로써 자기 자신과 모순된다고 비난하오. 여자가 자기 자신의 본질에 대해 남자에게 대꾸하오. 모순된 것은 그녀가 아니라, 그녀가 원하는 것들이라고.

그러자 남자는 또 다른 구원 한 가지를 움켜쥐오. 그리고 절망적인 갈망을 느끼며 그는 설명하고 헐떡거리지. '누가 알 수 있을까? 어떻게 그걸 할 수 있을까! 그걸 시도한다는 건 그 무슨 광란이며 모독인가! 우리가 상상하는 행복과 그처럼 상이한 것들이 문제다!'

천상의 행복은 인간의 행복과는 형태가 다르오. '천상의 행복은 우리들의 손이 미치지 않는 우리 밖에 있소.' 그녀는 부르르 떨며 일어섰소. '그렇지 않아요! 그렇지 않아요! 아니에요. 제 행복은 제가 쥘 수 없는, 제 능력 밖에 있는 게 아니에요. 왜냐하면 그건 제 행복이니까요……. 우주는 신의 우주예요. 하지만 제 행복의 신은 저예요…….' 여자는 간단하고 확고하게 덧붙여 말하오. '제가 원하는 것은, 지금의 나, 이처럼 괴로워하는 제가 행복해지는 거예요.'"

에메는 바르르 떨었다. 그녀는 조금 전에 자기가 한 말을 생각했다. '지금 여기 있는 나에게 개인적으로 관계되는 대답'이라는 그 말을. 그래서 에메는 자기 자신이기보다는 오히려 그 여인과 더 비슷했다.

'괴로움을 받는 나'라고 그 남자는 되풀이해 말했다.

"중대한 말이오! 그녀는 우리를 분명하게 그 거창한 법칙의 면적으로 이끄오. 행복은 목표물도 아니고, 또 숫자로 표현할 수 있는 것도 아니라는 법칙 말이오. 행복은 불행에서 생겨나고 또 전적으로 불행에 매달려 있다는 것이오. 그러므로 빛과 어둠을 구별할 수 없듯 기쁨과 고통도 분리할 수는 없소. 그것들을 분리시킴으로써 그것 둘을 모두 얻을 것이오. '나, 괴로워하는 나!' 어떤 공식처럼 추상적으로 완전한 평온과 순수한 광명 속에서 행복하다고 말할 수 있겠소? 우리들은 너무나 많은 욕망과 너무나 부조리한 마음으로 만들어졌소. 만일 우리에게서 우리를 괴롭히는 것을 제거한다면 남는 것은 무엇일지! 그때 우리에게 오는 행복은 우리를 위한 것이 아닐 테고 다른 그 무엇을 위한 것일 거요.

혼란한 절규를 옳다고 믿으며 다음과 같이 이치를 따져 말하게 되오. 우리는 암흑에 의해 희미해진 행복의 반영을 가졌다고. 암흑이 사라지면서, 우리는 바로 행복 그것을 온전히 갖게 된다는 것이오—하지만 이건 미친놈의 헛소리요. 그리고 이렇게 말한다는 것도 미친놈의 헛소리지. 우리들이 이해할 수 없는 순수한 행복을 우리가 갖게 되리라는 그 말도.

그러나 그 여인이 말하오. '오 주여, 저는 천국의 것을 원치는 않아요.'"

"뭐라고요?" 바르르 떨며 에메는 말한다. "낙원에서도 비참해야 한다는 거예요?"

"낙원, 그건 삶이지." 남자가 말한다.

에메는 고개를 들고서 잠자코 그 자리에 있었다. 그 남자는 결국 단지 이런 모든 말로 그녀에게 해답을 주었고, 그녀의 마음속에 한결 더 고귀하고 정확한 생각을 부활시켜주었다는 것을 이해한다.

* * *

"그 남자는 이제 동조하고 있소." 그는 말을 잇는다. "게다가, 얼마 전부터 그는 자기의 분노가 어떤 오류에서 기인하는지 느껴왔소―그리고 바로 그게, 여자가 밝혀낸 말 속에 나타난 비극적인 진실을 뒷받침해주며 완전하게 하는 것이오. 그런데 신은? 신은? 여자가 말하오―신은 인간을 위해 아무것도 할 수가 없소. 할 것이 아무것도 없소. 그게 불가능은 아니오. 그게 오직 신이란 것이오.

그럼 그들은 무엇을 할까? 신도 위로해줄 수 없는 이 두 신자들은…… 그들은 기억과 기억으로 어렴풋이 그들의 삶을 재생하오. 그리고 모든 것이 들어 있는 불행 속에서 삶을 열애하오. 조금 전 그들이 신의 파편이라고 말했던 환희와 오만의 섬광 곁에서 그들은 그 섬광을 주는 암흑과 섬광을 마련하는 연약함과, 보살핌처럼 섬광을 감싸는 위험과 의문, 섬광에 생명을 주는 전율을 보는 것이오……. 이처럼 그녀의 눈에 실제적으로 보이는 자신들 불행의 모습이 자기 자신들의 모습에 녹아들고, 더욱 눈이 부셔 남자는 고통을 받는 것이었소. 남자에게 필요했던 그 광명을 접하고 그럴수록 소리 없이 부르는 여인의 입에 남자가 다가갔을 때, 만일 그가 가난했더라면 그는 여자가 준 그 모든 은혜를 느끼지 못했을 것이오!

그들은 부활하고, 그것을 모방하는 듯이 보이오……. 그들은 서로를 잘 알지 못하지만 조금씩 서로를 이해하고 존경해 몸을 끌어안을 듯하오. 그들은 말하오. 우리는 암흑을 추구했다고. 그들은 하루 종일 방 한가운데서, 숲 속에서 서로가 황혼을 추구하는 것을 보오. 그들은 자연을 바라보고 깨달았소. 그들 두 사람의 죽음으로 향한 감정이 밤에게 최후의 미소를 보낼 때 그들은 자연을 너무도 잘 깨닫고, 자연에 없는 것을 자연에게 주는 것이었소……. '그리고 슬프게도 우리 주위에서는 하루가 죽어가고 있었소!'"

내 눈앞에서 이야기하는 저 인간이라는 피조물이 누구를 위해 말하는지 나는 알 수 없었다. 그의 입에서 나오는 말이 자신에 관한 것인지, 아니면 다른 사람들을 문제 삼는 것인지를 알 수 없다. 축축이 젖은 넝마처럼 방 속에 내던져져, 네 벽으로 둘러싸인 그 남자는 이야기 소리와 음악이 조화된 거대한 작품을 실현하는 듯했다.

"우리들은 두려웠고, 추웠소……. 당신은 어둠에 둘러싸여 있었지. 우리의 밤, 당신의 옷, 당신의 수치심이……. 하지만 내가 당신에게로 갔을 때, 그 무슨 빛이었는지! '아! 저녁의 베일 밑에서 정복으로 의기양양한 내 팔로 소중한 당신의 얼굴을 끌어당겼을 때, 당신의 흐트러진 태도 속에서 당신의 입과, 키스의 무한한 침묵과,

160

어둠 속에서도 천사처럼 하얀 당신의 육체를 엿보았을 때……' 나의 미소를 비추는 거울 같은 당신의 얼굴에 내가 가까이 다가갔고, 곁에 서서 서로 기댄 채 지그시 감은 눈을 태양과 같이 눈부신 당신의 머릿결 속에 잠기게 했을 때, 그때 나는 생각에 잠겨 당신의 어둠을 더듬었소.

우리는 서로를 필요로 했고, 상대방 때문에 서로 괴로워했소……. 오! 의심하고, 무시하고, 소망하고, 운다는 것! 그런데 언제나 그랬소. 상심과 망각과 무력감과 빈곤 가운데서도 우리 사랑의 거대한 빈곤이 가장 크게 지배했소."

"아!" 에메가 말한다. "저주해서도 안 되고, 후회해서는 안 돼요. 자신의 마음을 사랑해야 해요."

그는 그녀의 참견에도 멈추지 않고 계속했다.

"그리고 그 죽어가는 사람들은 말하오. '그런데 생이 종국에 할 수 있는 것보다도 더 우리를 접근시키지 못해 슬프게도 두 존재를 유일한 하나의 존재로 만들지 못하면서도 우리를 썩 닮게 만들어버려, 애정에 의해 기적적으로 우리가 서로서로를 느낄 수 있게 되었을 때, 우리들은 함께 우리의 비참함에 대한 명상과 찬미―전율하는 하나의 종교를 갖게 되었소. 우리는 죽음과 함께 도처에서 비참함을 보았소. 살랑거리는 게 느껴지고, 우리에게 다가오고―그러고는 언제나 가버리는 바람 속에 있는 인간의 연약함을 우리는 경배했소. 옷을 벗고 저물어가는 태양 속에서 괴로워하고 끝나가는 여름 속에서, 아름다운 느낌을 주는 가을, 낙엽이 발소리를 서글프게 지우는 가을 안에서, 위대함이 광기를 띤 듯 보이는 별이 반짝이는 하늘에서 그 바람은 끊임없이 불어가오. 그리고 돌이 돌 자체의 영혼을 가졌고, 또 미래가 순결치 아니하고 과오로 가득 차지 않았다는 것을 믿기도 어렵소! 그래서 우리는 저항했으며, 희망으로 가득했소.'

'기억해보구려. 노쇠해간다고 느끼던 밤, 거창하게 떨어지던 때, 우리는 흡족하지 못한 두 손을 마주 잡았으며, 어쩔 수 없이 우리의 눈은 미래로 향하던 것을! 미래! 당신의 뺨 위로 끝없는 한 가닥 주름이 유난히 깊게 패어 쓸쓸히 웃음 지었소. 모든 것은 장대했고 전율했으며 슬기로운 진리가 휘황한 하늘에서 내려왔으며 그 마지막 반사가 당신의 흰 이마 위로 가라앉았소. 욕심 많고, 지친 우리는, 눈꺼풀을 가느스름하게 뜨고 아무것도 고칠 수 없는 초라한 과거의 생각에 젖어들어 희망을 찾았소. 저녁이 돌들을 부드럽게 했소. 당신의 눈은 황금빛으로 물들었으며, 나는 당신이 죽어가는 것을 느꼈소!'

끝나가는 삶 속에서 삶은 어떤 완벽함을 향해 끓어오르고 있소. '삶의 최후에 도달한다는 것은 아름답소……. 이렇게 해서 우리는 낙원을 경험했소'라고 그는 더욱 묘하게 노래하오.

그래서 수줍어하고 어색하게 그들은 속된 생활의 겸허한 시작을 실현하려고 애쓰오. 그리고 그들의 죽음에 대해 신이 괴로워한다는 것을 확신까지 하게 되고, 그래서 신을 동정하는 것이오. 그런 다음, 이제 더는 괴롭지 않은 사람들은 그 드라마가 끝나는 곳에다 마음속으로 끔찍한 작별 인사를 하오."

"그들은 옳아요."

에메는 혼신의 힘을 기울여 외마디 소리를 지른다.

"여기에 지식이 있소." 시인이 말한다. "그 진실은 죽음을 지워 버리지는 못하오. 공간을 축소시키지도 못하고, 시간을 지연시키지도 못하오. 그러나 그 진실이 그런 모든 것을 하며, 우리는 그 진실 때문에 우리 자신의 본질적인 음울한 요소를 갖는다는 생각을 갖게 되오. 행복은 불행을 필요로 하오. 기쁨은 얼마만큼은 슬픔으로 이루어지오. 우리의 마음이 속에서 뛰는 것은 시간과 공간에 의해 우리가 십자가에 처형당하기 때문이오. 터무니없는 몽상 같은 것을 꿈꾸어서는 안 되고, 우리를 피와 흙에 붙드는 그 끄나풀을 지켜야 하오. 있는 그대로의 우리들이라는 말을 회상해보구려. 우리는 하나의 커다란 혼합체요. 우리는 우리가 믿는 이상이오. 우리가 무엇인지를 누가 알겠소……!"

죽음에 대한 공포로 뻣뻣하게 경직된 여인의 얼굴에선, 한 줄기 웃음이 다시 살아나기 시작했다. 그녀는 어린애와 같이 떼쓰듯 물었다.

"제가 물었을 때 왜 곧장 그렇게 말해주지 않으셨어요?"

"그땐 당신이 내 말을 이해할 수 없었을 거요. 당신은 출구 없는 길에다 당신의 슬픈 꿈을 몰아넣었소. 당신에게 다시금 그 진실을 내보이기 위해서는 그 진실에다 다른 길을 택해주어야 했소."

* * *

그들의 내부에 있는 무엇이 그들을 전율시킨다. 즉 말했다는 아름다움과 선의가 그렇다. 그런 것들이 아직도 그들이 몽상에서 깨

163

어나지 못한 얼마 동안 그들 머리에 후광을 비추었다.

"우리들에게 거부하는 것을 똑똑히 말해주는 그러한 모든 이야기들을 들었다는 게 기뻐요." 그녀가 탄식하듯 말했다.

"살아 있는 생생한 것을 일깨우고 표현한다는 것은 참으로 유일하게 정의의 느낌을 가지게 하는 일이오."

그렇게 거창한 이야기를 한 후 그들은 잠잠해졌다. 짧은 시간 동안 그들은 이 지상에서 가능한 만큼 서로 가까이 있었다―왜냐하면 그들은 지고하고 가파른 진실에 대해 거의 엄격하게 동의했기 때문이다. (행복이란 행복한 동시에 불행한 것임을 깨닫기는 어려우므로 가파른 것이다.) 반역자인 그녀, 신앙이 없는 그녀였지만 그 남자를 믿었다. 남자는 그녀에게 느낄 수 있는 참된 마음을 주었다.

9

창문이 활짝 열려 있었다. 스산한 저녁 바람이 몸을 스친다. 먼지 이는 듯한 일몰의 햇살 속에서, 적갈색으로 물들어 길게 뻗은 반사광을 등진 세 사람이 보였다. 밭이랑처럼 팬 주름살 많은 얼굴의 노인은 슬픈 표정으로 몸을 돌리며 창가로 의자를 끌어당겨 힘없이 주저앉았다. 아주 짙은 황금빛 머릿결의 키 큰 젊은 여인이 성모상 같은 인상을 풍기며 서 있었다. 약간 떨어진 곳에는 임신해서 거동이 부자유스러운 여인이 앉아 있으며, 뚫어져라 바라보는 그녀의 시선은 미래를 향한 듯했다.

그 임산부는 이야기에 끼지 않았다. 그녀가 다소 겸손한 자세를 취하고 있든지 아니면 머릿속이 온통 자기 육체의 현상에 집중되었기 때문이리라. 물러나 앉은 미광 속에서 약간 볼품을 잃은 듯한 그녀의 부른 배와, 정신이 쏠려 힘없이 벌린 채로 천진스러운 입 모양이 보였다.

다른 두 사람은 이야기를 했다. 노인은 고르지 못한 잔뜩 쉰 목소리로 이야기하고 있었다. 때때로 그의 어깨는 약하게 진동했고, 이따금 크게 움츠리는 몸짓은 몸의 안쪽에서 오는 게 아니었다. 그의 눈은 닫혔고, 말소리는 외국인 특유의 악센트를 띠었다. 노인 곁에 조용히 앉은 여인은 북구(北歐) 사람의 맑고 부드러운 피부를 가졌다. 너무도 희고 금빛이어서 다른 어디에서보다도 은빛 도는 흰 얼굴과 머리카락의 풍만한 후광에서 햇살은 한결 더 느리게 젖어가는 듯했다.

아버지와 딸인지, 아니면 오빠와 누이인지? 노인이 그녀를 몹시 사랑하는 것 같았지만 그의 아내가 아니라는 건 알 수 있었다.

노인은 젖어버린 눈으로 그녀를 바라보았다. 여인의 몸에 머물러 있는 광선이 그의 눈에 비쳤다.

노인이 말한다.

"누군가가 태어나고 또 누군가가 죽어가고 있지."

임산부는 놀라서 몸을 움직였다. 남자 쪽으로 몸을 깊숙이 기울이고 있던 다른 여인이 낮은 음성으로 소리를 질렀다.

"무슨 말씀을 하시는 거예요, 필리프……!"

그는 자기 말이 일으킨 효과에 냉담한 듯했다. 마치 그러한 항의가 진실치 못하거나 아니면 쓸데없다는 듯이 말이다.

어쩌면 그는 그다지 늙은 건 아니었다. 그의 머리카락이 내게는 겨우 희끗희끗하게만 보였다. 그러나 그는 알 수 없는 어떤 고통에 사로잡혔고, 그걸 잘 견디지 못해 끊임없이 경련을 일으켰다. 오래 살지 못할 것 같았다. 노인 주위의 뚜렷한 여러 현상에서 그게 역력히 보였다. 눈 속에 너무도 얌전하고 겁에 질린 연민의 정이며, 견딜 수 없는 슬픔이 드러나 보였다.

* * *

그는 침묵을 깨뜨리기 위해 애써 몸을 움직인 후 말하기 시작한다. 그가 열린 창문과 나 사이에 앉았기에 이야기의 얼마간은 공간 속으로 흩어져버린다.

그는 여행에 관해 이야기하고 있다. 그가 자기 결혼에 관해 말하는 것을 듣지는 못했지만, 그것에 관해 말했을 것이다.

그는 점점 열을 띠어가고 목소리는 높아진다. 목소리는 지금, 깊고 고통스레 울린다. 그는 떨고 있다. 억제된 감정이 그의 태도며 시선을 흥분시키고 그의 이야기를 따뜻하고 크게 만든다. 그의 모습에서는 병에 걸리기 전엔 그가 활동적이고 뛰어난 사내였으리라는 사실을 엿볼 수 있었다. 그가 고개를 좀 돌렸다. 그래서 그의 말은 더욱 잘 들린다.

자기가 돌아본 도시며 나라들을 주워섬기며 상기시켰다. 마치 그가 성인들의 이름을 부르는 듯하다. 이탈리아, 이집트, 인도 등의 멀고 서로 다른 하늘에 대해 애원하는 것 같다. 그는 두 여정 사이에서 휴식을 취하기 위해 여기에 온 것이다. 그리고 도망자가 몸을 감추듯 불안스레 쉬고 있다. 그는 다시 떠나야 한다. 하지만 황혼이 점점 짙어간다. 미지근한 대기는 아름다운 꿈처럼 흩어져가고, 그래서 그는 자기가 보았던 것만을 생각한다.

"우리가 보았던 모든 것, 우리가 함께 지녔던 모든 공간들!"

그런 것들은 한 무리의 여행자들에 대한 인상을 준다. 결코 진정되지 않는 여행자들, 어디에서도 정착하지 못하는 영원한 도망자들

은 만족할 수 없는 그들의 도정 중, 잠시 자기들 때문에 조그마하다
고 느껴지는 세계의 한 모퉁이에 머문다.

* * *

"팔레르모…… 시칠리아……."

그는 감히 미래로는 갈 수 없으므로 널따란 추억 속에 도취되려
고 애쓴다. 흘러간 시절의 빛나는 어느 한 점에 접근하려고 애쓰는
게 보인다.

"카르페이아, 카르페이아!" 그가 말을 한다. "안나, 당신은 밝은
햇빛으로 황홀하던 그 아침이 기억나오? 사공과 그의 가족들은 야
외 식탁에 앉아 있었지. 타오르는 듯하던 자연……. 천체(天體)처
럼 파리하고 둥근 테이블. 강물은 번쩍였고 강변엔 협죽도와 덩굴
장미가 무성했소. 멀지 않은 곳엔 햇볕 따뜻한 둑이 있고 강은 길게
어깨를 출렁이며 번쩍였지……. 태양은 모든 잎사귀들을 환하게 꽃
피워주었소. 풀잎은 이슬 머금은 듯이 반짝였으며, 숲은 보석을 받
은 듯싶었소. 바람은 하도 잔잔해서 한숨 소리 같지도 않고 오로지
미소 짓는 것 같았소."

여자는 그의 말을 귀 기울여 들었다. 그녀는 거울처럼 맑고 깊
으며 평온한 그의 이야기, 그가 말하는 새로운 사실들을 깊이 생각
했다.

"사공네 가족은," 그는 다시 말을 이었다. "모두 모여 있는 게 아
니었소. 소녀는 가족들과는 멀리 떨어져 그들이 하는 말이 들리지
않는 곳에서 시골풍의 투박한 벤치에 앉아서 공상에 잠겨 있었지.

그녀 위로 드리워진 거대한 나무의 연한 녹색 그늘이 지금도 눈에 선하구려. 초라한 옷을 입은 그녀는 신비스러운 보랏빛 삼림 가장 자리에 있었소.

롬바르디아의 그 여름 날. 우리가 따라갔던 구불구불한 강가로 붕붕대던 파리 소리들이 들리는 듯하오. 강은 앞으로 나아갈수록 점점 더 아름답게 펼쳐졌소.

……어느 작품 속에다, 파리 한 마리가 붕붕대는 소리를 그 누가 옮길 수 있겠으며, 그 누가 그걸 그대로 표현할 수 있겠소!"

그는 중얼거린다. "그건 불가능하오. 그건 필시 붕붕대는 소리가 결코 외따로 혼자 떨어져 나오지 않기 때문이거나, 아니면 우리가 그것을 들을 때마다 한순간의 우주적인 음악에 그 소리가 섞여버리기 때문이오."

* * *

"내가 정오의 태양에 대해 강렬한 인상을 받았던 곳은," 그는 또 다른 추억을 떠올리며 계속 말했다. "그건, 런던의 어느 박물관에서 였소. 로마 평원에 내리쬐는 태양빛이 그려진 그림 앞에서, 모델인 향토색 풍기는 의상을 입은 이탈리아 소년이 고개를 내밀었소. 꼼짝 않는 음울한 수위들과 줄지어 선 관광객들 사이에서 습기 있는 잿빛 속에 그는 빛을 발했지. 그는 불가사의한 태양에 가득 차서 그 무엇에도 귀 기울이지 않고 말없이 있었소. 그리고 거의 손을 꼭 모으고 그 성스러운 그림에 기도를 했소."

"우리는 카르페이아에 다시 가보았죠." 안나가 말했다. "여행을 다니다가 우연히 십일월에 거기를 지나갔죠. 아주 추웠어요. 우리는 털외투란 외투는 모두 다 입었고, 강은 꽁꽁 얼어붙었어요."

"맞소, 그래서 물 위로 걸어가는 셈이었지! 그건 섭섭하기도 하고, 흥미도 있었소. 물에서 사는 모든 사람들, 즉 사공, 어부들, 선원들, 세탁하는 여인들과 남편들―이 모든 사람들이 물 위로 걸어 다녔지."

그는 잠시 후에 물었다.

"왜 그런 추억들은 사라지지 않고 남아 있는 것이오?"

그는 경련을 일으키는 자기의 슬픈 손에 얼굴을 묻고 한숨을 내쉬었다.

"왜, 왜 그러는 걸까?"

* * *

"우리의 오아시스." 추억의 작품을 만드는 남자를 돕기 위해, 아니면 그녀 자신도 그 재생의 매력에 한몫 끼어 있기 때문인지 그녀도 다시 말을 이었다. "그건 키에프에 있는 당신 별장이었죠. 보리수와 아카시아 나무가 있는 구석진 곳. 잔디밭의 한쪽엔 언제나 여름이면 꽃이, 겨울이면 잎이 흩어져 있었죠."

"아버님이 지금도 생생하게 기억하는 곳이 바로 거기요." 남자가 말한다. "아버님은 인상이 좋은 분이었소. 부드러운 털이 덮인 큼직한 외투를 입으셨고 귀를 푹 덮는 챙 없는 펠트 모자를 쓰셨소. 희고 긴 수염에, 추위 때문에 눈물을 조금 흘리는 듯도 하셨소."

그는 곧 다시 자기 생각으로 돌아왔다.

"그런데 왜 나는 아버님에 관해 다른 것도 아닌 하필 이런 추억을 간직하는 것일까? 어떤 불가사의한 표적이 이런 추억을 나에게 지적하는 것일까? 알 수는 없지만, 하여간에 그런 데서 그분의 인상이 느껴지오. 이렇게 하여 그분은 내 안에 살아 계시고, 또 그렇기에 그분은 돌아가신 게 아니지."

그러고 나선 그는 이렇게 말하면서 거의 몸을 부르르 떨었다.

"나는 바쿠를 사랑하오. 이젠 다시 그 나라를 볼 수 없겠지. 유전(油田) 곁의 엄청나게 큰 잿빛 풍경. 아주 침침하고 무지갯빛 기름 웅덩이들과 진흙들. 쪽빛이라고는 보이지 않는 드넓은 하늘. 철도처럼 번쩍이는 수레 자국들이 나 있는 끝없는 길들. 사람처럼 검게 번질거리는 집들. 어디서나 석유 냄새가 나고 꽃잎에서도 냄새가 풍기지. 땅 속으로 흐르는 영원한 바다의 냄새요.

이제는 다시 그 나라를 볼 수 없겠지. 게다가 거기엔 이젠 아는 사람이라곤 하나도 없소. 작년만 해도 늙고 인색한 보린이 돈을 긁어모아 계산을 했는데."

"죽음이 다가온 걸 느꼈을 때," 젊은 여인이 말한다. "그는 '이제 내가 망하는구나'라고 말했어요."

날이 저물어갔다. 갈수록 그들 가운데서 그 여인은 더욱 뚜렷이 보이고 더욱더 예뻐 보였다.

"하지만 그 역시 인상은 아주 좋았지. 한 가지 사랑스러운 것만을 좋아하는 인색한 사람들은 왜 좋은 인상을 갖지 못하는 것일까?"

가벼운 떨림이 병자의 어깨를 흔들어댔다.

"제발, 저 창문을 좀 닫구려. 춥소." 그가 말한다.

"카트린 드 베르그의 편지를 받았어요."

"여전하지?"

"네, 후회스러워 죽을 지경이래요. 아무리 여러 나라를 돌아다녀 봐도 소용이 없대요―지난주엔 바레아르 섬에 갔다는군요―그녀는 일종의 나태처럼 달랠 수 없는 과부의 적적함을 사방으로 끌고 다녀요. 이렇게 위로되지 않는 것에 얼마나 큰 힘이 필요한지! 그녀는 자기의 젊은 미모와 싸우고 있어요. 자기의 비애를 줄이기 위해서가 아니라 키우기 위해, 세계의 도처에 그걸 옮겨놓기 위해 여행을 하죠. 사실 그녀는 어떠한 오락도 원치 않아요. 삶에 대한 보복으로 그녀가 한순간이나마 망각할 때 오락은 그녀를 비탄에 빠뜨렸죠. 어느 날인지, 저는 그녀가 웃으면서 눈물을 흘리는 걸 본 적이 있어요. 그렇기는 하지만, 얼굴에 나타난 그녀의 아름다움이 조용한 것만큼이나 그녀의 비애도 보기엔 조용하죠."

어슴푸레한 장막을 배경으로 한 남자의 실루엣이 보였다―휘어진 등, 끄덕거리는 머리, 허약한 목덜미가. 그는 손을 쳐들었다.

"진짜 고통은 우리의 내부에 있소." 그가 말했다. "그건 거의 보이지도 들리지도 않소. 그렇지만 고통이란 모든 것을 쉽사리 정지시키오. 심지어는 삶까지도. 진짜 고통이란 권태라는 장대한 모습을 하는 법이오."

아주 어색해 보이는 동작으로 그는 주머니에서 담뱃갑을 꺼냈다.

담뱃불을 붙였다. 활활 타오르는 작은 불빛이 번쩍이는 마스크처럼 얼굴을 비추는 동안 노인의 황폐한 모습이 보였다. 그러고서 그는 미광 속에서 담배를 피웠다. 눈에 들여다보이는 것이라고는 오직, 뿜어 나오는 연기만큼이나 가볍고 희미한 팔에 따라 움직이는 불붙은 담배뿐이었다. 담배를 입에 가져다 댈 때, 남자 입김의 빛을 보았다. 조금 전에는 서늘한 공간 속에서 뽀얗게 보였다.

……그가 피우는 것은 담배가 아니었다. 약 냄새가 역했다.

닫힌 창가로 그는 힘없이 손을 내밀었다―반쯤 걷어 올린 작은 커튼과 함께 창문은 초라했다.

"보시오……. 저건 베나레스와 알리아바드……. 잿빛 속의 붉은 황금 불길, 반짝이는 야릇한 사람들. 그건 사람들이 아니고 저녁의 보랏빛 하늘 밑으로 보이는 제신상(諸神像)이오. 그들이 움직이오……. 아니오……. 움직이오. 저건 왕관들, 훈장들, 부인의 장신구가 범람하는 화려한 의식이오……. 전열엔 정묘하게 층층이 쌓아 올려진, 모자를 쓰고 두 손을 뒤튼 대사제(大司祭)―희미한 탑, 건축, 시대, 종족, 저 인물과 우리는 어떻게 다를까……. 누가 옳은 것일까?"

이제, 그는 과거의 폭을 더 넓힌다. 지옥과 애원의 폭을 넓히듯이 무겁고 힘겨운 노력으로 과거의 폭을 넓히는 듯한 태도다.

"숱한 여행들! 떠나온 모든 곳들! 그 모든 게 아무 소용없구려. 여행이란 커지지를 않소. 걷는 발자국과 더불어 점점 사람이 커지지 않는 건 무슨 까닭이오? 게다가 사람은 참으로 그걸 보기 위해 지나가는 곁에다 자기 영혼의 짐을 내려놓는 여유를 가졌소? 그렇지만 그때도…… 여행자들은 현재의 한순간 표면 어느 한 점만 알 수 있을 뿐일 것이오. 과거 속을 여행하지는 않는다는 말이오. 모든 것은 과거에 있을 뿐이오. 웨일스 지방의 삼림과 평원과 낭떠러지에 대한 추억이 떠오르던 그날 밤, 나는 '원탁의 기사들'에 관해 생각했소. 아서왕과 그의 동지들…… 그는 기사들에게서 멀리 떨어져 있지 않은 것 같았소. 그리고 내게로 전진해오는 듯했소. 이상한 투구를 쓴 한 사람의 기사밖엔 보이지 않았소. 그의 에메랄드 빛 눈은 나를 바라보고, 나를 소름 끼치게 합디다. 다른 기사들은 희미해져 유령 같았소. 가을날 숲 속의 빈터에 있던 돌 테이블은 둥글었지. (잿빛 안개가 삼림의 불그스레한 장막과 어울렸소.) 테이블은 둥그렇소. 그들이 그 주위에 빙 둘러설 때, 그들 중에 윗자리가 없도록 하기 위해서지. 그건 마치 거대한 맷돌 같지. 그리고 아주 흰 테이블로 가장자리도 아주 깨끗하오. 만들어진 지가 오래된 게 아니오. 새것이란 말이오.

……천 년……! 2천, 3천 년 그리고 트로이의 해안…….

안나, 우리가 가로질러 갔던 바다의 황금빛 선이 기억나오?

그리스의 영웅은 여명이 적갈색으로 연하게 물들인 모래 위를 걷는구려. 그가 모래 위에 남긴 아주 똑바르고 힘차고 널찍한 자취가 보이는구려. 이 발자취의 가장자리엔, 그가 지나가고 나면 금빛 모래들이 조금씩 흘러드는구려. 그의 곁에선 바다가 죽어가도 마지막 파도가 이제 막 남겨놓은 자취—거품 이는 작은 어린애의 모자 같은 자취—가 보이오. 그가 걷고 있는 모래보다도 한결 짙고 물기 있는 모래 위에 남겨진 자취가. 자갈 하나가 청동색 신발 밑에서 삐걱거리며 굴러갔소. 그 발소리가 들리는 듯하구려. 안나, 그 소리를 생각해보구려. 몇천 년 전에 꺼져버린 발소리를, 그 소리에 가까이 접근하기 위해 필요한 날갯짓을 생각해보구려. 그날 이후로 그 발자국은 아무런 자취도 남기지 않았소. 하지만 있기는 하오. 발자국, 그 발자국은 어디에 있는가? 우리에겐 그것들이 보이기 때문에 발자국들은 우리 안에 있는 것이오. 시간은 시간이 아니고, 공간은 공간이 아니오."

그 아름다운 이야기 위에, 환히 들여다보이는 그 신비 위에 침묵이 펼쳐졌다. 분명 그녀가 도달할 수 없었던 진실, 그 진실이 굽어보는 침묵을 여인은 중단시킬 수 없다고 느낀 것이다.

"그의 칼이 바위에 부딪혔소. 그래서 칼집 속에 든 칼이 부르르 떠는 울림이 들리는구려. 그의 힘센 손은 벼랑을 기어오르기 위해 소나무의 밑동을 붙들었소. 소나무에선 바짝 마른 솔잎들이 밑동으로 떨어졌소. 그 옆의 솔밭 속으로는 무엇이 달려가는 건가? 한 짐승, 한 마리 개요. 그 시대의 개요. 그 개는 주둥이에 어떤 물체를 물었소. 소금기와 바람에 굳어지고 질겨진 가죽 띠요. 몇 백 년 후 호메로스가 노래하게 될 학살에 의해 벌써 반쯤 없어진 채 남아 있는, 한 트로이 사람의 가죽 띠요.

그 전사는 어떤 바다의 곶 위에 다다랐소. 머리를 쳐들고 바다 쪽으로 시선을 향했소. 코는 똑바르고 섬세하오. 이마의 곡선은 투구에서부터 밑으로 깨끗하게 내려오오. 둥그런 눈썹은 야릇하게 나 있소. 반짝이는 눈 위로 속눈썹이 깜박거리오. 그렇지만 내가 가장 자세히 주의를 기울여 관찰한 것은 특히 그의 반쯤 주먹 쥔 손이오. 짧은 손톱과 벽돌에 조각된 듯이 붉은색을 띤 채 활활 타는 듯한 손가락, 손등, 덧붙은 자갈처럼 통통한 손톱들.

그는 해안을 바라보오. 선원들은 수없이 많은 배들을 물에 띄우느라고 분주하오. 해안의 도끼날 같은 암초들을 피하느라고 배를 바다 가운데까지 끌고 가오. 그리스의 선대(船隊)는 오늘밤 출범할 것이오. 왜냐하면 별이 있는 밤에만 항해할 수 있고, 쪽빛 바다 위에 아침 햇살이 빛날 때 그 선대는 출범 준비를 해야 하기 때문이오."

이처럼 태양에 관해 명상을 한 후에 노인은 자기의 늙은 이마를 숙였다.

"나는 널따란 바다에 대한 환상을 갖고 있소. 바로 내 곁에 그 바다가 보이는구려. 완전한 정적 속에서 파도는 야릇한 빛 아래 은회색으로 철썩거리오. 이 끝없는 정적은 무슨 까닭인가? 몇백 세기나 떨어졌는지도 모를 머나먼 다른 위성 속에 그들이 있기 때문이오."

* * *

나는 그가 말하는 것을 바라보고, 그 사람을 바라본다. 있지도 않은 풍경과 이제 어둠 속에 거의 보이지 않게 된 그 사람을 보는 것이다. 환기시키는 사람…… 생각하는 그 사람과 그가 생각하는 것 사이의 지울 수 없는 넓디넓은 간격을 생각해본다. 그의 얼굴은 여러 나라들과 오랜 시간들이 전개될 때부터 지워지고 괴이한 작은 한 오점처럼 되어버렸다.

그리고 다른 추억들, 또 다른 더 많은 추억들이 서두른다. 한 세계가 그를 엄습한 듯했다. 너무나 많은 추억들이 대상이 되었다. 그가 더듬거려 말한 추억들과, 그가 말할 여유도 능력도 없는 추억들이. 그의 내부에서 엄청나게 빛나는 것으로부터 그는 벗어날 수가

176

없다.

그는 고개를 뒤로 젖혔다. 분명 눈을 감았을 것이다……. 이처럼 남이 바라보도록 내버려진 얼굴이 주는 고통스러운 표정을 따라 나는 그의 추억들을 세어보고 재어본다.

그렇지만, 방금까지만 해도 열에 떠 있던 그는 이번에는 한탄한다.

"나는 회상하고 있소……. 내 마음이 나를 동정하지 않는구려……."

"아!" 단념하는 몸짓을 지으며 그는 곧이어 신음했다. "사람은 모든 것에 작별을 하지는 못하는구려."

여자가 거기 있지만, 비록 몹시 사랑을 받는 그녀라 하더라도 어쩔 수가 없다. 한 남자의 시선을 가득 채우는 끝없는 작별 인사에 대해 그녀는 아무것도 해줄 수가 없다. 그녀는 오직 자기의 모든 아름다움과 웃음을 지닌 채 거기 있을 뿐이다……. 그리고 그 초인간적인 환상은 후회와 회한과 선망으로 헛되이 더 커질 뿐이다. 그것이 끝나기를 남자는 원치 않는다. 자기가 회상한 것을 소리쳐 부르고 다시 붙들고자 한다. 그는 자신의 과거를 사랑하는 것이다.

준엄하고 요지부동한 과거는 어떤 신성(神性)의 형태를 지닌다―신을 부정하는 사람과 마찬가지로 신을 믿는 이들에게도 그 커다란 신의 존재는, 자기 자신을 애원하도록 내버려두기 때문이다.

*　*　*

임산부는 떠나고 없었다. 나는 그녀가 자기 몸에 대해 모성적인 조심성으로 슬쩍 물러서 조용히 문으로 가는 것을 보았다.

그들 둘만 남았다……. 그 저녁은 감동적인 현실감을 풍겼다. 그 저녁은 살아서 뿌리를 박고 자기 자리를 고수하는 듯이 보였다. 그 방이 이처럼 충만한 적은 한 번도 없었을 것이다.

노인이 말한다. "또 하루가 끝나는구려."

그리고 마치 자기의 생각을 계속하는 듯이 덧붙여 말한다.

"결혼식을 위해 모든 걸 준비해야지."

"미셸!" 마치 그녀는 이 이름을 억제하지 못하겠다는 듯이 무의식적으로 말했다.

"미셸은 우리를 원망하지는 않을 거요." 남자가 대답했다. "안나, 그는 당신이 자기를 사랑한다는 걸 알고 있소. 그는 순결하고 간소한 형식에 대해서 놀라지 않을 거요." 그 노인은 자기 자신을 위안하기 위해 미소 지으며 고집스레 말하고 있다. "'최후의 순간' 하는 결혼의 형식에 대해서 말이오."

어둠이 감미롭고도 별나게 한 사람 한 사람을 내보여주고, 그들을 함께 껴안는다. 그들은 자기 자신들을 생각했다.

남자는 메마르고 활활 타고, 그의 이야기는 그의 삶의 공동(空洞)에서 울렸다. 하얗고 큰 그녀는 크고 눈부시게 부르르 떨었다.

마치 말로는 그녀에게 갈 수 없다는 듯이 남자는 시선을 그녀에게 쏟으며 눈에 띄게 애를 썼다. 그런 후 그는 되는대로 말했다.

"나는 당신을 무척 사랑하오." 그는 간단히 말했다.

"아!" 여자가 말했다. "당신은 죽지 않아요!"

"그토록 오랫동안 나의 누이로 있어준 당신은 아주 좋은 사람이었소!" 남자가 말했다.

"당신, 당신이 저를 위해 해주신 것들!"

두 손을 모으고 마치 절을 하는 듯이 남자에게 자기의 굉장한 가슴을 기울이며 여자가 소리쳤다. 그들은 가슴을 열어놓고 서로 이야기한다는 것이 잘 느껴졌다. 자기가 말하는 내용에 대해 아무런 수치심이나 죄책감도 갖지 않고, 하고 싶은 대로 가슴을 다 열고 서로 이야기를 나누며 곧장 상대방 속으로 파고든다는 것은 얼마나 아름다운 일인가? 진실로 마음을 연다는 것은 거의 빛과 평화와 존재가 만드는 기적이다.

남자는 입을 다물었다. 비록 그녀를 계속 바라보기는 했지만, 그는 눈을 감았다. 다시 그녀를 향해 눈을 떴다.

"당신은 나를 사랑하지 않는 나의 천사요."

그 말을 하며 그의 얼굴은 흐려졌다. 이 단순한 광경이 나를 압도했다. 자연에 상통하는 마음의 무한성이었다. 그의 얼굴이 흐려졌다.

나는 그녀를 향한 그의 무한한 애정을 보았다. 그녀도 그걸 안다. 그녀의 말 속에, 그리고 남자 곁에 있는 그녀의 태도에는 그를 속속들이 잘 안다는 무한한 부드러움이 깃들었다. 그녀는 남자에게 용기를 북돋워주지도 않거니와 거짓말을 하지도 않았다. 한마디 말이나 긴장한 태도나 고상한 침묵으로 그렇게 할 수 있을 때에도 그녀가 자신의 존재나 부재로써 남자에게 끼치는 악(惡)에서 그리고 그녀 자신에게서, 그 여자는 그를 얼마간 위로하려고 애썼다.

한 번 더 물끄러미 바라보고 나서 남자는 입을 열었다. 한편, 어둠은 그를 자신도 모르게 더욱 그녀에 접근시켰다.

"당신은 당신에게 쏟는 내 사랑의 이야기를 듣는 서글픈 친구요."

그는 다시 결혼에 관해 말했다. 모든 준비가 다 갖추어졌는데 왜 그것을 곧장 완수하지 못했던가?

"안나, 내 재산, 내 명예, 순결한 사랑, 나의 모든 것이 당신에게 남을 것이오. 내가, 내가 한 나그네로 죽어버렸을 때는 말이오."

그는 뒤에 남을 영속적인 은혜와 마치 축복이라도 되는 듯한 너무도 가벼운 애무를 자기 손으로 미래에 뿌리고 싶어 했다. 지금 그는 오직 결혼이라는 말이 가져오는 연약하고 가공적인 결합을 열망할 뿐이었다.

"왜 그런 말을 해요……."

그녀는 거의 어쩔 수 없는 염오감에 사로잡혀 그 말에 직접적인 대답을 하지는 않았다. 그녀가 가슴속에 품은 사랑과 상대방이 자기에게 고백한 사랑 때문이리라. 비록 그녀가 원칙적으로는 동의를 하고 가만있었다 하더라도 수속이 모두 갖추어졌기 때문에 그녀는 그 청에 대해 분명하게 대답한 적이 없었다. 그들이 단둘이 있을 때면 언제고 그 청원은 마치 시선처럼 남자에게서 그녀에게로 왔다.

그러나 오늘 저녁 그녀는 거기서 비롯될 물질적 이득에도 불구하고, 그것을 떠나 자신의 순결한 영혼 속에서 동의를 하고 결정을 내리려는 게 아니었을까? 곧 알 수 있을 그 결심을. 남자에게 굴복하고, 그에게 그 초라한 접근을 허용하기 위해.

"말하구려." 남자가 웅얼거린다.

우리는 그녀의 입을 바라보았다……. 그녀는 벌써 거의 웃음을 띠었다. 그 입은 제단처럼, 신의 모습처럼 기도하고, 저녁의 모든 아름다움과 동시에 오직 그녀에게로만 쏟아지는 소망들처럼 가치가 있었다.

빈사 상태에 있는 남자는 승낙의 시간이 다가온 것을 느끼며 중얼거렸다.

"나는 삶을 사랑하오⋯⋯." 그는 머리를 끄덕거렸다. "내게 남은 시간은 아주 조금밖에 안 되오. 그래서 이제 나는 밤에도 잠들고 싶지 않소."

그런 다음 그는 그녀가 하는 말을 듣기 위해 입을 다물었다.

그녀는 말했다. "좋아요"라고. 그리고 자기의 손으로 노인의 손을 살짝 만졌다.

그런데 나도 모르게 나의 무정한 주의력은, 그녀의 그러한 몸짓에서 연극적인 장중함과 자기 자신을 의식하는 위대한 힘의 흔적을 확인했다. 비록 성실하고 순결하며 어떤 저의가 없다 하더라도 그 희생이 오만스러운 영예의 냄새를 풍기는 것을 보고야 말았다. 모든 것이 내게 보인다.

* * *

호텔 안에서는 모두들 그 외국인에 관해서만 이야기를 한다. 그들은 세 개의 방을 차지했으며, 꽤 많은 짐을 가져왔다는 것이다. 비록 아주 검소한 취향인 듯하지만 남자는 아주 부자 같아 보인다. 그들은 젊은 여인이 해산할 때까지 파리에 머무를 예정이다. 젊은 여인은 한 달 후에 어머니가 될 것인데 이 동네에 있는 산실에서 몸

181

을 풀 터이다. 그런데 사람들 말로는 남자의 병이 아주 중하다고들 한다. 르메르시에 부인은 그 때문에 아주 지독하게 난처해한다. 그녀는 그가 자기 집에서 죽을까 봐 두려워한다……. 그렇다면 그녀는 몹시도 창피해할 것이다. 방 계약은 편지로 이루어졌고, 만일 그렇지 않았더라면, 그들의 재산이 그녀에게 알려졌다 하더라도 그들을 받아들이지 않았을 것이다. 르메르시에 부인은 그 남자가 떠날 때까지 죽지 않기를 바란다. 그러나 겉으로는 사뭇 무관심한 태도를 취했다.

……다시 그를 보고는, 실제로 그가 곧 죽으리라는 생각이 들었다. 그는 쇠약해져서 팔꿈치를 안락의자 팔걸이에 올려놓고 손을 내려뜨린 채다. 힘들여 눈을 간신히 뜨고 있다. 고개를 숙이고 있기 때문에 창에서 들어오는 빛이 그의 눈동자를 밝히는 게 아니라 아래 눈꺼풀의 가장자리를 비추어 그의 모습은 뜯어먹힌 듯했다. 그를 보자 그 시인이 전에 말한 것에 대한 기억으로 나는 부르르 떨었다. 그는 무서운 위엄으로 자기의 거의 모든 생을 끝맺고 지배한다. 그 앞에서는 신조차도 무력해지는 아름다움을 그는 띠었다.

10

그는 음악에 관해 이야기하고 있었다.

"왜, 사람은 운율에 사로잡히는 것일까? 무질서한 자연 가운데서 인간의 창조라는 것은, 그것이 표현되는 곳에서는 어디서든지 질서 정연함과 단조로움이라는 대원칙을 내세우오. 인간의 작품은 무엇이든 간에 그 엄중한 법칙을 따르는 데서만 확고한 방식으로 올라가고 확립되오. 이 준엄한 힘이 도로와 계곡을 구분하고 소음의 산에서 똑같은 크기의 계단을 가진 층계를 따라 올라가는 것이오. 무질서는 영혼이 없고, 질서는 생각하는 힘을 가졌기 때문이오."

그리고 그는 통일의 균형과 조화에 관해 이야기했다. 나는 이야기의 몇 부분밖에 듣지 못했다. 마치 바람이 돌발적으로 시골과 거대한 바다의 냄새를 실어오듯이.

누군가 문을 두드렸다.

의사가 올 시간이었다. 그는 그 선생 앞에 굴복되고 힘이 빠져서는 비틀거리며 일어섰다.

"어제는 어땠습니까?"

"좋지 않았습니다." 병자가 말했다.

"자, 자!" 새로 들어온 의사가 조용히 말했다.

사람들은 그들 둘만 있도록 남겨놓았다. 그 남자는 천천히 우스 꽝스럽고 서투른 태도로 다시 앉았다. 의사는 나와 병자 사이에 서 있다. 그에게 묻는다.

"그런데, 이 심장은?"

내게는 비극적으로 보이는 본능에 따라 그들 두 사람은 음성을 낮추었다. 그리고 그러한 낮은 음성으로 병자는 그날 낮 동안의 용 태를 매일같이 오는 그 의사에게 고백하는 것이다.

그 과학자는 귀 기울여 듣고 이야기 도중 참견하고 그렇다는 듯 이 머리를 끄덕거린다. 의사는 변함없는 버릇으로 똑같은 제스처를 크게 써가며 이미 한 번 내뱉었던 진부하고 확신을 주는 감탄사를 큰 소리로 반복함으로써 병자의 고백을 끝맺게 한다.

"자, 자, 뭐 별달리 새로운 증상은 없군요……."

의사는 자리를 옮겼다. 그리고 나는 환자를 보았다. 자기 병의 침울한 신비에 관해 이야기를 했다는 데에 온통 흥분되어 안색은 초췌하고 눈빛은 날카롭다.

병자는 좀 마음이 진정되어, 의자에 반듯이 앉아 있는 호인 같은 표정의 의사에게 말을 건넨다. 몇 가지 이야깃거리를 늘어놓기 시 작하다가, 자기도 모르는 사이에 그는 병에 대한 저주처럼 자기가 앓고 있는 그 불길한 이야기로 되돌아온다. 즉 자기의 병에 대한 이 야기로.

"이 무슨 창피스러운 일인가!" 그가 말한다.

184

"흐음!" 싫증이 나서 의사가 소리를 낸다. 그러고 나서 일어선다.

"자! 내일 봅시다."

"네, 또 진찰 때에 봅시다."

"그게 그거요. 자 그럼 안녕히 계십시오."

의사는 피 묻은 기억들과 함께 가벼운 발걸음으로 가버린다. 더이상 그 비참한 모든 부담에 대한 중압감을 느끼지 않으며.

* * *

분명 진찰이 방금 끝났다. 문이 열려 있었다. 의사 둘이 들어왔다. 그들은 태도가 거북해 보였다. 그들은 서 있었다. 하나는 청년이고 하나는 노인이었다.

그들은 서로 마주 보았다. 그들의 눈에 담긴 침묵과 머릿속 어둠을 나는 꿰뚫어보려고 했다. 나이가 많은 의사는 수염을 쓰다듬으며, 벽난로에 등을 기대고 땅을 내려다보았다. 그의 입에서 이런 말이 떨어졌다.

"치명적이군……. 그리고."

그는 목소리를 낮추어 말했다. 병자에게 들릴까 두려워서이고 또 죽음에 대한 선고가 가져오는 장중한 기분 때문이기도 했다.

젊은 의사는 머리를 끄덕거렸다―동의하는 뜻으로 무슨 공모를 하는 듯싶었다. 잘못을 저지른 두 어린애처럼 그들 두 사람은 입을 다물었다. 다시금 그들의 시선이 마주쳤다.

"몇 살이죠?"

"쉰세 살."

젊은 의사가 말했다.

"그렇게까지 끌어왔다니 운이 좋군요."

그 말에 늙은 의사는 철학적으로 반박했다.

"운이 좋았지. 그러나 이젠 그도 더 이상 살지는 못해."

* * *

침묵이 깔렸다. 잿빛 수염의 남자가 웅얼거렸다.

"촉진(觸診)을 할 때, 바로 경동맥 밑에서 종양이 느껴지더군."

그는 자기의 손가락을 목에 가져다 댄다.

"그게 거기에 웅크리고 있는 걸 확인했어."

젊은 의사는 또 머리를 끄덕였다―방에 들어와서부터 그의 머리는 끊임없는 고갯짓으로 활기 있어 보였다―그리고 그는 중얼거렸다.

"오래…… 수술할 수도 없어요."

"물론." 일종의 험상궂은 야유로 눈을 번들거리며 그 노의사가 말했다. "그걸 떼어낼 수 있는 수술이라면 딱 한 가지가 있지. 단두대 말이야! 게다가 종양은 지금 한창 퍼져나가고 있어. 아래턱과 빗장뼈 밑과 겨드랑이 밑의 신경절에도 새로 종양이 나타났거든. 무섭게 번지고 있어. 호흡과 순환과 소화의 세 기관이 곧 막힐 것이고, 곧 질식하게 될 거야."

그는 한숨을 내쉬었다. 불이 붙지 않은 여송연을 입에 물고, 굳은 표정을 한 그는 팔짱을 끼고 가만히 있었다. 젊은 의사는 의자에 앉아 등을 뒤로 기대고, 무력한 손가락으로 벽난로의 대리석을 탁 탁 치고 있었다. 둘 중의 누군가가 말했다.

"누가 이런 걸 보게 된다면, 현기증을 일으키면서, 암(癌)이 제 자리를 찾았다고 생각하겠지!"

* * *

"선생님, 그 젊은 부인에겐 뭐라고 대답해야 할까요?"

"부드러운 태도로 병이 중하다고, 아주 중하다고 말하게. 자연의 무한한 힘을 내세우는 거야."

"그 말은 알고 있습니다……."

"좋지." 늙은 의사가 말한다.

"만일 그녀가 고집을 부려, 알려고 하면요?"

"아무 대답도 하지 말고, 고개를 돌려버리는 거야……."

"그녀에게 조금도 희망을 주어서는 안 돼요. 그녀는 너무 젊어 요!"

"그렇지, 그녀가 공연한 희망을 점점 너무 키울 테니까. 여보게, 그런 쓸데없는 것까지 지껄여서는 안 돼, 오히려 무능력하다고 우 리들을 비난하고 미워하게 할 뿐이야."

"그런데 저 노인은 알고 있나요?"

"모르겠어. 진찰하는 동안―자네도 들었지―그의 대답을 통해 서 알아보려고 애썼네. 언젠가는 그가 아무것도 근심하지 않고 있 다고 믿었었지. 그런데 다음번엔, 내가 아는 것만큼 그도 자기 자신 에 대해 알고 있는 것처럼 보이더군."

* * *

　다시금 그들은 얼마 동안, 아무 말 없이 있었다. 그 두 의사는 말하기 위해서보다는 오히려 침묵하기 위해 여기 온 것 같았다. 그들은 거의 움직이지도 않고 겨우 몇 마디만 그것도 조심스레 주고받았다.

　그러고 나서 다시 한 번 그 추한 상처를 살펴보고는 좀 더 보편적이고 좀 더 중대한 생각을 하기에 이르렀다. 그들의 머릿속에서 번지던 생각을 나는 예감했다. 결국 한 구절이 떠올랐던 것이다.

　'그건 마치 어린애처럼 자라고 있다.'

* * *

　그 노의사가 말했다.

　"어린애같이, 랑스로가 말한 것처럼, 그 병균은 정충이 움직이듯이 세포를 자극하는 거야. 그건 인체 조직에 파고들어, 적당한 곳을 골라서 스며들고, 조직을 심하게 뒤흔들고 거기에다 전혀 다른 생명을 주는 미생물이지. 그러나 세포 내의 이러한 활동의 자극 원인이, 정상적인 생명의 씨앗이 아니라 하나의 기생충인 거야.

　병의 원인이 어떤 성질이든 간에, 또 그것이 새로운 세균이거나, 아직도 눈에 보이지 않는 코흐의 세균 포자거나 아니면 또 다른 무엇이라 할지라도—암의 기생 조직은 언제나 태아 조직의 시초와 똑같이 성장하지.

　그러나 태아의 성장은 한도가 있네. 자궁 속에서 포피(包皮)에

188

싸여 있는 태아 덩어리가 말하자면 성숙해져 성인이 되는 때가 있지. 태아는 클로드 베르나르가 박학한 전문 용어로 '한계'라고 부르는 표면막을 형성한다네. 태아는 다 자라서 출생하게 되지.

그런데 그 암 조직은 한도가 없네. 성숙해서 끝장을 보는 게 아니라 끊임없이 계속하지. 그 종기(잘 알겠지만), 나는 '선량한 성질의 종기'인 섬유종과 근종과 간단한 암들에 관해서 말하는 건 아닐세. 그 종기는 언제까지나 태아의 상태로 남아 있네. 암은 조화를 이루는 완전한 방향으로 발전하는 게 아니지. 암은 어떤 형태를 이루지 못하고 퍼져나가기만 할 뿐이지. 일단 뿌리를 뽑아버려도 다시 번식하기 시작하네. 최소한 95퍼센트의 비율로 말이네. 일정한 형태를 이루거나, 밖으로 나오지 않는 그 살덩어리를 옆에 둔 우리 육체가 어떻게 되겠나? 우리의 혈관 속에, 우리의 온갖 기관 속에 골격과 다른 모든 조직을 통해 용해되지도 않고 끝없는 덩어리를 박아 넣는 그 무질서한 성장으로 인해 그토록 섬세하고 연약한 세포의 균형은 어떻게 되겠는가! 맞네, 암이란 엄격한 의미에서 우리의 인체 조직 중에 가장 무서운 무한성(無限性)을 갖고 있다네."

젊은 의사도 그렇다는 듯이 고개를 끄덕거렸다. 그리고 어디서인지는 모르겠으나 무한이라는 생각과 상통할 만한 말을 찾으려는 듯이 깊이 생각하며 말했다.

"그건 마치 썩은 심장과 같아요."

* * *

이제 그들은 서로 얼굴을 마주 대고 앉아 있다. 자기들의 의자를

189

끌어당겼다.

"우리가 말한 것보다 더 나쁘군요." 두 사람 가운데서 젊은 사람이 억제되고 수줍은 목소리로 다시 말했다.

"그래, 그래." 노의사가 머리를 끄덕거려 대답했다.

"우리는 신비스럽게도 어느 국부에 일어난 병을 취급하고 있는 게 아닙니다. 문제는 보통 사람들이 생각하듯이 인체 내부에 일어난 불길한 것이 아닌 거죠. 암은 전염성이 있는 것도 아닙니다. 우리들이 지금 다루는 것은 인간이 갖는 병의 기본적인 형태의 하나이고, 쇠약한 환자들이 겪는 극심하고 급속한 병리학적인 상태입니다.

그러한 병을 만들고 명확하게 드러내는 일반적인 상태가 문제죠. 그러한 해를 불러온 것이 환자 자신이라고 말할 수도 있겠죠. 환자의 인체 조직이 그 병을 '바라고' 있는 거죠!

병균! 경우에 따라 변하고, 알맞은 국부 조직 내에 여러 가지 잡다한 병을 번식시키는 그 균은 분명 하나일는지도 모르죠. 세균학은 아직도 초보 단계에 있어요. 세균학이 더 발전한다면 그건 아마 우리들에게 새로운 세균학을 가르쳐주겠죠. 그것이 뭔지는 모르지만 현대 의학의 위대성보다도 한결 더 비극적인 무언가를 안겨줄 것입니다. 저로서는 병균의 단일성을 믿고 있어요."

"그 학설이 요즈음 유행이지." 늙은 의사가 말했다.

"여하튼 그 학설엔 마음이 끌려. 그런데 알아두어야 할 것은 의학이나 화학이나 물리학이나 모두가 차츰 깊이 연구됨에 따라 모든 방면에서 물질적인 요소와 힘의 단일성을 지향하고 있다는 걸세. 그러니까 비록 부인할 수 없는 증거는 없다 해도 자네가 말한 그 무

190

서운 단순화보다 더 확실한 게 뭐가 있겠나!"

"그렇습니다." 마치 깊은 생각에 잠긴 듯이 다른 의사가 낮게 대답했다. "모든 병은 다 똑같은 것으로 이루어져 있습니다. 눈에 보이지 않는 다 똑같은 생각이 우리들 모두를 죽음으로 이끄는 거죠."

"우리들 인간 모두에게는," 늙은 의사는 무거운 목소리로 소곤거리듯 말했다. "무(無)에 대해서와 마찬가지로 병에 대해서도 똑같은 형제 관계가 성립될 것 같군."

"죽음의 유일한 근원, 인간의 살 속에 끔찍한 수확물을 심는 무한하게 작은 그 근원은 지금껏 중성 생물로 여겨진 그 세균일 것입니다. 우리가 거의 보지 않고 그 곁을 지나온 박테리움 테르모 말입니다. 그 균은 대장 속에 넘쳐흐르고 건강한 사람에게도 무수하게 있습니다. 그놈이 바로 인산염의 토양에서는 금빛 포도상 구균이 되고, 인체 곳곳을 괴롭히는 온갖 부스럼과 혹의 원인이 됩니다. 그게 소장 속에서는 에베르트 균이 되고 티푸스 농포를 만드는 놈입니다……."

지금까지 인간에 의해 정복된 적의 이름이 나열되면서부터 그 과학자도 한결 더 익숙하고 사려 깊은 표정을 띠었다.

"그놈은 인산염이 없는 토양에서는 코흐 균이 될 것입니다."

* * *

"코흐 균은 폐나 후두나 장이나 뼛속에서 비단 결핵 증세만을 일으키는 게 아닙니다. 랑두지는 늑막염에서 뽑은 액체 속에서 그걸 발견했고, 퀴스는 농창에서 그걸 알아냈습니다."

"게다가," 엄숙한 시선의 늙은 의사가 주의를 집중하며 참견했다. "결핵을 일으키는 무한하고 잡다한 병독을 전부 조사하지 않았나?"

"폐에서 예를 들어보죠―왜냐하면 사실 성인은 언제고 폐가 공격을 받으니까요. 그 균의 출현이 결핵증을 일으킵니다. 결핵성의 그 작은 종기들이 맥관의 발작 때문에 회저를 일으키고 그로 인한 열과 가래가 기관지의 파괴를 초래하고 질식사를 일으킵니다. 결절이 조직 신생에 가장 중요한 것이죠. 코흐 균은 네오포르만스(neoformans)고, 새로운 병의 원인이 되는 놈입니다. 게다가 모든 인체 기관에 있는 모든 미생물은 네오포르만스죠. 바로 여기에서 창조력에 있어 일종의 시적인 형용사보다 과학의 경계가 더 떨어지죠. 결절은 수없이 증가하지만 커지지 않고 작습니다. 이 때문에 비르코브는 그걸 빈약한 종창이라고 불렀습니다."

* * *

"그러나 체온이 낮고 신경이 쇠약한 관절염 환자에게서는 그 병균이 결핵증을 일으키지는 않습니다. 이 균은 유관(乳管)을 통해 펩톤과 함께 혈관 속으로 들어갑니다. 혈액은 글리코겐으로 충만되고 정맥의 울혈은 고열로도 더 이상 소비되지 않는 인체의 당분을 선상(腺上)이나 가성 조직의 해부학적 구성 요소 위에 다량으로 침전시킵니다. 그때 대종창이라고 부를 수도 있는 것이 저온에서 성장하죠. 많은 결절 대신에 자라서 커지는 것은 그중의 하나뿐입니다. 그게 곧 온갖 형태, 온갖 명칭으로 나타나는 암입니다. 예컨대, 육종이라든지 암종, 상피종창. 경성암 또는 임파선염 따위들입니다. 따라서 암이란 쇠약해지고 열이 낮은 성인 관절염 환자에게서 일어나는 글리코겐 퇴적에서 생기는 통일되지 않은 산물이죠."

"그래, 그래." 늙은 의사의 말이다. "그렇기도 하겠네. 하지만 그런 증거는? 훌륭한 이론이긴 하지만 실제적인 어떤 확증이라도 있나? 여하튼 결핵과 종창 사이에는 형태학적인 상위성이 있으니 말일세."

그는 빈정거리며 반대하는 듯한 태도를 취해 이제라도 일어서서 자신의 학식과 경험을 끌어낼 듯이 보였다.

"만일 우리가 상당량의 종창 종기를 검사한다면," 상대방이 대답했다. "종창을 만들어내는 원인의 온도에 종창의 수는 정비례하고 종창의 용량은 반비례한다는 것을 확인하게 될 것입니다."

젊은 의사는 머릿속으로 여러 사실과 숫자들을 생각하고 있었다. 그러고는 무기처럼 그것들을 앞으로 내던졌다. 자기의 단일성이라는 거대한 사상을 옹호하기 위해 완벽하게 설명하는 열성에 흥분해 있었다. 단일성에 대한 생각은 온 인류를 동시에 극화(劇化)시키는 것이었다.

"44도와 45도 사이에서 거의 현미경적이고 무수한 그의 종창들과 함께 새〔鳥〕 결핵은 발전합니다. 40도와 41도 사이에서는 조 알맹이 크기의 것이 생기기 때문에 소위 속립상 결핵이라고도 불리는 것이 생깁니다. 39도와 40도 사이에서는 세립상 결핵, 38도와 39도 사이엔 편두상 결핵, 37도부터 38도 사이엔 표피의 대신경절에 완만한 결핵이 생기고, 37도에서는 아주 큰 신경절 종창이 생기는데,

이건 저온 농창이 됩니다. (이 범주에 들어가는 것으로는 허리 관절염, 백종창 포드 씨 병들이죠.) 그리고 36도 5부에서는 빈우(牝牛) 대 종창이 생깁니다. 28도에서는 듀발이 말한 어복(魚腹) 모양을 변하게 하는 우툴두툴하고 침침한 큰 종창들을 볼 수 있습니다."

그런 예들을 주워섬기고 나서 말을 멈추더니 다시 계속했다.

"실험적으로 한 병을 다른 곳에서 내공(內功)시킬 수도 있습니다. 토끼를 한 마리 잡아 결핵종을 접종시킵니다. 그 토끼가 쇠약해지는 뚜렷한 기미가 나타나면 마지막 경추골과 제1흉추골을 수평으로 신속히 절단하여 토끼를 냉혈 동물로 만듭니다. 만일 이 토끼가 마비되어 죽지 않는다면 곧 복부나 한 관절에 암과 같은 모양과 증상을 나타내는 큼직한 종창을 보게 될 겁니다."

그는 나이 든 동료를 바라보았다.

나는 드 베케르가 한 말이 생각났다. '우리는 결핵과 동시에 암종의 경과를 관찰했습니다. 온도가 38도 이상임에 따라 결핵이 뚜렷이 나타나고 진행했으며 그때부터 암은 더 이상 자라지 못하고 말라버리는 것을 언제나 보았습니다. 일반적으로 그 병의 상태를 지배하는 것은 결핵입니다.'

"인체 내 당분의 형성과 분비는 모두 여기에서 일어납니다. 그 분비는 결핵 환자의 체내에 서서히 당분을 연소시키는 체열에 의해 결정됩니다. 암 환자에게선 열이 없어지면서 글리코겐이 누적되죠. 암은 당분성입니다. 드 베케르는 암종이 국부에 일어나는 일종의 당뇨병으로 변하는 과정을 밝혀냈습니다.

암에서 나온 액체로 고급 샴페인 같은 것을 만듦으로써 당분의

194

존재를 증명했습니다. 저도 그 실험을 해보았습니다. 파리의 여러 병원에서 이틀 동안 한 여러 수술에서 얻어낸 암 물질을 10킬로그램 구했습니다. 압착기로 누른 그 덩어리에서 저는 불투명하고 악취 나는 액체를 2리터 반이나 받아냈습니다. 그런데 그 액체는 가장 심한 당뇨병 환자의 소변보다도 더 많은 당분을 함유하고 있습니다. 거기다 효소를 집어넣었더니, 그 액체는 활발하고 아주 향기롭게 발효하더군요. 주정 비중계는 6도를 나타내고 증류기에선 60도짜리 알코올이 나왔습니다. 거기서 저는 실험실의 그 고급 샴페인을 얻어낸 것입니다.

따라서 그와 같은 병원균의 침입을 받고 정복을 당하면 사람은 자기 체온에 따라 변태를 일으킵니다. 소모량이 섭취량보다 더 많은 고온의 쇠약한 병자는 결핵증―작은 종창―을 일으키고, 소비량보다 섭취량이 많은 저온의 관절염 환자는 암―큰 종창―을 일으킵니다.

이 두 병은 때때로 병자를 교환하기도 합니다. 대부분의 암 환자는 병이 치료되고 저온이 된 결핵 환자들입니다. 듀발이 그걸 처음으로 알아냈죠. 어떤 사람들에겐 도움이 되는 것이(글리코겐이 풍부하거나 아니면 과도 식이요법) 어떤 사람들에겐 큰 위험이 되는 것이죠."

늙은 의사가 의견을 말했다. 그리고 다시 주의를 기울여 열심히 들었다. 그러나 자기 생각에 빠져 무표정이었다.

젊은 의사는 잠시 말을 멈췄다가 다시 말하기 시작했다.

"마음 약해지지 말고 우리는 진실을 직시해야 합니다. (우리는,

우리는 그러기 위해 태어난 것입니다!) 그리고 결핵의 치료를 위해서 그 신비스럽고 무서운 문 열기를 두려워해서는 안 됩니다."

"여하튼," 그 늙은 의사가 말했다. "자네가 그 두 병 사이에서 발견했다고 생각하는 유사성과 역관계는 어느 정도까지는 숫자로 표시되었네. 그 두 통계가 서로 관련이 있고 일체를 이룬다는 사실이 드러났지. 파리에는 결핵 환자와 암 환자의 비율이 4 대 1이지. 만일 매주 이 도시에서 260명의 결핵 환자가 사망한다면 암 환자의 사망 수는 65명이 되네. 프랑스 전체로 보면 매년 결핵으로 사망한 사람이 18만 명에 대해 암 희생자는 3만 6천 명에 해당되지. 5 대 1이야. 매일 500명의 프랑스인이 결핵으로 사망하고, 암으로 매일 100명이 죽고 있네. 내일은 또 얼마나 죽을지!"

또렷한 의식과 헛된 기도에 차서 차갑고 총명한 눈을 든 젊은 의사가 말했다.

"우리는 다만 베일의 한 귀퉁이만 열어젖혔고, 단지 진실의 일부만 드러냈을 뿐입니다……."

"그러네, 진실은 사실 그보다 더욱 크지." 늙은 의사가 말했다. "암의 피해가 날마다 증가하고 있네. 의심할 여지없이 현대 생활은 병을 받아들이기에 아주 적당한 조건들을 증가시키고 있지.

대개의 상황이 숙명적인 상해를 유발시키고 있어. 다시 말하지만 병을 고치지 못하는 것은 병자 자신 때문이야. 병자가 자신을 병에다 내맡기고 다시 병에 걸린다면 유해한 덩어리를 잘라내어 병을 국소적으로 치료해봤자 그게 무슨 소용이 있겠나? 그저 우리는 수수방관하고 병자가 하는 짓을 볼 수밖에 없잖나! 우리가 결핵증을 하나도 없이 떼어버린 결핵 환자는, 결국 재발할 수밖에 없는 수술을 받은 사람이 되는 게 아니겠나. 따라서 절개한다는 것도 악성 종창에 대한 충분한 방어 방법이 되지는 못하네. 게다가 사실은 이렇네. 뼈를 수술 받은 100명의 암 환자 가운데 재발한 사람이 92명이고 위암도 96명, 직장암은 98명에게, 설암은 (그는 머리로 문을 가리켰다.) 99명에게 재발했네."

그 마지막 말을 하면서 그는 벽난로 위에서 편지 한 장과 가위를 들어 기계적으로 그 종이를 자르고 있었다. 갑자기 막연한 자기 행동을 깨닫고는 그 두 가지 물체를 던져버렸다. 그는 다시 말했다.

"이제 젊은이들이 그 병에 걸리기 시작하네⋯⋯(아! 눈이 맑고 한쪽 가슴이 커다랗게 붉고 보랏빛을 띤 잔인한 모습이 떠오르네!⋯⋯) 암은 한 사람의 체내에 퍼지듯 인류 전체에 퍼지고 있네. 만일 암을 정지시키지 않는다면."

아까도 그의 목소리에서 들었던 그 음울한 빈정거림이 섞인 어조로 그는 덧붙였다.

"태양의 소멸로 이 세계가 멸망할지 어떨지를 자문할 필요도 없어질 걸세."

"보다 거창한 이 살아 있는 두 재난의 엄청난 혈족 관계에," 두 손을 이마에 가져다 대며 청년 학자가 말했다. "또 다른 어떤 혈족 관계와 결합될는지요? 매독에 대해선 말하지 않았습니다. 또 어떤 병들이 있을지? 여기서 앞으로 계속할 연구는 저를 어디로 이끌어 가며 무엇에다 처형시킬까요? 인체의 온갖 썩은 부분과 인간 비극의 병적인 면과 실제로 인류가 몰락하고 있는 온갖 비탄을 얼핏이

나마 보고 나면, 인간의 다른 여러 가지 참극에 관해 말할 용기가 날지 어떨지 생각지도 못할 것입니다!"

그리고 그 말을 한 다음 그는 병자의 손처럼 일종의 숭고한 감염에 의해 부르르 떨리는 손을 펴며 덧붙여 말했다.

"아마 결국 인간은 인간의 병을 전부 고치게 될 것입니다. 모든 게 다 달라지겠죠. 지금으로선 막아낼 수 없는 것을 모면하는 데 적절한 섭생법(攝生法)을 찾을 것입니다. 그리고 그때는 모두 것을 밝혀내어 지금은 치료할 수도 없는 점점 더 커가는 병들의 모든 살육에 대해 말할 수 있을 것입니다. 아마 지금도 치료할 수 없는 어떤 질환들을 고치고는 있을 것입니다. 현재의 치료 방법들은 자신들을 증명할 시간이 없었던 것이죠. 다른 사람들은 다 치료될 것입니다—이건 확실합니다—그러나 저분, 저분을 고쳐드리진 못할 것입니다."

본능적으로 그의 두 팔은 밑으로 처졌다. 그의 목소리는 비탄의 침묵 속에서 중단되었다.

그 환자는 성스러운 위대함을 지니고 있었다. 두 의사가 거기 왔을 때부터 그들의 존재에도 불구하고 환자는 이야기를 지배하고 있었다. 그리고 의사들이 그 의문을 일반화시킨 것이라면 그건 아마 자신들이 처한 특수 상황에서 벗어나기 위해서였으리라⋯⋯.

* * *

"러시아 사람입니까, 그리스 사람입니까?"

"모르겠네, 난, 인간의 내면을 보기 때문에, 그들이 모두 똑같게

만 보이네!"

"서로 닮지 않고 적들이라고 주장하는 그 추한 면에서 특히 인간은 서로 비슷합니다!" 다른 사람이 이렇게 말했다.

그 말을 하는 사람은 마치 그 생각이 자기 속에 어떤 격정을 깨워놓기라도 했듯이 부르르 떠는 것 같았다. 그는 분노에 차서 태도를 돌변하며 일어났다.

"아!" 그가 말했다. "인류가 만들어내는 광경은 얼마나 수치스러운가! 인류는 끔찍한 병을 지니고 있으면서도 자신에 대해 끈질기게 집착합니다. 몸을 굽혀 그 생채기들을 들여다보는 우리는, 인간이 스스로 만들어내는 모든 병에 걸린 다른 사람들보다 더욱 심하죠. 저는 정치가도 투사도 아닙니다. 사회 문제에 몰두하는 것도 제 일이 아니죠. 다른 면에서 저는 해야 할 일이 꽤 많습니다. 하지만 저는 몽상을 하듯 때때로 크게 동정을 합니다. 가끔 저는 사람들을 벌주고 싶기도 하고 탄원해보고 싶기도 합니다!"

늙은 의사는 그 격렬함에 우울한 미소를 흘렸다. 그러나 그처럼 뚜렷하고 부인할 여지없는 치욕의 면전에서 그의 웃음이 사라졌다.

"그건 사실이야, 슬프게도! 이토록 비참한 우리들 인간은 자신들의 손으로 아직도 서로 찢어대고 있네! 전쟁, 전쟁……. 멀리서 우리를 바라볼 사람에게 그리고 위에서 우리를 보고 있는 이에게 우리는 야만인이고 광인이지."

"왜, 왜!" 점점 불안이 커져가는 젊은 의사가 말했다. "왜 우리는 우리의 광란을 알면서도 광인으로 있어야 합니까?"

늙은 의사가 어깨를 들썩했다―아까 병에 관해 이야기할 때에도 그가 얼마간 하던 제스처다.

"우리들 스스로 선동해온 전통의 힘이지……. 우리는 자유롭지 못하네. 우리는 과거에 매여 있는 거지, 언제고 과거에 있었던 일을 듣고 반복하는 걸세. 그게 전쟁이고 부정이란 것일세. 아마 어느 날엔가는 인류가 과거에 대한 집착에서 벗어나게 될 걸세. 무한한 살육과 비극의 시대에서 벗어나길 기원해보세. 그걸 소망하는 것 말고 우리가 할 수 있는 게 무엇이 더 있겠나?"

여기서 노의사는 말을 그쳤다. 청년이 말했다.

"의지."

늙은 의사는 어떤 손짓을 했다.

청년이 외쳤다.

"세계의 궤양, 여기엔 보편적인 큰 원인이 있습니다. 선생님께서도 그걸 말씀하셨죠. 이성과 정신이 가르치는 데 따라 모든 것을 깨끗이 고쳐가는 걸, 과거에 대한 굴종과 몇 세기째 내려오는 편견이 방해하고 있다는 것입니다. 전통 정신이 인류를 부패시키고 있습니다. 그리고 무서운 선언을 한 그 두 이름은……."

노인은 벌써 질책하는 듯한 태도를 취하면서 의자에서 일어났다. 마치 젊은 의사에게 '그 말은 말게!'라고 말하려는 듯이.

그러나 젊은 의사는 참지 못하고 말했다.

"그건 소유권과 조국입니다." 그가 말했다.

* * *

"쉿!" 나이 든 의사가 외쳤다. "이 점에서 나는 자네의 의견을 따르지 않네. 현재의 병독은 인정하지. 나 자신도 성심으로 신기원이 이루어지길 바라고 있어. 나는 내가 생각하는 그 이상으로 그걸 바라네. 하지만 그 빌어먹을 두 원칙에 관해선 그런 투로 이야기하진 말게!"

"아!" 청년은 역겹다는 듯 말했다. "선생님도 잘 아시다시피 병독의 근원으로 파고들어가야 합니다. 선생님은…… (격렬하게) 왜 마치 그걸 모르는 것처럼 행동하십니까?…… 만일 압제와 전쟁을 바꾸고자 한다면, 필요한 모든 수단, 그 모든 수단을 이용해 사유재산의 원칙과 조국 예찬을 공격하는 것이 옳습니다."

"아닐세, 그건 옳지 않네!" 아주 흥분되어 일어서 있던 노의사가 말했다. 그는 상대방을 무섭고도 거친 눈초리로 쏘아보았다.

"옳아요." 젊은 의사가 소리쳤다.

갑자기, 회색 머리를 숙이더니, 노의사가 낮은 목소리로 말했다.

"그래, 정말로 그게 옳네……! 전쟁의 어느 날이 떠오르는군, 우리는 한 죽어가는 사람 둘레에 모여 있었지. 아무도 그가 누군지 알아보지 못했네. 그 사내는 폭격당한 야전 병원의 잔해들 속에서 발견됐었네. (병원을 폭격한 것이 고의든 아니든 간에, 그건 엄밀하게 말하면 결국 똑같은 거지.) 그 사내의 얼굴은 훼손되어 있었네, 그가 누군지는 아무도 알 수 없었네.

말할 수 있는 거라곤 고작 그가 양편 군대의 어느 쪽엔가 소속되어 있다는 것뿐이었지. 그는 신음하고 울고 으르렁거리고 할 수 있는 모든 무서운 고함을 다 지르고 있었네. 그가 지르는 단말마 속에서 최소한 그의 국적이라도 전해줄 수 있을 한마디 말, 어떤 억양이

201

라도 알아내려고 애썼지. 하지만 알아낼 수 없었네. 들것 위에서 꿈틀거리던 그 사람 모양의 얼굴에서 새어나오는 소리에서 똑똑히 알아들을 수 있는 것은 아무것도 없었네. 그가 잠잠해질 때까지 우리는 눈으로 그를 뒤쫓았고, 귀 기울여 그의 소리를 들었지. 그가 죽고 그래서 우리의 떨림도 멈췄을 때 한순간 나는 깨달았네. 그 사람이 자신의 막연한 동포들보다도 인간에 더욱 뿌리박혀 있다는 걸 나는 가슴 깊이 깨달았네. 군대에 대한 모든 증오와 반항의 소리들, 군기(軍旗)에 대한 온갖 모욕, 비애국적인 모든 호소가 이상과 미(美) 속에서 울려나온다는 것을 나는 깨달았네.

그래, 옳아, 자네 말이 옳네! 그래서 그날 이후 몇 번이나 나에겐 진리에 도달할 기회가 주어졌었지. 그러나 자네는 무얼 바라나……. 나, 나는 늙고, 그 진리를 수호할 힘이 없다네."

"선생님!" 존경을 담은 감동된 어조로 젊은 의사는 낮게 말했다.

노학자는 진지한 태도를 나타내는 데 흥분되고, 진리에 도취해 말을 계속했다.

"그래, 알아, 알지, 알고 있어, 잘 듣게! 이론(異論)이 분분하고 특수한 경우가 착잡할 정도로 많아서 혼란해지기는 하지만 부유한 사람과 빈곤한 사람을 만들어내고, 사회의 만성적인 불평등을 조성하는 법칙은 옛날의 노예제도를 만들어냈던 부정에 못지않게 엄청나게 큰 부정이라는 걸 나는 알고 있네. 그리고 애국심이라는 건 한낱 편협하고 공격적인 감정으로서 그게 존속하는 한 무서운 전쟁과 세계의 피로가 점점 커지리라는 걸 나는 알고 있어. 노동이나 물질적 정신적 번영이 경쟁심을 필요로 하는 것은 아닐세—이 모든 것은 오히려 무력에 의해 짓눌린다는 것도 알고 있다네. 한 국가의 지도는 인습적인 획과 어울리지 않는 이름들로 이룩되고 있으며, 천부의 자기애(自己愛)는 지리적으로 같은 어느 집단을 구성하는 사람들에게보다는 인간 자체에 더욱 우리를 접근시키지. 길거리에서 만나는 사람들보다는 우리를 이해하고 사랑해주는 사람들, 우리의 영혼과 같은 수준의 사람들, 똑같은 노예적 역경에 괴로움을 당하는 사람들이 오히려 더 우리의 동포라는 것도 알고 있네……. 여하튼, 현대 세계의 단위인, 국민 집단들은 현재 눈에 보이는 그대로일세. 애국적 감정이 점점 기괴하게 커지는 변태적인 진보 때문에 인류는 자살로 죽어가고 있으며 현대는 단말마의 고통을 맛보고 있는 걸세."

그 두 사람은 똑같은 전망을 예감하고 동시에 말했다.

"이게 암이지, 암이야."

그 뚜렷한 사태에 사로잡혀 선생은 흥분하기 시작했다.

"압제의 사상에 대한 맹목적인 숭배를 기르고 퍼뜨린 사람들을 자손들이 준열하게 비판하리라는 것도 자네만큼은 나도 알고 있네. 과실에 대해서 그 과실을 신성시하는 예찬을 거부할 때부터 비로소 그 교정이 시작된다는 것도 알고 있네……. 반세기 동안, 사물의 면모를 바꾼 온갖 위대한 발견들에 몸을 기울여 들여다본 나로서는 사람들이 무언가를 시작할 때는 자기 자신에 반(反)해 존재하는 모든 것에 대해 적의를 품는다는 것도 알고 있어!

발전에 관해 '예전엔 나도 그걸 바랐었지. 그러나 지금은 원치 않네'라고 말하며 몇 년이나 몇 세기를 보내버린다는 게 악덕이라는 것도 알고 있고, 어떤 개혁을 완수하기 위해서 우주적인 동의가 필요하다면 우주 또한 가담한다는 것도 알고 있네! 알아, 알고 있어!

그러네……. 그러나 나! 너무나 많은 근심들이 나를 부르고, 너무나 많은 일들이 나를 억누르네. 그리고 방금 자네에게도 말했지만 나는 너무 늙었네. 그러한 사상들은 내겐 너무나 새로운 것들이지. 한 사람의 지성은 창조와 새로운 것에 관해 오직 일정량밖에는 실감하지 못하는 것일세. 그 분량이 다 소모됐을 때는 주위의 발전이 그 무엇이라도 그것을 촉진시켜볼 수 없는 것일세……. 나는 그 토론에 언변 좋게 과장할 능력이 없네. 논리적인 대담성도 없네. 여보게, 자네에게 고백하지만, 이제 나는 나를 정당화할 힘이 없네!"

* * *

"선생님." 상대방의 진솔함에 힘을 얻고 진지해진 청년은 비난의 어투로 말했다.

"애국 사상을 공공연하게 논박했던 사람들에 대해 선생님께서는 공개적으로 반대를 표명하셨죠! 사람들은 그 투사들에 대해 선생님의 이름이 갖는 중요성을 이용했습니다."

노의사가 다시 일어났다. 그의 얼굴은 벌게졌다.

"나는 이 나라가 위기에 빠지는 것을 용납하지 않네."

이제 나는 그를 알 수 없었다. 그는 자기의 위대한 사상에서 다시 멀어져버렸고 이미 그 사람이 아니었다. 그 때문에 나는 낙담했다.

젊은 의사가 중얼거렸다. "하지만 지금까지 선생님이 하신 말씀은……."

"그건 같은 게 아냐, 자네가 말하는 그 사람들은 우리에게 싸움을 걸어온 걸세. 그들은 스스로가 적이 된 것이고, 그래서 모든 박해를 미리 정당화시킨 셈이지."

"그들을 박해하는 사람들은 무지로 인해 죄를 짓고 있는 겁니다." 떨리는 음성으로 청년이 말했다. "그들은 뭇 사물이 창조되는 보다 높은 논리를 인정하지 않고 있습니다."

그는 동료 의사에게 아주 가까이 몸을 굽히고, 한결 더 단호한 어조로 물었다.

"지금 시작된 것이 어떻게 혁명적이 아니라고 말할 수 있겠습니까? 최초로 절규한 그들은 외롭습니다. 그리고 그들은 남들에게 이해받지 못하거나 배격당하고 있습니다―선생님도 방금 그걸 말씀하셨죠―그러나 후손들은 조국이라는 애매한 말을 회의한 사람들을 선구자적 희생물로 받아들이며 고마워할 것이고, 우리가 옳다고 인정한 선구자들과 비교할 것입니다!"

"결코 그렇지 않을 걸세!" 노인이 외쳤다.

그는 불안한 눈초리로 그 마지막 말을 들었다. 그의 이마는 고집과 초조감으로 주름이 져 있었고, 두 손은 증오심으로 꽉 쥐어져 경련하고 있었다.

* * *

늙은 의사는 다시 정신을 차렸다. "아냐, 그건 별개의 문제였네. 그리고 이따위 논쟁은 아무 소용도 없네. 그리고 모든 사람이 자신의 의무를 완수하길 기대하며, 그들도 자기들의 임무를 완수하는 게 더 가치 있는 일이었을 거야. 그러니 그 가엾은 여인에게 진실을 이야기하는 게 더 나을 것이었네."

"누가 우리에게 진실을 말해줄지, 우리에게!"

생각지도 않은 말이 터져 나왔다. 청년은 불안한 얼굴로 주저했고, 온갖 의미를 갖는 그 큰 절규가 입에서 터져나왔다.

"우리가 진실을 알고 있다고 생각하는 바에야 누가 그걸 말한들 무슨 소용이 있겠나!"

"아!" 나로서는 전혀 이해하지도 못하는 미지의 공포에 갑작스레 충격을 받은 청년은 말했다. 그 공포가 갑자기 그를 뒤흔든 듯했다. "제가 어떻게 죽게 될지 알고 싶군요!"

그는 두근거리며 말을 덧붙였다. 두근거리는 게 내게도 보였다.

"저는 확신하고 싶습니다."

저명한 그의 동료 의사는 놀라서 하던 동작을 멈추고 그를 바라보았다.

"자네를 불안하게 만드는 어떤 징후가 있나 보군?"

"저는 확신할 수가 없어요. 제가 보기엔…… 믿기지 않아요. 그러나……."

"우리 얘기에 관한 것인가?"

"오! 아니에요! 전혀 다른 일이에요." 청년은 딴 곳으로 몸을 돌리며 대답했다.

조금 전 어떤 열정 같은 것이 그를 변모시켰듯이 이제는 낙담한 기색이 또다시 그를 딴사람으로 만들었다.

"자, 그래서!" 더 이상 물으려고도 않고 노학자는 말했다. "그걸 나는 알고 있네. 예전엔 나도 암에 대해서, 그리고 그 후엔 광기에 대해 두려워했었네."

"선생님도 광기에 대해서!"

"그 모든 것은 해가 갈수록 지나가버렸네……. 그래서 이젠." 자신도 모르게 변한 음성으로 그는 말했다. "내게 두려운 거라곤 늙는 것밖에 없네."

"선생님께서 유일하게 두려워하는 것이 노쇠라는 병이라는 건 확실합니다!"

다시 정신을 차리고, 이젠 그 분명한 사실 앞에서 웃어도 된다고 생각한 제자는 말했다.

"자네가 그런 말을 해?"

그 노의사는 억제할 수 없는 격렬한 어조로 외쳤다. 청년은 그 격렬함에 어리둥절해졌다.

노인은 가련할 만큼 솔직한 자기 항의가 부끄러워져서 더듬거리며 말했다.

"아! 만일 자네가 안다면! 누구나 피할 수 없이 다 겪는 그처럼 부드러운 이 마멸과 병환이라는 단순하고 단순한 병이 무엇인지를 안다면! 아! 우리가 죽기 전에 그 실추(失墜)를 치료할 사람이 나타났으면."

젊은 의사는 조금 전의 자기처럼 갑작스레 무방비 상태가 된 노의사에게 무슨 말을 해야 할지 몰랐다. 첫마디 말이 그의 입술에서 나왔고, 노학자를 바라보고 나서, 그는 가슴이 섬뜩했다. 그 순간 자신의 고통을 잊을 정도였다. 내 눈은 그 급속한 고뇌의 교환을 뒤

따라 보고 있었고, 그리고 자기 선생의 비탄 앞에서 누그러뜨려진 그 감정이 더러운 것인지 아니면 숭고한 감정인지를 이해할 수 있었다…….

"자연이란, 섭리대로 잘 흘러가고 있다고 주장하는 사람들이 있어요." 이윽고 젊은 의사는 용기를 내어 말했다.

"자연!"

늙은 의사는 냉소하는 표정을 지었고, 그 표정에 내 몸까지 오싹해졌다.

"자연은 저주받은 것이고, 사악한 것이야. 그 병이라는 것, 그것도 자연이지. 변칙적이라는 건 숙명적으로 피할 수 없기 때문에 그건 마치 정상적인 것 같잖아?"

그러고 나서 그는 자기 변명으로 마음이 풀려 덧붙여 말했다.

"'자연은, 스스로가 하고 있는 것을 잘 수행하고 있다.' 아! 바로 그 속에 인간이 인간을 원망할 수 없는 불행한 인간의 말이 들어 있어. 그들은 하나의 법칙, 하나의 숙명이라는 생각으로 자신을 위로하고 현혹되고자 하지. 그 때문에 그들이 그러한 생각으로 절규하는 것은 옳지 않은 거야."

처음 말을 시작할 때처럼 그들은 서로 바라보았다. 한 사람이 말했다.

"불쌍한 우리 두 사람."

"물론이지." 다른 사람이 부드럽게 말했다.

그들은 문 쪽을 향해 걸어 나갔다.

"자, 여기서 나가지. 그녀가 우리를 기다리고 있네. 그녀에게 용서될 수 없는 그 선고를 전해주자고. 죽음이라는 말뿐 아니라, 죽음이 임박해 있다는 말까지도. 마치 두 가지 선고 같군."

늙은 의사는 이빨 사이로 덧붙여 말했다.

"'과학이 내린 선고.' 얼마나 어리석은 표현인지!"

"신을 믿는 사람들은 그 책임을 더 높은 곳으로 돌릴 겁니다."

신이라는 말에 그들은 문지방 가까이서 걸음을 멈췄다. 다시금 그들의 음성은 낮아지고 겨우 들릴락 말락 부르르 떨며 그악스러워졌다.

노인이 낮게 소리쳤다.

"그는 미쳤어, 미쳤어!"

"아! 그에겐 자기가 존재하지 않는다는 편이 차라리 더 나을 겁니다!" 젊은 의사가 저주스러운 조소를 띠우며 중얼거렸다.

나는 잿빛 방 한가운데서 그 노학자가 뿌예져가는 창문 쪽으로 몸을 돌리고, 그 현실 때문에 하늘을 향해 주먹을 뻗치는 걸 보았다.

* * *

……병자는 창살처럼 쫙 편 긴 손가락들 속에 얼굴을 감추고 있었다. 비루한 병을 품고 있는 그의 뒤틀린 입에서, 찬란하고 정확한 꿈이 새어나왔다. 그리고 분명 의사들의 말을 들었을 그 여인은 모든 순수한 생각과 함께 젖어 있었다.

"건축……! 나, 나는 무얼 아는가! 여기, 예를 들면…… 거대한 광장이 하나 있다. 넓은 평면, 엄청나게 넓은 포석이 깔린 들판이 교외 옆 가까운 도시의 고지에 던져져 있다. 그리고 저쪽에서 회랑이 시작된다. 거기엔 둥근 기둥이 나타난다. 그 기둥들은 곧 조밀해지고 어지럽게 불어나고 높아져서 멀리로 사라져가는 그 굵은 기둥의 선들은 꼭대기 쪽에서부터 실이 풀려나가는 듯한 인상을 주며, 그 회랑의 지붕은 저녁이나 밤의 어둠처럼 보인다. 따라서 그 광장의 4분의 1은 어둠으로 덮여 있다. 마치 활짝 열린 거대한 궁전처럼 일종의 반자연적인 위용을 띠고 있으며 떠오르는 해와 저물어가는 해를 손님들처럼 맞아들이는 것 같다. 밤엔 광막하고 푸르스름한 숲이 그의 대지 위로 어렴풋하고 널찍한 빛을 내리도록 한다. 램프들로 가득 찬 하늘의 북극광이다.

거기에 공식적인 활동의 중요한 부분이 모여 있다. 상업과 주식, 예술과 전시회들, 숱한 의식(儀式)들, 군중이 붐비고 파동과 물줄기를 이루어 천천히 네거리를 향해 소용돌이쳐간다. 그리고 수직으로 내려진 선들의 몽상 속으로 시선이 빠져들어간다.

측면에 있는 회랑은, 낭떠러지같이 그 도시의 다른 쪽으로 뻗어간다. 그 모두가 전혀 품위가 없다. 무한한 건축이 단순하게 나타나 있다. 그러나 그 균형들이 너무도 넓어서 눈은 당겨져 늘어나고 마음은 조여온다."

나는 뚫어지게 바라보았다. 속으로 시시각각 죽음이 커가는 그 남자를. 그런데 돌연 나는 그의 목을 보았다. 그 목은 편편하게 넓고 거기서 자라나고 있는 무언가 때문에 부풀어 있었다……. 시커먼 입 속, 입 속에서 그가 말하고 있는 동안 거의 그것을 볼 수도 있었을 것이다!

"저 멀리로." 그는 말을 이어나갔다. "기차를 타고 올 때, 그 주랑이 이 산 위에 세워진 게 보인다. 그리고 그 반대쪽 회랑의 입구를 따라 하나의 층계가 벌판의 정원 속으로 내려온다. 그 층계! 이집트 피라미드의 폐허를 빼놓고는 결코 그와 비슷한 것이 아무것도 없다. 층계의 폭이 얼마나 넓은지 옆으로 한 계단을 한 번 훑어보는데도 한 시간이나 걸린다. 가는 쇠줄처럼 오르락내리락 하는 여러 움직임들이 혼란스럽다. 움직이는 플랫폼이며, 기중기들이며, 기차들이 빈번하게 들락거린다. 그건 산처럼 거대한 층계로서, 수제곱킬로미터 위에 선으로 재구성되어 있으며, 조화를 이루는 학대받은 자연이다. 선생님도—위에서나 아래서나 한눈에 그 층계를 다 볼수 있기 때문이다. 그리고 또 오묘하게 조각된 것이다. 그 층계 위로 내려누르고, 그것을 내려다보며 지배하는 모든 언덕이나 돌무더기들은 야릇한 생명력으로 움직이고 있다. 기념상들이다……. 윤기나고 반지르르한 그 막연한 고지는 처음엔 무언지 이해할 수 없는 곡선을 따라 돌고 굽혀진다—그건 하나의 팔인 것이다."

그 노인의 음성은 진실로 그가 몽상하는 아름다움을 알려주고 느끼게 할 만큼 감동적이다.

그는 현란한 것들에 관해 계속 이야기했다. 그러나 한편으로 그는 그의 관에서 며칠밖에 떨어져 있지 않았다. 그런데 그의 말을 멀거니 듣고 있던 나는 특히 그의 육체나 정신이 정반대되는 것에 놀랐다. 나는 알고 싶었다. 그가 알고 있는지를…….

"조각가는 어린아이지. 기본적인 관념과, 순수한 백색과, 단순한 선과, 굳은 성질과 오직 한 조각의 재료를 지니고 있지. 기본적인 작업 도구를 가지고 평범한 인간들 앞에 거의 아무런 무장을 하지 않고 그가 추구하는 것은 까다로운 이상(理想)이다. 조각가들은 어린애들이지. 그리고 소수의 조각가들만이 신동이다."

그는 자기 몽상 속에서 기념상들을 찾고 있었다.

"비록 조각 작품이 하나의 인물만 만든다 하더라도 그것은 희곡적이고 연극적이어야 한다. 나는 육체도 영혼도 없는 '흉상'을 이해하지 못한다. 그것은 돌로 만들어진 회화의 번안물이며, 차라리 회화인 편이 더 진실하다—왜냐하면 회화는 모델과 더불어 그림자를 공유하기 때문이다."

그는 응시하는 듯하더니 자기가 본 것을 말하는 듯싶었다.

"'추락'이라는 그 대리석 상, 그 움직이지 않는 부동의 자세가 언제나 떨어지는 곳은 어디일까?"

조각의 위대한 한 주제, 그것은 사람들에게 사랑받다가 잊혀진 사람이 무덤의 묘석을 들치면서 우리들에게 얼굴을 내민다. 그 인간의 모습은 무한히 탐나며 동시에 공포감을 준다—그 사랑하는 사람과 그의 주검 때문에, 그는 그 땅 속에서 시체로서 냄새를 피운다. 그렇지만 그는 하늘 아래 있다. 그는 거기에 있고, 사람들이 그를 보기 때문이다. 머리 그림자 뒤에서 손 그림자가 그 묘석을 떠받치고 있다.

그게 남자의 주검인지 아니면 여인의 주검인지는 모른다. 그건 사랑스러운 머리이고 그 모습은 가슴을 찌르는 어떤 생이며, 그의 영상은 행복하다는 기적을 실현한다. 그러나 그 머리는 움직이지 않고 땅처럼 진흙투성이며, 아무리 우리 쪽을 향하더라도 아무것도 듣지 못한다. 입은 웃음을 짓고 그 웃음에는 사랑과 공포가 표현할 수 없이 뒤섞여 있다―그게 그의 웃음이기 때문이고, 그러면서 또 마지막 임종 순간인 삐죽거림이기도 하기 때문이다. 그 웃음 짓는 모습은 무엇에 젖어서 축축한 것일까……? 한없이 사소한 것들로 이루어진 그 무슨 세계 위에, 그 무슨 얼어붙은 큰 숨결 위로 벙긋 열려 있는가? 두 눈은 어렴풋이 눈물을 흘리지만, 그 눈물 또한 시체에서 나온 액체이다. 사람들은 그 얼굴 밑에 있는 몸뚱이와, 그 얼굴에 찍힌 추억을 생각한다. 그 몸뚱이는 밤에만 지하의 은둔처로 사라져간다. 그런데 거기 있는 머리는 허옇고, 영원한 표류물로서 둥둥 떠 있고, 가까이 다가오고 우리를 바라보고 자기의 미소와 찡그린 표정을 우리에게 내보인다……. 가공스러울 만큼 온유한 괴물은 무덤의 아가리를 벙긋 열고, 친구로서 그곳에서 나오고 적으로서 거기 머문다……."

* * *

그런 다음 그는 회화에 관해 말했다. 회화의 조상술(彫像術)에는 없는 어떤 부조가 있다고 말했다. 그는 아름다운 초상화들의 믿을 수 없는 불변성과 시선을 끄는 채색된 얼굴의 엄혹한 명령을 상기시켰다.

그는 탄식하며 말했다.

"예술가들은 불행해!

그들은 모든 걸 다시 시작해야 하니. 모든 게 그들에게 매여 있어. 드러나 보이는 조각이 진실을 함축하고 있는 걸 누가 알까? 환각 속에 충만된 통찰력, 위대한 자들은 자연 밖에 서 있다. 렘브란

트는 시각을 가졌고, 베토벤에겐 소리가 들리지."

베토벤이라는 이름으로 인해 그는 음악에 대해 생각했다.

인간이 헤아릴 수 없이 많은 예술 작품에 열중한 이래로 베토벤 그 한 사람 덕분으로 음악이 유례없이 완벽한 경지에 이르렀다 할지라도 예술들 사이에는 그 예술이 품고 있는 사상의 부분에 따라 계급이 있다고 그는 말했다. 문학은 그 때문에 다른 예술보다 우위에 있다는 것이다. 많은 걸작품이 실재한다 하더라도 음악의 조화는 책 한 권의 나지막한 소리만 못한 것이다.

* * *

"안나." 그가 말한다. "어떤 시인이 더 훌륭하오? 우리들에겐, 압축되고 충실하게 묘사되어 보이며, 태양빛 속의 뭇 색깔들처럼 의기양양해 보이는 아름다운 이미지를 아름다운 문장의 음향으로 옮긴 시인과 몇 마디 말로써 창문의 노란 안개 속 잿빛 모퉁이의 음울하고 가식 없는 윤곽으로써, 사람의 모습이 변하고 두 대화자 사이를 갈라놓는 어둠 속에 유일한 영원자가 있는 것을 보여주는 시인, 이 두 시인 가운데서!"

"둘 다 일리가 있어요, 분명히."

"내 모든 유년 시절에 의해 충만함과 태양을 향한 사람들에게로 마음이 끌리는 나는 지금 그런 사람들만 믿을 만큼 그들을 더 좋아하오. 색채란 공허하고 과장스럽소. 안나, 안나, 영혼은 한 마리 밤새요, 모든 게 아름답소. 그러나 어두운 아름다움이란 초보적이고 모성적이오. 빛 속에는 겉모습이, 암흑 속에는 우리가 있소. 암흑이란 보이지 않는 것을 해석하는 기적의 진실이오."

그가 4분의 3쯤 몸을 돌리는 동작을 취함으로써 그의 목의 팽창된 종기가 선명하게 보였다.

"그래, 그렇소……." 그는 조금 움직이며 계속 이야기했다. 그런데 그의 몸짓은 어떤 성스러운 가치를 품고 있었다. 초라한 예언자적인 몸짓이었다. "존재하고 있는 것에 대한 가장 지고하고 가장 완벽한 동의를 구할 수 있는 것은 문학이오. 문학이야말로 가장 완벽한 방법으로―거의 완전함에 이르기까지 표현에 대한 보상을 보장하는 것이오……. 그렇소……. 비록 셰익스피어가 내면세계의 숨결을 표현했고 빅토르 위고가 자기 이후로 우주의 무대 장치가 변했다고 할 만큼 언어의 위대함을 창조해냈다 할지라도―문학은 문학의 베토벤을 갖지 못했소. 바로 여기에 최정상으로의 상승이 아주 험난하고 어려운 이유가 있소. 즉 형식은 형식일 뿐이며, 오로지 진실만이 문제가 되기 때문인 것이오. 여태껏 대가들의 무지와 소심증 때문에 형이상학적인 명상이나 기도의 소재로만 남아 있는 진실 그 자체를, 위대한 작품―이류 작품이란 존재하지 않소―에 담은 사람은 없소. 그 진실은, 과학적인 외관으로 나타난 논설이오. 아니면 도덕적인 의무만을 위해 맞추어지고 그래서 초자연적인 이유 때문에 어떤 사람들에게만 그 교리가 적용되지 않으면 이해되지도 않을 가련한 종교 서적 속에 갇혀 부글거리고 있소. 희곡에서는 문학가들이 오락의 형식을 교묘하게 찾았고 책에서는 만화가들의 수법이 나타나오.

지금까지 아무도 전체의 드라마에 인간의 드라마를 결합시킨 적이 없소. 도대체 그 깊은 진실과 숭고한 미는 언제나 결합될지! 벌써 그 하나하나가 인간을 결합시키는 이상 그것들은 결합되어야 하오.

왜냐하면 순수한 시간이 지나가는 그 감격에 사로잡힐 때에는 경계도 조국도 없어지고 오직 하나의 진리 때문에 장님들이 눈을 뜨고 가난한 사람들이 형제가 되며, 어느 날엔가는 모든 사람들이 다 옳게 되기 때문이오. 시와 진실의 책은 앞으로 이루어야 할 가장 큰 위대한 발견이오."

11

활짝 열린 창문 곁에는 그 두 여자만 있었다. 그리고 창문을 통해 시선을 끄는 넓은 공간이 보였다. 가을 태양의 가득 차고 조심스런 햇살 속에서 임신한 그 여인의 얼굴이 얼마나 시들어 있는지를 알 수 있었다.

갑자기 그녀가 놀란 표정을 띤다. 여인은 벽 있는 데까지 물러가서 벽에 기대더니 숨 막힌 외마디 소리와 함께 굴러 떨어진다.

다른 여인이 그녀를 품에 안는다. 그녀를 초인종이 있는 곳까지 끌고 가더니 초인종을 계속 울리고 또 울린다……. 그런 다음 무겁고 가냘픈 여인을 자기 품에 안은 채 꼼짝 못하고 그 자리에 서 있다. 눈은 뒤집히고 처음엔 둔하게 짓눌려 있던 고함 소리가 헐떡거리며 새어나오는 임산부의 얼굴 곁에 얼굴을 댄다.

문이 열린다. 사람들이 몰려든다. 새로 온 얼굴들도 보인다. 문 뒤에서 사람이 지켜보고 있다. 희극적인 실망을 잘 감추지 못하는 호텔 여주인이 살짝 엿보였다.

그 여인을 침대에 눕혔다. 그릇들을 옮기고 수건을 펴고 여러 가지 일을 서둘러 한다.

위험한 상황은 진정되고 잠잠해진다. 그녀는 이제 더 괴롭지 않은 게 너무도 기뻐서 웃고 있다. 그 웃음의 다소 억눌린 표정이 거기 몸을 기울여 보고 있는 얼굴들을 두드러지게 한다. 사람들은 그녀의 옷을 조심스레 벗기고…… 그녀는 어린애처럼 사람들이 하는 대로 가만히 몸을 내맡기고 있다……. 침대가 정돈된다. 그녀의 다리는 날씬해 보이고, 꼼짝 않는 얼굴은 무(無)로까지 줄어든다. 침대 복판에 있는 큼직한 배만 보인다. 머리카락은 흐트러지고 물웅덩이 같은 얼굴 주위로 힘없이 퍼져 있다. 두 손이 재빨리 그 머리들을 땋고 있다.

그녀의 웃음소리가 멈추고 음울하게 막힌다.

"또 시작되요……."

신음 소리가 점점 더 커지고, 다시 헐떡이기 시작한다…….

젊은 여인—그 처녀—그 유일한 친구만이 남아 있다. 그녀는 이런저런 생각에 잠겨 그녀를 바라보고 귀 기울여 듣고 있다. 자기 자신도 또한 이러한 고통과 고함 소리를 자기 안에 품고 있다는 생각을 하는 것이다.

……낮 동안에 내내 계속되었다. 아침부터 저녁까지 여러 시간 동안 찢길 듯한 신음 소리가 홀몸이 아닌 그 가엾은 사람에게서 높아졌다 낮아졌다 하는 걸 나는 들었다. 나는 그 육체가 쪼개지고, 부서지고, 마치 돌처럼 그 부드러운 살이 깨지는 걸 보았다.

얼마 후 나는 기진맥진한 채 내려온다. 더는 볼 수도 들을 수도 없었다. 나는 그 심각한 현실을 포기했다. 그러고는 다시금 힘을 내어 벽에 달라붙어 그 벽을 꿰뚫어본다.

두 다리가 벌겋다. 사람들이 그 다리를 똑바로 펴서 벌려놓았다. 그녀의 배에서 두 줄기 핏빛 내〔川〕가 흐르는 것 같다─그렇게도 자주 흘리는 여인들의 피……! 수치심, 종교적인 신비감은 바람에 날려버렸다. 그녀의 온 살은 벌겋고 넓따랗게, 마치 푸줏간의 도마 위에 펼쳐진 것처럼 벌거벗겨져서 창자까지 보일 지경이었다.

처녀는 여인의 이마에 입을 맞추며 그 끝없는 아우성에도 불구하고 용감하게도 바싹 다가간다.

그 고함 소리가 어떤 형태를 취했을 때 들린 것은,

"싫어! 싫어! 난 싫어!"

몇 시간 동안에 피로와 역겨움과 위독한, 거의 늙어버린 표정들이 떠오르고 지워지고 한다.

누군가 이런 말을 했다.

"손대서는 안 돼. 자연이 하는 대로 내버려둬야지. 자연은 잘하기 마련이야."

그 말이 내 속에 어떤 반향을 일으킨다. 자연! 전날 그 학자가 자연을 저주하던 게 기억난다.

그래서 내 입술은 놀라워 입 밖으로 새어나온 허위를 되풀이해 말하고 있다. 그동안 내 눈은 아무 죄도 없는 그 연약한 여인이, 자기를 짓누르는 거대한 자연에 사로잡혀 있는 모습을 가만히 보고 있다. 자연은 그녀의 몸을 피 속으로 굴리며, 자연이 줄 수 있는 모든 고통을 피에서 끌어내고 있다.

산파는 소매를 걷어 올리고 고무장갑을 꼈다. 마치 빨래방망이처럼 검붉고 번지레한 큰 손목을 휘둘렀다.

그런데 그 모든 것이 내게는 거의 믿을 수 없는 악몽이 되어버린다. 머리는 무겁고, 목구멍은 살육의 쓰디쓴 피비린내와 병째 부어 놓은 석탄산 냄새로 가득 차 있다.

대야에는 시뻘건 물, 장밋빛 물, 노르스름한 물들이 가득 차 있다. 한쪽 구석에는 더러워진 속옷의 뭉치며 특히 여기저기 놓여 있는 수건들이 마치 하얀 날개처럼 싱싱한 냄새를 풍기며 널려 있다.

기진맥진해 정신이 팔려 있는 한순간, 그녀에게서 나온 고함 소리를 들었다.

그 외마디는 거의 무슨 물체 같은 소리이고, 가볍게 삐걱거리는 소리일 뿐이다. 해방되어 나온 새로운 존재이며 아직은 여인의 육체에서 취해진 한 덩어리의 살덩이에 불과하다―그의 영혼은 여인에게서 갓 뜯어낸 것이다.

그 울부짖음은 나를 온통 뒤흔들었다. 인간들이 겪는 그 모든 것에 대한 증인인 나는, 인간적인 최초의 신호를 듣자 무언지 모르나 부자(父子)와 같은, 형제와 같은 마음이 내 속에서 전율하는 느낌이었다.

그녀는 웃음을 짓고 있다. "고통이 이렇게도 빨리 끝나버리다니!" 그녀가 말했다.

* * *

날이 저문다. 그녀의 주위는 조용하다. 간소한 나이트 램프 하나뿐. 때때로 불빛이 조금 흔들린다. 초라한, 초라한 영혼인 벽시계, 진짜 사원 내부처럼 침대 주위엔 거의 아무것도 없다.

그녀는 잘 움직일 수는 없지만 아주 이상적인 상태에서 두 눈을 창문 쪽으로 향한 채 꼼짝 않고 그 자리에 누워 있다. 그녀는 차츰 자기 생애의 가장 아름다운 날 위로 해가 기우는 걸 보고 있다.

기력이 다 빠진 저 몸 위에, 쇠약한 얼굴 위에 창조의 영예가 빛나고, 일종의 황홀경이 그 고통에 감사하고 있으며, 새로운 생각의 세계가 열리고 있었다.

그녀는 점점 자라날 그 아이에 대해서 생각하고 있다. 아기가 자기에게 가져다줄 환희와 고뇌에 웃음 짓고 있다. 그녀는 또한 앞으로 나올 그애의 누이와 아우에 대해 웃음 짓고 있는 것이다.

그런데 나도 그녀와 함께 그것을 생각하고 있다―그리고 그녀보다도 그녀의 수난을 더욱 잘 보았다.

학살, 육체의 비극, 그 모두가 누구에게나 너무나 공통적이고 평범해서 어느 여자들이나 그에 대한 추억과 낙인을 지니고 갔다. 그러나 아무도 그것을 잘 알지 못한다. 이와 똑같은 그토록 많은 고통을 보는 의사는 거기에 대해 이제는 더 이상 감동을 받지도 못한다. 여인은, 너무나 다감해서 그 고통을 기억해내지 못한다. 어떤 사람들은 감상적인 기분 때문에, 또 어떤 사람들은 직업적인 무관심 때문에 그 아픔이 사그라지고 지워져버린다. 그러나 보기 위해 보는 나는 분만의 고통에서 오는 그 모든 공포를 다 알았다. 내가 조금 전에 들은 그 남자의 말은 분만의 고통이란 어머니의 내장 속에서 그치지 않는다는 것이다. 그리고 나는 삶의 커다란 균열을 영원히 잊지 못하리라.

나이트 램프는 침대를 어둠 속에 잠기도록 했다. 그 어머니를 나는 더 볼 수가 없다. 이젠 그녀인지 알지 못하고, 그녀려니 하고 믿을 뿐이다.

* * *

오늘 그 임산부는 아주 조심스레 전에 그녀가 차지하고 있던 옆방으로 옮겨졌다―한결 더 널찍하고 편한 방이다.

그 방은 구석구석 송두리째 씻겨졌다.

꽤 힘든 일이었다. 시뻘건 시트를 걷어내고, 변색해버린 젖은 침구를 재빨리 내가고 침대의 나무며 벽난로의 전면을 물로 씻어내는 게 보였다. 그리고 그 하녀는 속옷이며 탈지면이며 약병 더미를 간신히 바깥으로 밀어냈다. 심지어는 커튼에까지도 피 묻은 손가락 자국이 남아 있었다. 그리고 침대의 매트는 포식한 짐승처럼 피에 불려 무거워져 있었다.

* * *

이번에 말하는 사람은 안나였다.

"조심하세요. 필리프, 당신은 기독교를 잘 이해하지 못하고 있어요. 그게 뭔지를 정확히 모르시는 거예요. 당신은 기독교에 관해." 그녀가 웃으며 덧붙여 말했다. "마치 여인들이 남성에 관해 말하는 것처럼 말하고 있어요. 아니면 여성을 설명하고자 하는 남성들처럼 말이에요. 기독교의 근본 교리, 그건 사랑이에요. 본능적으로 서로 혐오하는 인간들 사이의 사랑의 회합이에요. 그건 또, 우리의 마음 속에선 풍성한 사랑이며 그 사랑은 기독교를 통해서만 왜소한 우리의 모든 소망을 이루어주고, 그 후엔 보석이 쌓이듯 모든 애정이 쌓이는 거예요. 그건 인간이 몰두하고 있는 감정 토론의 법칙이며, 그 토론의 양식이에요. 그건 생명이며 한 작품이나 다름없고, 거의 한 인간 같은 거예요."

"하지만, 안나, 그건 기독교가 아니오. 그건 당신이오……."

* * *

한밤중에, 벽을 통해 들려오는 이야기 소리를 들었다. 나는 간신히 피곤을 이겨냈다. 다시 들여다보았다.

그 남자가 혼자서 침대에 누워 있었다. 방 안에 반쯤 불을 내린 램프를 놓아두었다. 그는 힘없이 몸을 뒤척인다. 잠자고 있다. 말을 한다……. 꿈꾸고 있는 것이다.

그는 웃음을 지었다. '아니다!'라는 말을, 점점 커져가는 황홀감에 잠겨 세 번이나 거듭 말했다. 그러고 나자, 그를 가득 채우던 미소는 줄어들고 흩어져버렸다. 그의 얼굴은 한순간 무엇을 기다릴 때처럼 굳어지고 꼼짝 않더니, 이윽고 가볍게 찡그리는 표정을 띠었다. 그러고 나서 갑자기 놀라더니 입이 벌어졌다.

"안나! 아! 아! 아! 아!"

입은 잠결에 벙긋이 벌어져 오므려지지 않은 채 외쳤다. 그러자 그는 잠에서 깨어나 휘둥그레 주위를 둘러보았다. 그는 몇 초 전에 지나가버린 일에 아직도 충격을 받고 겁에 질려 침대에 앉았다. 그는 눈을 진정시키고 그 눈이 꾸던 악몽에서 완전히 벗어나기 위해 사방을 휘둘러보았다. 얌전하게 움직이지 않는 작은 램프가 가운데

놓여 있는 방의 익숙한 정경이, 이제 곧 있지 않은 것을 보고, 환영에 웃음을 보내고 만져보았으며, 미쳐버린 듯했던 그 사내를 안심시키고 제정신으로 돌아오게 한다.

* * *

오늘 아침 나는 피로에 지쳐 일어났다. 불안하다. 얼굴이 무겁고 고통스럽다. 거울을 들여다보니 내 눈은 핏빛이었다. 마치 피 속을 들여다보는 듯이 걸음을 옮기고, 반쯤 마비되어 간신히 움직였다. 구멍에다 얼굴을 대고, 벽에 질펀하게 퍼져 있던 그 길고 긴 시간 때문에 내 육체는 벌을 받기 시작한 것이다. 그리고 점점 심해졌다.

그러고 나서, 내가 삶을 바치는 갖가지 영상과 여러 광경에서 해방되어 혼자 있게 되자 갖가지 생각들이 나를 엄습한다. 지금 내가 망쳐버리고 있는 내 지위에 대한 걱정, 내가 했어야 하지만 지금도 하고 있지 않고, 오히려 그 모든 급한 책임들을 방기하거나 뒤로 연기하는 데 고심하고, 사무실의 시계가 내는 소리와 천천히 도는 톱니바퀴에 끌려들어가야 하는 사무원으로서의 내 위치에 힘껏 반발하려는 데 부심하여 손도 대지 않은 여러 가지 교섭들에 대한 생각이 엄습한다.

자질구레한 근심들로 벅찼다. 그것들은 끊임없이 매초마다 하나씩 더 늘어나기 때문이다. 아무 소리도 내지 않고, 옆방에 불이 없을 땐 불도 켜지 않고 몸을 숨긴다는 것, 언제나 몸을 숨겨야 한다는 것 따위들이다. 어느 날 저녁, 그들이 말하는 것을 보고 있을 때 나는 갑작스러운 기침에 목이 멨다. 그때 나는 베개를 움켜쥐고 머리를 파묻고 입을 틀어막았었다.

뭔지 모를 복수를 위해 모든 것이 나를 향해 뭉치고, 더 이상 내가 견딜 수 없을 것 같은 느낌이 든다. 그렇지만 나는 내가 건강하고 용기가 있는 한 들여다보는 걸 계속하겠다. 그건 어떤 의미보다도 더 더러운 것이지만 또 더 지고한 것이기 때문이다.

* * *

그 남자는 점점 쇠약해지고 있었다. 집 안에 죽음의 그림자가 뚜렷하게 풍기고 있었다.

꽤 늦은 저녁 나절이었다. 그들 두 사람은 각기 식탁의 끝에서 서로 마주 보고 있었다.

나는 그날 오후에 그들의 결혼식이 진행되었다는 걸 알고 있었다. 그들은 머지않은 장래에 있을 이별에 비하면 장엄하기만 한 그 결혼을 끝마쳤다.

몇 개의 흰 꽃잎들, 백합과 진달래 꽃잎들이 식탁이며, 벽난로며 안락의자에 뿌려져 있다. 그리고 그 남자도 또한 잘린 꽃들의 얼굴처럼 시들어가고 있었다.

"우리는 이제 결혼했소." 남자가 말했다.

"당신은 내 아내요. 당신은 내 아내요, 안나."

남자가 그토록 바라던 그 몇 마디 말은 결혼의 달콤함을 맛보기 위해서였다. 그 이상 아무것도 아니었다……. 그러나 얼마 남지 않은 자신의 수명을 그는 너무도 가련하게 느끼고 있었기에 그것은 행복의 전부와도 같았다.

남자는 그녀를 바라보았고, 그녀는 남자를 향해 눈을 들었다— 남자는 그녀의 우애를 열애했고, 그녀는 남자의 그러한 사랑에 집착했다. 어떤 포옹으로 해서 마주 대하고 있는 두 침묵 속에는 그 어떤 무한한 감동이 들어 있는지. 전에도 보았지만 결코 서로 몸을 대지 않고 심지어 손끝도 대지 않는 두 사람의 침묵 속에는 말이 다…….

그 처녀는 일어서더니 좀 자신 없는 음성으로 말했다.

"밤이 깊었어요. 저는 자야겠어요."

그녀는 일어났다. 벽난로 위에 놓은 램프가 방 안을 밝혔다.

그녀의 온몸은 두근거리고 있었다. 꿈속에 잠겨 있어, 그 꿈에 어떻게 복종해야 할지를 모르는 것 같았다.

선 채로, 그녀는 팔을 들어 머리의 핀을 뽑았다. 머리카락이 흘러 내리는 게 보이고, 어둠 속에 마치 저녁노을이 비쳐 든 느낌이었다.

남자는 갑작스레 움직였다. 그는 놀라서 여자를 바라보았다. 말 한마디 없이.

그녀는 자기 웃옷의 목을 잠그고 있던 금빛 핀을 뽑았다. 그러자 그녀의 목이 약간 드러났다.

"안나, 무얼, 무얼 하는 거야."

"뭐…… 옷을 벗는데요……."

그 말을 그녀는 자연스러운 투로 이야기하려고 했다. 그러나 그러질 못했다. 남자는 명확하지 않은 격앙된 어조로 대꾸했다. 깊이 충격을 받은 그의 가슴에서 나온 외마디 소리로써…… 경악과 절망적인 후회와 또 믿을 수 없는 희망의 어지러움이 그를 흥분시키고 짓누르는 것이었다.

"당신은 제 남편이에요……."

"아!" 남자가 말한다. "나는 아무것도 아니라는 걸 당신도 알지 않소."

힘없고 비극적인 목소리로 그는 짤막짤막하게 줄거리도 없는 말들을 지껄여댔다.

"……형식적으로 결혼했지……. 나는 그걸 아오. 그걸 안단 말이오……. 형식상…… 우리의 약속은……."

그녀는 하던 동작을 멈췄다.

손은 목 위에서 마치 웃옷의 한 떨기 꽃처럼 반쯤 망설였다.

그녀가 말한다.

"당신은 제 남편이에요. 저를 볼 권리가 있어요."

남자는 어떤 몸짓을 하려고 했다……. 그녀는 재빨리 말을 이었다.

"아니에요……. 아니에요, 그건 당신의 권리가 아니라, 그걸 바라는 건 바로 저예요."

그녀가 어느 정도로 선량하고자 애쓰는지 나는 깨닫기 시작했다. 그녀는 자신의 발밑에서 꺼져가는 그 불쌍한 남자에게 자신이 할 수 있는 어떤 보답을 주려는 것이었다. 그녀는 남자를 동정하고자 했으며 자신의 육체를 내보여주려는 것이었다.

그러나 그건 쉬운 일이 아니었다. 그게 어떤 부채의 청산처럼 보여서는 안 되었기 때문이고, 자기 눈앞에 벌어지고 있는 그 축제를 보면서도 남자는 그에 동의하려고 하지 않을 것이기 때문이다. 그 남자가 다만 자발적으로 이루어진 아내의 행동으로, 남자의 생에 주어지는 그녀의 자유스러운 애무로 받아야 할 것이었다. 남자에겐 그 염오감과 그 고통이 어떤 죄악처럼 여겨지지 않도록 해야 했다. 그런데 그 희생을 치르기 위해선 천부적인 미묘함과 힘에 의존해야 한다는 걸 예감하고 그녀는 자기 자신이 두려워졌다.

남자는 거부했다.

"안 돼……. 안나…… 안나…… 생각해보구려……."

그는 이렇게 말하려고 했다. '미셸을 생각해보구려'라고. 그러나 그 순간 남자는 그 결정적이고도 유일한 논쟁거리를 표현할 힘이 없었다. 그럴 힘이 없었고 다만 중얼거릴 뿐이었다.

"당신…… 당신……."

그녀는 똑같은 말을 되풀이하면서 말했다.

"제가 하고 싶은 거예요."

"싫소, 싫어, 나는 원치 않소……."

그는 그 애정과 미친 듯한 욕망에 압도되어 갈수록 목소리에 힘을 잃어갔다. 남자는 본능적인 숭고한 정신 때문에 손으로 눈앞을 가렸다. 그러나 그 손은 굴복되어 점점 밑으로 내려갔다. 그녀는 계속 옷을 벗었다. 겁에 질린 듯한 그녀의 동작은 이제 무얼 더 해야 할지 몰라 가끔씩 멈추었다간 다시 계속되곤 했다. 그녀는 눈부시게도 오로지 자기 혼자뿐이었다. 그녀는 약간의 영예심에 기대고 있었다.

그녀는 검은 웃옷을 벗었다. 그러자 태양처럼 가슴이 떠올랐다. 불빛이 몸에 닿자 그녀의 몸은 바르르 떨렸고, 그녀는 순결하고 눈

228

부신 팔로 목을 감쌌다. 그러고 나서, 벌겋게 달아오른 얼굴을 내밀고 마치 자신의 움직임에만 몰두한 듯이, 뭔가에 주의를 집중할 때처럼 입술을 꼭 다물고는 물병 손잡이를 잡듯이 팔을 허리에 대서 스커트를 풀자 스커트가 두 다리를 따라 미끄러져 흘러내렸다. 그녀는 깊은 정원 한가운데를 지나가는 바람이 일으키듯 부드럽게 스치는 소리를 내며 스커트에서 몸을 뺐다.

그녀는 몸을 감싸고 따뜻하게 해주던 검은 페티코트를 벗고, 몸을 꼭 조이던 코르셋과, 실루엣과 주름으로 그녀의 나체를 부드럽게 받쳐주던 부인용 팬티를 벗었다.

그녀는 벽난로에 등을 기댔다. 그녀의 동작은 크고 장엄하고 아름다우면서도 예쁘고 여성적이었다. 얇고 어두운 베일에서 벗어나듯이 그녀는 한쪽 스타킹을 벗어, 미켈란젤로의 조각같이 미끈하고 풍만한 한쪽 다리를 뽑아냈다.

그 순간 그녀는 염오감에 사로잡힌 듯 마비되어 부르르 떨었다. 그러나 얼마 안 있어 동작을 멈추게 만든 떨림을 설명하기 시작했다.

"좀 추워요……."

잠시 후에 그녀는 자신을 유린하고 동시에 끝없는 수치감으로 몰아넣던 동작을 계속했다―그녀는 슈미즈의 리본 쪽으로 손을 가져갔다.

남자는 자기의 목소리 때문에 그녀가 놀라지는 않도록 아주 나지막한 소리로 외쳤다.

"동정녀……!"

그리고 그 남자는 그녀만큼이나 아름다운 그의 사랑을 간직한 채 자기의 온 존재를 눈에 담아 어둠 속에서 활활 태우며 웅크리고 쪼그려 앉아 있었다.

그는 헐떡거렸다. "그래도…… 아직……."

그 위대한 순간, 열정과 미덕이 합치되는 그 거대한 침묵의 대화! 빈사 상태에 있는 그 남자의 가련하고 힘없는 두 눈이 그녀를 유린하고 망치고 있었다―그런데 그는 자신의 소망을 들어주기 위한 그녀의 그러한 탄원에서 나온 힘을 이겨내야 했다. 그녀의 행동은 완전히 그녀 자신의 의사에 반대되는 것이었다. 그에게도 그녀에게도.

그러나 순진하고 엄숙하고 부드러운 교태를 지으며 그녀는 따뜻한 대리석 같은 어깨의 살 위로 슈미즈의 어깨걸이를 흘러내리게 했다―이제 그녀는 남자 앞에서 나체가 되었다.

그처럼 눈부시게 아름다운 여인을 본 적이 없다. 그러한 여인을 상상해보지도 못했다. 그녀의 고르고 눈부신 얼굴은 아침 첫 햇살처럼 나를 압도했고, 아주 큼직한 나보다도 더 큰 그녀는 풍만한 동시에 섬세해 보였다. 그렇지만 장려한 형체의 완벽함을 믿을 수 없을 지경이었다.

그녀의 초인간적인 균형미는 마치 거창한 종교 벽화에서 보던 이브 같았다. 큼직하고, 화사하고, 유연한 그녀는 풍만한 살결과 단순한 빛깔과 절도 있고 장중한 동작을 보여주었다. 넓은 두 어깨, 크고 똑바른 젖가슴, 작은 두 발, 미끈하게 뻗어 내린 두 다리, 젖가슴처럼 동그란 장딴지.

그녀는 본능적으로 메디치의 비너스와 같은 숭고한 포즈를 취했다. 한 팔을 굽혀 젖가슴을 가리고, 다른 팔은 밑으로 내려 손을 쫙 벌린 채로 아래쪽을 가렸다. 그런 다음에는 봉헌한다는 열광에 들떠 두 손을 머리 위로 올렸다.

옷이 가리고 있던 모든 것을 그녀는 남자의 눈앞에 내보인 것이었다. 지금까지 그녀 혼자서만 보아왔던 그 흰 살결을, 지금은 살아 있지만, 이제 곧 죽을 남자의 눈앞에 제물로써 바치는 것이었다.

모든 것을 바쳤다. 처녀의 매끈하고 넓은 복부의 황금빛 털, 살결은 고운 비단결 같으며 너무나 깨끗하고 맑아서 곳곳에 은빛이 돌고, 목과 서혜부엔 푸른 하늘이 부르르 떨리듯이 살색 위에 푸른 힘줄이 조금 투명하게 드러나 보였다. 허리를 옆으로 굽힐 때 생기는 주름과 목에 있는 살아 있는 가여운 목걸이는 그 육체 위에 있는 유일한 곡선이었고, 세계처럼 넓은 허리, 그리고 나체가 되었을 때의 당황하고 투명한 시선…… . 그녀는 말했다. 숭고한 헌신이라는 생각에 더욱 몰두해 꿈꾸는 듯한 목소리로 말했다.

"아무도," 누군가를 지칭해서 강조하는 어조를 띠며 그 말에 힘을 주어 말했다. "무슨 일이 일어나더라도 잘 들어줘요. '아무도' 오늘 저녁 제가 한 일은 결코 모를 거예요."

피해자처럼 그녀 곁에 있는 그 쇠약한 연인에게 영겁의 비밀을 주고 나자 곧 그녀는 남자 앞에 무릎을 꿇었다. 그녀의 맑고 빛나는 무릎이 더러운 양탄자를 압도시켰고, 자기 일생에 처음으로 이처럼 진실로 나체가 되어 다가와 있자, 어깨까지 붉게 물들고 순결함으로 꽃피우고 장식된 그녀는 감사의 말을 더듬거렸다. 마치 이제껏 자기가 한 행동은 의무 이상의 것이며 한결 더 아름답고, 그래서 자기 자신 도취되었다는 것을 그녀도 잘 느낀다는 듯이.

* * *

그런데 그녀가 다시 옷을 입고, 영원히 몸을 감추어버린 후 그들이 아무 말도 주고받지 않은 채 떠나버리자 나는 커다란 의혹에 사로잡혔다. 그녀가 옳은가 아니면 잘못인가? 나는 남자가 눈물을 흘리는 걸 보았고, 이렇게 중얼거리는 걸 들었다.

"이제 나는 죽을 수도 없구나!"

12

그 남자는 지금 누워 있다. 그의 주위로 사람들이 조심스레 서성거리고 있다. 그는 조금씩 몸을 뒤척이고 짤막한 말을 하고, 마실 것을 청하고, 웃음을 짓고, 갖가지 생각들이 밀려오자 입을 다문다.

오늘 아침, 그는 상속 절차를 마쳤고, 두 손을 모았다.

시간은 그를 둘러싸고 주시했다.

"신부님을 부를까요?"

"그래…… 아냐……." 그가 말했다.

누군가 나갔다. 그리고 잠시 후 마치 문 뒤에서 기다리고 있었다는 듯이 짙은 색 사제복을 입은 남자가 나타났다. 그들 두 사람뿐이었다.

죽어가는 그 사람은 새롭게 나타난 사람 쪽으로 얼굴을 돌렸다.

"이제 저는 죽어갑니다." 신부에게 노인이 말했다.

"어떤 종교를 믿으십니까?" 신부가 물었다.

* * *

"우리 나라의 종교, 그리스정교죠."

"그건 이교입니다. 무엇보다도 먼저 그 종교를 버리셔야 합니다. 진짜 종교는 로마가톨릭교뿐입니다."

신부는 계속했다.

"고해하십시오……. 저는 당신의 죄를 사하고 영세해드리겠습니다."

노인은 대답하지 않았다. 신부는 자기의 말을 되풀이했다.

"고해하십시오. 당신이 지으신 죄를 저에게 말씀하시고 당신의 과오도 회개하면 모든 죄가 다 사해집니다."

"어떤 죄 말입니까?"

노인은 머리로 문을 가리켰다.

"저기 있는 사람 말입니까? 저는 그녀와 결혼했습니다." 주저하면서 노인이 말했다.

귀를 세우고 노인 위로 몸을 기울이고 있던 신부는 그 주저하는 기색을 놓치지 않았다. 신부는 냄새를 맡았다.

"언제 말입니까?"

"이틀 전에요."

"오! 이틀 전이라! 그런데 그전에 당신은 그녀에게 죄를 저질렀단 말입니까?"

"아닙니다." 노인의 말이다.

"아…… 저는 당신이 거짓말은 하지 않는다고 믿습니다. 그런데 어떻게 죄를 저지르지 않았습니까? 그건 자연스럽지 않군요." 신부가 우겨댔다. "왜냐하면, 결국 당신도 남자이니 말입니다……."

병자가 흥분하여 깜짝 놀라자, 신부가 말했다.

"내 질문이 솔직하고 노골적이어서 당신이 고함을 참을 수 없을 지경이더라도 놀라지 마십시오. 저는 당신에게 아주 솔직하게 그리고 엄격한 신부의 입장에서 묻는 것입니다. 따라서 당신도 그처럼 솔직한 태도로 대답해주십시오—그러면 당신은 천주님과 통하게 될 것입니다." 신부는 친절한 어조로 덧붙였다.

"저 여잔 나이 어린 처녀요." 노인이 말했다. "그녀는 약혼했었죠. 제가 그녀를 거두어들일 때 그녀는 아주 어린애였습니다. 그녀는 제 여행의 노고를 같이 겪었고, 저를 돌보아주었죠. 저는 죽기 전에 그녀와 결혼했습니다. 저는 부유하고 그녀는 가난하기 때문입니다."

"단지 그것 때문입니까? 다른 이유는 없단 말입니까, 전혀?"

신부는 상대방의 얼굴을 심문자의 날카로운 눈으로 주의 깊게 바라보았다. 그러고 나서 입에는 노골적인 웃음을 지으며 거의 공범자 같은 상냥한 눈을 껌벅거리며 "그렇죠?"라고 물었다.

"저는 그녀를 사랑하고 있습니다." 노인이 말했다.

"드디어, 고백하시는군요!" 신부가 말했다.

* * *

신부는 빈사 상태인 그 병자의 눈에 시선을 멈추고 그 병자에게 입김을 끼었으며 계속 말했다.

"그래, 당신은 저 여인을, 저 여인의 육체를 탐냈군요. 마음속으로 당신은 오랫동안 죄를 지었죠. 그렇죠, 네, 오랫동안 그 죄를 저질렀죠……? 말씀해주십시오. 당신들이 같이 여행하는 동안 호텔

235

에서 방이며 침대는 어떻게 하셨습니까? 당신 말씀으로는 그녀가 당신을 돌봐주었다고 하는데 어떻게 돌봐주었단 말입니까?"

여러 질문들을 통해 그 성직자는 거기 누워 있는 남자의 비참한 마음속으로 뚫고 들어가려고 애썼으며, 오히려 그 질문들은 욕설처럼 그를 더욱 멀어지게 만들었다. 이제 그들의 얼굴은 서로서로를 뚫어지게 바라보고 있었고, 그들 두 사람이 각기 빠져들어가는 오해가 더 커지는 걸 나는 보았다.

그 죽어가는 사람은 마음의 문을 닫아버렸다. 야비한 낯짝을 하고, 입으로는 주님과 진리의 말씀을 거대한 희극과 같은 어조로 말하며, 노인의 가슴이 열리기를 바라는 그 낯선 신부 앞에서 병자는 완고하게도 아무것도 모르는 사람이 되어버렸다.

그러나 병자는 애써 말했다.

"만일 신부님이 말씀하시듯 제가 마음속으로 죄를 지었다면, 그건 제가 죄를 짓지 않았다는 증거가 됩니다. 그런데 순수하고 단순하게 괴로워했던 것에 대해 왜 후회를 해야 할까요?"

"오! 이론은 펴지 맙시다. 우리가 그러려고 여기 있는 건 아닙니다. 생각해보십시오. 저는, 제가 말씀드리려는 것은 마음속으로 저지른 과오는 의도상의 죄라는 것입니다. 그것을 저에게 이야기해주십시오. 어떤 상황에서의 욕망이 당신에게 그런 죄스러운 생각을 일으켰고, 그리고 그런 일이 몇 번이나 일어났는지 말씀해주십시오. 자세한 이야기를 해주십시오."

"하지만, 저는 참았습니다." 그 불행한 병자가 신음하듯 말했다. "제가 말씀드릴 건 이게 전부입니다."

"그걸로는 충분치 않습니다. 이 말의 바른 뜻을 이제 납득하셨으리라고 생각합니다. 오점은 진실로 씻어내야 합니다."

"그럼, 그렇게 합시다." 죽어가는 사람이 말했다. "저는 그 죄를 저지른 것을 고백하고, 그 죄에 대해 후회하고 있습니다."

"그건 고해가 아닙니다. 그런 건 저하곤 관계가 없습니다." 신부가 반박했다. "정확하게 어떤 상황에서 저 사람에 대해 악한 마음의 유혹을 일으켰습니까?"

남자는 불끈 반항심이 솟았다. 그는 반쯤 몸을 일으켜 팔꿈치를 괴고 자기를 보고 있는 외국인 신부의 눈을 맞대고 뚫어지게 바라보았다.

"왜 제 속에 더 악한 마음을 가졌단 말입니까?" 노인이 물었다.

* * *

"모든 사람이 다 가졌습니다."

"그렇다면, 사람에게 악한 마음을 준 건 천주님입니다. 천주님이 사람을 만들었으니까 말입니다."

"아! 당신은 토론가시군요. 당신 말입니다! 좋을 대로 하십시오. 제가 말씀을 드릴 테니. 인간은 선한 마음과 동시에 악한 마음을 가졌습니다. 말하자면 이것도 저것도 할 수 있는 가능성을 가졌다는 말입니다. 만일 악에 지면 저주를 받고, 악을 이겨내면 보상을 받습니다. 구원을 받으려면 자기의 모든 힘을 다해 싸움으로써 구원받을 가치를 가져야 하는 것입니다."

"무슨 힘 말입니까?"

"덕과 신앙입니다."

"그렇다면 덕과 신앙을 충분히 갖지 못했다면 그건 그 사람의 잘못인가요?"

"그렇습니다. 왜냐하면 인간의 영혼에는 너무나 많은 부정과 맹목이 들어 있으니까요."

노인이 반복했다. "누가 인간의 영혼에 덕과 부정을 넣었습니까?"

"천주님이 덕을 주셨고, 또 악을 저지를 가능성을 주셨습니다. 그러나 천주님은 동시에 선과 악을 자기 마음대로 선택할 수 있는 자유로운 의지력을 주셨습니다."

"그러나 만일 인간이 선보다 악한 본능을 더 많이 가졌고, 그 악한 본능이 더 강하다면, 어떻게 그 인간이 선한 쪽으로 돌아설 수 있겠습니까?"

"자유의지 때문이죠." 신부의 말이다.

"자유의지, 그건 한갓 선한 본능이죠. 그런데 만일……."

"인간은 자기가 원하면 선하게 됩니다. 요컨대, 우리가 이따위 논의의 여지가 없는 것을 따지다간 한이 없을 것입니다. 할 수 있는 말이란 다만, 만일 루시퍼〔〈누가복음〉 10장 18절에 나오는 사탄〕가 저주를 받지 않았고, 최초의 인간이 죄를 짓지 않았더라면 모든 게 다른 방향으로 갔으리라는 것입니다."

"우리가 루시퍼나 아담의 고통을 나누어 갖는다는 것은," 분명 머지않아 무겁게 굴러 떨어질 그 병자는 이 논쟁에 흥분되어 말했다. "공정치 못합니다. 게다가 더욱이, 그들이 저주받고 벌을 받았다는 것은 잔혹한 일입니다. 그들이 악에 졌다면, 그건 '무(無)'에서 그들을 만들어내신 천주님 탓입니다. 알아들으시겠습니까? 다시 말하면 천주님이 그들의 내부에 들어 있는 '모든 것'을 그들에게 주었고 천주님이 덕보다 악을 더 많이 그들에게 준 것입니다. 천주님이 집어던진 곳으로 그들이 떨어졌다고 해서 벌을 주다니!"

그는 여전히 팔꿈치를 괴고, 수척하고 시커먼 손으로 턱을 받친 채 자신의 심문자에게 두 눈을 크게 뜬 스핑크스처럼 신부가 하는 말을 들었다.

신부는 다른 아무것도 이해하지 못하는 듯이 반복했다.

"만일 그들이 원했다면 순결해질 수 있었죠. 바로 그게 자유의지라는 것입니다."

그의 음성은 거의 부드러웠다. 구제해주러 온 남자의 입에서 터져나온 일련의 불경스러운 말에 신부가 충격을 받은 것 같지는 않았다. 신부는 필요한 몇 마디 말을 습관적으로 함으로써 이런 신학적인 논쟁에 관심을 두지는 않았다. 하지만 필경 그는 상대방이 이야기하는 데 지치기를 기다리고 있었던 모양이다.

그래서 상대가 녹초가 되어 천천히 숨을 내쉬자 돌에 새겨진 글처럼 차갑고 분명한 말을 들려주었다.

"악한 자는 불행하고, 선하거나 반성하는 자는 하늘나라에선 행복합니다."

"그런데 지상에선요?"

"지상에서는, 선한 사람들은 딴사람들과 마찬가지로, 딴사람들보다 더욱 불행하죠. 왜냐하면 이 세상에서 고통을 받을수록 천국에선 더욱 보상을 받으니까 말입니다."

남자는 열병처럼 그를 쇠진시키는 새로운 분노에 사로잡혀 다시금 몸을 일으켰다.

"아!" 노인이 말했다. "지상에선 선한 사람이 고통을 받는다는 건 원죄보다도 더, 구령(救靈)예정설보다도 한결 더 가증스러운 말이오. 어떤 것으로도 그건 용서 못하오."

신부는 공허한 눈으로 그 반항하는 이를 바라보았다……. (그렇다. 나는 그 신부를 자세히 보았다. 그는 기다리고 있었다!) 신부는 아주 차분한 마음으로 말했다.

"그렇지 않으면 어떻게 영혼들을 시험할 수 있겠습니까?"

"아무것으로도 그건 용서 못합니다! 진정한 영혼을 지닌 신이 있으리라는 무지를 기초로 한 유치한 논리도 용서를 못합니다. 만일 어딘가에 정의가 있었다면 선한 사람들은 고통을 받지 않았어야 합니다. '행복하기 위해선 괴로움을 겪어야 한다.' 이따위 야만스러운 법칙을 규탄하기 위해 일어선 사람이 이제껏 없었다니 이게 도대체 어떻게 된 노릇인지?"

그는 힘이 빠졌다……. 그의 목소리는 잠겨들고 있었다. 극도로 흥분한 그의 몸은 헐떡거렸다. 그의 이야기가 가끔씩 끊겼다…….

"이러한 비난의 소리에 대꾸할 말도 전혀 없을 것이오. 신부님께서 성스러운 그 자애를 사방으로 굴리고 또 굴리고 아무리 공부를 해도 소용없을 것이오. 결국 부단한 고통이 만드는 그 오점을 지울 수 없을 것입니다."

"그러나 고통 때문에 얻어진 행복, 그건 바로 안유(安游)의 운명

240

이며 공통된 법칙입니다."

"그건, 고통이 신의 존재를 의심하게 만드는 공통된 법칙이기 때문이오."

"천주님의 의도는 꿰뚫어볼 수 없는 것입니다."

죽어가는 병자는 수척한 두 팔을 앞으로 쑥 내밀었다. 눈은 퀭하게 파였다. 그는 소리쳤다.

"거짓말이오!"

* * *

"이제 지겹습니다." 신부가 말했다. "제가 가엾이 여기는 당신의 그 횡설수설을 저는 인내심을 갖고 들었습니다. 그러나 지금 그런 이론이 문제가 되지 않습니다. 제가 보기에 당신은 이제껏 아주 멀리 떨어져 살아온 주님 앞으로 나설 준비를 해야겠습니다. 만일 당신이 고통을 받았다면 천주님의 품 안에서 위로를 받을 것입니다. 당신에겐 그걸로 충분합니다."

병자는 다시 몸을 눕혔다. 그는 하얀 시트의 주름 밑에서 얼마 동안 꼼짝 않고 있었다. 마치 무덤 위에 눕혀진 청동 얼굴의 대리석 상처럼.

"신은 나를 위로할 수 없소."

"아들이여! 무슨 말씀을 하시는 겁니까?" 신부의 음성은 이제 활기를 띠었다. "내가 갈망하는 것을 신은 내게 줄 수 없기 때문에 신은 나를 위로할 수 없소."

"아, 가엾은 아들이여, 당신은 어쩌면 그렇게 눈이 어두우시오……. 어떻게 하시려는 겁니까?"

"슬프게도, 나는 그 전능을 믿지 않습니다!"

"뭐라고요? 평생 몸부림치고 고통에 괴로움을 당하는데도 인간에겐 위로가 전혀 없을 것이라니! 도대체 그럼 당신은 그 고통을 무엇으로 보상받겠다는 겁니까?"

"슬프게도 그건 질문이 못 됩니다."

"왜 저를 부르셨죠?"

"저는 기대하고 있었죠."

"무엇을 말입니까? 당신은 무엇을 기대했다는 겁니까?"

"모르겠습니다. 사람은 자기가 알지 못하는 것은 결코 기대하지 않습니다!"

병자의 두 손이 허공에서 허우적거리다 떨어졌다.

그들은 말없이 가만있었다……. 그들의 머릿속에선 신의 존재 자체가 문제라는 걸 나는 똑똑히 느낄 수 있었다. 신은 존재하지 않는가, 과거와 미래는 죽어버렸는가……? 그렇긴 하지만 그 모든 시비에도 불구하고 똑같은 생각에 골몰해 있는 그 두 사람, 그 두 애원자, 닮지 않은 그 두 형제 사이에 서로 접근하는 섬광 같은 시간이 있었다.

"시간은 지나갑니다."

신부가 말했다. 그리고 아무 이야기도 없었던 것처럼 방금 자신이 중단했던 데서 다시 그 대화를 계속했다.

"당신의 육체가 죄를 저지르던 때의 상황을 말해주십시오. 말씀하십시오……. 당신이 혼자서 그 여인의 곁에 나란히 있었을 때 당신들은 말을 했습니까, 아니면 입을 다물고 있었습니까?"

"나는 당신을 믿을 수 없소." 남자가 말했다.

신부는 눈썹을 찡그렸다.

"회개하십시오. 그리고 당신을 구원할 가톨릭교를 믿는다고 말씀해주십시오."

그러나 병자는 끝없는 고뇌에 사로잡혀 머리를 가로저었다. 그리고 자기의 모든 행복을 부인했다.

"기독교란……." 그가 시작했다.

신부가 거칠게 그의 말을 중단시켰다. "다시는 그런 말을 하지 마십시오! 조용히 하십시오. 당신의 모든 궤변을 저는 손짓 하나로 쓸어버릴 수 있습니다. 우선 가톨릭교를 믿기 시작하십시오. 그럼 그게 무엇인지 알게 될 것입니다. 당신은 그 종교가 당신을 기쁘게 해드릴 것 같아서 그걸 믿지 않는 것이죠? 당신을 믿게 하려고 여기에 온 것도 바로 그 때문입니다."

일종의 질투와 증오의 장면이었다. 그 두 남자는 마치 두 원수처럼 묘혈의 가장자리에서 서로 노려보고 있었다.

"믿어야 합니다."

"나는 안 믿소."

"믿어야 합니다."

"당신은 위협으로 진실을 바꾸려고 합니다."

"그렇습니다." 신부는 기본적인 명령을 딱 잘라서 말했다. "납득했든 안 했든 간에 믿으십시오. 증명이 문제가 아니라 신앙이 문제입니다. 우선 믿어야 합니다. 그렇지 않으면 영원히 못 믿게 될 위험이 있어요. 천주님께서는 믿지 않는 사람을 손수 납득시키려고는 하지 않으십니다. 지금은 이미 기적의 시대가 아닙니다. 기적은 우리들이고, 신앙입니다. '믿으라, 그러면 하늘이 너를 믿게 하리라.'"

'믿으라!'라는 똑같은 말을 마치 돌멩이 던지듯이 그에게 끊임없이 던졌다.

"아들아!" 신부는 살찐 동그란 손을 쳐들고 서서 더욱 장엄하게 말을 이었다. "나는 당신께 예배를 강요합니다."

"가버리시오."

남자는 증오에 차서 말했다.

그러나 신부는 꿈쩍도 하지 않았다.

그 영혼을 구원해야 한다는 필요성에 몰리고 절박함에 날카로워진 신부는 완강해졌다.

"당신은 이제 곧 죽습니다." 신부의 말이다. "이제 곧 죽어요. 살아 있을 시간이라곤 단 몇 초밖에 없습니다. 복종하세요."

"안 하겠소." 남자가 말했다.

검은 사제복을 입은 사내가 그의 두 손을 움켜잡았다.

"굴복하십시오. 이제 좀 전처럼 당신의 귀중한 시간을 잃는 그따위 논쟁거리를 찾을 생각은 마십시오……. 그따위 것은 하나도 중요하지 않습니다. 바람에 실려 가버리라고 내버려두십시오……. 우리들뿐입니다. 당신과 나와 그리고 천주님."

신부는 머리를 흔들었다. 작은 이마가 불쑥 솟아 있고, 둥그렇고 앞으로 내민 코엔 축축하고 어두운 두 콧구멍이 너부죽하게 벌어져 있으며, 누렇고 엷은 입술이 마치 새끼줄처럼 어둠 속에 따로 떨어져 있고, 두드러져 보이는 두 이빨을 비끄러맨 듯하다. 그의 얼굴은 이마를 따라 미간과 입가엔 주름살투성이고 턱과 뺨은 잿빛 수염으로 덮여 있다.

신부가 말했다.

"나는 천주님의 대리자입니다. 당신 앞에 있는 나는 천주님이나 마찬가지입니다. 간단히 이렇게 말하십시오. '저는 믿습니다'라고, 그러면 면죄해드리겠습니다. '저는 믿습니다.' 그게 전부입니다. 나머지는 저에겐 상관없습니다."

신부는 자기의 얼굴을 병자의 얼굴에 거의 가져다 붙이고, 마치 한 대 치듯 어느 자리에다 사죄를 내릴지 탐색하며 점점 더 몸을 기울였다.

"자, 제가 하는 대로만 따라서 외우십시오. '하늘에 계신 우리 아버지이시여'라고. 당신에게 딴 건 시키지 않겠습니다."

거절하는 뜻으로 일그러진 병자의 얼굴은 거부하는 몸짓을 했다.

'안 하겠소. 안 하겠소' 하고……

돌연 신부는 벌떡 승리에 찬 표정으로 일어섰다.

"드디어! 당신은 그 말을 했습니다."

"아니오."

"아!" 신부는 이빨 사이로 으르렁거렸다.

신부는 그의 두 손을 쥐고 비틀었다. 만일 그의 헐떡이는 소리가 고백이었더라면 신부는 그를 껴안기 위해, 그의 목을 조르고 병자를 자기 품에 안고 그를 죽여버렸을 정도로 신부는 그를 설득하려

는 욕망과 병자의 입에서 새어나오는 그 말을 들으려고, 그 말을 병
자에게서 뽑아내려는 욕망에 가득 차 있었다.

신부는 병자의 쇠약한 손을 내던지고 짐승처럼 방 안을 성큼성
큼 걸어 다니다가 다시 침대 앞에 와 섰다.

"이제 당신이 곧 죽어 썩어버린다는 걸 생각해보시오······." 가
엾은 병자에게 신부가 말했다. "머지않아 당신은 땅 속에 묻히오.
말하십시오. '우리의 아버지이시여'라고, 그 말 두 마디만 하면 됩
니다. 더는 필요없습니다."

신부는 한 영혼을 엿보고 있는 악마처럼 시커멓게 쭈그리고서
병자의 입을 들여다보면서 병자 위에 버티고 서 있었다. 마치 죽어
가는 온 인류에 대해 온 '교회'가 그렇듯이.

"말해요······. 그걸 말해요······. 말하란 말입니다······."

병자는 몸을 빼려고 애쓰고 미친 듯이 아주 낮게 있는 힘을 다해
헐떡거렸다.

"안 하겠소."

"악마 같으니!"

신부가 병자에게 꽥 소리쳤다.

* * *

"어떻든 당신은 손에 십자가를 쥐고 죽을 것이오."

신부는 호주머니에서 십자가를 하나 꺼내더니 병자의 가슴에 묵
직하게 놓았다.

병자는 마치 종교라는 것이 전염이라도 되는 듯이 무서운 공포

246

속에서 꿈지럭거리더니 십자가를 땅에 내던졌다.

신부는 몸을 수그리면서 욕설을 내뱉었다.

"썩을 것, 너는 개새끼처럼 뒈지고 싶은 모양이구나, 하지만 내가 여기 있어!"

신부는 십자가를 거두어 손에 쥐고, 눈을 번쩍거리며 상대방을 이기고 보다 더 오래 살 수 있다는 자신에 차서 최후의 기회를 기다렸다.

죽어가는 병자는 완전히 기진맥진하여 헐떡거렸다. 신부는 그가 자기 수중에 들어왔다고 생각하고 십자가를 다시 가슴 위에 놓았다. 이번에 병자는 증오의 시선으로, 난파선에서 보는 낙망의 시선으로 신부를 바라볼 수밖에 없어서 십자가를 팽개치지 못하고 지니고 있었다. 눈빛으로 십자가를 떨어뜨릴 수는 없었다.

그 신부가 밤에 떠나고, 병자가 차츰 제정신으로 돌아와서 해방되자, 나는 난폭하고 우악스럽던 그 신부가 끔찍스레 옳았다고 생각했다. 나쁜 신부였는가? 아니다. 양심과 자기 신앙에 따라 하는 말을 멈추지 않았고, 다만 있는 그대로의 인간에게 종교를 아무런 위선 없이 양보도 하지 않고 적용시키려고 애쓰던 좋은 신부였다. 무식하고 서투르고 거친 건 사실이다. 그러나 끔찍스러운 폭행을 하는 가운데에도 성실하고 논리적이었다. 내가 신부의 말을 듣고 있던 반 시간 동안, 신부는 가톨릭교가 사용하고 권장하는 온갖 방법을 다해 신자를 권유하고 사죄를 한다는 자신의 사명을 이행하려고 노력했다. 그 신부는 신부가 할 수 있는 모든 말을 다 했던 것이다. 신의 봉사자이며 신의 노예인 신부의 짐승 같은 야비함 속에 모든 교의(敎義)가 노골적이고 분명하게 드러났다.

어느 순간 그는 어찌할 바를 몰라 진정으로 고통스러워하며 이렇게 신음했다.

"제가 무엇을 해주길 바라십니까?"

만일 그 병자가 옳다면 신부도 옳다. 가톨릭교의 충복인 신부였다.

* * *

……아! 침대 곁에서 똑바로 꼼짝 않고 있는 저것은…… 조금 전만 하더라도 거기에 없던 커다랗고 키 큰 저것은 병자 곁에 놓여 있는 활활 타오르는 촛불의 불꽃을 가리고 있는 저것은…….

나는 벽에 기대면서 부주의로 부스럭 소리를 조금 냈다. 그러자 공포에 잠긴 그것은 느릿느릿 내 쪽으로 얼굴을 돌렸다. 그 공포는 나를 놀라게 했다.

나는 그 희미한 얼굴을 알아보았다……. 그건 호텔 주인이 아니었던가, 야릇한 태도를 한 남자로서, 잘 볼 수 없었던…….

소란스러운 그 밤에 병자가 혼자 있게 될 순간을 기다리며 그는 복도에서 얼쩡거리고 있었던 것이다. 지금 그는 잠이 들었거나 피로에 지친 그 남자 곁에 서 있었다.

그는 침대 옆에 놓인 가방 쪽으로 손을 뻗쳤다. 그러면서도 눈빛은 죽어가는 병자를 보고 있었기에 그의 손은 두 번씩이나 가방을 헛짚었다.

위층에서 삐걱거리는 소리가 났다. 그래서 우리는 놀라 소스라쳤다. 노크 소리가 났다. 그는 외마디 소리가 나오는 걸 막느라고 몸을 흠칫했다.

……그는 천천히 가방을 열었다. 그런데 나는 나도 모르게 그에게 충분한 시간이 없을까 봐 두려웠다…….

그는 가방에서 부드럽게 바스락거리는 상자를 꺼냈다. 그리고 손에 지폐 다발을 놓고 지긋이 바라보는 동안 그의 얼굴에 야릇한 광채가 번졌다. 온갖 사랑의 감정이 거기 뒤덮여 있었다. 숭배심과 신비감과 동물적인 사랑마저도―즉 일종의 초자연적인 황홀감과 순간적인 환희를 벌써 포용하고 있는 야비한 만족감마저도…… 그렇다. 온갖 애정이 그 도둑놈 얼굴 위에 한순간 나타났다.

……삐죽 열린 문 뒤에 누군가 지키고 있었다. 손짓하는 게 보였다. 그는 발끝으로 살그머니 서둘러 떠났다. 나는 양심 있는 사람이다. 그러나 나는 그와 함께 내 숨을 죽였다. 나는 그를 '이해'했다. 내가 그러지 않았다 해도 소용없는 노릇이다. 그 도둑이 느끼던 것과 통하는 공포와 환희에 차서, 나도 그와 더불어 도둑질을 한 것이었다.

……모든 도둑질은 정욕적이다. 비열하고 야만스러운 그 도둑질조차도(갑자기 손에 들어온 보물에 대한 끌 수 없는 애정의 눈초리라니!) 가벼운 죄나 큰 죄나 도둑질은 모두 끝없는 욕망의 환영에 의해 이루어진 범죄다. 그 욕망이 곧 우리의 본질 자체이며 우리 영혼의 적나라한 모습이다. 소유하지 못한 것을 소유한다는 것 말이다.

그렇다면 범죄자들을 용서해야 할 것이고, 벌이란 공평한 것이 아닐까……? 아니다. 범죄자들에게서 자신을 지켜야 한다. 인간 사회란 정직을 바탕으로 하기 때문에 범죄자들을 무력하게 해제시키고 특히 공포로 당혹스럽게 하기 위해 그들을 후려쳐야 하고 악한 행동을 하려는 찰나의 다른 사람들을 막아야 한다. 그러나 일단 범죄가 벌어진 이상엔 언제나 그와 같은 범죄의 구실을 만들까 두려우므로 그의 그럴듯한 구실을 찾아서는 안 된다. 범죄는 어떤 냉혹한 원칙에 의해 사전에 벌해야 한다. 정의는 무기처럼 냉혹해야 한다.

정의란 그 말이 지칭하는 것 같은 덕은 아니다. 그것은 하나의 조직으로서, 덕은 그 조직에 대해 냉혹하다. 조직은 속죄를 시키지 않는다는 말이다. 속죄와는 무관하다. 그 조직의 역할은 모범을 보이는 것이다. 즉 죄진 사람을 일종의 허수아비로 만들어, 범죄를 향해 이럴까 저럴까 망설이는 사람의 생각에 정의의 무자비함을 증거로 보여주는 것이다.

어느 누구도 아무것도 속죄시킬 권한이 없다. 뿐만 아니라 누구도 그것을 할 수 없다. 복수는 범죄와는 너무나도 다르고, 그건 말하자면 어떤 다른 사람을 해치는 것이다. 따라서 속죄란 이 세상에선 전혀 쓰이지 않는 단어에 불과하다.

13

쇠약해질 대로 쇠약해진 그가 움직이지 않았다. 육체의 불길한 무게만이 말없이 누워 있는 그 남자에게 머물고 있었다. 죽음이 그에게서 온갖 동작과 보일까 말까 한 전율조차도 앗아가버린 지 벌써 오래다.

그의 아름다운 반려는 그와 마주 보며 남자의 시선이 곧바로 닿는 침대 발치에 앉아 있었다. 그녀의 두 팔은 침대의 나무 쪽으로 나란히 뻗어 있고, 예쁜 두 손이 가장자리 위에서 퍼떡거렸다. 살짝 숙인 옆모습이었다. 몹시도 부드럽고 섬세한 옆모습은 감미로운 저녁 풍경에서 밝은 필치로 그려져 있었다. 활처럼 굽은 우아한 눈썹 밑으로 맑고 순결한 큰 눈이 천사처럼 고동치고 있었다. 뺨과 관자놀이의 연한 피부는 하얗게 윤기가 나고 탐스러운 머리카락, 전에 그녀가 나체가 되었을 때 본 그 머리털은 신처럼 보이지 않는, 그녀의 생각을 담고 있는 이마를 부드럽게 감싸고 있었다.

그녀는 혼자서, 벌써 무덤에 갇힌 것같이 맥없이 쓰러져 있는 그 남자와 함께 있었다—어떻게든지 그 남자에게 매이려고 몸부림치고 있는, 그가 죽으면 미망인으로서 정숙하게 살아가고자 바랐던 그 여인. 우리에겐, 그 남자와 나에게는 세상에 오로지 그녀의 얼굴밖에 보이지 않았다. 그리고 실제로도, 깊어가는 밤의 어둠 속에 그 얼굴밖에 아무것도 없었다. 아무것도 가리지 않은 그녀의 갸름한 얼굴과 영광스러운 애정처럼 다소곳이 모은 황홀한 그 두 손만 보였다.

······침대에서 사람 소리가 들려왔다. 나는 간신히 들었다.

"내 말이 끝나지 않았소." 그 목소리가 말했다.

안나는, 거의 형체도 없고 움직이지도 못하는 그 육체에서 풍겨나오는, 아마도 마지막 말이 될 이야기를 거두어들이기 위해 마치 관 속을 들여다보듯 침대 위로 몸을 기울였다.

"내게 더 시간이 남았는지······. 내게······ 시간이······."

거의 입 속에 머물러 있는 그 웅얼거림은 듣기 어려웠다. 그 목소리는 한 번 더 그녀의 존재를 확인하자 명료해졌다.

"안나, 당신에게 고백하고 싶구려. 나는 이것마저 나와 함께 묻히는 걸 바라지 않소." 어렵사리 다시 생기를 찾은 그 목소리가 말을 이었다. "그 추억을 나는 애처롭게 여겼소. 나는 애처롭게······ 그 추억이 묻혀 없어지지 않기를······. 당신 전에 나는 한 여인을 사랑했었소.

그렇소······. 나는 사랑했소. 감미롭고 서글픈 그 영상······. 죽음의 먹이가 되지 않도록 나는 그것을 뜯어내고 싶구려. 당신이 여기 있으니 그걸 당신께 주겠소."

그는 자기가 말하는 그녀를 바라보려는 듯이 명상에 빠져들었다.

"그녀는 맑은 황금 빛깔 머리를 가진 여자요." 남자가 말했다.

"안나, 당신은 그 여자를 질투해서는 안 되오. (사랑하지 않을 때에도 사람은 때때로 질투를 하는 법이니) 그건 여러 해 전이었소. 당신이 태어나고 얼마 안 돼서였을 것이오. 그때는 당신이 조그만 어린애였을 때, 길을 가더라도 어머니들이나 돌아보았을 어린애였을 때지.

우리는 그녀의 부모가 사는 대저택의 정원에서 약혼했소. 그녀는 은빛 곱슬머리에 리본을 잔뜩 달았지. 나는 그녀 앞에서 말을 타고 달리고 그녀는 나를 보며 웃었지.

그땐 나도 젊었고 힘차고 장래에 대한 희망으로 가득 차 있었소.

세계를 정복하러 나갈 생각이었고, 그러기 위한 방법까지도 생각해놓았다고 믿었소……. 그러나 슬프게도, 나는 그 표면만을 급히 지나갔을 뿐이오!

그녀는 나보다 훨씬 어렸소. 싱싱하게 피어 있던 그녀는, 어느 날 지금도 기억이 나는구려 우리가 앉던 정원의 벤치에는, 언제나 우리 옆에 그녀의 인형이 놓여 있었소. 벤치에 나란히 앉아 우리는 이런 말도 주고받았소. '우리가 늙으면 우리 둘이 이 공원으로 되돌아올 거예요.' 우리는 서로 사랑하고 있었소……. 당신도 이해하겠지……. 안나, 이제 당신에게 이야기할 시간이 없지만 당신은 이해해주겠지. 지금 내가 두서 없이 당신에게 말하는 그 추억의 몇 가지 유물은 사람들이 생각하는 것보다 훨씬 더 아름답다는 것을…….

우리의 결혼 날짜가 정식으로 결정되어 이제 서로 말을 놓기로 정한 바로 그때 나는 세세한 것까지도 기억하고 있소―바로 그해 봄에 그녀가 죽었소. 온 나라를 휩쓸던 전염병이 우리 두 사람을 갈라놓았소. 나 혼자만 다시 살아났지. 그녀에겐 그 괴물로부터 벗어날 힘이 없었소. 스물다섯 해 전 이야기요. 그러니, 안나, 그녀의 죽음과 내 죽음 사이엔 25년이라는 간격이 있는 것이오.

그리고 이게 가장 소중한 비밀이오만……"

이 말은 내게 들리지 않았다.

"안나, 그 이름을 내게 다시 들려주오."

그녀가 그 이름을 되풀이해서 말했다. 그 희미한 음절들은 혼란스레 내 가슴을 쳐서 나는 그 음성들을 하나의 말로 결합시킬 수 없었다. 모르는 사람의 이름을 알아들으려면 아주 똑똑히 들어야 하기 때문이다. 어떤 음절의 다른 부분들은 불어나고 머리에 떠오르지만 이름만은 완전히 혼자 독립된 것이다.

그런데 남자는 일몰처럼 기우는 추억의 음성을 되풀이해 말했다.

"당신이 여기 있으니 그 추억을 당신께 맡기겠소. 만일 당신이 여기 없었다면, 그 추억이 나로부터 구출되도록 누구에게나 나는 그걸 맡겼을 것이오."

* * *

마지막까지 말할 수 있도록 고르고 억양 없는 목소리로 덧붙였다.

"또 하나 고백할 게 있소. 하나의 과실과 불행을……."

"신부님께 그 과실을 고백하지 않으셨어요?" 그녀가 물었다.

"그에겐 거의 아무 말도 하지 않았소." 그는 만족스레 대답했다.

그리고 차분히 가라앉은 큰 소리로 다시 말을 이었다.

"나는 우리의 약혼 기간 동안 우리에 관한 시를 썼었소. 그 원고의 제목은 그녀의 이름과 같은 것이오. 우리는 함께 그것을 읽었고, 그걸 사랑했으며, 두 사람 다 그 시를 찬미했소. 내가 새로운 시를 그녀에게 들려주면, 그때마다 그녀는 손뼉을 치며, '아름다워요. 아름다운 시예요'라고 말했소. 그리고 우리가 함께 있을 때는 언제나 우리가 집을 수 있는 곳에 그 원고가 있었소—우리 생각으로는 이 때까지 씌어진 것 중에서 가장 아름다운 글이었소. 그녀는 이 시들이 발표되어 우리 두 사람 사이에서 빠져나가는 것을 원치 않았소. 어느 날, 정원에서 그녀는 자기의 마음속에 있던 그런 의견을 내게 밝혔소. '싫어요! 절대 발표하지 말아요!'라고 그녀는 말했소. 그녀는 머리를 귀엽게 살랑거리면서, 나에게는 굉장히 큰 효과가 있는 말이라고 생각되는 그 말을 고집 세고 완강한 소녀처럼 되풀이해서 말했소."

남자의 목소리는, 그 옛이야기의 어떤 사실들을 더욱 생생하게 만들고 완성시키면서, 한결 더 자신에 차고 동시에 한결 더 떨렸다.

"아침부터 비가 길고 단조롭게 내렸던 때요. 한번은 온실에서 '필리프' 하고 그녀가 나를 불렀소—당신이 지금 나를 그렇게 부르듯 그녀도 나를 '필리프'라고 불렀소."

그는 지금 곧 자기 입에서 발음된 그 말의 너무도 단순한 그 단순성에 놀라 말을 멈췄다.

"'로세티라는 영국 화가의 이야기를 아세요?'라고 그녀는 내게 말하고, 그녀가 읽고 깊은 인상을 받은 그 에피소드를 내게 이야기해주었소. 로세티는 사랑하던 귀부인에게 약속하기를, 그녀를 위해 쓴 책의 원고를 언제까지나 그녀에게 남겨주기로 했던 것이오. 그리고 만약 그 부인이 죽으면 그녀와 함께 관 속에다 그 원고를 묻어 주기로 약속했었소. 그녀가 죽자, 실제로 그 남자는 원고를 그녀와 함께 묻었소. 그러나 나중에 명예에 대한 집착에 사로잡힌 로세티 는 자기의 약속과 그 무덤을 유린했소. '만일 내가 당신보다 먼저 죽으면 당신의 책을 내게 남겨주고, 다시 그 책을 찾아가지는 않으시겠죠! 필리프?' 그래서 나는 웃으며 약속했고 그녀 또한 웃었지.

나는 병에서 천천히 회복되었소. 내가 꽤 건강해졌을 때 그녀가 죽었다는 걸 알게 되었소. 내가 집 밖을 나설 수 있게 되었을 때, 나를 그 묘에 데려다줍디다. 그녀 집안의 거대한 묘지 어딘가에 그 작은 새 관이 감춰져 있었던 것이오.

내 참담한 슬픔을 이제 다시 이야기해봐야 무슨 소용이 있겠소……. 모든 게 그 슬픔을 회상시켜주더군. 나는 그녀로 가득 차 있었소. 그러나 이제 그녀는 이 세상에 없소! 내 기억력이 희미해졌기 때문에, 한 가지씩밖에는 추억이 떠오르지 않았소. 내 슬픔은 내 사랑의 쓰라린 재생이었소. 그 원고를 보자 내가 한 약속이 생각나오. 그걸 다시 읽어보지도 않고 작은 상자에 넣어두었소. 그러나 병이 회복되면서 새로운 마음을 품게 된 나에게는 원고의 내용 같은 것은 기억나지 않았소. 나는 죽은 여인의 소망에 따라 관 속에 그 책을 넣어주기 위해 묘석을 떠들고 관을 열어달라고 우겨댔소. 그러나 그녀의 장례식에 참석했던 한 사내종이 나에게 와서 말을 해줍디다. '그 책을 그녀의 두 손 속에 넣었어요'라고.

나는 그 뒤로 살아왔고 일했으며 하나의 작품을 만들려고 애썼죠. 희곡도 시도 끼적거렸소. 그러나 어느 것도 마음에 들지 않았고 차츰차츰 나는 우리의 그 책이 필요했소."

* * *

"나는 그 원고가 아름답고 진지하며, 서로를 허락하던 두 마음에서 온통 떨려 나온다는 걸 알고 있었소. 그래서 비열하게도 3년 후에 그 원고를 다시 쓰려고 애썼소……. 세상 사람들에게 그 책을 보여주기 위해서. 안나, 우리들 모두를 불쌍히 여겨야 하오……. 그러나 이 말을 해야겠소. '다시 그 책을 가져가지는 않으시겠죠. 필리프?'라는 이 먼 과거에서 오는, 무력한 가운데서도 그처럼 강렬하게 오는 감미로운 음성에 귀를 틀어막지 않을 수 없었던 것은 영국의 화가처럼 명예욕이나 찬사에 대한 욕망 때문만은 아니었소.

그건, 물리칠 수 없이 아름답고 강렬한 작품으로, 남의 눈에나 자신을 뽐내고자 했던 것만은 아니었소. 그건 또한 좀 더 옛 기억을 잘 살리기 위해서였소. 왜냐하면 우리의 모든 사랑이 그 책 속에 담겨 있었으니까 말이오.

나는 그 시의 속편을 쓰지 못하고 말았소. 그 시가 쓰인 후 곧 재능이 쇠퇴했고, 다시 살아나서는 안 될 그 시들이 마음속에서 다시는 소생되지 않도록 충실하게 노력하느라고 흘려버린 3년이라는 세월, 그 모든 것이 실제로 그 작품을 내 마음속에서 지워 없애버렸던 것이오. 고작해야 나는, 그것도 거의 언제나 우연에 의해 시의 제목들이나, 몇몇 어구들을 생각해낼 수 있었을 뿐이고, 또 때로는 그 시의 어렴풋한 음향이나 감격스러운 광채 같은 것이 생각날 뿐이었소. 무덤 속에 있는 바로 그 원고가 내게는 필요했던 모양이오.

257

그래서 어느 날 밤엔 거기에 가야겠다는 생각도 들었소…….

소용없었으니 이야기할 필요도 없는 내적 갈등과 몇 번이나 느꼈던 망설임 끝에 거기에 가야겠다는 생각이 들었소……. 그래서 나는 묘지의 담을 끼고 가며, 또 다른 한 사람, 즉 비참과 죄악을 저질렀다는 점에서 나와 비슷한 나의 형제인 그 영국 화가를 생각해보았소. 그러자 바람이 내 다리를 얼어붙게 합디다. 나는 몇 번이고 중얼거렸소. '이건 그것과 같은 게 아냐'라고, 그러자 그 어리석은 입버릇은 나를 계속 걷게 해주었소.

나는 불빛을 가려야 할지 어떨지 자문해보았소. 불빛이 있으면 더 빨랐을 것이오, 곧장 그 작은 상자를 볼 것이며 딴 것은 만지지 않고 곧장 그 상자만을 집을 것이었소―그러나 나는 모든 것을 보게 될 것이오―그래서 나는 불을 켜지 않고 손으로 더듬어 찾는 편을 택했소……. 나는 향수가 줄줄 흐르는 손수건을 얼굴에 가져다 댔고 그 향기의 속임수를 나는 영원히 잊지 못할 것이오. 공포에 어리둥절해 있던 나는, 그녀의 몸에서 내가 제일 먼저 만진 것이 뭔지 알 수 없었소……. 그녀의 목걸이였소……. 아로새겨진 그녀의 목걸이……. 그게 살아 있는 느낌이었소. 그 상자! 그녀의 시체는 축축한 소리를 내며 내게 그걸 돌려주었소. 무언가 내 몸을 스칩디다. 가볍게…….

안나, 나는 당신께 몇 마디만 하려고 했었소. 그런 일들이 어떻게 일어났는지 말할 여유가 없으리라고 생각했소. 당신이 그 일들을 속속들이 아는 게 나는 오히려 더 좋소. 예전엔 내게 그토록 잔인하던 삶이, 살아 있는 당신이 내 말을 귀 기울여 들어주는 지금

이 순간엔 감미롭기만 하오. 내가 느꼈던 것을 표현하고 싶은 욕망이, 지금 당신에게 말하고 있는, 그 옛날엔 나를 저주받은 녀석처럼 느끼게 하던 그 과거를 재생시키고 싶던 욕망이 오늘 저녁은 하나의 선행처럼 느껴지오. 내게서 당신에게로 당신에게서 내게로 오는 선행처럼."

그런데 그 젊은 여인은 주의력을 집중시켜 남자 쪽으로 몸을 기울이고 있었다. 그녀는 꼼짝 않고 조용히 있었다. 도대체 그녀가 무슨 말을 할 수 있겠으며, 주의를 기울이는 것보다 더 부드러운 무엇을 할 수 있었겠는가.

* * *

"남은 밤 동안 내내 나는 그 훔쳐온 원고를 읽었소. 그녀의 죽음을 잊어버리고 그녀의 삶을 생각하기 위해서는 그게 내 유일한 구원책이 아니었을까……?

그 시들이 내 생각과 같지 않다는 걸 나는 곧 깨달았소.

내게는 그 시들이 막연하고 너무 길다는 인상이 점점 커졌소. 그토록 오랫동안 사랑했던 글이 내가 그뒤 내내 생각했던 것만 못했소. 차츰차츰 그 시가 그리고 있던 정경이며, 일이며, 망각되었던 동작들이 기억났소. 그런데 이렇게 되살아나기는 했지만, 그것들이 둔하고 평범한 문장이거나 아니면 과장적인 허풍이라는 걸 느꼈소.

그 노래의 잔해물 앞에 머리를 디밀자 소름 끼치는 절망감이 엄습합디다. 묘 속에 들어 있었기 때문에 내 시들은 썩어버렸고 생명을 박탈당했다는 느낌이 듭디다. 그 시들은 내게 그 시들을 건네준 바짝 마른 손만큼이나 비참했소. 그토록 감미로운 시였는데. '아름 다워요! 아름다운 시예요!'라고 그 작고 행복에 찬 목소리는 몇 번 이고 외쳤었소. 그때 그녀는 두 손을 아름답게 모으고 있었지.

그 시가 그토록 아름답게 보였던 것은, 그녀의 음성과 내 시들이 그때는 살아 있었고, 사랑의 도취와 정염이 그들의 모든 매력으로 시의 운율을 장식했기 때문이오. 그러나 그 모든 것은 과거의 일이 고 실제론 사랑도 더 이상 없어져버렸소.

책과 동시에 내가 읽었던 것은 망각이라는 것이었소……. 그렇 소, 죽음이 전염되어 있었소. 그렇소, 내 시는 침묵과 암흑 속에 너 무도 오랫동안 머물러 있었던 것이오. 아, 슬프게도, 그녀 또한 그 때부터 너무도 오랫동안 거기에 머물러 있었소. 그녀는 저 세상에 서 무섭게 조용히 잠들어 있었소—만일 사랑 때문에 여전히 그녀 가 살아 있다고 한다면 감히 나로서는 들어가볼 엄두도 못 낸 묘지 속에서 그녀는 정말 죽어 있었소.

그런데 내 오욕스런 행동이 쓸데없다는 생각을 했었소—그리고 이 세상에서 사람이 약속하고 맹세하는 것이란 모두 소용없는 모독 이라는 생각이 듭디다.

그녀는 정말로 죽은 것이었소. 아! 나는 그날 밤 그녀 때문에 얼 마나 울었던가! 그 밤이야말로 진정 내 비탄의 밤이었소! 사랑하는 사람을 잃고 났을 때는 불행한 한순간이 오는 법이오—그 혹독한 충격이 지난 다음에 말입니다—그때 사람은 끝장이 났다는 걸 깨 닫게 되고, 그때야 절망이 드러나고, 어느 곳에나 절망뿐이고 그 절 망이 끝없이 퍼져나가오. 내 죄책감의 지배하에서, 그 죄악보다, 아니 그 무엇보다 더 큰 시에 대한 환멸이 지배하던 그날 밤이 바로 그러했소!

나는 다시 한 번 그녀를 보았소. 맑고 생기에 넘쳐 움직이던 그녀는 얼마나 귀여웠는지. 발랄한 아름다움으로 그녀는 넘쳐 있었소. 끊임없이 그녀를 감싸던 그녀의 웃음소리, 줄곧 사람들에게 퍼붓던 그 끝없던 질문들……. 햇빛 속의 파릇파릇한 잔디 위에서 그녀 스커트(아주 희미한 장밋빛의 오래되고 부드러운 새틴 스커트)의 벨벳 같고 비단결 같은 주름을 다시 보았소. 어느 날인가 그녀는 몸을 숙이고 두 손으로 그 스커트를 펴며 자기의 예쁜 두 발을 물끄러미 보고 있었지. (그리고 바로 옆에는 하얀 조상(彫像)의 받침돌이 있었소.) 한번은 무슨 흠이라도 찾아보려고 그녀의 살결을 바짝 들여다보며 즐거워했소. 그런데 내 시험에 응하기 위해 항시 팔딱거리던 것을 한순간 멈춘 이마며 뺨이며 턱이며 할 것 없이 부드럽고 매끄러운 살결을 가진 그녀의 얼굴에서 나는 아무런 흠도 찾지 못했소.

그래서 나는 거의 눈물이 날 지경으로 감동하여 무슨 말을 하는지도 모르고 지껄였소. '이건 너무하다…… 너무해……'라고. 그녀는 그녀를 보던 모든 사람들 중의 공주였소. 그녀가 지나갈 때면 시중 상인들은 문턱에 서서 그녀를 보는 것만도 행복하다고 생각했소. 그리고 모든 사람들이, 늙은이들까지도 존경심을 품고 그녀에게 가까이 다가갔소. 그녀는 공원의 조각된 큰 돌 벤치 위에 반쯤 몸을 젖혀 넓은 등판에 기대고 있던 여왕 같은 모습이 아니었던가—그러나 그 큰 돌 벤치도 이제 하나의 텅 빈 묘 같았소…….

261

나는 그녀의 물건을 몇 가지 지니고 있었소. 부채, 나는 그 생기 잃은 부채를 내 눈앞에서 만지작거리고 좀 흔들어보았지. 그리고 그녀의 아주 차가운 작은 장갑, 그녀가 쓴 편지 몇 장, 그 편지들은 보관되지 않았기 때문에 누구나 볼 수 있었소.

오! 허다한 시간의 한가운데 있는 어느 한순간 동안, 나는 그녀를 얼마나 사랑했는지 알았소. 한때는 살아 있었지만 죽어버린 그녀를. 그녀는 태양이었고 절규였소. 그런데 그녀는 이제 어둠의 원천 같은 것이 되어 지하에 있는 것이오.

그래서 나는 또 인간의 심정이라는 것에 대해서 통탄하며 울었소. 그날 밤, 내가 느꼈던 것의 위대함을 깨달았소. 그러고 나서 그 논리적인 망각이 왔고, 내가 눈물을 흘렸다는 것을 회상해도 슬프지도, 아무렇지도 않은 때가 찾아왔소."

* * *

"안나, 바로 이게 내가 당신에게 하고자 했던 고백이오……. 나는 이 사반세기 동안이나 해묵은 그 사랑의 이야기가 끝나지 않기를 바랐던 것이오. 그 이야기가 너무 감동적이고 너무 진실하며, 너무도 엄청나게 큰일이어서 살아남아 있을 당신에게 아주 간단하게 이야기해주는 것이오.

그때 이후로 나는 당신을 사랑했고 지금도 사랑하고 있소. 여왕이며 고독한 여인 같은 당신에게 나는, 영원히 열일곱 살의 작은 소녀의 영상을 바치오……."

그는 한숨을 쉬었다. 그리고 인간의 마음속에 있는 종교의 빈곤함을 다시 한 번 내게 보여주는 말을 입 밖에 내었다.

"나는 오직 당신을 사랑하오. 그녀를 사랑했고, 그녀의 사랑을 받던 내가, 아! 행복을 다시 볼 낙원을 어떻게 얻을 수 있었겠소……."

그의 음성은 점점 높아지고 그의 무기력한 손은 부르르 떨고 있다. 한순간 그는 깊은 부동의 자세에서 빠져나왔다.

"아! 그건 당신, 당신이오! 당신 하나뿐이오!" 그리고 그는 끝없이 절망적으로 절규한다. "안나! 안나, 안나, 진실로 내가 당신과 결혼하고 우리가 부부처럼 아이들을 낳고, 오늘밤 당신처럼 당신이 내 곁에, 진실로 내 곁에 있다면!"

그는 다시 가라앉았다. 그가 너무도 거세게 소리쳤기 때문에 벽에 틈이 없었더라도 나는 내 방에서 그의 소리를 들었을 것이다. 그는 자기의 몽상을 전부 이야기했고, 그것을 자기 주위에다 미친 듯이 내던졌다. 모든 것에 무관심한 이 진지함은 내 마음을 깨뜨리는 결정적인 의미를 지닌다.

"용서하오. 용서해주오……. 이건 너무 불경스러운 말 같구려……. 나는 하지 않을 수 없었소……."

그의 이야기가 중단됐다. 얼굴을 침착하게 하고, 그의 영혼의 입을 다물게 하는 그의 의지력이 느껴졌다. 그러나 그의 눈은 신음하는 것처럼 보였다.

그는 한결 낮은 소리로 마치 자신에게 말하듯 반복했다.

"당신은…… 당신은……."

당신이라는 그 말 속으로 그는 꺼져 들어갔다.

그 밤에 그가 죽었다. 나는 그가 죽는 걸 보았다. 야릇한 우연으로 죽는 순간에 그는 혼자 있었다.

헐떡임도 없었고 엄밀히 말해서 임종의 단말마도 없었다. 그는 손가락으로 이불을 끌어당기지도 않았고, 말도, 고함도 지르지 않았다. 마지막 탄식도, 하느님의 계시도 내리지 않았다. 아무것도 없었다.

그는 안나에게 마실 걸 청했다. 물이 남아 있지 않았고, 바로 그 순간에 간호사도 없었기 때문에 안나가 물을 가지러 급히 나가버렸다. 문도 채 닫지 않았다.

램프 불빛이 방 안을 가득 채우고 있었다.

나는 그 남자의 얼굴을 바라보았고 그리고 무언지 모를 질투에 의해 그 순간 깊은 침묵이 그를 가라앉히는 걸 느꼈다.

그래서 나는 본능적으로 그에게 소리쳤다. 그가 혼자 있지 않도록 하기 위해서는 소리치지 않을 수 없었다.

"내가 당신을 보고 있소!"

말하는 습관을 잃어버린 야릇한 나의 음성은 그 방으로 뚫고 들어갔다.

그러나 그에게 내가 이 미친 동냥을 준 그 순간에 그는 죽었다. 그의 머리는 천천히 뒤로 경직되어갔고, 눈동자는 뒤집혀 있었다.

안나가 들어왔다. 그녀가 급히 온 걸 보면 희미하게나마 내가 소리치는 걸 들었던 모양이다.

그녀는 남자를 보았다. 그녀는 온 힘을 다해 자기의 건강한 육체의 모든 힘을 다해 몸서리치는 외마디를 내뱉었다. 순결하고, 진실로 고독한 외마디를. 그녀는 침대 앞에 무릎을 꿇었다.

간호사가 여느 때의 걸음걸이로 들어와서 하늘을 향해 두 팔을 들었다. 어떤 사람이라도 주검 앞에서 잠기게 되는 그 침묵, 믿을 수 없는 비참함, 그 섬광이 지배했다. 무릎을 꿇은 여인도, 서 있는 여인도, 마치 존재하지 않았던 듯이 무기력하게 거기 누워 있는 남자를 바라보고 있었다. 여인들도 둘 다 죽어 있는 것만 같았다.

얼마 후 안나는 어린애처럼 울었다. 간호사가 일어나서 사람들을 부르러 갔다. 밝은 코르사주를 입고 있던 안나는, 노파가 안락의자에 놓고 간 검은 숄을 무의식적으로 집어 몸을 감쌌다.

* * *

얼마 동안 음울하던 그 방은 생기로 가득 차고 활기를 띠었다.

사방에다 촛불을 켜놓았고, 그래서 창문으로 보이던 별들이 사라져버렸다……. 사람들은 무릎을 꿇었고 눈물을 흘리고 고인의 명복을 빌었다. 고인이 모든 상황을 지휘하는 것 같았다. 사람들은 '그분'이라고 말했다. 여태껏 본 적은 없지만 그가 잘 아는 하인들의 모습이 보였다. 그의 주위에 있는 그의 모든 하인들은 구걸하고 괴로워하며 죽어가고 있고, 오직 그 남자만이 살아 있는 것 같았다.

"죽을 때 분명 몹시 고통스러웠을 것이오."

의사가 낮은 소리로 간호사에게 말했다. 그 말을 하는 순간 의사는 바로 내 가까이에 와 있었다.

"하지만 그는 몹시 허약해져 있었어요. 불쌍한 사람!"

"그러나," 의사의 말이다. "남의 눈에는 쇠약이 고통을 덜어주는 것같이 보일 뿐이오."

* * *

창백한 아침, 빛 한 줄기가 얼굴들과 학대받은 빛들을 감쌌다. 예민하고 차가운 태양이 방을 무미건조하게 만들고, 무겁고 불안하게 만들었다. 아주 낮고 수줍어하는 목소리가, 몇 시간 전부터 계속되던 침묵을 한순간 어지럽혔다.

"창문을 열어서는 안 돼요. 시체가 더 빨리 상합니다."

"추워요." 소곤대는 소리다…….

두 손이 털옷을 끌어가더니 감쌌다. ……누군가 일어섰다가 앉았다. 누군가가 머리를 돌렸다. 한숨소리가 새어나온다. 입 밖으로 무슨 이야기라도 함으로써 몸이 얼어붙을 듯한 그 침묵에서 벗어나기 위해 사람들은 몸부림치는 것 같다. 그런 다음 사람들은 촛불이 밝혀진 안치실에 놓인 사자(死者)에게 새로운 시선을 보낸다. 그 사람은 꼼짝 않고 조용했다. 마치 사원 안에 매달려 있는 십자가의 우상처럼, 냉혹할 만큼 조용하다.

조금 전에 나는 침대 위에서 잠깐 졸았던 모양이다……. 그러나 아직 날이 밝기엔 너무 이르다……. 돌연, 잿빛 하늘에서 교회당 종소리가 들려온다.

피로한 밤이 지났다. 시체처럼 요지부동하던 우리의 긴장감은 풀어지고, 그 종소리와 함께 어떤 감미로움이 나에게 원기를 회복시켜주며 어린 날의 추억을 회상시켜준다. 친밀하게 나를 간직하고 있으며, 좁고 민감한 하늘로 종소리가 울려퍼지는 시골을 나는 생각하고 있다. 모두가 선량하고, 흰 눈이 성탄절을 상징하는 조용한 고장, 거기서는 누구나 태양을 쳐다볼 수 있고 또 쳐다봐야 하는 따뜻한 원판 같다……. 그 모든 것 한가운데, 그리고 언제나 모든 것의 중심에는 항시 교회가 있다.

종소리가 끝났다. 그 밝은 음향이 부드럽게 조용해지고, 그러고 나선 메아리의 여운이……. 그러자 또 다른 종소리가 울린다. 똑똑 떨어져 시간을 알리는 종소리. 8시. 끔찍하게도 고르게, 그리고 무너뜨릴 수 없는 조용함으로 여덟 번 울리는 그 종소리가 무척 단조롭다. 사람들은 그 종소리를 세고 종소리가 공기 속에서 울리기를 그치면, 그 소리들을 다시 속으로 세어볼 수 있을 뿐이다. 시간은 지나간다……. 형태도 없는 시간, 그리고 그것을 명확하게 하고 고르게 자르고, 그것을 숙명의 사물처럼 만드는 인간의 노력.

그래서 나는 이 두 성스러운 주제로 이루어진 위대한 교향악에 관해 생각한다.

맑은 그 음조가 빛을 퍼뜨리고 있다……. 종소리는 차츰 더욱 급해지고 별이 수놓인 창공은 새벽으로 바뀐다. 교회가 사방으로 퍼뜨리는 작은 선율이 벽 속까지 스며든다. 낯익은 풍경은 눈에 한결 더 다정스레 보이고, 자연을 아름답게 윤색했다. 나무 잎사귀에 떨어지는 빗방울은 진주와도 같고, 하늘에 펼쳐진 모슬린 천과도 같다. 서리는 유리창에, 여인들의 손으로 뜬 것 같은 수를 놓는다. 그 종소리는 세월의 흐름을 가볍게 해주는 것 같다. 하루의 일은 하루로 족하다. 계절이 바뀔 때면 그 종소리는 또 다른 소리로 각 계절을 좋게 만들고, 사람들이 갖는 미래의 운명에 대한 꿈을 북돋아준다. 각자 자기의 삶에 만족하고, 모든 사람이 사전에 위로를 받는다.

형형색색의 가지가지 혼란스럽게 춤추는 듯한 가벼운 종소리가 온통 그 축제를 지배하고, 통제한 뒤면 고함을 지르는 마음만 남을 뿐이다. 그 고함소리는 기복이 단순하지만, 한도 끝도 없을 것 같아, 이를테면 푸른 하늘 같은 형태인 듯이 느껴진다. 하늘로 오르는 그 고함소리에는 종교적인 종소리가 어우러지고, 날갯짓하며 오르는 종소리와 함께 높이 치솟거나, 한꺼번에 울리는 종소리로 즐겁게 피어나지 않고 부르르 떠는 고동소리 속에서 저절로 치솟아 오른다.

그런데 바로 거기에 망각됐던 것, 환희보다도 더 거대한 그 무엇이 있다. 그리고 그것은 둔한 소리로 자기의 뿌리 뽑을 수 없는 존재를 나타내고 있다. 그건 예측되었으나, 이제야 들리고 느껴진다. 시계추는 인간의 꿈을 두들길 것이고 어울리지 않는 다정스러운 애무와는 무관심하게 환상 속으로 들어갈 것이며, 똑딱거리는 소리는 못처럼 파고든다.

안젤루스(삼종(三鐘)기도. 아침, 낮, 저녁에 그리스도의 강생을 기념하는 기도)의 찬송가가 아무리 위대하다 할지라도, 그보다 더 위력적인 시간이라는 말이 침묵으로 덮어버린다. 그 말은 하루하루 세월과 시대가 갈수록 더 퍼져나간다. 마치 종이 마을을 지배하듯 시간은 세상을 지배한다. 가슴속의 고함소리가 격정적으로 항거하지만 그것은 아직 자기 혼자일 뿐, 찬송가는 마치 암흑이 시간의 노래를 뒷받침해주듯이 하늘의 뒷받침을 받지는 못한다. 시간이란 지칠 줄 모르는 희망을 단절한다. 희망은 끝없는 운동으로 솟아오르지만 불멸의 모티프, 즉 시계에서 떨어져내리는 그 결정적인 아다지오를 흩트려버리진 못한다⋯⋯. 그리고 그 끊어진 멜로디는 오직 비애를 아름다움으로 바꿀 수 있을 뿐이다.

14

오늘 밤은 나 혼자 있다. 나는 테이블 앞에서 밤을 새우고 있다. 램프가 마치 들판의 여름처럼 붕붕거린다. 눈을 든다. 별들이 내 머리 위로 하늘을 멀리 밀어붙이고 지평선은 내 곁에서 영원히 달아난다. 빛과 어둠이 무한한 영역을 형성하는데, 그것은 내가 여기 있기 때문이다.

오늘 저녁 내 마음은 차분치가 않다. 거대한 불안에 사로잡혔다. 나는 마치 하늘 높이에서 떨어진 듯이 앉아 있다. 첫날처럼 나는 얼굴을 거울 쪽으로 돌린다. 내 자신의 모습에 끌려 거울 속에서 내 영상을 뚫어져라 보지만 첫날처럼 나는 '나'라는 외마디 소리를 지를 뿐이다.

나는 생의 비밀을 알고 싶다. 나는 사람들도, 군중들도 여러 몸짓들도 그리고 숱한 얼굴들도 보았다. 샘〔井〕처럼 깊은 사람들의 부르르 떠는 눈들이 미광 속에서 번쩍이는 것도 보았다. '나, 나는 다른 사람들보다 더 다감해!'라고 말하는 영광스러운 환희에 차 있는 입도 보았다. 사랑하노라고, 그리고 자신을 이해시키려는 그 몸부림치는 싸움도 보았다. 두 사람 사이의 두 연인들의 갈등을 본 것이

270

다. 번져나가는 웃음을 띤 그 연인들, 그들은 이름만 연인일 뿐 키스로 몸을 파고들고, 자기 자신을 치유하기 위해 상처와 맞대고 포옹한다. 그러나 그들 사이에는 아무런 애정도 없고 어둠을 벗어난 휘황한 황홀감에도 불구하고 그들은 달과 해처럼 서로 낯설다. 자기들의 수치스러운 비참함을 고백함으로써 약간의 평안을 얻는 사람들, 장미꽃 같은 눈으로 눈물 흘리던 창백한 얼굴들을 나는 보았다.

나는 그 모든 것을 한꺼번에 껴안고 싶다. 그 모든 진리들이 내 품 안에서 하나가 된다(오늘에 이르러서야 그토록 간단한 것을 이해하게 되었다). 내게 필요한 것은 진리들 중의 진리이다.

그건 인간에 대한 애정 때문이 아니다. 누구든 인간을 사랑한다는 것은 진실이 아니다. 아무도 인간을 사랑하지도 않았고, 사랑하고 있지도 않으며, 사랑하지도 않을 것이다. 모든 감정을 초월하고 평화와, 심지어는 죽음과 같은 삶 자체를 초월하는 충만된 진리에 내가 도달하고 그것을 얻으려고 노력하는 것은 나를 위해서, 오직 나 자신을 위해서이다. 나는 그 진리에서 어떤 일정한 방향, 신앙을 끌어내고 싶다. 구원을 위해 그 진리를 이용하려는 것이다.

내가 여기 온 후로 뇌리에 박힌 숱한 추억들을 나는 지긋이 바라보고 있다. 그 추억들이 너무도 많아서 나는 내 자신이 낯설어졌고 이제 나는 예전의 이름으로 불릴 수조차 없을 것 같다. 나는 그 추억들의 목소리를 듣고 있다. 남의 일에 긴장하여 나를 생각하게 되고, 마치 신처럼 타인의 모습들로 가득 차면서 나 자신을 회상해본다―그리고 지고한 집중력으로 나는 무엇인가를 보고 들으려고 애쓴다. 내가 무엇인가를 안다는 것은 얼마나 훌륭한 것인가!

나는 내가 이전에 탐구했던 모든 사람들—학자, 시인, 예술가들을 생각하며 네모진 사원 곁에서 아니면 고딕식의 둥근 천장 아래서나, 흙이나 곧 오직 유연하고 시커먼 향기 같은 야간의 정원 속에서 현실에 대해 괴로워하고 눈물 흘리고 웃음 지었던 이들을 생각해본다. 나는 조상(彫像)처럼 적나라한 진리를 인간들에게 보여줌으로써 그들을 안심시키고 위로하려고 했던 라틴 시인이 생각난다. 지금까지 내가 애써 배웠던 거의 모든 것들처럼 예전에 배웠고 얼마 후에 상기되었다가 망각되어버렸던 그의 서시(序詩)의 한 토막이 기억난다. 지금의 내 생활에서 보면 요원하고 야만스러워 보이는 언어로 그는 말하기를, 인간들을 해방시켜줄 사상을 어떤 말, 어떤 시에 담을까를 생각하느라고 조용한 밤이면 잠을 이루지 못했다고 말했다. 그 후 2천 년이 지난 지금도 나는 여전히 해방되어야 할 몸이다.

아무것도 사물의 면모를 변화시키지 못했다. 비록 인간이 지금 더 이상 그 면모를 마땅히 유지할 수 없을 만큼 손상시키지 않았다 하더라도 그리스도의 가르침 역시 사물의 면모를 바꾸지는 못했던 것이다. 신앙의 한계를 정하고 그것을 영원화시킬 위대한 시인, 광인도 무지한 소설가도 아니고 현자(賢者)인 준엄하고 위대한 시인이 장차 올지 모르겠다. 비록 전에 죽은 그분의 말씀이 나에게 그러한 현자가 오리라는 막연한 기대와 벌써 그를 경모할 권리를 주었지만.

그런데 나는! 오직 하나의 시선 외에는 아무것도 아닌 나는 그 시선을 통해 숱한 운명을 거두어들였다. 여기 나는 그것들을 회상하고 있다. 어쨌든 나는 작품을 내놓으려는 시인과 비슷하다. 아무런 영광도 남기지 못할 것이며 천부의 재능이 그에게 주었을 진실을 우연으로부터 잠시 빌려받은 저주받고 작품 하나 내놓지 못한 시인. 나와 함께 지나가버릴 것이며, 나와 같은 딴사람의 눈에는 막히고 없어져버릴 것처럼 보이는 허술한 작품, 그러나 생의 본질적인 면을 보여줄 것이고 드라마 중의 드라마를 이야기해줄 숭고한 작품의 문전에 서 있는 것이다.

* * *

나는 무엇인가? 나는 죽지 않으려는 욕망이다. 그건 비단 오늘 저녁뿐만이 아니다. 오늘 저녁 견고하고 강한 꿈을 건설하려는 욕망이 나를 재촉한다. 나는 그 꿈을 이제 영원히 놓치지 않으련다. 우리들 모두는 언제나 그렇지만 죽지 않으려는 욕망이다. 그 욕망은 헤아릴 수 없이 많고 마치 복잡한 삶같이 다양하지만 바탕에 있어서는 존재를 계속하고 갈수록 더욱 존재하고 꽃처럼 피어나고 지속하려는 것이다.

인간이 가진 모든 힘과 정력과 지혜는 어떠한 방식으로든 자기 자신을 흥분시키는 데 쓰인다. 인간은 참신한 인상과 감각과 새로운 사상으로 흥분한다. 자기 자신에게 그걸 덧붙이기 위해 인간은 소유하지 않은 것을 가지려고 노력한다. 인간성이란 죽음의 공포에 대항해 새로운 것을 구하려는 욕망이다. 이게 바로 내가 목격한 것이다. 본능적인 모든 동작과 자유로운 외침도 마치 어떤 신호들처럼 언제나 한 곳으로 향해 있었고 결코 비슷하지 않은 말들도 근본적으로는 비슷한 것들이었다.

* * *

　그러면 결국 길을…… 밝혀줄 말들은 어디에 있는 것일까? 만일 길을 밝혀줄 말들도 앞서 말한 것 같다면 도대체 세상에서 인도(人道)란 무엇이며, 세상은 또 무엇인가?

　나는 기억을 더듬어본다. 마치 구원을 청하듯……. 이 성스러운 의혹이 가라앉을 하나의 푯말, 하나의 경계, 뭇 사람들 속에서 인간의 중요한 가치, 그걸 알려고 내 온 생애를 다 바친 그 가치는…….

　우리들 각자의 마음의 무한함. 이것이야말로 암흑 속에 바친 위대한 첫 표시이다. 인간의 마음이 자기의 비애와 축제를 온 자연과 함께한다는 건 사실이다. 그리고 가장 겸손한 명상가들의 눈에는, 미레유(1859년 프레데릭 미스트랄이 프로방스어로 쓴 서사시의 여주인공)가 작은 창문에 나타났을 때 프로방스의 하늘에 반짝이던 별들이 파리해졌다는 건 사실이다.

　나는 세상 한복판에 있다. 별은 나의 왕관이다. 대지가 나를 안고 키운다. 난 뭇 세기의 정상에 자리잡고 있다. 나는 정신과 마음의 온갖 크고 작은 것들을 나에게로 끌어당긴다. 손으로 눈을 가려 낮을 밤으로 만들기도 하고 밤엔 몸을 감춘다. 내가 눈을 감으면 푸른 하늘은 더 이상 존재하지 않을 것이다. 나를 떠나면 모든 위대한 것들은 죽어버린다.

* * *

나는 손으로 얼굴을 받쳤다.

그러자 내 손가락엔 두개골의 뼈가 감지된다. 눈구멍이며, 움푹 들어간 관자놀이며 턱 등이, 두개골…… 하나의 두개골! 나는 그걸 알고 있다. 내 두개골은 딴사람들 것과 비슷하다.

나와 모든 사람들 사이에 있는 이 유사점에 대해 여태껏 생각해 본 적이 없다. 이제 그 비슷한 점이 눈에 보인다. 어렴풋한 그림자 속으로 내 뼈, 내 해골이 보인다. 마치 사람들이 누구를 알아보듯, 내 속에서 나는 티끌로 된 내 영원한 유령, 내 해골을 알아볼 수 있다. 나는, 내 바탕인 희고 음울한 괴물을 만지고 쓰다듬어본다…….

내 두개골도 딴사람이나, 과거에 있던 모든 사람들과 비슷하므로 내가 위대하다는 나의 몽상들은 무너져버렸다. 얼마나 많은 사람들이 사라졌을까? 이건 분명 실제 수보다 적지만 만일 인류의 기원이 10만 년이라면 지금 지구 위에 살고 있는 인구가 15억이고, 매 30년마다 그게 새로 교체된다면 인류가 생긴 이래 흙이 되어버리는 머릿수는 4만 5천 억이나 된다.

* * *

나도 흙 속으로 들어갈 것이다. 어떤 병에 걸리든지, 아니면 내 육체의 어느 구석에 좀 더 빨리 먹혀버릴 상처를 입게 되리라. 분명 나는 병으로 죽을 것이다. 어떤 기관이 쇠약해지고 부서져서 정지 하게 되는, 아니면 얼이 빠져 나머지의 모든 부분을 파괴하게 되는,

275

어떤 병으로 죽을 것이다. 모든 피가, 그 속에서……(벌겋게 충혈된 상처 때문에 죽게 되었으면 더 좋겠지만).

그러면 나 역시 그게 비록 이상해 보이지만 남들처럼 나도 땅에 묻힐 것이다. 벌써 흙의 경고처럼(그 시인의 이야기가 생각나고 그게 나를 짓누른다.) 매일 내 위에 그 흙먼지가 떨어진다. 나는 그 먼지를 씻어내야 하고, 항거하며 거기서 몸을 빼낸다. 그건 흙의 음울한 천사 같은 것이다. 견고하지 못한 관 속에서 내 육체는 벌레들과 그 걷잡을 수 없이 욱실대는 유충들의 먹이가 될 것이다. 번식하는 그 무수한 잠식! 린네(Linne, 1707~1778. 스웨덴의 유명한 박물학자)는 세 마리 파리가 시체 하나를 파먹는 속도는 사자 한 마리가 시체 하나를 뜯어먹는 것만큼이나 빠르다고 말했다.

나는 책을 한 권 펴서 들고 있다. 그 자세한 내용에 빠져든다. 나, 나를 기다리고 있는 것이 무엇인지를 책에서 배운다! 나에 관한 미래사를 그 책 속에서 배우고 있다.

묘지를 침범하는 동물들은 순차적인 주기에 따라 계속된다. 온갖 동물은 일정하게 정해진 자기의 시기에 오므로, 뜯어먹고 있는 곤충의 무리를 보고서 그 시체가 경과한 시일을 알 수 있다는 것이다. 그런데 땅 속에 던져진 시체에는 여덟 가지 종류의 곤충들이 차례로 이주해오고 따라서 부패 과정은 여덟 단계이고, 그 과정을 통해 시체의 내부는 차츰차츰 밖으로 노출되는 것이다.

내가 보지 못할 것을 나는 미리 알고 싶고 보고 싶다―그리고 내가 느끼지 못할 내 심장의 고동 소리를 앞질러 느끼고 싶다.

죽기 얼마 전에는 작은 파리들인 퀴르토네브레(curtonevrae)가

사람의 육체를 떠나지 않는다. 나는 그 파리 소리들을 듣게 될 것이다. 시체에서 나오는 어떤 발산이, 파리의 구더기들에게 넘쳐흐를 만큼 풍성한 자양분을 가져다줄 상황이 임박했다고 지시해준다. 그러면 그 알을 배어 무거운 파리들은 벌써 인체의 콧구멍이며 입이며 귀퉁이에 열을 내어 알을 까는 것이다.

생명이 끊어지자마자 곧 다른 파리들이 몰려든다. 시체 썩는 냄새의 기미가 느껴지면 또 다른 놈들, 시퍼런 파리, 녹색 파리들이 떼 지어 온다. 학명이 루실리아 퀘자르(Lucilia caesar)라는 이 파리들은 흉부에 흰 줄과 검은 줄이 있는 굵직한 파리로서 소위 '그랑 살코파지앙'(살을 썩히는 큰 놈이라는 뜻)이라고 불린다. 그 끔찍스러운 신호에 몰려든 이 파리 떼의 첫 세대는, 하나가 단독으로 한 시체에 일고여덟 세대를 지나야 그만한 수효가 될 만큼 엄청나게 많은 수의 알을 까놓으며 그것들은 석 달 내지 여섯 달 동안이나 살며 불어난다. '매일, 쇠파리 구더기는 200배나 그 무게가 늘어난다…….' 전체는 노란색이고 복부는 녹색이며 등은 암녹색을 띤다. 어떻든 시체가 어둠 속에 있지 않다면 그러한 빛깔을 띨 것이라는 것이다.

그런 다음 시체의 분해 작용은 성질이 달라진다. 속칭 시체의 기름이라고 불리는 지방성산을 형성하는 낙산이 발효하는 것이다. 이때가 구든수시렁이―긴 털을 가진 구더기를 산란하는 육식 곤충―의 시절이다. 그리고 아그로사라는 나방이 나온다. 구든수시렁이의 유충들과 아그로사의 구더기들은 '관 밑바닥에 기름처럼 응고되는' 지방질 속에서 살 수 있는 특성이 있다. 이러한 물질들 중 어떤 것들은 좀 더 후에 결정적으로 흙이 되어버린 시체 속에서 마치 사

277

금처럼 결정(結晶)으로 반짝일 것이다.

이제 네 번째의 분대가 올 차례다. 젖산 발효를 동반하는데, 젖산 발효된 치즈에다 구더기―이 구더기들은 특이하게 뛰기 때문에 쉽사리 알아볼 수 있다―를 쓰는 피오피라라는 파리 떼와 코리네트라는 초시류로 이루어진다.

암모니아성 발효와 시육(屍肉)의 흙색 액화 작용이, 다섯 번째 침입을 초래하는데 이때는 롱셰야, 오피라, 포라 따위의 파리 떼들이 수가 너무 많아서 이 시기에 발굴된 시체들에는 그 파리들의 거무튀튀한 번데기들의 껍데기가 나타난다. 어느 법의학자의 표현을 빌리면 '마치 돼지다리의 햄 위에 입힌 빵부스러기'들 같다. 그리고 이 단계에 있는 관을 들어 올려 열면 관에서 구름처럼 파리 떼가 달아나는 걸 보게 될 거다. 실피드와 구종(九種)의 송장벌레, 땅 위의 초시류들이 시체의 그 흙색 용해 작용을 좋아한다.

이제, 부패 작용은 자기의 일을 거의 다 끝낸다. 다음에 시작되는 시기는 전 단계에서 생긴 젤라틴 질의 액체로 풀 먹인 수의에 싸인 시체를 미라처럼 바싹바싹 말리는 건조기이다. 아직도 유연한 물질로 남아 있는 부스러지고 가루 같은 유기 물질과 암모니아성 비누 물질은 다른 곤충들이 파먹어버린다. 이 곤충들은 둥그런 구형(鉤形)으로 육안으로도 거의 볼 수 있는 옴벌레류이다. 보름 만에 그 수는 열 배로 불어난다. 처음에는 스무 마리였다면 두 달 만에는 실로 2백만 마리가 된다.

이 옴벌레류 다음에는 일곱 번째 이주가 이어진다. 이때는 다시 앞서 지방산이 흐를 때 왔다가 사라져버린 다그로사 종류이다. 이

벌레들은 털이나 머리칼이나 천 따위의 양피지류의 조직이나 인대와 힘줄―겉보기에는 송진처럼 보이는 딱딱한 물질로 변해 있는―등을 갉아먹고 쏠고 부스러뜨린다. 이때 시체는 금빛이나 황동빛을 띠고 있고 강한 밀랍 냄새를 풍긴다.

드디어 3년쯤 지나면 마지막 일꾼들이 구름 떼처럼 몰려든다. 그것들은 무엇을 뜯어먹을까? 아직도 남아 있는 모든 것, 유충 상태로 시체 위에 남아 있는 곤충들 조각까지 모든 것을 갉아먹는다. 이 마지막 말살자들은 작고 검은 초시류로서 학명은 테네브리오 옵스쿠루스(Tenebrio obscurus)이다.

이 초시류 다음에는 아무것도 남지 않고 다만 흰 뼈 둘레에 부스러기들의 몇몇 찌꺼기들과 두개골 속에 작고 치밀한 덩어리가 있을 뿐이다. 인간의 육체라는 돌덩이가 가루로 부서져버리고 남은 것을 육체의 최후의 찌꺼기라고 생각하겠지만 이런 종류의 알맹이가 작은 갈색의 이 부식토는 그것과 같은 것이 아니다. 이건 뜯어먹던 마지막 세대의 곤충이 남긴 껍데기, 퓌프라 불리는 번데기의 각질과 그와 같은 곤충들의 배설물이 퇴적한 것이다.

3년이 지났다. 모든 것이 끝났다. 사랑을 받고 또 사랑을 했던 인간이 3년 동안에 온통 광물계로 돌아간다는 것이다. 썩은 냄새도 없어진다. 그것이야말로 생명의 최후 표식이다. 그 냄새도 없어지면 슬프게도 이제는 비탄조차 남지 않는다.

그리고 세상에 살고 있는 모든 사람들도 몇 년 후면 그쪽으로 가게 될 것이다. 내가 명상에 빠진 때부터 아마 15분쯤 지난 지금까지 지상에서는 사람이 천 명쯤 죽었을 것이다. 세포들의 덩어리인 그들의 육체, 그 육체의 원자(더 이상 분리시킬 수 없는 물질)가 모인 세포들은 또 다른 결합을 위해 던져졌다. 세포! 그 유기체의 구성 단위는 천 분의 1 내지 만 분의 1밀리미터의 크기로 변화한다. 원자! 이건 미지의 것이며 상상적인 구성 요소이다. 해부학적인 요소의 소위 그 미소(微少) 개념에 기초를 두고 원자 크기의 근사치를 구한다면 바늘 끝만큼의 직경을 가진 물체의 구체(球體) 속에서 원자의 수가 8자 다음에 0을 21개나 찍을 만큼 많은 숫자로 나타날 것이고 바로 그 끝에 들어 있는 원자의 총수를 계산하려면 사람들이 1초에 하나씩 세는 비율로는 온 인류가 쉬지 않고 2천 년이나 세야 한다.

지구란 이 티끌로 만들어져 있다.

그런데 이 지구 자체도 우주에 비하면 아무것도 아니다.

종이 위에 찍힌 보일까 말까 한 작은 점 하나, 그 점 둘레로 그 종이의 전체 크기만 한 원주를 그린다. 그러면 그 점이 지구이고 원은 태양이다. 이것이 태양과 지구의 비례이다. 딴 종이 위에 펜 끝으로 점을 꾹 찍는다. 그러면 먼저 종이 위의 그처럼 크던 태양이 이 점이다.

그리고 종이 끝에서 끝까지 차지하는 원으로 나타나는 구체가 하나의 별인 카노푸스이다. 태양은 카노푸스에 비하면 지구가 태양에 비교될 만큼이나 작다. 그리고 베텔주스, 우리의 선조들이 그토록 사랑하던 이 성스럽고 빛나는 점의 직경은 지구와 태양 사이의 간격만큼이나 크다. 이 종이 위의 회색 점, 이건 회색이 아니고, 많은 점들이 밀접해 있다. 이 작은 각 점들은 하나의 별이다. 마치 태양이나 카노푸스나 그보다 더 큰……. 이건 천문도의 한 단편인 것이다. 왜냐하면 인간이 그 모습을 본 별들의 수를 1억으로 추산한다면 이 종이 위에 있는 별은 약 3천 개뿐이기 때문이다. 오늘날의 광학 기구는 제21등 성(星)의 크기를 볼 정도로밖에 시야를 확대시키지 못하므로 사람이 볼 수 있는 별들은 1억 개 정도이다.

그리고 그 광학 기구는 육안으로 보는 것보다 1만 7천 배나 더 많은 별을 본다. 그렇다면 우리가 지각할 수 있는 가장 먼 거리의 별들이 우주의 경계가 된다고 누가 단언할 수 있겠는가? 게다가 아무리 크더라도 별들의 크기는 별들을 갈라놓고 있는 텅 빈 공간에 비하면 아무것도 아니다. 태양 다음에 우리와 가장 가까운 거리에 있는 항성인 인마좌의 알파 성(星)은 우리로부터 10조 리(里)나 되는 먼 거리에 있다. 아크투루스는 324조 킬로미터의 거리에 있다. 아크투루스는 1년에 26억 4만 킬로미터 비례로 공간 속에서 운행하고 있다. 그런데, 사람이 관측하여 천문도에 그 자리를 정해준 지 3천 년이 지나도록 그 별은 자리에서 움직이지 않는 것처럼 보인다. 그 룸브리지 천체목록(1830)의 별은 800조 킬로미터의 거리에 있다.

끔찍하게 빠른 속력 때문에 광선은 그 숫자를 훨씬 줄여서 그 끝없는 숫자를 한결 실감할 수 있도록 해준다. 광선은 1초에 33만 킬로미터의 속도로 우주를 달린다. 태양에서 오려면 광선은 8분 더 걸린다. 따라서 우리가 보는 태양의 모습은 우리가 눈으로 본 8분 전의 모습이라는 결론이다. 북극성으로부터 36년 걸리고, 수세기 전의 모습을 우리에게 나타내는 어떤 별들에서 오기 위해 여러 세기가 걸린다. 그래서 만일 그 별들이 우리를 바라본다면 그 별들도 어지러울 만큼 늦게 우리를 바라보게 된다. 너무나 거대해서 서글

푼 왕관 밑에서 영고성쇠를 겪는 도시 위로 떠오르는 그 성좌가 무엇인지를 우리는 알지 못한다. 기껏해야 우리는 그 별 하나하나가 지구와 달 사이의 간격만큼이나 거대한 불길로 치솟는 화구와 활활 타는 태양과 비슷하다는 것을 상상하는 정도이다. 만일 그 별들 중 어느 하나의 눈이 우리의 눈보다도 더 날카롭다면 내가 말하고 있는 이 순간 그 별은 이 지상에서 무엇을 보게 될까? 아직도 어떤 지질학적인 중대 변동 때문에 진동하고 경련을 일으키는 숱한 지형들 속의 어느 고지 위에서 한 존재가 사지로 잡아끄는 대지로부터 벗어나고, 비틀거리며 일어서는 꼴이나, 아직도 어둠에서 방황하는 야수 같은 어떤 모습이 어둠 속에서 눈을 드는 꼴을 그 별은 보게 될 것이다. 그리고 그와 비슷한 또 다른 어떤 별과 우리 사이에는 그 별이 생긴 이래 아직 한 번도 빛의 교환이 이루어지지 않은 곳도 있다. 그래서 그 별 모습이 우리에게까지 전달되었을 때는 아마 그 별은 벌써 아주 오래전에 영원히 파괴되었을지도 모른다.

그래서 나는 그 영원이라는 것을 생각하지 않을 수 없다. 지구가 존재한 이래 얼마나 많은 시간이 있었을까? 지구는 가스 상태의 덩어리로서 성운 시대의 태양의 적도로부터 떨어져 나온 이래 몇십억 세기가 흘렀을까? 아무도 모른다. 진화의 제2기—가장 짧은 시기—다시 말하면 액체 상태에서 고체 상태가 되는 데 3억 5천만 년이나 걸렸으리라고 추측할 뿐이다.

원자는 물질의 가장 작은 요소다. 여기에 이제 가장 큰 요소가 있으니 곧 별세계다. 그것도 정말로 보이거나 실제의 하늘 전체가 아니고 과학으로 측정된 그 일부에 관한 것이다. 과학의 탐구는 지구에서 8천 조 킬로미터의 범위 내에 국한된다. 가장 근접해 있는 별들만 포함하는 그 범위를 벗어나면 뭇 세계들은 지구의 운동에 비해 그들의 거리를 우리가 산출할 수 있는 뚜렷한 변화를 보여주지 않는다. 그래서 우리는 항성에 대해 어떠한 데이터도 가질 수가 없다. 따라서 계산상으로 발굴된 우주는 범위가 8천 조 킬로미터의 반경인 구형 내에서만 표시된 것이다. 그 구형을 결정짓는 수치는 우리가 실제로 사용할 수 있는 것보다 훨씬 더 큰 숫자이다. 그 숫자는 부피로 보면 2145섹스데실리온 세제곱미터이다. 그런데 한편 1세제곱미터 내에 들어 있는 원자의 수는 그 원자의 크기에 대해 적용시킨 가상적인 직경으로 미루어보면 1데실리온이나 된다. 그러므로 가장 큰 것과 가장 미소한 것과의 비교는 현대 과학으로서는 표현할 용어가 없을 만큼 큰 숫자이다. 결코 사람이 사용해보지 않은 숫자이다. 그러한 큰 수를 사용한 것은 오늘 밤 그 거대한 정확성에 대한 요구 때문에 괴로워하고 있는 내가 아마 맨 처음일 것이다. 숫자의 명칭에 관한 라틴어의 어원에 따라서 이 우주가 포함할 수 있는 원자의 수를 표현하는 새로운 단위는 이렇게 발음되리라. 옥토비장티용이라고—그 자 다음에 87개의 숫자가 붙어 되는 것이다. 아주 기초부터 인식할 수 있는 경계의 끝까지 자연을 표현하는 그 무한한 수치의 개념을 줄 수 있는 것이라곤 아무것도 없다.

게다가, 뉴컴(Newcomb)의 학설을 시인한다면 괴물 같은 그 수치를 다시 변형시켜 50조 배로 곱해야 하고 뉴컴의 학트리장티용으로, 즉 102위(位)의 숫자로 만들어야 한다. 뉴컴의 학설이란 인력의 항구 불변의 법칙에 따라 천체들의 운동과 속도에 기초를 두어 우리의 모든 천체 조직 전체를 직경 60갱티용의 구형 공간에 한정하는 것인데 그 속에는 1억 2500만 개의 별들이 질서정연하게 걸려 있다는 것이다. 이 모든 것에 대해 무얼 어쩔 수 있겠는가?

내가 무엇을 할 수 있겠는가? 잉크병이 팔각형의 그림자를 드리우고 있는 램프 밑에서 읽고 있는 책에 현혹되어 여기 가만있는 나로서—램프의 조그만 불빛이 엷은 커튼 속에서 번쩍이는 검은 창문과 천장을 간신히 드러내 보여주고 어둠에서 벽을 거의 떠올리지 못하고 있다.

나는 일어섰다. 방 안을 거닌다. 나는 무엇인가. 나는 무엇이란 말인가? 아! 나는 이 의문에 대답해야 한다. 왜냐하면 '나는 무엇이 될 것인가?'라는 의문이 위협처럼 걸려 있기 때문에!

벽난로 위에 세워져 있는 저 큰 거울 앞에 마주 서서 나는 내 내부에서 내 왜소함에 대한 답변을 찾고 있다. 만일 내가 나로부터 벗어날 수 없다면 파멸이다. 나는 남에게 그렇게 보이는 작은 존재인가, 너무나 넓은 관 속처럼 이 방 안에서 나는 마비되고 질식되어 있는 것인가?

본능적으로 나처럼 단순하고 조용한 직감은 나를 엄습하는 이 공포감을 쫓아버린다. 그래서 나는 그건 불가능해, 사방에 어떤 거대한 과오가 존재하고 있어, 라고 중얼거린다.

* * *

무엇이 조금 전의 생각을 내게 불러일으켰을까? 나는 무엇에 지배당했을까?

나는 어떤 신념에 지배되어 있었다. 내 속에 그 신념을 쌓아올린 양식과 종교와 과학……. 그 양식이라는 것, 그건 감각의 소리다. 그리고 너무나 귀밑에서 가까운 그 큰 소리는 사물이라는 것이 우리가 보는 그대로라는 것을 다시 한 번 확인시킨다. 그러나 요컨대 나는 그건 사실이 아니라는 걸 잘 알고 있다. 우선 무엇보다도 일상생활의 그 조잡한 껍데기에서 벗어나야 한다.

표면적으로는 무사한 어떤 현실이 내포하고 있는 숱한 모순들, 우리 감각이 저지르는 셀 수 없이 많은 과오들, 그려진 그림, 헛소리에서 벗어나야 한다. 양식이란 성실하기는 하지만 맹목적인 야수이다. 이 야수는 진리를 알아보지 못한다. 근본적인 진리를 알아보지 못한다. 진리란 첫눈에는 잡히지 않고 빠져 달아난다. 그래서 진리는 옛 성현의 그 훌륭한 말씀에 따르면 '심연 속에 있다'는 것이다.

과학, 도대체 과학이란 무엇인가? 순수과학은 이성 자체에 의한 이성의 조직이고, 응용과학은 외면세계의 조직이다. 과학적 진리는 양식의 거의 완전한 부정이다. 외면세계의 세부로서 그에 해당하는 과학적 단정과 모순되지 않는 거라곤 거의 없다. 소리나 빛은 파동이라고 과학은 말한다. 즉 물질이란 힘의 결합체라는 것이다……. 과학은 추상적 유물론을 강요하고 있다. 과학은 진부한 외면세계를 여러 가지 공식으로 대치시킨다. 그런 연후엔 검토해보지도 않고 그 외면세계를 받아들인다. 과학은 보다 복잡하고 난해한 질서 속에서 평면세계의 것과 똑같은 모순들을 제기한다. 실험적인 분야나 논리적인 분야를 막론하고 과학은 허구적이고 가설적인 소재를 바탕으로 삼지 않을 수 없다. 만일 거대한 세계 쪽으로 추구해나가면

과학도 무력해지고 만다. 낮게는 공간의 가분성 문제나 높게는 부조리의 딜레마에 부딪히면 과학은 꼼짝을 못한다. 즉 '공간은 어디까지나 끝나지 않는다'든가 '어디선가 공간은 끝난다'라는 문제에 부딪히면 말이다.

양식과 마찬가지로 과학도 진리를 찾기 위해 생긴 건 아니다. 왜냐하면 과학의 목표는 오직 추상적이거나 실제적인 제 요소의 조직이지, 제 요소의 깊은 진상을 논의하지는 않기 때문이다.

종교······. 양식은 허위를 말하고, 과학은 아무것도 약속해주지 않는다고 종교는 지극히 당연한 말을 한다. 그리고 덧붙여 말한다. 신의 보장이 없으면 우리는 아무것도 확신할 수 없다고. 그래서 종교는 파스칼 자신과 진리 사이에 두 밑바탕을 제시함으로써 그를 꼼짝 못하게 했다. 신이란 한갓 신비와 소망에 호응하기 위한 답변에 불과하며 우리가 신을 필요로 한다는 욕망 이외는 신의 실재에 대한 별다른 이유가 없다.

그렇다면 지금 내 앞에서 멀어지는 이 무한한 세계는 아무런 것에도 바탕을 갖지 못하는 것일까? 그렇다면 도대체 확실하고 튼튼한 것은 무엇이란 말인가?

* * *

그래서 나는 내 자신을 구하기 위해 내가 믿고 있는 인간들, 지금 여기서 내가 보았던 활짝 피어나던 얼굴과 시선을 주고받던 인간들을 다시 한 번 상기해본다.

나는 밤의 '심연' 속에서 최후의 승리자들처럼 떠오르는 여러 얼굴들을 다시 그려본다. 한 얼굴은 과거를 담고 있었다. 그리고 창문을 향해 자기의 모든 주의력을 기울이던 다른 한 얼굴은 하늘색으로 물들어가고 있었다. 다른 한 얼굴은 축축한 안개 낀 어둠 속에서 태양을 그리워하고 있었다. 생각에 잠겨 축 늘어져 있던 얼굴은 자기를 파먹고 있던 죽음으로 가득 차 있었고 모든 얼굴들은 저 방에서 시작되었지만 아직도 끝나지 않은 고독에 둘러싸여 있었다.

그런데 그 얼굴들과 똑같은 나, 나는 깊은 내 생각 속에서 지울 수 없는 과거와 미래의 꿈과 다른 사람들 것과 같은 위대함을 품고 있다. 치유될 수 없고 멍청해져 퍼져 있는 내 얼굴로 그리워하며 소망하고 사유하는 나—이제 곧 보았던 별들의 꿈이 나를 티끌로 만들어버릴 것인지? 어떤 순간에는 나는 내가 모든 것처럼 보이는데 내가 아무것도 아니라는 것이 있을 수 있는지? 나는 모든 것인가? 나는 아무것도 아닌 것인가?

그러자, 나는 이해되기 시작한다. 사물계를 생각함에 있어서 나는 사유라는 것을 고려하지 않았다. 사유라는 것을 나는 육체 속에 갇혀 있는 것으로 간주하여 육체를 초월하지도 못하고 우주에 아무런 보탬도 주지 못하는 것으로 보았다. 우리의 영혼은 우리 내부에서 한갓 생명력 있는 숨결 같은 것, 한 기관에 지나지 않을까? 우리가 살아 있거나 죽어 있거나 우리는 똑같은 공간을 차지하는가.

아니다! 바로 이 점에서 내가 오류를 범했다.

사유란 모든 것의 원천이다. 모든 것은 언제나 사유를 통해서 시작해야 한다……. 그리고 진리란 다시 그 바탕으로 되돌아오는 것이다.

그런데 지금 나는 조금 전의 내 명상 속에서 광기의 흔적이 있었음을 읽는다. 그 명상은 나와 똑같은 그 무엇이었다. 그 명상은 그 명상을 사유하는 사유의 위대함을 증명할 수 있었지만 사유하는 존재는 아무것도 아니라고 말하는 것이었다. 그 명상이 나를 무화(無化)하는 것이었다. 명상을 하고 있던 나를!

그런데 나는 어떤 환상에 사로잡혀 있는 건 아닌지? 나의 내부에서 나를 비난하는 소리가 들린다. 나의 내부에 들어 있는 것, 그건 우주의 영상이고 반영이며, 우주의 표상이다. 사유란 한갓 우리들 각자에게 주어진 세계의 유령에 지나지 않는다. 우주는 그 자신에 의해서 나의 밖에, 나와는 관계없이 존재하고 있다. 우주의 광대무변함에 비하면 나는 벌써 죽어 있기라도 하는 듯이 허무한 존재이다. 따라서 내가 없어지든지 내가 눈을 감든지 간에 아무 소용도 없을 것이다. 그래도 우주는 살아 있을 테니.

하나의 번민, 찢어지기 시작한 상처가 내 창자를 쥐어튼다. 그러자 내부에선 어떤 절규가 목구멍으로 치솟아 오른다. 전체 음악 속에서 가장 숭고한 화음처럼 잊히지 않고 명석하며 또렷한 '아니다!'라는 절규가.

아니다. 그렇지 않다. 우주가 내 밖에서 어떤 실재성을 갖고 있는지를 알 수 없다. 하지만 내가 알 수 있는 건 우주의 실재성은 내 사유의 중개에 의해서만 존재한다는 것이고 우선 무엇보다도 우주는 내가 우주에 대해 품고 있는 생각에 의해서만 존재한다는 것이다. 별들과 여러 세기를 제시한 사람이 나이고, 머릿속에 하늘을 전개시킨 사람도 나다. 나는 내 생각에서 벗어날 수 없다. 아무런 과오나 거짓말을 하지 않고서는 그런 짓을 할 권리도 내게는 없다. 나는 할 수 없다. 나로부터 벗어나기 위해서 몸부림쳐봐야 소용없다. 나는 이 세계에 상상력으로 이루어진 것 말고는 딴 실재성을 부여할 수도 없다. 나는 나의 존재를 믿으며 나는 혼자이다. 왜냐하면 나는 나 자신으로부터 벗어날 수 없기 때문이다. 미치지 않고서야 어떻게 내가 나 자신으로부터 벗어날 수 있다는 상상이라도 할 수 있겠는가? 미치지 않고서야 어떻게 내가 혼자가 아니라고 상상하겠는가? 극복할 수 없는 사유의 세계 저 너머에 이 세계는 나와 분리되어 있는 어떤 존재를 갖고 있다는 걸 도대체 무엇이 나에게 증명해줄 수 있을는지!

나는 형이상학에 귀를 기울여본다(형이상학은 과학이 아니다. 그건 과학의 항목 바깥쪽에 자리잡고 있다. 그건 진정한 진리에 집착한다는 점에서 차라리 예술과 비슷하다. 하나의 그림이 강렬하고, 한 시구(詩句)가 아름답다면 그건 진실이 있기 때문이다). 나는 여러 서적을 훑어보고 여러 학자의 사상가들에게서 의견을 듣는다. 인간의 지혜가 수집한 모든 확신의 병기를 나는 모아본다. 무서운 이성이라는 체로 모든 신조와 모든 이론을 걸러낸, 사람이 지르는 큰 소리에 귀를 기울여본다. 그리고 내가 받아들이지 않을 수 없었던 것과 똑같은 진리를 나는 읽고 있다. 즉 우리가 세계에 대해 품은 생각을 부인할 수는 없다. 그러나 우리가 품은 그러한 생각 밖에서도 세계가 존재한다는 것을 확신할 수는 없다는 것이다.

그래서 정확하고 유효한 언어로 이루어진 그 단언을 느끼는 지금, 그 숭고한 부(富)를 깨달은 지금, 나는 그 단언이 가져오는 기적

같은 단순감에서 헤어날 수가 없다.

아니다. 우리 내부에서 시작된 진리가 딴 곳에서 계속된다는 건 확실치 않다. 그리고 그 후로는 아무도 부인할 엄두도 못 냈던 '나는 생각한다. 고로 나는 존재한다'라는 말을 하고 나서 그 철학자는 추리에 추리를 거듭하여 사유의 주체 외부에 무언가 실재하는 것이 있다는 결론을 얻으려고 노력했을 때 차츰차츰 그 확신에서 벗어났다. 과거의 모든 철학 가운데서 지금까지 남아 있는 거라고는 우리들 각자의 내부에 모든 것의 원리를 주는 그 명백한 계명뿐이다. 인류의 탐구 중에서 남아 있는 거라고는 각자의 고독과 반복에 관한 한 권의 책 속에 들어 있는 것뿐이다. 우리의 눈에 보이는 듯한 이 세계는 그 세계를 보고 있다고 믿는 우리들이 존재한다는 것을 증명하는 것에 불과하다. 외부세계의 공간 속에서 21개의 운동과 수평선과 조수의 간만과 1조 입방킬로미터의 체적과, 12만 종의 식물과, 30만 종의 동물을 포함하고 있는 지구와, 변천과 역사와 기원을 가졌으며 은하수를 포함한 항성계와 태양계로 이루어진 이 외부세계는 하나의 신기루이며 환각이다.

그런데 아름다움에 반대하는 군중들처럼 이제 곧 내가 감히 생각했던 것에 대해 우리는 내부에서 일어나는 뭇 반항의 소리에도 불구하고 세계는 한낱 환각이라고 고백하면서 아무런 증거도 없이 그건 '진실로 환각'이라고 덧붙이는 학자의 말을 묵살하고라도 나는 세계의 무한성과 영원성은 두 개의 가짜 신이라고 말하겠다. 내가 우주에 대해 품고 있는 이 엄청난 특성들을 바로 그 우주에 부여하는 것도 그 누구도 아닌 바로 나다. (나는 우주에 그러한 특성을 부여해야 한다. 비록 우주에 그러한 특성이 있다 할지라도 우주에 대해 나는 확실한 것을 증명해줄 수 없을 것이고, 또 내가 우주에 대해 품고 있는 한정된 이미지에 내 자신의 지식으로 그러한 특성을 덧붙일 것이기 때문이다.) 나는 존재하고 있고, 나는 나에게서 벗어날 수 없으며 시간, 공간, 추리 따위의 모든 것은 내가 그 실재성을 생각하는 태도에 지나지 않고 내가 소유하는 막연한 능력 같은 것이라고 말할 수 있는 이 절대성에 대해 아무것도 반대하는 예측을 하지 않는다.

나는 일종의 전율을 느끼며 준엄한 그 책 속에서 내 폐부를 찌르는 인류의 절규에 대한 해석을 발견했다. 독일 철학자의 그 냉혹하고 이지적인 글 속에서 인간의 가슴은 피를 토하며 전개되고 있었다. 외부세계에서 해방되고 이토록 순화된 진리의 위대한 공식들을 이해하기 위해서는 필연코 어떤 장중함이 필요하리라. 그러나 책 속의 그 말은 지금까지 인간에게 주어진 것 중에서 가장 훌륭하며 쾨니히스베르크의 철인이 쓴 책을 진정한 성경에 가장 접근하게 만드는 것이라고 말할 만하다. 고귀한 노선에 따라 사회를 교도하기 위해 만들어진 예수 그리스도의 말씀은 그에 비하면 천박하고 공리적인 듯 보인다.

침묵에서 진리의 말을 끌어내고 이성을 본연의 자리에 놓고 진리를 정당하게 위치시키는 것은 중요하고 장엄하며 긴요한 일이다. 형식에 관한 보람 있는 논의가 문제가 아니다. 온통 내 관심을 끄는 끔찍한 개인의 문제다. 나 자신을 위한 생사의 문제, 내가 끌려들어 온 호소할 수도 없는 대심판이 문제다.

* * *

　모든 것은 내 속에 있고 심판자도 없으며 나에 대해서는 한계도
제한도 없다. 심연에서(de profundis), 죽지 않기 위한 노력, 소리
치는 욕망의 추락, 이 모든 것이 끊이지를 않는다. 인간의 마음(언
제나 그렇듯 이건 또 다른 무엇보다 언제나!)의 끊임없는 장치는
무한한 자유 속에서 움직인다. 그래서 죽음에 관한 생각이 마음속
에서 지워져 없어질 정도로 마음은 팽창한다. 왜냐하면 만일 내가
나 자신에게서 벗어나 마치 나 자신을 내가 아닌 딴사람처럼 여기
지 못한다면 어떻게 내 죽음을 상상할 수 있겠는가?

　사람은 죽지 않는다. 모든 존재는 세상에서 혼자이다. 이따위 말
을 하는 건 얼토당토않고 모순적인 듯 보인다. 그러나 사실이 그러
하다―게다가 나 같은 사람은 나 하나뿐이 아니다……. 아니다, 그
런 말을 할 수는 없는 노릇이다. 그런 말을 하려면 일종의 추상적인
진리 곁에 자리를 잡아야 한다. 사람이 말할 수 있는 단 한 가지는
'나는 나 혼자다'라는 것이다.

　그리고 바로 그 때문에 사람은 죽지를 않는다.

　그래서 어둠 속에서 수그리고 있던 그 노인은 이런 말을 했었다.
'내 죽은 후에도 생은 계속될 것이오, 세상의 온갖 자질구레한 일들
이 조용히 제자리로 돌아갈 것이오, 내가 지나갔던 나의 빈 자취들
이 차츰차츰 없어질 것이고, 나의 빈자리는 다시 채워질 것이오.'

　그 남자는 틀렸다. 그런 말은 잘못되었다. 그는 자기와 함께 진
리를 '온통' 가져가버렸다. 그렇지만 우리들, 우리들은 그가 죽는

걸 보았다. 그는 우리에게는 죽은 거지만 자기 자신에 대해서는 죽은 게 아니다. 엄청난 모순이지만 끔찍하게 도달하기 힘든 진리가 바로 거기에 있다고 느껴진다. 그러나 나는 그 양쪽을 다 붙들고 뚜렷하지 못한 형식이나마 그 모순을 해석해줄 어떤 중얼거림을 더듬더듬 찾고 있다. '각 존재는 모두 진리다……'라는 것과 같은 그 무엇을 말이다. 나는 다시금 조금 전의 그 말로 돌아온다. 사람은 혼자이기 때문에 죽지 않는다는 그 말에서 죽는 것은 남들이다. 그리고 부르르 떨며 내 입술에 퍼져나가는 불길하면서도 광휘에 찬 그 말이 죽음은 하나의 가짜 신이라고 선언한다.

그러면 그 나머지는, 내 자신의 죽음에 대한 집착에서 벗어날 수 있는 전능한 지혜를 내가 가졌다면 남들의 죽음과 그토록 많은 감정과 감미로움의 사멸이라는 문제가 남을 것이다. 이 고통을 변하게 해줄 수 있는 것은 진리에 대한 개념이 아니다. 고통이란 환희와 마찬가지로 절대적이기 때문이다.

그렇기는 하지만…… 우리의 끝없이 거대한 비애는 영광과 또 거의 행복 같은 것―거만하고 냉담한 행복―과 혼동된다. 푸른 하늘에 희미해지는 램프, 내 자신이 우주적으로 홀로 있음을 깨닫게 됨에 따라 새벽의 첫 여명 속에서 내가 웃음 짓기 시작하는 것은 오만에서인가 아니면 환희에서인가…….

15

그녀가 상복 차림으로 내 앞에 나타난 것은 처음이다. 어둠 속에서 그녀의 젊음은 어느 때보다도 더욱 아름다웠다.

그녀의 출발이 멀지 않았다. 이제 다른 손님들을 맞도록 정리된 방에 잃어버린 게 없는지, 그녀는 이미 모든 것이 사라지고 형태마저도 바뀐 텅 빈 그 방 안을 여기저기 둘러본다.

문이 열렸다. 그래서 잠시 생각에 잠겨 서 있던 그 젊은 여인이 고개를 들었을 때, 햇빛 감도는, 빙긋이 열린 문으로 한 남자가 나타났다.

"미셸! 미셸! 미셸!" 그녀는 소리쳤다.

그녀는 팔을 벌리고, 비틀거리는 몸짓으로 온 얼굴을 그에게로 향한 채 빛처럼 몇 초 동안을 꼼짝 않고 있었다.

그러자 자기가 지금 서 있는 장소도 잊고, 그리고 지금까지 지켜온 정숙함도 잊은 채 그녀의 두 다리는 떨리고 있으며 그녀는 쓰러질 것만 같았다.

* * *

남자는 낭만적인 큰 동작으로 침대 위에 모자를 던졌다. 그는 자기의 존재, 자기의 체중으로 그 방을 가득 채웠다. 그가 떼는 발걸음에 바닥이 삐걱거린다. 벌써 그는 여자 곁으로 다가와서 그녀를 껴안는다. 아무리 그녀가 크다 해도 남자는 거의 온 머리로 그녀를 내려다보며 지배한다. 뚜렷이 보이는 남자의 모습은 튼튼하고 아름답다. 머리칼이 짙고 검은 남자의 얼굴은 맑고 깨끗하며 청초한 느낌을 준다. 밑으로 약간 내려뜨려진 숱 많은 검은 수염이 타고난 아름다운 상처 같은 새빨간 입에 그늘을 지우고 있다. 젊은 여인의 어깨에 손을 얹고 굶주린 포옹을 열어젖힐 준비를 하면서 남자는 지그시 그녀를 바라보고 있다.

* * *

그들은 서로 포옹한다. 비틀거리면서……. 그들의 입은 동시에 '드디어……'라는 똑같은 말을 뱉어놓는다. 그들이 한 말이라곤 그뿐이었으며, 그러다가 잠시 낮은 목소리로 말을 되풀이하고 노래를 부르는 듯했다. 그들의 눈은 이 달콤한 외침을 속삭였고, 가슴은 이 말로 공감되어 있었다. 이 한 마디로 그들은 결합되고 서로의 가슴 속에 파고드는 것 같다. 드디어! 이제 그들의 오랜 이별은 끝났고, 그들의 사랑은 승리했다. 드디어 그들 두 사람은 여기 함께 있게 된 것이다.

그녀의 목에서 발뒤꿈치까지 바르르 떨렸으며 그녀의 눈이 열렸다가 남자 앞에서 다시 감기는 동안 그녀의 온몸이 얼마만큼 기쁘게 남자를 받아들이는지 보였다.

있는 힘을 다해 서로 말을 주고받으려고 애쓴다. 그들은 무슨 말이든 꼭 해야 하기 때문에…… 서로가 건네는 단편적인 이야기로 잠시 그들은 가만히 서 있었다.

"그 무슨 기다림이며 어떤 희망이었던가!" 남자가 넋을 잃고 중얼거리는 소리다.

"언제나 나는 당신 생각을 했고 언제나 당신을 보았소!"

더욱 낮고 더욱 따뜻한 음성으로 남자가 말을 이었다.

"때때로 평범한 이야기를 하다가 당신의 이름이 불쑥 튀어나와 내 가슴을 후벼파는 것이었소."

무겁고 헐떡이는 그의 목소리, 그 목소리가 갑자기 터져나오듯 울렸다. 그는 낮게 말할 줄을 모르는 듯하다.

"해협에 면한 집의 테라스에서 그 몇 번이나 얼굴을 손에 묻고 벽돌 난간에 앉아 있었는지……. 이 세상 어느 쪽에 당신이 있는지조차도 나는 알 수 없었소. 그토록 당신과 멀리 떨어져 있으면서도 당신을 보지 않을 수 없었어!"

"때때로, 훈훈한 저녁 나절이면 당신 때문에 저는 열린 창가로 가곤 했어요." 고개를 숙이며 여자가 말한다. "종종 대기는 숨 막힐 듯이 감미로웠어요. 마치 두 달 전, 이 장미촌처럼. 제 눈엔 눈물이 가득 고여 있었죠."

"울었소?"

"그래요, 기뻐서 울었어요." 여자는 낮은 소리로 말했다.

* * *

그들의 입이 하나가 되었다. 똑같이 진홍빛인 그들의 작은 입술이. 내적으로 그들을 결합시키고, 그들을 어두운 단 하나의 육체의 흐름으로 만드는 창조적인 키스의 침묵 속에서 긴장된 그들의 모습이 어렴풋하게 보인다.

남자는 그녀를 좀 더 똑똑히 보려고 그녀에게서 조금 물러났다. 남자는 한 팔로 그녀의 허리를 꼭 껴안고 나란히 서서 그녀 쪽으로 고개를 돌렸다. 그러자 남자는 자유로운 한 손으로 여자의 배를 만진다. 그녀의 두 다리와 배의 형체가 보인다. 남자가 난폭하지만 당당한 동작으로 그녀를 조각함에 따라 그녀가 온통 드러나 보인다.

남자의 똑똑 끊어진 말소리가 더욱 육중하게 여자 위에 떨어진다.

"그곳, 해변의 헤아릴 수 없이 많은 정원 속에서 검은 흙 속에 손가락을 찔러보고 싶었지. 여기저기 헤매며 당신의 모습을 그려보려고 애썼고, 당신의 체취를 찾고 있었소. 할 수 있는 한 당신의 태양에 손대보려고 허공에 두 팔을 쭉 뻗곤 했지."

"저도 당신이 저를 기다리며, 저를 사랑하고 있다는 걸 알고 있었어요."

한결 달콤하면서도 또 그만큼 오묘한 조화를 이룬 목소리로 그녀가 말했다.

"당신의 부재 속에서 당신의 존재를 보고 있었어요. 그리고 때때로 새벽 햇빛이 방으로 들어와 몸에 닿을 때 저는 당신의 사랑에 대해 바쳐진 제물이라 생각하고 태양 쪽으로 제 목을 내밀었어요."

그러고 나서 그녀는 말했다.

"저녁이면 방 안에서 때때로 당신을 생각하면…… 저는 황홀해했죠……."

기쁨에 떨며 남자는 웃음을 지었다. 그는 변함없이 똑같은 한 가지 생각만을 되풀이해 말했다. 마치 다른 말은 모른다는 듯이. 남자의 무한히 검은 눈과 완벽하게 조각된 듯한 이마 속에 남자는 유치한 영혼과 편협한 생각을 품고 있었다. 그의 눈 속에 한 마리 백조처럼 아주 가까이 있는 여인의 흰 얼굴이 떠오르는 걸 나는 뚜렷이 볼 수 있었다.

입을 벙긋 열고 머리를 가볍게 뒤로 젖히고서 그녀는 진지하게 남자의 말을 듣고 있었다. 만일 남자가 그녀를 붙들고 있지 않았더라면 그녀만큼 잘생긴 그 신 앞에 여자는 미끄러져 무릎을 꿇었을 것이다. 벌써 남자의 강렬한 존재 때문에 그녀의 눈꺼풀은 맥없이 풀려 있었다.

"당신의 생각이 내 기쁨을 슬프게 만들었지만 그것이 또 내 슬픔을 달래주었다오."

두 사람 가운데 누가 이 말을 속삭였는지 나는 알 수 없었다……. 그들은 격렬하게 포옹했다. 그들은 핑그르르 맴돌았다. 그들은 활활 타는 큰 두 불길 같았다.

남자의 얼굴이 타올랐다.

"당신을 갖고 싶소……. 아! 불면과 욕정의 밤에, 나는 누워서 당신의 영상에 팔을 활짝 벌렸었소. 내 고독은 마치 형벌처럼 가혹한 것이었소!

안나, 내 것이 되어주오!"

그녀도 바라고 있었다. 그녀도 바라고 있었던 것이다. 그녀의 온몸은 허락의 몸짓을 뽑고 있었다. 그러나 힘없는 그녀의 시선이 방안을 지그시 바라보았다.

"이 방을 더럽혀선 안 돼요……." 한숨 쉬는 듯한 목소리로 여자가 말했다.

그러자 여자는 남자의 말에 거절한 것이 부끄러워졌다. 곧 이어 더듬거려 말했다. "용서해주세요!"

그녀의 머리카락과 스커트가 흐트러져서 번쩍거리며 미끄러져 내렸다.

남자는 혼란스런 욕정의 충동 속에서 가만히 방 안을 바라보았다. 야성적이고 그늘진 의혹으로 이마에 주름이 잡혀 찌푸려졌다. 그리고 눈 속에는 피 속에 흐르는 자기네 민족의 미신적인 생각이 떠올랐다.

"여기서…… 죽은 거요?"

"아니에요." 남자의 몸에 자기 몸을 비비며 여자가 말했다.

이 두 사람이 만나는 그 단순한 상황에서 고인(故人)이 문제된 것은 그때가 처음이었다. 욕정에 달아오른 남자는 그때까지도 오직 자기 이야기에만 열중했던 것이다.

그녀는 지금 굴복할 뿐 아니라 남자의 동작에 자기도 발맞추려고 애쓴다. 남자가 바라는 것을 해주려고 애쓰면서 남자의 욕망에 몰두하며 그와 함께 쓰러진다. 그러나 여자는 어떻게 하면 서로 몸을 꼭 붙이고 남자를 끌어당길 수 있을지 모른다. 그리고 이러한 말 없는 진행은 서로 주고받는 하찮은 대화보다는 훨씬 더 감동적이다.

갑자기 그 여자는 그가 반쯤 옷을 벗고 자세를 바꾸는 것을 본다. 그 남자의 얼굴은 일순간 마치 피에 뒤덮인 양 붉어졌지만 두 눈은 거절당하지나 않나 해서 겁이 나면서도 역시 받아들일 것이라는 희망의 웃음을 짓고 있다. 그녀는 그를 열렬히 사랑하고 있으며 전적으로 감탄하여 그를 바라보고 있다. 그녀는 그를 원하고 있다. 두 손은 그 남자의 두 팔을 꽉 쥐고 있다. 지극히 막연한 유혹이 일어나 불빛 쪽으로 올라간다. 그 여자는 처녀다운 침묵이 무엇을 숨기고 있는가를 고백하고 짐승 같은 사랑을 보여준다.

그러고 나서 그녀는 얼굴이 해쓱해지고 잠시 동안 뻣뻣한 시체 모양 움직이지 않았다. 때로는 소름 끼치게 하고 때로는 불타오르게 하는 대단한 힘이 그녀를 사로잡고 있다는 것을 나는 알 수가 있다. 마치 이쪽 눈 속으로 뛰어들 것같이 빛나는, 이 세상에서 가장 아름다운 정수(精髓)의 하나인 그녀의 얼굴은 경련이라도 일으킨 듯이 부르르 떨고 일그러지고 찌푸린 표정으로 뒤덮여 있다. 느리고 여유 있고 조화로운 몸짓은 이미 깨져 사라지고 말았다.

그 남자는 침대 위에다 크고 아리따운 그 처녀를 안아다 눕힌다. 성욕에 쉽사리 굴복하고 또 민감해지기 위해 벌거벗은 그의 벌어진 두 다리가 보인다. 그는 그 여자 위에 엎드려 응응거리며 꼭 달라붙어 그녀를 범하려 한다. 한편 남자의 온 무게를 받은 그 여자는 기다리고 있다.

그는 그 여자를 틀어잡고 싶어 하며 그 여자에게 온몸을 기댄다. 푸르스레한 눈을 감은 창백해진, 그리고 입을 반쯤 벌리고 마치 해골의 가장자리 같은 이빨들을 드러내 보인 그녀의 머리 곁에서 그의 머리는 음침한 격정으로 빛나고 있다. 그들은 금방이라도 고함소리가 터져나올 것 같은 숨 가쁜 침묵 속에서 지루하게도 열심히 고통을 참고 견디는 지옥에 빠진 사람과도 같았다.

그녀는 낮은 목소리로 신음한다.

"당신을 사랑해요."

바로 감사의 뜻을 나타내는 하나의 찬송가이다. 그때 그는 그녀를 쳐다보지 않았으므로 나만이 오직 나 혼자만이 그 여자의 희고 깨끗한 손이 피 나는 육체의 한가운데로 남자를 이끌어들이는 것을 보았다.

드디어 신성한 것을 침범하는 이 일에서 그리고 입을 다물고 있는 그녀의 소극적인 저항의 행위에서 고함 소리가 튀어나온다.

"당신을 사랑해."

그 남자는 열광적인 승리의 기쁨으로 큰 소리로 말한다.

"당신을 사랑해요!"

그리고 그녀도 벽이 가볍게 흔들릴 정도로 큰 소리로 말한다.

그들은 서로서로 깊숙이 빠져 있었고, 그 남자는 즐거운 기쁨을 서두르고 있다. 그들은 마치 파도처럼 서로서로 상대방의 몸을 들어올리곤 한다. 나는 그들의 피가 잔뜩 묻은 기관을 보았다. 그들은 이 세상만사에 개의치 않으며 수치심과 도덕에, 사라진 사람의 비통한 추억에 개의치 않고 모든 것을 짓누르고 모든 것 위에 누워 있다.

나는 그들이 하는 가지가지 괴상한 짓을 보았다. 마치 그들에게 아름다웠던 것 모두를 모욕하고 희생시키려는 것 같았다. 그들의 입술은 서로서로 물어 뜯겨 경련을 일으키고, 그들의 이마에는 격정과 안간힘을 다한 노력으로 검은 줄이 생겼다. 아름다운 다리 하나가 침대 밖으로 늘어지고 그 다리의 발이 부르르 떤다. 대리석 같은 아름다운 살 위로 스타킹이 미끄러져 내리고 넓적다리는 피와 거품으로 더렵혀져 있다. 젊은 여인의 온몸은 손발이 잘려 발판 밑으로 내동댕이쳐진 조각 같다. 그리고 눈을 번뜩이는 남자의 옆모습은 손에 피를 묻힌 살인자 같은 모습이다.

그들 두 사람은 가능한 한 몸을 꼭 붙이고 있었다. 두 손을 붙잡고 입과 배를 대고서 이제는 상대방에게 보이지도 않는 얼굴을 서로 꼭 조이고 있다. 너무나 밀착되어 있어서 그들의 눈은 상대를 보지도 못하다가 이윽고 몸을 뒤틀며 서로 가장 잘 결합되는 그 순간, 시선을 돌려버린다.

그들은 우연에 의해 동시에 만족되어 길고 긴 황홀한 일치를 맛본 후 느슨해졌다. 여인의 입 가장자리는 마치 키스가 거기서 흘러나와 빛을 내는 듯 온통 축축하게 젖어 빛나고 있다.

"아! 사랑해요. 당신을 사랑해요……."

그녀는 노래 부르듯 달콤하게 속삭이며 헐떡인다. 잠시 후, 그녀가 터져나오는 웃음소리처럼 내뱉는 소리는 무언지 분명히 들리지 않는다. 그녀가 말한다. '내 사랑, 내 사랑스러운 사람!' 그녀는 우는 듯 끊어진 소리로 더듬거린다. '당신의 육체, 당신의 살!' 그리고 이어진 두서 없는 말을 나는 감히 다시 생각해볼 수도 없다.

* * *

그러고는, 딴사람들도 언제나 그렇듯, 그리고 야릇한 미래에 때때로 그들 자신도 그렇겠지만 그들은 다시 무겁게 일어나서 말하는 것이다. '우리가 무얼 했죠?' 그들은 자기네들이 한 것이 무언지를 모른다. 그들의 눈은 가느스름하게 감긴다. 아직도 상대방에게 몰두된 것처럼 자신들을 돌아본다. 땀이 눈물처럼 홈을 파며 흘러내린다.

나는 그 여인을 알아볼 수 없다. 이제 더는 예전의 그녀 같지가 않다. 그녀의 얼굴은 시들고 황폐했다. 그들도 이제는 사랑에 관해 어떻게 더 말할지 모른다. 그러나 그들은 두 사람이기 때문에 오만과 비굴함으로 가득 차서 동시에 서로 지그시 바라보았다.

그들은 대등함에도 불구하고 남자보다는 여자에게서 더욱 곤혹스러운 표정이 보인다. 그녀에게는 결정적으로 흔적이 남은 것이다. 그리고 그녀가 한 짓은 남자가 한 짓보다 더욱 크다. 그녀는 자기들의 숨결과 열기가 그들을 감싸고 있는 동안 자기 육체의 주인을 껴안고 조이고 있다.

* * *

사랑! 이번엔 이들 두 사람에겐 상대방에게 서로 밀어붙이는 모호한 흥분거리가 없어졌다. 베일도, 밤의 어둠도, 죄스러운 미묘함도 없었다. 잘생긴 두 마리의 창백한 짐승처럼 젊고 아름다운 두 육체가 있을 뿐이었다. 그들은 짧은 고함 소리와 언제나 하는 동작으로 결합되어 있었다.

만일 그들이 추억과 뭇 덕성들을 유린했다면 그건 그네들 사랑의 힘에 의한 것이고 그들의 열정이 마치 장작불이 그렇듯이 모든 것을 순화했다. 그들은 죄악이나 추한 면에서 보면 순결했다. 그들 두 사람은 후회도 회한도 없다. 계속 승리하고 있다. 자기네들이 한 짓이 무언지 모르고 있다. 그들은 서로 결합됐다고 믿고 있다.

그들은 침대 가에 앉아 있다. 나와 너무나 가까이 있고 또 너무나 무서운 그들을 보기가 괴로워 나도 모르는 사이에 나는 목을 움츠린다. 우리들이 얼굴을 마주 보고 있다는 걸 안다면 나를 으깨버릴지도 모를 건장하고 아주 힘찬 그 사내가 두렵다.

대리석 같은 넓은 가슴을 벌어진 옷 사이로 내보이며, 진정되어 잠든 여자의 고운 손을 자기의 검은 손에 쥐고 이제 곧 끝날 일에 몰두된 채 남자가 그녀에게 말한다.

"이제 당신은 영원히 내 것이오. 당신은 내게 성스러운 황홀감을 가르쳐주었소. 당신은 내 마음을 소유했고 나는 당신의 마음을 소유했소. 당신은 영원한 내 아내요."

그녀가 말한다.

"당신은 저의 전부예요."

그리고 점점 커지는 탐욕스런 열애로 가득 차서 그들은 더욱더 서로에게 몸을 밀착시킨다.

그들이 하던 짓이 무엇인지 몰랐던 것처럼 상대방으로 인해 축축이 젖은 입으로 하는 말도 무언지 알지 못하고 있다. 그들의 쏘는 듯 황홀한 눈은 오직 포옹하는 데만 사용되고 머릿속은 사랑의 말로 가득 차 있다.

영감을 받아 주홍빛으로 물든 그들은 전설 속의 연인들처럼 생을 향해 출발하는 것이다. 온몸에 검은색이라곤 오직 검은 대리석 같은 머리카락뿐인 그 기사는 이마 위에 쇠 날개나 짐승의 갈기를 내걸고 자연의 천사, 이신(異神)의 처녀승을 앞세운다.

그들은 햇빛을 받아 번쩍일 것이다. 태양에 눈이 부셔 자기 주위의 아무것도 보지 못할 것이며, 굉장한 정열의 분노가 불타는 가운데 육체의 싸움을 감수하거나, 잠복하고 있는 질투를 느끼게 되리라. 왜냐하면 두 연인이란 두 친구 사이보다 더욱 원수지간이기 때문이다. 저녁의 어둠이 미적지근한 침대보다도 더욱 거센 뜨거움으로 그들의 육체를 짓누를 때 그들은 날카로운 욕정의 긴장에서 오는 고통만을 느끼게 되리라.

무대 장치나 시대의 외양을 통해 내 눈이 그들에게는 한갓 들판이나 산이나 숲으로 보일 뿐인 삶을 꿰뚫고 그들을 뒤쫓아 보고 있다는 느낌이다. 햇빛으로 가려지고 한동안 추억과 생각의 끔찍한 마력으로부터 보호받는 그들이 보인다. 암흑의 중대한 가치와 그들이 기어코 간직하고 있는 자비로운 마음의 한없는 계략에 대해 그들은 보호받는다.

그리고 그들 운명의 서곡을 나는 그들의 첫 포옹 때부터 읽고 있다. 나의 뛰어난 관찰은 그 하찮은 점도 다 보았고 위대한 점이나 사소한 면도 다 보았다.

* * *

잿빛 방에 여자의 형체가 하나 있다. 다른 여자일까? 내가 보기에는 언제나 똑같아 보인다.

미광 속에서 그녀는 희고 파르스름한 나체로서. 곁에는 피 묻은 붕대들이 널려 있다. 등을 구부리고 고개를 숙인 그녀는 피를 흘리고 있다……. 자신의 쇠약함에 주의를 쏟고 아주 처량해져서 기울어진 항아리처럼 피를 흘리고 있는 육체를 가만히 보고 있다.

나는 여태껏 인간에 대해 이토록 초라한 느낌을 받은 적이 없다. 무슨 병도 아니고, 하나의 상처, 하나의 희생이다. 이건 그녀의 마음만큼 큰 병은 아니다. 그녀는 지금 피로 물들어 황후처럼 붉게 물들어 있다.

내가 여기 온 이후 연민에 사로잡혀 시선을 돌린 것은 이게 처음이다. 막연한 신앙의 힘은 제 나름의 보상을 받는 법이다. 사람은 고생을 하여 깊이 연찬한 것에 대해서는 무엇이나 찬양하는 법이다. 우리들 어머니는 우리들 각자에 대해서는 가장 잘 이해하는 여인이다.

* * *

나는 이제 더 들여다보지 않는다. 주저앉아 팔꿈치를 괴고 있다. 나 자신을 생각해본다. 지금 나는 어디에 있는 것일까? 나는 혼자 있다. 나는 직장도 잃었다. 머잖아 돈도 떨어질 것이다. 이제 나는 생활에서 무엇을 해야 하나? 모르겠다. 하지만 찾아보겠다. 기어코 찾아내야 한다.

그래서 침착하게 그리고 천천히 나는 소망하기 시작한다.

……이제는 비애도, 고뇌도 열기도 있어서는 안 된다……. 보기만 해도 이토록 끔찍하고 이토록 무거운 모든 무서운 것에서 멀리 떨어져서 나의 여생이 평온과 평화 속에서 흘러갔으면! 어디선가 나는 지혜롭고 몰두한 삶을 살게 될 것이다 그리고 정기적으로 돈을 벌게 되리라.

그런데 너, 나의 누이, 나의 아기, 나의 아내인 너도 그곳에 있겠지.

모든 여인들과 좀 더 닮기 위해 너는 가난한 여인이어야 한다. 살기 위해 나는 온종일 일할 것이고, 그렇기 때문에 나는 너의 노예가 되어버리겠지.

내가 나가고 없는 동안 너는 곁에 깨끗하고 간단한 재봉틀을 놓고 이 방에서 우리 두 사람을 위해 다정스레 일하고 있었지……. 너는 아무것도 잊히지 않는 질서 정연함과 삶처럼 무거운 모성애를 행사하겠지.

내가 돌아와 어둠 속에서 문을 열면 네가 옆방에서 램프를 들고 나오는 소리를 듣게 되겠지. 어느 새벽이 네가 오는 걸 알려줄 것이다. 네 이야기와 삶을 내게 주는 것 말고는 아무런 목적도 없으며 내가 없는 동안 네가 한 일들을 내게 조용히 고백함으로써 너는 내 관심을 끌겠지. 네 유년 시절의 추억들을 내게 들려주겠지만 나는 그 이야기들을 거의 이해하지 못할 것이다. 어쩔 수 없는 노릇이지만 세밀한 구석은 내게 충분히 들려주질 못할 테니 그 이야기들을 나는 알지 못할 것이며, 알 수도 없겠지만 네가 소곤거릴 그 감미로운 외국어를 나는 좋아하게 될 것이다. 우리는 미래의 아이에 대해 이야기할 것이며, 너는 이마와 젖같이 흰 네 목을 수그리고 그런 생각을 하겠지.

그러면 날개 소리를 내며 요람이 흔들리는 걸 우리는 앞질러 듣게 되리라. 피로해지고 또 늙으면 우리들 아이의 젊음으로 해서 우리는 다시금 신선한 몽상에 빠지게 되리라.

그러한 공상을 하고 나면 우리는 정답기는 하지만 더 깊이 생각하려고 들지는 않겠지. 저녁이면 우리는 밤을 생각할 것이다. 너는 행복감으로 가득 차고 내면은 유쾌하고 밝으리라. 그러나 그건 네가 보고 있는 것 때문이 아니라 네 마음 때문에 밝아지는 것이다. 너는 장님처럼 빛나리라.

우리는 마주 앉아 밤을 보낼 것이다. 그러나 차츰차츰 시간이 감에 따라 이야기는 좀 더 희미해지고 뜸해지겠지. 졸음이 너의 영혼을 벗기는 것이다. 너는 테이블 위에서 잠이 들고, 밤이 점점 더 깊어지는 걸 느끼겠지…….

정겨움은 사랑보다 더 위대한 것이다. 나는 육체적인 사랑을 찬미하지는 않는다. 그건 외롭고 노골적인 것이다. 나는 난폭하고 이기적이며 너무도 야비한 순간인 육체적인 절정을 찬양하지 않는다는 것이다. 그러나 그러한 사랑이 없이는 두 존재의 결합이란 언제나 견고하지 못하다. 애정에는 사랑이 깃들어야 하고 어떤 결합이나 배타적이고 친밀하며 단순한 것이 있어야 한다.

16

망명객처럼 나는 거리에 나갔다. 평범한 인간인 나, 나는 모든 사람들과 아주 흡사하고 너무도 닮았다. 거리를 돌아다니고 나를 피해 달아나는 것에 눈을 준 채 광장을 가로질러 다녔다. 내 모습은 걷고 있지만 사실은 꿈에서 꿈으로, 욕망에서 욕망으로 전락하고 있는 듯한 느낌이다……. 반쯤 열린 문, 활짝 열린 창문 하나, 푸르스름한 건물 정면 위로 저녁노을이 오렌지 빛으로 부드럽게 물든 또 다른 창문이 나를 괴롭힌다……. 지나가던 한 여자가 나를 스친다. 내게 무언가 말을 해야 할 그녀는 아무 말도 하지를 않는다……. 내가 생각하고 있는 건 그녀와 나의 비극에 관해서다. 그녀는 어느 집으로 들어갔다. 사라져버렸다. 죽은 것이나 다름없다.

……이제 곧 사라진 또 다른 어떤 향내에 몸이 멍해진 나는 만 가지 생각에 사로잡히고 밤의 의상에 덮여 숨이 막힌 채 그 자리에 가만히 서 있다……. 내가 서 있는 곳 곁의 아래층 닫힌 창문에서 어떤 음악이 흘러나온다. 똑똑히 들리는 이야기 소리처럼 오묘한 율동으로 흘러나오는 소나타의 아름다움이 느껴진다. 그러자 한순간, 그 집안사람들에게 들려주는 그 피아노 소리에 나는 귀를 기울

인다.

그런 후 벤치에 앉았다. 석양에 비친 거리의 저쪽 벤치엔 두 사내가 자리잡고 있다. 그들이 똑똑히 보인다. 두 사람 다 똑같은 운명에 짓눌려 있는 듯이 보인다. 두 사람 다 비슷한 애정으로 결합되어 있는 것이다. 그들이 서로 우정을 갖고 있다는 게 눈에 보인다. 한 사람은 이야기하고 다른 사람은 듣고 있다.

백일하에 드러날 어떤 비밀스러운 비극을 상상한다……. 어렸을 때 그들은 끝없이 서로 사랑했다. 그들의 모든 생각들은 비슷했고, 모든 것을 서로 주고받았다. 하나가 결혼했다. 지금 이야기하고 있는 사람이 그 사람이다. 그는 평범한 비애를 키우고 있는 모양이다. 결혼하지 않은 사람은 그 가정을 부담 없이 드나들었다. 어쩌면 막연하게나마 친구의 젊은 여인을 탐냈던 것인지도 모른다. 그러나 그는 친구의 행복과 평화를 존중했다. 오늘 밤, 부인은 이제 더 이상 자기를 사랑하지 않는데 자기는 더욱더 진심으로 그녀를 사랑하고 있다고 친구는 말한다. 아내는 자기에게 관심을 쏟지 않고 외면한다는 것이다. 그래서 같이 있지 않을 때만 그녀는 웃기도 하고 미소 짓는다는 것이다. 그는 이러한 비애와 자기의 애정과 권리에 금이 간 것을 고백한다. 그의 권리! 그는 아내에 대해 권리를 가졌다고 믿었으며, 그러한 무의식적인 생각 속에서 살아온 것이다. 그러나 자기가 그러한 권리를 갖지 못했다는 것을 깨달았다……. 그래서 다른 친구는 그 친구의 아내가 자기에게 골라서 해준 이야기와 자기에게 보여준 그녀의 웃음을 깊이 생각한다. 비록 그는 선량하고 순박하고 게다가 완벽하게 순결하지만, 다정하고 따뜻하며 거역

310

할 수 없는 희망이 그에게 스며든다. 차츰차츰 친구의 절망적인 이야기를 들을수록 그의 얼굴은 위로 치켜지고 그 여인을 향해 웃음 짓는 것이다……. 그래서 이 두 사내를 감싸고 있는 벌써 잿빛이 도는 그 저녁이 한 사람에겐 종말이 되고 또 한 사람에겐 시작이 되는 걸 막을 도리가 없다.

남녀 한 쌍—불쌍한 인간들은 언제나 두 사람씩이다—이 왔다가는 지나가버린다. 그들을 갈라놓는 텅 빈 공간이 보인다. 생의 비극 가운데서 오직 이별만이 눈에 보인다. 예전엔 행복했지만 이제는 그렇지를 못하다. 그들은 벌써 거의 늙어버렸다. 남자는 여자에게 집착하지를 않는다. 그러나 여자를 잃을 순간이 멀지 않았다는 걸 남자는 잘 알고 있다……. 그들은 지금 무엇을 이야기하고 있나? 한순간 안심이 되어 현재의 그 큰 평화를 믿고서 남자는 여자에게 지금껏 세심하고 경건하게 감추어온 옛날의 과오, 배반을 고백한다……. 슬프게도! 그의 이야기는 돌이킬 수 없는 비탄의 구멍을 파놓는다. 과거가 되살아나고, 행복했다고 믿었던 흘러간 시절이 슬퍼지고, 그리고 모든 것의 종말이 된다.

그 두 행인은 저기 있는 아주 젊은 두 사람에 의해 가려진다. 이 젊은이들의 이야기를 나는 상상해본다. 그들은 시작하고 있다. 곧 서로 사랑하게 될 것이고, 그들의 가슴은 서로를 깨닫기 시작한다. 이 수줍음! '내가 이 여행을 떠나길 바라오? 당신은 내가 이것저것 하길 원하는 것이오?'

여자가 대답한다. '싫어요.' 표현할 수 없는 수줍은 감정이 그토록 간절하던 사랑의 첫 고백에 부인하는 태도를 취하게 한다…….

그러나 벌써, 은연중에 대담하게도 그들의 생각은 옷 속에 감추어
진 사랑을 즐기고 있는 것이다.

그리고 다른 사람들, 또 다른 사람들은…… 이 사람들은…….
그녀는 입을 다물고 있고, 남자가 말한다. 남자는 고통스럽게 겨우
자신을 억제하고 있다. 그는 여자가 지금 무얼 생각하는지를 이야
기해달라고 간청한다. 그녀는 대답한다. 남자는 듣는다. 그러다가
마치 그녀가 아무것도 이야기하지 않았다는 듯이 다시금 더욱 거세
게 간청한다.

남자는 지금 확신을 얻지 못하고 밤과 낮 사이에서 비틀거리고
있다. 남자가 그녀의 말을 믿기만 한다면, 여자가 할 말이라곤 한마
디밖에 없을 것이다. 이 넓은 도시 속에서 이 단 하나의 육체에 못
박혀 있는 그가 보인다.

얼마 후 나는 생각하고 있는 이 두 연인들, 서로 바라보고 서로
학대하고 있는 그 두 연인들과 작별했다.

도처에서 남자와 여자가 나타나서 서로 맞선다. 백 번이라도 사
랑하는 남자와 그토록 몹시 사랑하고는 망각해버리는 힘을 가진 여
자가.

나는 길을 걷기 시작한다. 나는 적나라한 리얼리티의 복판을 왔
다 갔다 하고 있다. 나는 불가사의하거나 예외적인 인물이 아니다.
욕정을 가졌고, 고함을 지르고, 여자를 부르는 사람으로서의 나를
어디서나 보게 된다. 나는 모든 사람들에 대해 내가 엿보았던 그 방
에서 읽은 진리, 다음과 같은 그 진리를 상기해본다. '나는 혼자다.
그리고 내가 소유하지 않은 것, 내가 소유하지 못할 것을 나는 갈망

했다.' 사람이 살고 죽는 것은 바로 이 욕구 때문이다.

나는 나지막한 가게들 곁을 지나고 있다. '그렇소! 아니오!'라고 소리치고 헐떡거리는 게 들린다. 그 억양이 너무나 거세 걸음을 멈춘다. 새장 속에서 움직이는 작은 그림자가 눈에 띈다. 앵무새다. 그리고 내가 들은 고함 소리는 맹목적인 큰 잡음, 어떤 물체가 낸 소리다……

그러나 그 소리가 인간에게서 나온 것이기 때문에 인간적인 형체를 띠고 있어서 내 머릿속에는 인간의 소리가 지니는 중요한 가치가 떠오른다. 나는 지금껏, 사고하는 힘을 가진 입에서 터져나오는 긍정과 부정이 포함할 수 있는 모든 것에 대해 그토록 집중하여 생각한 적이 없었다. 보는 것만을 믿는 내 눈앞에 끊임없이 나타나서, 낮이면 암담한 마음을, 밤이면 환한 얼굴을 내게 보여주고 안내해주는 인간의 헌신과 거절을 말이다.

그러나 나에겐 아무것도 필요 없다. 너무나 많이 소망했기 때문에 나는 지금 지쳐 있다. 나는 갑자기 늙어버린 느낌이다. 지금 가슴에 품고 있는 이 상처는 결코 낫지 않으리라……. 조금 전에 내가 꿈꾸었던 그 평온에 대한 몽상도 다만 나와는 인연이 멀기 때문에 나를 흥분시키고 나를 유혹한 것이다. 내 마음은 다른 하나의 꿈이기 때문에 나는 다른 꿈을 꾸고 그렇게 살게 되리라.

* * *

지금 나는 한마디 말을 찾고 있다. 내가 보았던 진실을 살고 있는 사람들은, 자기들에 관해 이야기할 때, 무슨 말을 할까, 그들의 입에서는 내가 생각하고 있는 것의 반향, 아니면 과오나 허위의 반향이 나올까?

어둠이 내렸다. 나는 내가 늘 입에 담는 것과 똑같은 말, 내가 의지하고 내 밑바탕이 될 말을 찾고 있다. 그래서 어느 길모퉁이에서 내게 모든 것을 이야기해줄 사람이 솟아나기라도 할 듯이 나는 더듬더듬 앞으로 나아가고 있는 것 같다.

오늘 밤, 나는 내 방에 들어가지 않겠다. 오늘 밤 나는 사람의 무리를 떠나고 싶지가 않다. 나는 살아 있는 장소를 찾고 있다.

나는 사람들의 소리에 파묻히기 위해 어느 큰 식당엘 들어갔다. 번쩍거리는 커다란 문—제복을 입은 종업원이 쉬지 않고 열고 닫고 했다—을 들어서자 곧 수천 가지 색깔과 향기와 소곤거림에 둘러싸였다. 내가 보기엔 검정 양복을 입은 남자들의 티 하나 없는 뚜렷한 모양과, 부인들의 몸치장에 맞추어 변하는 반짝이는 색조들로 구성된 이 우아한 회중(會衆)은 붉은 양탄자를 깐 사치스럽고 큰 방 속에서 일종의 귀한 의식을 진행하고 있는 것 같았다. 은으로 꽃장식을 하고 꼭대기는 금으로 된 오렌지 빛 부드러운 갓을 씌운 램프들이 여기저기 놓여 있어 회식자들의 각 테이블 가운데에 작은 원광을 이루고 있었다.

빈자리는 별로 없었다. 나는 세 사람이 자리잡고 있는 테이블 옆의 한 구석에 앉았다. 살랑거리는 조명에 멍해졌으며 이 한밤의 대행사에 참을성 있게 길들여지고 맛을 들인 내 마음은 컴컴하고 드넓은 창공으로부터 뽑혀 인공적인 광명 속에 조롱거리로 내던져진 올가미 같았다.

나는 저 찬란한 빛에 마음을 녹이려고 애썼다……. 처음에는 억세게 발음했을 목소리로 음식을 주문하고는 곧 여러 인상에 관심을 기울이고자 했다. 그러나 나를 둘러싸고 있던 인상들을 파악하기는 어려웠다. 거울들과 함께 장식들 때문에 그들은 수없이 불어났다. 번쩍거리는 옆모습과 얼굴이 줄지어 있는 걸 보았다. 팔에 털외투나 여자처럼 복잡하고 부드러운 망토를 든 종업원들이 서두는 가운데 쌍쌍이 혹은 무더기로 사람들은 식당을 나갔고, 새로 들어오는 사람들이 등장했다. 첫눈에 여인들은 모두 희한하게 예쁘고, 게다가 흰 얼굴과 하트 모양의 입모습들이 모두 비슷비슷하게 눈에 띄었다. 여인들이 가까이 다가옴에 따라 한두 가지 결점이 드러나서, 첫눈에 보이던 그녀들의 매력적이고 이상적인 모습은 없어져버렸다. 지금 한창인 유행에 따라 대부분의 남자들은 한결같이 깨끗이 면도하고 평평한 챙의 모자를 쓰고 어깨가 축 처지는 외투를 입고 있었다.

은대접에 수프를 가져와서 접시에 붓고 있는 종업원의 흰 장갑 낀 손을 기계적으로 보고 있으면서도 나는 주위의 떠들썩한 대화에 귀를 기울였다. 내 옆의 세 사람이 하는 말밖에는 들리지 않았다. 그들은 식당 안에 있는 안면 있는 사람들에 관해 이야기하더니 몇몇 친구들에 관해 이야기했다. 그들의 말투가 한결같이 빈정거리고 야유 투인 것에 놀랐다.

그들의 이야기 가운데서 나는 아무것도 듣지 못했다. 오늘 밤도 다른 밤과 마찬가지로 무익한 밤이 될 것 같았다.

얼마 후 식당 주인이 타원형의 금속 접시에 두툼한 장밋빛 소스가 떠 있는 혀넙치의 고기 조각을 접시 위에 놓기 위해 돈을 미리 받으면서, 머리와 곁눈질로 그 사람들 가운데 하나를 가리켰다.

"유명한 작가 빌리에 씨랍니다." 그는 자랑스레 소곤거렸다.

정말 그 사람이었다. 그는 사진의 얼굴과 아주 흡사했고, 이제 갓 얻은 명성을 품위 있게 풍기고 있었다.

나는 글을 쓸 줄 알고, 자기가 생각하는 바를 말할 줄 아는 그 사람이 부러웠다. 약간 감격하며 나는 그의 세속적인 윤곽의 탁월함이며, 방금 보였던 옆모습의 곱고 섬세하고 현대적인 멋진 선과 어깨의 완벽한 곡선, 그리고 흰 넥타이의 나비 날개를 관찰했다.

나는 입술에 술잔을 가져갔다―그 술잔은 너무나 약해서 바깥 바람에는 그 오목한 부위가 부서질 것 같았다―그때, 나는 갑자기 몸이 멈추고 내 온 피가 심장으로 몰려가는 느낌을 받았다.

이런 말을 들었던 것이다.

"이 다음 소설은 무엇에 관한 건가?"

"진실에 관한 걸세." 피에르 빌리에가 대답했다.

"아니, 뭐라고?" 친구가 말했다.

"있는 그대로 보이는 사람들의 행렬일세."

"주제는 어떤 건데?" 사람들이 물었다.

모두들 그의 말에 귀를 기울이고 있었다. 멀지 않은 곳에서 식사하던 두 청년은 무관심한 표정을 짓고 있지만 분명 귀를 세우고 말없이 듣고 있었다. 화려한 자줏빛에 싸인 한쪽 구석에서 눈은 기력이 없고 야윈 모습을 한 프록코트를 입은 남자가 향기를 뿜는 담뱃불에 온 정신을 쏟은 채 굵직한 여송연을 피우고 있었다. 그리고 그

316

와 동행한 여자는 향기와, 번쩍이는 보석들에 감싸여, 사치로 이룬 인공적이고 무거운 위엄에 짓눌려서 테이블에 팔을 괴고 달 같은 자연스러운 얼굴을 이야기하는 사람 쪽으로 향하고 있었다.

"흥미롭기도 하지만 동시에 진실일 것 같은 주제라네. 한 사내가 호텔 방의 벽에 구멍을 뚫고 그 옆방에서 일어나는 일을 들여다보는 것일세."

* * *

그때 나는 그 이야기하던 사람들을 필경 얼빠지고 가련한 눈초리로 보고 있었으리라……. 그러나 조금 후에 자기들을 볼까 봐 두려워하는 순진한 애들처럼 얼른 고개를 수그렸다.

그들은 내 이야기를 하는 것이었고, 내 주위에는 경찰의 야릇한 함정이 쳐진 것처럼 느껴졌다. 얼마 후에는 갑자기 내 양식을 온통 당황케 하던 그런 인상은 사라졌다. 그들의 이야기는 분명코 우연의 일치였다. 그러나 내가 '알고 있다'는 것을 사람들이 눈치채고 나를 알아보게 될지도 모른다는 막연한 근심은 여전히 남아 있었다.

그들은 계속 그 화제로 이야기하고 있었다……. 남들이 눈치채지 않게 그들의 이야기를 들으면서도 듣지 않는 척하려는 그 한 가지 일에 몰두한 채 나는 기생충처럼 그들의 대화에 달라붙었다.

소설가의 친구들 중 하나가 작품을 더욱 자세하게 이야기해달라고 청했다. 소설가도 동의했다……. 그는 내 앞에서 그걸 이야기하려는 참이었다!

* * *

그는 자기가 지은 책을 이야기했다. 말과 몸짓과 표정으로 희한한 재주를 부리고 세련되고 생생하며 재치있게 의미심장한 웃음을 띠면서 자기 청중들의 눈앞에 예기치도 못했고 눈부시며 당황시키는 장면들을 전개했다. 모든 장면마다 아주 인상 깊으면서도 의미 깊은 독창적인 그 주제를 이용하여 소설가는 가소로운 사람들, 비뚤어진 성격의 사람들을 늘어놓고 아름다운 세세한 장면과 폐부를 찌르는 통렬한 장면과 전형적이고 재치있는 이름을 배열하며 교묘하게 그때그때 사정을 잘 결합하여 거역할 수 없는 효과를 노렸다. 그리고 그 모두가 최신 유행에 따르는 참신한 수법이다. 모두들 '아!' '오!'라고 탄성을 질렀다. 모두들 눈이 번쩍 뜨이는 모양이었다.

"브라보! 틀림없이 대성공일걸세. 주제가 아주 재미있네."

"들여다보는 사람 앞을 지나가는 그 사람들은 모두가 흥미롭군. 자살하는 사람까지도 말일세! 남김없이 모조리 말이야! 인간 본성을 모두 그렸어!"

그러나 나는, 그가 드러내 보인 것 가운데서 아무것도 깨닫지 못했다.

한 달 전부터 내가 학대받은 그 음울한 모험으로부터 소설가라는 그 사내가 어떤 장난을 끌어내려는 걸 듣자, 나는 차츰 놀람과 수치감 같은 것에 견딜 수 없었다.

지금은 꺼지고 말았지만, 오늘날의 작가들이란 만화가를 닮았다고 그토록 결정적이고 거세게 외치던 그 큰 목소리가 기억났다. 인

318

간 본성의 진심을 꿰뚫고 들어갔다 나온 나로서는 들뜬 그 묘사에서 인간적인 것이라곤 아무것도 발견할 수 없었다. 소설가의 이야기는 너무도 천박해서 거짓말이었다.

무서운 목격자인 내 앞에서 그는 말하는 것이었다.

"꾸밈을 벗겨버린 인간, 바로 이것이 내가 보여주려는 것이네. 다른 작가들은 상상력으로 쓰지만 나는 진실을 추구하지."

"그러면 거기엔 철학적인 내용도 들어 있겠군."

"아마 그렇게 되겠지. 그러나 어디까지나 나는 그런 걸 전적으로 추구하지는 않았지! 고맙게도, 나는 작가지 사상가는 아니니까!"

그리고 계속해서 그는 진실을 왜곡했지만 나는 어떻게 할 도리가 없었다―진실, 나는 그 오묘한 것의 소리를 귀로 듣고 있었고, 그 그림자를 눈으로 보았고, 그 맛을 입으로 맛보았다.

* * *

내가 이토록 보잘것없는 사나이일까……. 나를 동정해줄 이가 아무도 없단 말인가?

나는 널따란 유리 문짝을 열고 나왔다. 어느 극장엘 들어간다. 그 극장에선 1주일 전부터 시작한 평이 좋은 극이 상연되고 있는데, 무슨 중대한 사건처럼 그 성공의 반향이 내 기억 속에 남아 있다. '사랑의 권리'라는 제목이 내 마음을 끌었다.

나는 자리를 잡고 앉았다. 지금 나는 대극장 한복판, 눈부신 열 띤 관객들 속에서 흔들리고 있다.

관객석을 향해 한줄기 시원한 큰 바람을 보내며 막이 오른다. 관객들은 하나하나 무대에서 살아갈 인물들을 기대하는 일종의 희망에 설레고 있다.

나는 그 방을 들여다보았듯이, 무대를 바라본다. 나는 말 한마디 한마디를 귀 기울여 들으며 기록하고 발음해본다…….

……뜻을 품고 로마에서 올라온 젊은 조각가 장 다르시는 은행가 뤠비스 씨 댁의 야회에 참석한다. 화려한 옷차림의 손님들이 황금빛으로 빛나는 살롱에 몰려든다. 학술원 회원들과 레지옹 도뇌르 훈장을 단 인사들이 사교계의 부호들과 접촉한다. 모든 저명한 예술가, 문인, 법관, 정치가, 재계의 거물들이 아름다운 부인들의 환심을 얻으려고 경쟁한다.

초대객들의 대화가 어느 한곳으로 집중되는데, 이 대목에서 사람들은 목소리를 낮춘다. 그 집 주인에 관해 이야기하는 것이다.

뤠비스가 백작이 된다는 건 아시겠죠! 곤란하고 어려웠던 시절에 교황을 크게 도왔답니다. 교황이 된 것도 그에게 힘입은 바가 컸답니다—순진한 젊은 부인이 말한다. 그는 이탈리아어로 그냥 짧게 '파파'라고 교황을 부르는 모양이에요—새로운 문장(紋章)! 그 필요성이 절실해진 거죠! 오! 그 문장은 평판이 좋지 않을 겁니다. 물론 그럴 만도 하지만! 그런데 그의 문장에는 무슨 말을 써 넣을까요? 저 같으면 '잃은 자가 얻느니라'라고 하겠습니다—그렇지만 저는 이렇게 하라고 하겠어요. '하늘은 스스로 돕는 자를 돕느니라' —저 같으면 '아무것도 자신을 제한하는 건 없다(Nihil circonscire sibi)'라고 르방탱의 옆모습을 가진 사람이 말한다(이 마지막 말을 한 사람을 머리로 가리키며 한 귀부인이 부채로 얼굴을 가리고 낮은 소리로 옆의 남자에게 말한다). 남의 눈에 티 든 것만 보지 제 눈에 서까래 든 건 못 보나 봐요—농담은 그만둡시다—그런데 아주 극비에 속하는 것이지만 이걸 알고 계시지요? 미래의 저 백작께서 신문을 하나 만들고 있어요—아니, 저는 모르는 이야긴데요—저도 모르는 겁니다. 그런데 그것이 극비에 속하는 이야기라고는 하지만 어쩌면 그렇게도 알려지지 않았는지 신기하군요. 신문을 만들고 있답니다. 그러나 실상은, 장삿속이죠. 기획은 그럴듯하게 발기시키고 나서는…… 다음 호엔 본색이 드러나는 거겠죠—아! 입이 험하다면 이 집 주인에 관해선 그런 말도 할 수 있겠죠. 그런데 이 집 주인의…… 안주인은 어떻습니까? 이런 소문입니다. 남편 곁을 뜨지 않고 어디나 쫓아다닌다고요—그녀는 벨기에에 가보고 싶어 한답니다—남자가 천하게 놀아난다죠?—욕심은 있으면서도, 겉으로만 그렇답니다. 야심가지만 좀 지쳐 있죠. 머리도 있고 배포도 있지만, 그것 때문에 좌절된답니다. 그분 별명이 뭔지는 아시겠죠? 색마랍니다……. 별로 중대한 건 아니지만 부인이 불평하지 않는데요?—오! 아시겠지만 부인은 별로 관심이 없답니다. 부인은 경미한 수술을 받아서 지금은 그게 밑 빠진 독처럼 감각이 없답니다. 부인은 지참금으로 5천만 프랑을 가져왔나 봅니다. 그렇지만 남자도 자기 돈이 다소 있었다죠……. 그건 좀 비방하는 말씀이군요. 사실은 스무 살 때 천만 프랑을 상속받았답니다. 어떤 남자로부터라고 하는데 그 사람이 자기의 아버지는 아니에요—그, 사람이라죠. 그런데 모두 날려버렸죠. 여자한테 돈 쓰는 데는 능란하니까요—나도 메달이 앞뒤가 다르다는 것쯤은 잘 알고 있고, 그가 이 여자 저

여자 건너다니다가 지독하게 벌을 받은 것 같다는 것도 알고 있죠
―그렇답니다……. 여자들은 속병을 감출 줄은 모르죠! ―어쨌든
이건 사실이지만 결국, 그 일을 제외하고는 '나는 여자들에게 실패
한 적이 없죠'라고 대꾸했답니다―그분의 자당! 그분은 인물이었
죠. 그분이 돌아가셨을 때는 형편이 좋지 않았어요. 장례식 때 무더
기로 테이블을 배치해놓고 거기에 조객들의 방명록을 셀 수 없을
만큼 쏟아놓았었죠―팔아치운 가구들의 빈자리를 그걸로 감추었
던 겁니다. 어쨌든 간에 그 많은 방명록에 쓰인 서명은 단 셋밖에
없었다는 건 사실이죠―가엾은 분이지만 다행스럽게도 그분의 자
당께서는 마지막 그 군상을 보지 않고 영면했답니다! ―그렇죠. 저
도 기억합니다만, 장례에 참석한 사람은 아주 극소수였어요. 저처
럼 어쩔 수 없이 의리에 쫓겨 가야 할 판이었죠. 우습잖아요! 다행
이랄까, 그때 저는 발이 아파서 마음이 놓였었죠―결국, 그분은 돌
아가셨습니다. 지금은 천국에 계시죠. 다행인 것은, 적어도 그분께
서는 우리가 하는 말을 듣고 계시다는 겁니다―10년 전에 이 집 주
인은 정치에 투신했답니다. 계속해서 처참하게 참패를 한 후, 그는
자기를 지지했거나 위협한 사람들에게 '당신네들은 뭐가 불평이
오? 당신네들의 주의(主義)에 대해 나는 아무것도 할 수 없었소. 그
렇지만 적어도 나는 당신네들에게 지도자를 하나 주지 않았소'라고
말했답니다― '딴사람들처럼 나도 이 사회 조직에 내 작은 실패의
요인을 기여했다고 뽐낼 수 있을 게요……!'라고 말한 사람도 그 사
람이었죠. (그 남자의 말이 가치 없는 무식한 말인지, 아니면 너무
자기 자신에 대해 잘 알고 있다는 것인지를 사람들은 결코 관심 두

322

지 않았다.)―그분이 마지막으로 재미를 본 미스 렘몬 때문에 생긴 화제를 듣지 못하셨던가요?―나는 그녀를 신앙심이 돈독한 여자로 믿고 있었는데요. 수녀라고들 파다하게 소문이 떠돌던데요―뭐 이 를테면 애인은 선생이었다는 격이죠―아! 그렇군요. 신앙심 깊은 애인이라, 그런데 그 이야기라는 건가요?―여자가 놀림감으로 만 들었답니다. 르노드와 그녀가 같이 있는 현장을 결국 남자가 보게 됐다죠. 눈에 비늘이 좀 벗겨졌던 거죠―덕분에 눈의 비늘이 좀 줄 었겠군요―그는 말썽 나는 게 싫어서 온건한 방법으로 몸을 빼려 고 했습니다. 그런데 시끄럽게도 일이 악화되었죠. 밖에 드러나게 말다툼과 발길질이 일어났죠. 자기로서는 남들이 주의해볼 가치도 없다고 생각했던 그 하찮은 발길질 때문에 일어난 험담으로 아주 난처했죠. 상대방의 증인들이 왔다는 소리를 듣고 '이 자들이 도대 체 무엇 때문에 까닭도 없이 나를 어수선하게 하려는 거야!' 하고 고래고래 악을 썼답니다―그의 집 식사가 좀 먹을 만했대도 모르 겠어! 그게 무슨 식사야! 그 완두콩 요리를 눈여겨보셨습니까?― 완전히 색이 바랬습니다. 그리고 또 어찌나 굵은지! 누구도 하나 이 상 먹을 수는 없었을 겁니다. 그리고 그 커피 맛이라니! 어찌나 흐 린지 난 항의할 생각도 안 듭니다― 구정물 같아요―천만에요. 그 걸 제외하곤 그렇게 잘 먹지 못한 것도 아니던데요. 저는 오히려 이 식사로 집 주인에게 마음이 풀렸어요. 소스는 이 집 주인답던데 요―저는, 이 식사가 아주 훌륭하다고 보았습니다. 그래서 다시 또 먹어 보일 수도 있을 것 같습니다!―그분은 유행에 뒤떨어진 X 요 리점 같은 이류 요리점에서 요리를 주문합니다. 이름을 밝히지 않겠습니다. 만약 제가 그런 데를 알고 있다고 한다면 저도 무식한 사람으로 통할 테니까 말입니다—저번 날의 메뉴엔 '오르되브르는 자유재량'이라는 게 있는 것 같았죠. 아, 안 돼요, 아버지 그건 너무해요'라고 말한 건 아들인 젊은 폴이었답니다—또 한 사람 있군! 그는 시를 쓴답니다. 시인이라! 거칠고 출세 제일주의자인 현대 시인, 생활을 위한 시—그의 독창성에 따라 프랑수아 코비에라는 별명이 붙었죠—그는 보잘것없는 여성 잡지들에 자금을 대고 있죠. 이십대 처녀와 사십대 반(反) 처녀들 잡지에 그는 말라빠진 마담 X……와 같이 있는 것 같습니다. 침울한 그……와 《르 시드》〔Le cid, 코르네유의 희곡〕의 상대역을 하는 여자 말이군요—눈물 짓는 버들〔프랑스어로 Saule, 소울이라고 발음〕과 눈물 짓는 혀넙치〔Sole, 소올이라고 발음〕—조심하십쇼! 그녀는 날카로운 부리와 발톱을 가졌으니 그럴리 없어요! 그녀는 아주 상냥합니다! 아무에게도 해는 끼치지 않습니다—반대로 여자들에겐 사납답니다—그런데 폴은 그녀와의 관계에 이제 진력이 났답니다—사교계 여자여서 그런가요? 무엇보다도 그녀가 여자니까 그런 거겠죠—아, 그렇군요! 그가 특수한 품성을 가졌다는 건 아주 뚜렷한 것 같아요……. 부인들 앞이라 차마 그런 이야기는 못 하겠습니다……. 부인들에겐 흥미 없을 테니까요—그가 희곡을 쓴다는 것은 아시겠죠. 이탈리아인 극장을 위해 단막극을 썼답니다 —그가요? 단막극을? 천리에 어긋나는 행위〔단막극 Un acte는 행위라는 뜻도 됨〕죠—공정해야 합니다. 그는 그런 취미는 없어요……. 만약 그런데 취미를 그가 느낄 때는……—오! 그는 깜찍한 친구죠. 그는 수단꾼이랍니다—그의 어머니가 지난날 그를

'변덕쟁이'라고 부른 까닭이 이해됩니다―그는 자기 아버지 신문 사에서 무슨 일을 할까요? 영업부장이겠죠―아니죠. 편집장입니 다―고약스럽게! 결코 그는 남들에 대해서 악담은 안 합니다―안 하죠! 특히 돌려세워놓곤 안 하죠―여하간 그는 버릇없고 배우지 못한 녀석입니다. 어느 날 내 집에서 그는 그런 말을 합니다. '바보 녀석!' 하고 그는 아직도 자기가 취해 있다고 생각하고 있었어요― 바보, 내 집에서! 부인, 사실은 부인네 응접실엔 반사경이 있어 요―게다가 우리를 초대한 이 가족은 너무나 눈에 띄게 천박해요. 그런 걸 깨닫기엔 저는 오래전부터 너무나 익숙해왔어요―아직도 그의 질녀가 승리의 월계관을 쥐고 있대요. 그런데 그녀의 꼴이라 니! 어찌나 화장을 짙게 했는지 그녀의 얼굴인지 초상환지 알아볼 수가 없어요―그녀는 자기 돈으로 생활한다죠?―네, 그렇대요. 그 녀는 어떤 날(이때 그녀는 다정스레 말하는 것이었다.) 빅투아르 드 샤모크라스라고 불리는 가정부처럼 더러운 여기자에게 남들도 알다 시피 자기는 돈을 번다고 말했대요. '파리에선 아무도 그걸 의심치 않아요'라고 그 말괄량이가 대꾸하더랍니다. 그는 순결에 대한 몽상 을 한답니다. 하지만 그렇게 반처녀는 다시 될 수 없죠―이건 당신 들께만 몰래 말씀드리는데, 얼마 전부터 그녀는 어느 노신사와 같 이 있는 것 같아요. 글쎄 그게 자기의 아버지이기를 '사람들은 바라 고 있어요……'

'사람들은 바라고 있어요'라는 말이 처음으로 관객들 사이에 낮 은 소곤거림을 일으켰다. 그러나 그건 오직 형식적인 항의라고 느 껴졌을 뿐 내심으로는 가슴이 푹 파인 야회복을 입은 여인네들을

325

감동시킴에 따라 극의 후반부는 활기 있고 점점 증대되는 기쁨으로 환영을 받았다.

장 다르시와 예쁘고 이해심 깊은 잔느 드 프로랑즈(유명한 여배우가 역을 맡고 있다)와의 사랑을 그린 1막이 끝난 후, 복도에서는 대성공을 이야기하는 열에 들뜬 움직임을 볼 수 있었다.

"그 대사, 그 대사들이라니!"

황홀한 듯이 사람들은 말했다.

"멋있는 말들뿐이야!"

2막. 2막도 1막과 비슷했다. 다소 움직임이 있고 변화가 있기는 했지만, 똑같은 수법으로 만들어진 것이었다. 효과를 노리기 위한 에피소드와 여러 대화들의 경묘하고 조작적인 구성으로 만들어진 것이었다. 게다가 몇 발자국 떨어지지 않은 곳에서 움직이고 있는 우리와 흡사한 인물이 느끼는 감동을 구경함으로써, 우리의 감수성에 일어나는 강렬한 환각 때문에 그 극의 효과는 때로는 격렬하고 충격적이었다. 그러나 그 과장된 수법이 도처에서 드러나 보였다. 그렇다. 말과 문장들만 낭비되었다. 그 사람들은 우리에게 진지한 어떤 진리를 보여주기에는 '연극'을 하는 것뿐이었고 흉내도 잘 내지 못하는 것이었다. 그렇기 때문에 그들은 나를 속이지는 못했다.

2막이 끝나고 3막이 시작되고 있다. 잔느 드 프로랑즈는, 자기가 사랑하는 만큼 또 자기를 사랑해주는 그 젊은 예술가의 운명에 자기의 운명을 결합시킬 권리가 자기에게 있는가를 생각한다. 몹시 가난한 그 예술가는 자기와 결혼함으로써 당장의 물질적인 빈곤 때문에 그의 천재와 미래의 영광을 희생할 것이다. 여주인공인 그 뒤어난 여인은 질투에 얽혀 더욱 깊어지는 내적 갈등을 겪고 난 후 그러한 권리가 자기에게 없다고 생각한다. 그러고는 눈부신 자크 드리니에르의 변덕을 자기도 나눠 가졌다고 남자에게 믿도록 함으로써 조각가 장 다르시와 영원히 멀어진다. 장은 자기의 천사이며 자기에게 영감을 주는 여인이라고 믿어왔던 그녀를 경멸하게 되고 다시 재기하게 된다. 그는 라셀 뢰비스와 결혼하게 된다. 그녀가 자라난 부유하고 부패한 환경에도 불구하고 그녀는 순진한 소녀이며, 남몰래 그 예술가를 사랑한다. 장은 작품을 만들게 된다. 결국 사랑의 권리는 미래의 권리에 압도당한다는 것이다.

극장 안은 온통 흥분의 도가니다. 희생이라는 테마가 논의되고, 여인과 관객에게 예기치도 못했던 숨 가쁜 급회전이 벼락처럼 격렬하게 영웅적인 배반으로 표현됨으로써 긍정적인 해결을 보게 되는 마지막 막이 끝나 막이 내릴 때, 사람들은 환성을 지르고 터져라 박수를 치고 발을 구르고 아우성을 친다.

……관객들이 우르르 몰려나가고, 털외투를 입은 신사들과 외투로 감싼 귀부인들의 무리가 천천히 출구 쪽으로 몰려나가는 속에 이 극의 조그마한 성공의 장중함은 녹아버린다.

"모든 연극들이 언제나 비슷한 것 같아요. 결국 기억에 남는 건 없어요."

"그런 다음은? 오히려 그게 다행이죠. 이제 저는 머리에 뭘 넣기 위해서 극장에 가지는 않겠어요. 기분 전환을 위해 가지."

"이 연극이 백 일까지 상연될지 어떨지 모르겠습니다……. 어떻든 저는 벌써 백 번도 더 보았죠."

이렇게 말하는 신사를 누가 부른다. 그는 극작가 피에르 코르비에르 씨로 그의 극 〈지그재그(ZigZag)〉는 근처의 대극장에서 속연되고 있다. 실제 인물을 암시하는 장면이 많은 3막극이라고들 한다.

모두들 그 작가를 알아본다. 주위의 모자들이 둥그렇게 움직인다. 그가 지나감에 따라 바람에 불리듯 모자들이 들썩거리는 것 같다. 그리고 작가와 악수하는 영광을 얻으려고 친근한 손들이 내밀어진다. 작가는 승리에 찬 듯 아첨을 받으며 걸어나간다. 그 역시 딴사람과 다를 바 없다. 돈과 명성, 이러한 것들을 그는 능란한 솜씨와 파리인들의 수다와 시사적인 흥미에 대한 천박한 칭찬 덕분에 벌어들였다―그것도 싸구려 극장을 드나드는 돈푼이나 있는 하류층을 상대로 해서 나는 그런 자를 경멸하고 증오한다.

* * *

지금 나는 하늘 밑을, 그토록 많은 공허한 말들이 내던져진 하늘의 벌판 속을 걷고 있다.

방금 본 그 모든 것들은 곧 곰팡이다. 그 모두가 너무나 유행을 따르고 있어서 내일도 유행에 뒤지지는 않을 것이다. 최근의 그 뛰어난 작가들은 지금 어디에 있는가? 그들의 이름은 무언지 모를 것 위에 잔존해 있다.

진리와의 접촉이 나에게 오류와 부정을 동시에 가르쳐주었고, 일시적인 경박한 그 모순들을 증오하지 않을 수 없게 한다. 왜냐하면 그러한 모순들은 예술 작품을 모방하고 있기 때문이다. 분명히 그러한 것들의 성공은 진지한 것이 아니다. 매력적인 초연의 열광

328

은 언제나 무가치한 사건에 지나지 않고, 모든 희곡들―제목이나 주제와 배우들―은 곧 소멸되어버리고 그러한 연극들 속으로 묻히고 만다. 그러나 그동안은 며칠 밤 동안 상연된다. 돈을 벌고 호평을 누리는 것이다. 나는 그러한 연극들이 나오자마자 곧 묵살됐으면 좋겠다.

* * *

텅 빈 공간 같은 창문으로 달빛이 흘러들어 그 방은 번들거렸다. 그 장려한 배경 속에 희미한 두 사람의 그림자가 있었다. 대리석 같은 얼굴을 가진 말 없는 두 사람이었다.

불은 꺼져 있었다. 시계도 작업을 멈추고 침묵 속에 잠겨 있었고, 지금은 그 심장으로 귀를 기울이고 있었다.

남자의 얼굴이 두 그림자 위에 있었다. 여인은 그의 발치에 있었다. 그들은 아무것도 하지 않고 정답게 있었다. 달을 바라보고 있었다. 마치 기념비들처럼.

남자가 입을 열었다. 어둠에 묻힌 그의 얼굴을 갑자기 내 눈에 밝혀 보여준 그 목소리를 나는 알아냈다. 그건 내가 전에 두 번이나 보았던 이름도 모르는 애인인 그 시인이었다.

그는 애인에게, 들어오면서 품에 애를 안고 있는 가엾은 한 여인과 마주쳤다고 말했다.

그 여인은 귀가하는 사람들에 쫓겨 밀려가고 있었다. 왜냐하면 저녁이면 사람이 많은 도로들은 모두가 똑같은 방향으로 흘러가기 때문에 암초 같은 담모퉁이의 돌 곁에, 석조, 현관 밑에 내동댕이쳐져 그 여인은 못 박힌 듯 걸음을 멈추고 있었다.

"나는 가까이 다가가서 그녀가 미소 짓고 있는 걸 보았소." 남자
의 말이다.

* * *

"그녀는 무얼 보며 웃음 짓고 있었을까? 생에 대해서지. 자기의
애 때문에 웅크리고 있던 그 문의 에워싸인 피난지에서, 그녀는 저
물어가는 해를 마주 대하고 먼 미래에 올 그 아이의 환희를 생각하
고 있었던 것이오. 비록 그것이 겁나는 것일지라도 환희의 날들이
그애의 주위에 그애의 내부에 있을 것이오. 그러한 날들은 그의 호
흡, 걸음, 그의 시선과 똑같지…….

그렇소, 자신의 짐을 지고 있던 피조물인 여인의 깊은 미소는 그
러한 것이었소. 그녀는 고개를 들어, 어슴푸레한 그 아이에게 눈도
주지 않고 그애가 칭얼대는 알아들을 수 없는 말에도 귀를 기울이
지 않은 채 햇빛만 바라보고 있었소.

나는 그것에 대해 시를 썼소……."

남자는 한동안 움직이지 않더니, 낭송할 때나, 자기가 듣는 말에
복종할 때 나오는 억제할 수 없는 저 너머 세계의 음성으로 쉬지 않
고 부드럽게 말했다.

"어둠에 휩싸인 그 여인은 노을을 향해 웃음 짓는다. 해변처럼
찢기고 흩어진 누더기 속에서 거슬러 올라오는 파도 같은 미소
를……. 말 없는 숱한 파도 속에 잠겨 입을 다물고, 모든 순교자들
의 표류자인 그녀는 모든 사람의 애원을 받는 듯 웃음으로써 별처

럼 반짝인다. 모퉁잇돌 옆으로 아무 생각도 없이, 아기를 품에 안고 그녀는 왔다. 그녀는 성스러운 마음을 지니고 있었기에 그토록 지쳐 있었다. 아무것도 그녀를 보호하지 않지만, 그녀는 저기 서서 웃음 짓고 있다. 하늘을 사랑하고 본능적인 아기가 사랑하게 될 빛을 사랑하며 그녀는 추운 새벽, 찌는 정오, 몽상적인 저녁을 사랑한다. 막연한 구원자인 아기는 자라리라. 그 모두가 여전히 살아 있게 하기 위해. 그 아기는 예전엔 어두웠던 경사진 도로 바닥에서 떨고 있었지만, 그러나 아기는 생을 다시 시작할 것이고, 저기에 있을 유일한 낙원과 자연의 꽃다발을 다시 시작할 것이다. 그는 미를 아름답게 할 것이며, 노래와 속삭임으로 다시금 영원을 만들 것이다. 옷을 벌겋게 물들이는 노을 속에서 새로 태어난 아기를 꼭 껴안으며 그는 주홍빛 눈으로 자기가 낳은 그 태양을 바라본다……. 두 팔은 날개처럼 파르르 떨고 그녀는 애무하는 말로써 꿈을 꾸고 행인들이 그녀에게 눈을 돌리면 그녀는 행인들을 매혹할 것이다. 그리고 일몰은 장밋빛 노을로 그녀의 목과 머리를 적신다. 그녀는 방긋 열리는 큰 장미송이 같고, 모든 것을 향해 몸을 수그린다……."

내 주의력은 정겨움이 어둠 속에서 정겨움을 다시 찾듯 그 시를 되찾고 있다. 그 리듬! 나는 그 리듬의 지배와 인상을 깊이 받았다. 그가 위로하려고 애쓰면서 기억 속에서 자기의 시 구절을 끌어내고 있던 어느 날 저녁 나는 벌써 그 리듬에 혼란해진 적이 있다. 다이아몬드처럼 어둠 속에서 갑자기 빛을 내던 그 다듬어진 말들 말이다. 그러나 예감하건대 이번 것은 더욱 중요한 것처럼 보였다.

지울 수 없는 음악에 온통 사로잡히고 규칙적으로 뛰는 심장에 굴복되듯 완전히 그 음악에 굴복된 그는 몸을 좀 흔들어대고, 나는 그의 감미로운 이야기가 내 속에 살아 있는 걸 느끼고 있었다. 그는 끝없이 추구하고 회상하고 믿는 듯이 보였다. 보이는 것은 모두 진실하며, 들리는 것은 모두 망각되지 않는다는 다른 세계에서 그는 살고 있었다.

　여자는 무릎을 꿇었다. 그녀는 남자에게 눈을 들었다. 그녀는 값진 화병처럼 가득 고이는 집중력으로 충만되어 듣고 있었다.

＊　＊　＊

　남자는 계속했다.

　"그러나 그녀의 미소는 한갓 미래의 찬양만은 아니었소. 그 속에는 내 가슴을 파고들고 그래서 내가 깨달은 비극적인 그 무엇이 있었소. 그녀는 생을 찬미했지만 인간들에 대해서는 증오와 공포를 품고 있었지. 그 아이 때문에. 아기가 아직 태어나지도 않았을 때, 아기의 주인이라고 할 수도 없는 주변의 사람들과 그녀는 그때부터 애 때문에 싸웠었지. 그녀는 미소를 띠며 그들에게 도전했던 것이오. 이렇게 말했을 듯싶소. '이 아이는 당신들이 아니라도 살아갈 거예요. 당신들에 대항해서 꽃을 피울 것이고 당신들을 부리게 될 거예요. 당신들을 지배하기 위해서, 아니면 당신들에게 사랑을 받기 위해 당신들을 길들일 거예요. 그리고 벌써 아기는 작은 숨결로 당신들에게 대들고 있어요. 어미의 발톱으로 내가 품고 있는 이 아이가 말이에요.'

　그녀는 지독했소. 처음에 나는 그녀를 선량한 천사로 여겼소. 그러나 나중에 그녀는 변한 것도 아닌데 무자비와 원한의 천사처럼 보입니다. '그애를 저주하게 될 사람들에 대한 일종의 증오감이 보이며 초인간적인 모성애로 빛나는 그녀의 얼굴이 일그러지는 게 보인다. 오직 하나의 사랑으로 가득 고여 피 흘리는 그녀의 가슴은 악과 수치를 예견하고 파괴의 천사처럼 사람들을 증오하며, 그들을 하나하나 헤아리는 걸 본다. 몰려드는 파도 한가운데서 무서운 손톱을 가진 그 어미가 찢어진 입으로 웃음을 지으며 우뚝 일어서고 있다!'"

에메는 달빛 속에 잠긴 애인을 바라보고 있었다. 그 시선들은 그말과 함께 서로 엉클어지는 듯이 보였다⋯⋯. 남자가 말했다.

"나는 올바른 사람들이 늘상 반복해 말하는 그 단조로운 이야기를 이용해, 지금 쓰고 있고 앞으로 더 계속할 이 작품 속에 인간 저주의 위대함을 써 넣음으로써 끝맺으려 하오⋯⋯. '오! 신(神)도 항구도 몸을 넉넉히 감싸줄 누더기도 없이 우리들에겐 사자(死者)들의 대지 위에 서 있는 그 웃음의 반역이 있을 뿐이다. 노을 속에 기쁘게 웃음 짓고 있는 음울한 출혈의 반역이⋯⋯ 우리는 완전히 우리들뿐이고, 하늘은 우리의 머리 위에 내려졌다."

하늘이 우리의 머리 위에 내려졌다! 이건 무슨 말인가!

아직도 침묵 속에서 속삭이던 그 말은 인간이 내뱉은 중에서 가장 위대한 절규였다. 그건 지금까지 내 귀가 더듬거리며 추구하던 해방의 절규였다. 영광과 같은 것이 결국에는 언제나 살아 있는 빈약한 그림자를 키워가는 걸 보게 됨에 따라, 세계가 다시 인간의 생각 속으로 오는 것을 보게 됨에 따라 그 말이 기초(起草)가 되리라는 걸 나는 분명히 예감하고 있었다. 그러나 나는 그 말이 결국엔 비참과 위대함을 결합시키기 위해 말해져서 하늘의 열쇠가 되기를 갈망했다.

하늘, 다시 말하면 우리의 눈이 박아 넣은 창공, 그리고 저 너머로 생각으로밖엔 보이지 않는 창공, 순결, 풍요 그리고 탄원자들의 무한, 진리와 종교의 하늘, 모두가 우리의 내부에 있으며 우리의 머리 위에 내려졌다. 그리고 동시에 온갖 하늘이신 신 자신도 우리의 머리 위에 우레처럼 내려졌고, 그래서 그의 무한도 우리의 것이다.

우리의 위대한 비참 속에 어떤 신성(神性)을 우리는 소유하고 있으며, 생각과 눈물과 미소의 노작(勞作)과 함께 우리의 고독은 그 완벽한 폭과 광명 때문에 숙명적으로 성스러운 것이다……. 암흑 속에서의 우리의 악과 우리의 노력이 어떤 것이든 간에, 부단히 움직이는 우리 마음의 작업이 소용없고, 어쩔 수 없이 우리에게 무지가 맡겨지고, 딴사람들이 우리에겐 모욕이라 보여지더라도 우리는 우리 자신이 일종의 경건함을 지니고 있다고 여겨야 한다. 바로 이 감정이 우리의 이마를 황금으로 물들이고 우리의 영혼을 고양시키며 우리의 자만심을 미화하고, 어쨌든 우리를 위로하리라. 그때 우리는 초라한 일 속에 신이 차지하고 있던 모든 자리를 각기 차지하는 습관을 익히게 되리라. 진리 자체가 효과적이고 실용적이며, 말하자면 종교적인 위로를 주고, 그 진리의 이름으로 빌 때 하늘은 개화되는 것이다.

* * *

……그는 생각나는 대로 자작시의 주제에 관해 조용히 이야기했다. 그러나 귀 기울이고 있는 애인에겐 점점 가치 없는 이야기만 퍼부었고, 그래서 그의 이야기는 말하자면 시들고 있었다. 그녀는 얼굴을 쳐들고, 남자의 발밑에 있었다. 좀 더 키가 큰 남자는 몸을 수그리고 있었고, 반지 하나가 그들 속에서 반짝이고 있었다. 여인의 둥그스름한 얼굴과 남자 이마의 곡선이 드러나 보였다. 그리고 그들에게서 그림자가 끝없이 뻗어나오고 있었다.

우리들 인간의 본성이 성스럽다는 걸 보여준 후 그는 인간에게 공통되는 것은 이 신비스러운 요소뿐이라고 말하는 것이었다. 성격, 기질 따위는 헤아릴 수 없이 다양한 상황 하의 반작용이란 면에서 얼굴 모습만큼이나 다양하지만, 벌거벗겨놓고 보면 본질에서는, 희뿌연 두개골들처럼 아주 비슷한 점이 있어서 똑같다는 것이었다. 그러니까 두 가지 경우를 동일시하거나 하나의 얼굴이 또 다른 사람의 얼굴과 똑같아진 모든 예술 작품은 심각하게 심오하지 않고서는 하나의 유설(謬說)인 것이다.

"바로 그 때문에," 남자의 말이다. "인간성에 관한 진정한 시는 지방색이나, 사회 자료나 언어에서 오는 즐거움이나, 교묘하게 엮은 줄거리에서 오는 게 아니라오. 진정한 시는 종교적인 냉엄함으로 우리를 감동시키는 법이오. 그건 인간의 무섭게 단조롭고 영원히 괴로움을 주는 비밀로써 이루어지는 것이오. 인간을 둘러싸고 있는 암흑과 고독이 인간이 있는 장소와 인간이 지나가고 있는 시대를 지워버리지."

이어서 그는, 시의 가치를 만드는 것이 무엇인가를 말하기 위해 시심(詩心)에 관해 말했다. 그건 오직 운동성으로서, 다시 말하면 각 절이 시작되는 방법, 문장의 시작이 진실을 끌어내는 방법이다. 그리고 어려운 것은 시작하기 전에 스스로 풀려나가게 하기 위해 통일된 인상을 파악하고 있어야 하는 것이라고 말했다. 아무리 짧은 시라도 추고를 통해 배열되었을 때의 말과 막연한 사건과 충격을 말 자체로써 창조하는 것을 아주 주의해야 한다는 것이다. 그러나 그러한 것들은, 순환되는 순간에서 보면, 조잡하고 그들의 의미를 나타내지 않는다. 그는 이러한 고백을 했다.

"나는 진정한 진리를 존중한 나머지 사물을 감히 이름으로 부를 수 없는 적이 허다했소……."

……그녀는 남자의 말에 귀 기울이고 있었다. '그래요'라고 그녀는 아주 조용히 말하고 나서 입을 다물었다. 모든 게 일종의 감미로운 소용돌이 속으로 휩싸인 것 같았다.

"에메."

낮은 목소리로 남자가 불렀다.

그녀는 이제 움직이지 않고 있었다. 애인의 무릎에 머리를 베고 그녀는 잠들어 있었다. 남자는 자기 혼자라고 생각했다. 그녀를 바라보고 웃음 지었다. 연민과 자애의 표정이 그의 얼굴에 떠올랐다. 그의 손이 아주 부드러운 힘으로 잠든 여인 쪽으로 반쯤 뻗쳐졌다. 자기 앞에서 잠들어 쇠약해진 한 여인이 신으로 모시는 그 남자를 바라보자니 나는 관용과 자비의 오만스러운 영광을 마주보게 되었다.

17

나는 방을 해약했다. 내일 저녁엔 무한한 추억과 더불어 떠날 참이다. 미래가 내게 어떠한 사건, 어떠한 비극을 준비하고 있다 할지라도 온 무게를 가지고 생을 경험했던 때보다 나의 생각이 더 값지고 더 무거워지지는 않을 것이다.

* * *

마지막 날, 들여다보려고 몸을 뻗친다. 그러나 온몸은 한갓 괴로움에 지나지 않는다. 지금 나는 더 서 있을 수도 없다. 비틀거린다. 나는 벽에 떠밀려 침대 위로 털썩 떨어진다. 다시 시도해본다. 내 눈은 감기고 쓰디쓴 눈물이 가득 고인다. 나는 벽에 사지를 뻗치고 싶지만 할 수가 없다. 몸은 더욱더 무거워지고 찔리는 듯 통렬하다. 내 육체가 끈질기게 나를 따라다니고, 통증이 심해져서 등이며 얼굴을 두들기고 눈을 후벼파고 심장을 도려내는 듯하다.

벽의 돌 틈으로 말소리가 들린다. 아득히 먼 소리로 떨리고 안개에 싸인 듯한 그 소리가 벽을 비집고 흘러든다.

이제 나는 더 듣지도 못하겠지. 더는 그 방을 들여다보지도 못할 것이다. 이제부터 나는 아무것도 분명히 보지를 못할 것이고, 아무 것도 진정으로 듣지 못할 것이다. 그런데 어린 시절부터 울지 않던 내가 앞으로 소유하지 못할 모든 것 때문에 어린애처럼 눈물을 흘리고 있다. 나는 유실된 미와 위대함 때문에 눈물을 흘리고 있다. 내가 포옹할 수 없을 모든 것을 나는 사랑한다.

저 방에 갇힐 수인(囚人)들은 숱한 말과 해〔年〕를 따라 다시금 저 방을 지나쳐 갈 것이고 자기네들의 영원의 파편들과 함께 지나갈 것이다. 모든 것이 퇴색해버리는 시간, 후광으로 가득 찬 곳에서 그들은 빛이 떨어지는 곳에 자리잡고 앉을 것이다. 그들은 공허한 창문 쪽으로 몸을 끌어가 수그릴 것이다. 그들의 입으로 서로를 기다릴 것이다. 소용없는 첫 눈길이나 마지막 눈길을 그들은 교환하리라는 것이다. 그들은 팔을 벌려 자기들의 애무의 손길에 몰두하리라. 그들은 생을 사랑할 것이며 사라져버릴 것을 두려워하리라. 이 세상에서 그들은 두 마음 사이에 완벽한 결합을 추구할 것이며, 저 하늘나라에서는 영원한 지속을 망상할 것이며 구름 속에서 신을 추구할 것이다.

* * *

웅얼거리는 단조로운 목소리가 끊임없이 벽을 통해 울리고 있다. 나는 잡음밖에 듣지를 못한다. 나는 방에 있는 여느 사람과 똑같다.

여기 와서, 사라져버렸거나 죽어버린 사람들이 지나간 이 방을 처음으로 소유했던 그날 저녁처럼, 지금 나는 홀로 떨어져 잊혀 있

338

다―그때만 해도 내 운명에 그 빛나는 대변화가 일어나기 전이었다.

그런데 내가 열이 있어서인지, 아니면 격심한 고통 때문이었는지 저기서 누가 위대한 시를 소리치고 누가 프로메테우스에 관해 이야기하고 있는 듯한 생각이 든다. 프로메테우스는 신들에게서 불을 훔쳐냈고, 그래서 독수리가 자기의 보금자리인 양 그에게로 날아드는 저녁 나절이면, 프로메테우스는 자기의 내장에 끊임없이 새로운 고통이 다시 살아나 몰려드는 걸 느끼는 것이다―그리고 우리들 모든 인간도 욕망 때문에 똑같은 고통을 느낀다. 그렇지만 독수리나 신이 있는 게 아니다.

낙원이란 실재하지 않으며, 교회의 큰 묘지로 우리를 데려가는 주검이 있을 뿐이다. 지옥도 없고 다만 살려고 발버둥치는 생의 열광이 있을 뿐인 것이다.

신비스러운 불도 존재하지 않는다. 나는 이 진리를 훔쳐냈다. 나는 이 모든 진리를 훔쳤다. 나는 성스러운 일도, 비극적인 일도 순수한 일도 보았고 그리고 나는 옳았다. 수치스러운 일도 보았지만, 나는 옳았다. 거짓과, 종교를 모독하는 언사가 사용하는 그 표현을 사용하면서도 진리를 더럽히지 않을 수 있다면 내가 본 것을 통해 나는 진리의 왕국에 들어갔던 것이다.

* * *

인간 욕망의 성서, 우리를 생에서 생으로 쫓고 있는 것에 대한 단순하고도 무서운 성서, 우리의 동작, 우리의 방향, 우리의 선천적인 추락에 대한 성서를 누가 만들지? 누가 감히 그 모든 걸 말할 수 있겠으며 누가 그 모든 걸 볼 재능을 갖게 될지?

아름다움이 신앙심과 결합되는 작품, 시의 위대한 형식을 나는 믿는다. 내가 그걸 할 수 없다고 느낄수록 더욱더 나는 그 형식의 가능성을 믿는다.

나를 압도하는 몇몇 추억의 그 음울한 광휘가 그 형식의 가능성을 내게 더욱 깊숙이 보여준다. 때때로 나 자신이 숭고했고 걸작인 적도 있었다. 나의 환상이 때로는 어떤 전율감과 결합된 적도 있었다. 그 명백한 전율감이 너무도 격렬하고 너무도 창조적이어서 그 때문에 방이 온통 나무처럼 떨고, 침묵이 소리치던 순간이 정말로 있었다.

그러나 나는 그 모두를 훔쳤다. 그걸 정복하지는 못했지만, 스스로 자태를 보인 그 진리의 그 파렴치한 모습 덕분에 나는 그걸 이용하기는 했다. 우연히 내게 있었던 그 공간과 시간에서 하나의 몽상이상인 거의 작품 같은 것을 만들기 위해서는 그저 눈을 뜨고 구걸의 손을 뻗치기만 하면 되었다.

내가 보았던 것이 이제 사라지려는 판이다. 그걸로 나는 아무것도 만들지 않을 테니까. 나는 살고 난 다음엔 없어질 육체의 열매를 낳는 어머니와도 같다.

그런들 무슨 상관이랴! 나는 미래에 닥쳐올 더욱 아름다운 것에 대한 예고를 들었다. 거짓을 말하지 않는 그 말이 나를 가로질러 갔다. 그리고 다시 말해지고 또 되풀이해서 말해져 그 말은 마음을 채워주리라.

　　　　　* 　* 　*

　그러나 나는 끝냈다. 보는 것을 그만뒀기 때문에 나는 누워 있
다. 초라한 두 눈은 아문 상처처럼 감기고 상처 자국처럼 된다.
　그리고 나 자신을 위해 어떤 안식을 찾고 있다. 나! 최초의 절규
와 똑같은 최후의 절규.
　나, 나는 오직 하나의 의뢰처를 가졌을 뿐이다. 회상한다는 것과
믿는다는 것, 때때로 심연 밑바닥에서 울리던 거대하고 괴로운 그
위안 때문에 나의 있는 힘을 다해 기억 속에 이 방의 비극을 간직하
겠다.
　불멸의 외침으로 이루어진 사람의 마음과 이성 앞에는 오직 꺼
지지 않는 호소와, 호소하는 것의 망상이 있을 뿐이라는 걸 나는 믿
는다. 우리의 주위에는 오직 허무라는 말이 있을 뿐이라는 걸 나는
믿고 있다. 그 허무라는 말은 우리의 고독을 해방시키고 우리의 광
명을 노출시킨다. 그것은 아무것도 아니다. 그게 우리의 허무함이
나 우리의 불행을 의미하는 건 아니고 반대로 우리의 실현과 신화
(神化)를 뜻하는 것이다. 모든 것은 우리들의 내부에 있기 때문에.

작품 해설

앙리 바르뷔스는 1873년 5월 17일 파리 교외의 아니에르에서 태어났다. 아버지는 남프랑스 출신으로 영국에 건너가 런던에서 잡지 편집을 맡기도 했는데, 그때 영국 여자와 결혼했다. 바르뷔스는 세 살 때 어머니를 여의고 어머니의 친구인 보모의 손에서 자랐다. 파리의 롤랑고등학교에 다닐 때부터 시적 재능을 높이 평가받았던 그는 1895년에 시집 《흐느끼는 여자들(Les pleureuses)》로 상당한 호평을 받으며 문단에 데뷔했다. 특히 스테판 말라르메는 그 작품에 대해 "당신의 시집은 보기 드문 아름다움을 제시했습니다"라고 극찬했다.

그 후 바르뷔스는 내무성과 농림성 관리로 생활하다가 1902년 창작에만 전념하기 위해서 관리 생활을 청산하고 저널리스트로 활동하면서 1903년 그의 첫 소설인 《애원하는 사람들(Les Suppliants)》을 발표했다. 이 작품에서부터 그는 자기 마음속에 간직하고 있는 진실과 자기 바깥에 있는 현실 사이에 많은 모순이 내재한다는 사실에 고통과 번민을 느끼고 있음을 보여준다. 상황에 대한 불신, 그리고 인간 내부에 존재하는 불안, 이것은 19세기 말엽 유럽의 도덕적인 타락에 기인한 세기병(mal du siècle)에 다름 아니었다. 이른바 슈펭글러적인 '서구의 몰락'에 대한 인식이 바르뷔스에게도 뚜렷하게 드러났던 것이다.

그러나 바르뷔스가 독자들의 압도적인 주목을 받기 시작한 것은 1908년, 모든 행위가 호텔의 한 침실에서 일어나는 이 작품《지옥(L'enfer)》을 발표하면서부터다. 인간의 허위를 적나라하게 파헤치고, 정욕의 갈등과 죽음에 대한 고뇌 속에서 허덕이는 인간을 통해서 인간성의 진실을 찾는 이 책《지옥》은 영화로도 제작되어 많은 화제를 낳았고 바르뷔스의 작가적 위치를 다져주었다.

1914~1918년의 1차 세계대전은 그에게 결정적인 체험이 되었다. 이 전쟁의 경험으로 씌어진 1915년의 작품《포화(Le Feu)》는 전쟁에 참가한 보병의 일기로서 삶과 죽음의 경계에서 몸부림치는 인간의 공포, 형제끼리 죽이고 죽는 전쟁의 모순과 어리석음, 애국적 호전주의자들이 미화시킨 전쟁의 허위성을 통쾌하게 파헤친 작품이다. 전쟁소설의 새로운 경지를 개척한 이 작품은 독자들에게 폭발적인 환영을 받았고 바르뷔스는 이 작품으로 1916년 공쿠르상을 받았다.

전쟁이 끝난 후 바르뷔스는 레닌의 사회주의혁명에 공감하게 된다. 그 시기에 나온 작품이 1918년의《광명(Clarté)》과 1922년의《입에 물린 칼(Le couteau entre les dents)》이었다. 그 후 바르뷔스는 반전운동·국제문화운동 등에 몰두하다가 1935년 모스크바 방문 중 사망했다.

바르뷔스는 에밀 졸라를 계승한 극명한 사실주의풍의 작품세계로 프랑스 문학사에서 한 위치를 차지하고 있다. 말년의 정치적 이데올로기가 강하게 반영된 작품보다는 《지옥》, 《포화》가 그의 대표작으로 꼽힌다. 특히 《지옥》은 그의 출세작일 뿐만 아니라, 인간의 절망을 탐구한 20세기 문학의 선구적 역할을 했다는 점에서 주목해야 할 작품이다.

시골에서 파리로 와서 은행에 취직한 주인공 '나'는 여자에 대한 욕망에 사로잡혀 있다.

"좁고 길다란 상점 거울 속에 다가오는 내 얼굴을 바라다본다. 창백한 얼굴, 무거운 눈꺼풀, 내가 바라는 것은 한 여자가 아니다. 모든 여자인 것이다. 내 주위에서 하나하나 나는 그 여자들을 욕망하는 것이다."

주인공의 의식은 이처럼 정욕에 사로잡혀 있다. 그러나 그가 여자와의 성교를 통해서 확인하는 것은 만족감이나 충족감이 아니다.

"나는 내키는 대로 충동에 따랐다. 길 한 모퉁이에서 나를 지켜보던 어떤 여자를 따라간 것이다. 우리는 나란히 걸어갔다. 두서너마디의 얘기를 주고받았다. 여자는 나를 집으로 데려가서는…… 판에 박은 듯한 장면이 연출되었다. 그것은 무엇인가 굴러떨어지는 듯이 끝나버렸다."

이러한 주인공의 의식이 말해주는 것은 일종의 허탈감이며 카뮈가 말하는 '전락'의 감정이다. 주인공은 계속해서 말한다.

"다시 나는 거리로 나왔다. 바라던 마음의 평온은 없다. 끝없는 혼란으로 마음이 뒤숭숭할 뿐이다."

주인공이 여자와의 관계를 통해서 구원을 받으려고 했음에도 그러한 희망은 그 행위가 끝난 뒤에 오히려 더 절망 속에 빠졌음을 보여준다.

그렇다면 그는 무엇으로부터의 구원을 바라고 있는가? 이 소설의 '나'는 앞의 예문에서도 볼 수 있는 것처럼 자기에게 시선을 집중시킨다. 그는 '나'란 무엇인가 하는 극히 근본적인 질문의 세계에서 헤매고 있다. '상점 거울 속에 다가오는 내 얼굴을 바라보듯'이 그는 자기를 바라보면서 '나 혼자뿐이다'라는 존재론적인 고독감에 사로잡혀 있다. 그는 여자를 통해서 자기 자신을 확인하려 들고 자기 존재에 의미 부여를 하려고 든다.

여기에서 여자는 '나'의 존재를 비춰주는 '거울'의 의미를 띨 수 있는 것이다. 그러나 그 '거울'은 나의 존재의 무의미성만을 확인시켜줄 뿐이다. 이것은 일종의 허무주의에 속하는 것이지만, 그는 허무주의에 안주하는 것이 아니라 자기 존재의 무의미성을 뛰어넘으려고 한다.

그래서 그는 '눈을 부려려서 나를 들여다보고' '옆방은, 그 발가벗은 모습을 내 앞에 노출한다'. 이러한 이유 때문에 이 작품에서는 의식적인 선정주의 같은 것이 눈에 띈다.

그러나 그것은 단순한 섹스의 문제가 아니라 한 존재의 눈물겨운 자기 확인의 과정이다. 그래서 주인공은 자기에게 "재능도 없고 이룩할 사명도 없고 남겨줄 감정도 없다. 나는 아무것도 소유하지 않으며 아무런 가치도 없는 인간이다. 그럼에도 무엇인가 보답을 바라고 있다"고 고백한다. 섹스는 말하자면 그의 보상 행위의 일종이며 이러한 태도는 섹스로부터 죽음의 문제로 확대된다. "죽음, 이것이 야말로 모든 관념 가운데서 가장 중요한 것이다"라는 고백은 그의 의식이 바라는 보상이 섹스에서 죽음의 문제로 넘어와 있음을 의미한다.

그러나 그러한 관념의 문제는 그의 의식에 아무런 해결점을 제시하지 않을 뿐만 아니라 제시할 수도 없는 문제다. 그래서 그는 다시 섹스로 돌아오게 된다. 주인공이 옆방의 섹스를 구경한 다음 날 상상으로 그것을 재현하려 하지만, 일찍이 그가 정부(情婦)로부터 느낀 성적 쾌감을 되살릴 수 없었던 것처럼 상상 속의 재현에 도달하지 못한다.

이것은 이 작가의 고백 "인간의 적나라한 모습, 나는 그것을 표현하고자 합니다. 다른 사람들은 추상을 표현합니다. 그러나 나는 진리를 나타내고자 합니다"가 말해주는 것과 같이 추상의 세계에 대한 불신, 그래서 나온 진리에 대한 신념을 그대로 반영하고 있다. 이때 진리는 그것과 대립되는 것을 전부 밝힘으로써 드러날 수 있는 것으로 작가는 파악하고 있다.

콜린 윌슨은, 20세기 비평 문학의 걸작인 《아웃사이더》에서 "바르뷔스는 인물이나 사건으로 관념을 구상화하는 데 매우 진지하며 '진리를 찾는다'는 그의 이상은 20세기 문학 전반에 흐르는 공통적인 사조이다'라고 평가함으로써 그 후에 등장한 실존주의 문학과 바르뷔스의 공통적 특성을 제시하고 있다. 사르트르가 《구토》에서 한 권태로운 인텔리의 단조로운 생활 속의 생리적 반응을 '구역질'로 표현했듯이 바르뷔스가 이처럼 인간의 추악상을 제시하는 것은 인간의 야수적 본능에 대한 고발 때문이 아니라 인간의 본성에 대한 탐구 정신 때문이다.

삶과 죽음, 젊음과 늙음, 애욕과 갈등, 영원에 대한 희구와 번뇌, 신(神)에 대한 의지와 반발…….

모든 인간 실존에 관한 철학적 명상이 시(詩)처럼 녹아 있으며 동시에 파격적인 표현들로 읽는 이를 사로잡는 바르뷔스의 이 소설 《지옥》은 꼭 한번 읽어볼 만한 작품이다.

옮긴이 **오현우**

서울대학교 불문과를 졸업하고, 프랑스 소르본대학에서 수학했으며, 서울대학교 불문과 교수를 역임했다. 옮긴 책으로 알베르 카뮈의 《시지프의 신화》, 앙드레 지드의 《좁은문》, 《배덕자》, 《법왕청의 지하도》, 스탕달의 《적과 흑》, 장 콕토의 《무서운 아이들》, 샤토브리앙의 《아딸라의 비가》, 기 드 모파상의 《안개 낀 모상》 등이 있다.

지 옥

1판 1쇄 발행 1972년 10월 30일
4판 1쇄 발행 2025년 1월 15일

지은이   앙리 바르뷔스 ｜ 옮긴이   오현우
펴낸곳   (주)문예출판사 ｜ 펴낸이   전준배
출판등록   2004. 02. 11. 제 2013-000357호 (1966. 12. 2. 제 1-134호)
주소   04001 서울시 마포구 월드컵북로 21
전화   02-393-5681 ｜ 팩스   02-393-5685
홈페이지   www.moonye.com ｜ 블로그   blog.naver.com/imoonye
페이스북   www.facebook.com/moonyepublishing ｜ 이메일   info@moonye.com

ISBN   978-89-310-2435-7 04800
       978-89-310-2365-7 （세트）

• 잘못 만든 책은 구입하신 서점에서 바꿔드립니다.

ஃ문예출판사® 상표등록 제 40-0833187호, 제 41-0200044호

■ 문예 세계문학선

★ 서울대, 연세대, 고려대 필독 권장도서   ▲ 미국 대학위원회 추천도서
● 《타임》 선정 현대 100대 영문 소설   ▽ 《뉴스위크》 선정 세계 100대 명저

1 젊은 베르테르의 슬픔 괴테 / 송영택 옮김

▲▽ 2 멋진 신세계 올더스 헉슬리 / 이덕형 옮김

▲●▽ 3 호밀밭의 파수꾼 J. D. 샐린저 / 이덕형 옮김

4 데미안 헤르만 헤세 / 구기성 옮김

5 생의 한가운데 루이제 린저 / 전혜린 옮김

6 대지 펄 S. 벅 / 안정효 옮김

●▽ 7 1984 조지 오웰 / 김승욱 옮김

▲●▽ 8 위대한 개츠비 F. 스콧 피츠제럴드 / 송무 옮김

▲●▽ 9 파리대왕 윌리엄 골딩 / 이덕형 옮김

10 삼십세 잉게보르크 바흐만 / 차경아 옮김

★▲ 11 오이디푸스왕 · 안티고네
소포클레스 · 아이스킬로스 / 천병희 옮김

★▲ 12 주홍글씨 너새니얼 호손 / 조승국 옮김

▲●▽ 13 동물농장 조지 오웰 / 김승욱 옮김

★ 14 마음 나쓰메 소세키 / 오유리 옮김

★ 15 아Q정전 · 광인일기 루쉰 / 정석원 옮김

16 개선문 레마르크 / 송영택 옮김

★ 17 구토 장 폴 사르트르 / 방곤 옮김

18 노인과 바다 어니스트 헤밍웨이 / 이경식 옮김

19 좁은 문 앙드레 지드 / 오현우 옮김

★▲ 20 변신 · 시골 의사 프란츠 카프카 / 이덕형 옮김

★▲ 21 이방인 알베르 카뮈 / 이휘영 옮김

22 지하생활자의 수기 도스토옙스키 / 이동현 옮김

★ 23 설국 가와바타 야스나리 / 장경룡 옮김

★▲ 24 이반 데니소비치의 하루
A. 솔제니친 / 이동현 옮김

25 더블린 사람들 제임스 조이스 / 김병철 옮김

★ 26 여자의 일생 기 드 모파상 / 신인영 옮김

27 달과 6펜스 서머싯 몸 / 안흥규 옮김

28 지옥 앙리 바르뷔스 / 오현우 옮김

★▲ 29 젊은 예술가의 초상 제임스 조이스 / 여석기 옮김

▲ 30 검은 고양이 애드거 앨런 포 / 김기철 옮김

★ 31 도련님 나쓰메 소세키 / 오유리 옮김

32 우리 시대의 아이 외된 폰 호르바트 / 조경수 옮김

33 잃어버린 지평선 제임스 힐턴 / 이경식 옮김

34 지상의 양식 앙드레 지드 / 김붕구 옮김

35 체호프 단편선 안톤 체호프 / 김학수 옮김

36 인간 실격 다자이 오사무 / 오유리 옮김

37 위기의 여자 시몬 드 보부아르 / 손장순 옮김

●▽ 38 댈러웨이 부인 버지니아 울프 / 나영균 옮김

39 인간희극 윌리엄 사로얀 / 안정효 옮김

40 오 헨리 단편선 O. 헨리 / 이성호 옮김

★ 41 말테의 수기 R. M. 릴케 / 박환덕 옮김

42 파비안 에리히 케스트너 / 전혜린 옮김

★▲▽ 43 햄릿 윌리엄 셰익스피어 / 여석기 옮김

44 바라바 페르 라게르크비스트 / 한영환 옮김

45 토니오 크뢰거 토마스 만 / 강두식 옮김

46 첫사랑 이반 투르게네프 / 김학수 옮김

47 제3의 사나이 그레엄 그린 / 안홍규 옮김

★▲▽ 48 어둠의 속 조셉 콘래드 / 이덕형 옮김

49 싯다르타 헤르만 헤세 / 차경아 옮김

50 모파상 단편선 기 드 모파상 / 김동현 · 김사행 옮김

51 찰스 램 수필선 찰스 램 / 김기철 옮김

★▲▽ 52 보바리 부인 귀스타브 플로베르 / 민희식 옮김

53 페터 카멘친트 헤르만 헤세 / 박종서 옮김

★ 54 몽테뉴 수상록 몽테뉴 / 손우성 옮김

55 알퐁스 도데 단편선 알퐁스 도데 / 김사행 옮김

56 베이컨 수필집 프랜시스 베이컨 / 김길중 옮김

★▲ 57 인형의 집 헨릭 입센 / 안동민 옮김

★ 58 심판 프란츠 카프카 / 김현성 옮김

★▲ 59 테스 토마스 하디 / 이종구 옮김

★▽ 60 리어왕 윌리엄 셰익스피어 / 이종구 옮김

61 라쇼몽 아쿠타가와 류노스케 / 김영식 옮김

▲▽ 62 프랑켄슈타인 메리 셸리 / 임종기 옮김

▲●▽ 63 등대로 버지니아 울프 / 이숙자 옮김

64 명상록 마르쿠스 아우렐리우스 / 이덕형 옮김

65 가든 파티 캐서린 맨스필드 / 이덕형 옮김

66 투명인간 H. G. 웰스 / 임종기 옮김

67 게르트루트 헤르만 헤세 / 송영택 옮김

68 피가로의 결혼 보마르셰 / 민희식 옮김

(뒷면 계속)

★ 69 **팡세** 블레즈 파스칼 / 하동훈 옮김

70 **한국 단편 소설선 1** 김동인 외

71 **지킬 박사와 하이드** 로버트 L. 스티븐슨 / 김세미 옮김

▲ 72 **밤으로의 긴 여로** 유진 오닐 / 박윤정 옮김

★▲▽ 73 **허클베리 핀의 모험** 마크 트웨인 / 이덕형 옮김

74 **이선 프롬** 이디스 워튼 / 손영미 옮김

75 **크리스마스 캐럴** 찰스 디킨스 / 김세미 옮김

★▲ 76 **파우스트** 요한 볼프강 폰 괴테 / 정경석 옮김

▲ 77 **야성의 부름** 잭 런던 / 임종기 옮김

★▲ 78 **고도를 기다리며** 사뮈엘 베케트 / 홍복유 옮김

★▲▽ 79 **걸리버 여행기** 소너선 스위프트 / 박용수 뒮김

80 **톰 소여의 모험** 마크 트웨인 / 이덕형 옮김

★▲▽ 81 **오만과 편견** 제인 오스틴 / 박용수 옮김

★▽ 82 **오셀로·템페스트** 윌리엄 셰익스피어 / 오화섭 옮김

★ 83 **맥베스** 윌리엄 셰익스피어 / 이경구 옮김

▽ 84 **순수의 시대** 이디스 워튼 / 이미선 옮김

★ 85 **차라투스트라는 이렇게 말했다** 니체 / 황문수 옮김

★ 86 **그리스 로마 신화** 에디스 해밀턴 / 장왕록 옮김

87 **모로 박사의 섬** H. G. 웰스 / 한동훈 옮김

88 **유토피아** 토머스 모어 / 김남우 옮김

★▲ 89 **로빈슨 크루소** 대니얼 디포 / 이덕형 옮김

90 **자기만의 방** 버지니아 울프 / 정윤조 옮김

▲ 91 **월든** 헨리 D. 소로 / 이덕형 옮김

92 **나는 고양이로소이다** 나쓰메 소세키 / 김영식 옮김

★ 93 **폭풍의 언덕** 에밀리 브론테 / 이덕형 옮김

★▲ 94 **스완네 쪽으로** 마르셀 프루스트 / 김인환 옮김

★ 95 **이솝 우화** 이솝 / 이덕형 옮김

▲ 96 **페스트** 알베르 카뮈 / 이휘영 옮김

▲ 97 **도리언 그레이의 초상** 오스카 와일드 / 임종기 옮김

98 **기러기** 모리 오가이 / 김영식 옮김

★▲ 99 **제인 에어 1** 샬럿 브론테 / 이덕형 옮김

★▲ 100 **제인 에어 2** 샬럿 브론테 / 이덕형 옮김

101 **방황** 루쉰 / 정석원 옮김

102 **타임머신** H. G. 웰스 / 임종기 옮김

● 103 **보이지 않는 인간 1** 랠프 엘리슨 / 송무 옮김

● 104 **보이지 않는 인간 2** 랠프 엘리슨 / 송무 옮김

▲ 105 **훌륭한 군인** 포드 매덕스 포드 / 손영미 옮김

106 **수레바퀴 아래서** 헤르만 헤세 / 송영택 옮김

▲ 107 **죄와 벌 1** 표도르 도스토옙스키 / 김학수 옮김

▲ 108 **죄와 벌 2** 표도르 도스토옙스키 / 김학수 옮김

109 **밤의 노예** 미셸 오스트 / 이재형 옮김

110 **바다여 바다여 1** 아이리스 머독 / 안정효 옮김

111 **바다여 바다여 2** 아이리스 머독 / 안정효 옮김

112 **부활 1** 레프 톨스토이 / 김학수 옮김

113 **부활 2** 레프 톨스토이 / 김학수 옮김

▲● 114 **그들의 눈은 신을 보고 있었다**
조라 닐 허스턴 / 이미선 옮김

115 **약속** 프리드리히 뒤렌마트 / 차경아 옮김

116 **제니의 초상** 로버트 네이선 / 이덕희 옮김

117 **트로일러스와 크리세이드**
제프리 초서 / 김영남 옮김

118 **사람은 무엇으로 사는가**
레프 톨스토이 / 이순영 옮김

119 **전락** 알베르 카뮈 / 이휘영 옮김

120 **독일인의 사랑** 막스 뮐러 / 차경아 옮김

121 **릴케 단편선** R. M. 릴케 / 송영택 옮김

122 **이반 일리치의 죽음** 레프 톨스토이 / 이순영 옮김

123 **판사와 형리** F. 뒤렌마트 / 차경아 옮김

124 **보트 위의 세 남자** 제롬 K. 제롬 / 김이선 옮김

125 **자전거를 탄 세 남자** 제롬 K. 제롬 / 김이선 옮김

126 **사랑하는 하느님 이야기** R. M. 릴케 / 송영택 옮김

127 **그리스인 조르바** 니코스 카잔차키스 / 이재형 옮김

128 **여자 없는 남자들** 어니스트 헤밍웨이 / 이종인 옮김